横渡长江

杨 波 著

江苏凤凰文艺出版社
JIANGSU PHOENIX LITERATURE AND ART PUBLISHING, LTD

图书在版编目（CIP）数据

横渡长江 / 杨波著. — 南京：江苏凤凰文艺出版社，2019.3

ISBN 978-7-5594-3014-4

Ⅰ. ①横… Ⅱ. ①杨… Ⅲ. ①纪实文学－中国－当代
Ⅳ. ①I25

中国版本图书馆 CIP 数据核字(2018)第 232600 号

书　　名	横渡长江
著　　者	杨　波
责任编辑	丁小卉　孙金荣
出版发行	江苏凤凰文艺出版社
出版社地址	南京市中央路 165 号，邮编：210009
出版社网址	http://www.jswenyi.com
印　　刷	江苏凤凰通达印刷有限公司
开　　本	718mm×1000mm　1/16
印　　张	23.5
字　　数	365 千字
版　　次	2019 年 3 月第 1 版　2021 年 5 月第 2 次印刷
标准书号	ISBN 978-7-5594-3014-4
定　　价	48.00 元

序

余志宏

《横渡长江》一书从历史的细微之处揭示中国近现代史的关键之年——1949年的转折。通过大量鲜为人知的史料与文献让读者走进那个时代，体会时代更替的历史必然性。更能令人深思的是，在历史洪流滚滚向前的大背景下，个人的命运被历史巨流所挟持，显得相当渺小，他们的选择成为特定时间特定地点里的必然结果。

1949年是不平凡的一年，它注定要承载历史变革中的兴衰荣辱，在这些历史的背后，每个人都生存在自己的际遇里，它游离于我们今天熟悉的视线之外，却真实无疑地发生着。该书细腻地呈现了宏大叙事背后的真实事件和真实个人，展示了个人在巨变时局下的复杂心态……

本书气势宏伟，它广泛地涉及了以下问题：

中国共产党在1949年之前就建立了广泛的爱国统一战线，在思想上与当时全国人民反对内战、要求和平、要求恢复生产的意愿实现了高度的一致，同时即将实现爱国人士民族复兴的伟大梦想，民主建国成为全社会的主旋律……因而，从这个角度上讲，中国共产党的胜利是必然的，是众望所归。

解放区的军民正以主人翁的热情开始他们的生活，这些信息可以从当时解放区的报刊、文艺作品中捕捉到；全国的爱国民主人士，不管是支持还是反对过中国共产党的人，现在都趋于一致地认为，中国共产党是有能力领导中国走上民族复兴之路的。这些内容可以从中国共产党高层领导毛泽东、周恩来等人与这些民主人士的交往、书信或他们的个人日记中寻找到。

在国民党内部也有一些富有远见的政治家，比如张治中，他与蒋介石的关系很好，被称为“诤臣”，多次建议蒋采用“联俄联共、扶助农工”的政策，蒋亦多次表示赞同此议。如果蒋在抗战后真的实行此政策，中国的政治格局将是另一种面貌。但是，国民党与蒋介石由于自身的历史局限性，一直没有实施这些强国、利民、利党的政策，必然导致了失败。

李宗仁在与蒋的历次争斗中，总处于下风。这次，他任代总统，又怎么样呢？显然还处处受制于蒋，要钱没钱，要权没权。他想释放张学良、杨虎城，却找不到他们之所在，甚至找不到保密局局长毛人凤，害得他在《中央日报》上登报寻找，还是杳无音讯。《李宗仁回忆录》中，李宗仁表达了自己对现实的思考："我对共党的感情是敬仰之心和恐惧之心兼有。不论是谁做了这工作，国家资源是得到了很好保护的。这样看来，我自己虽然失败，而且寄居异国，但我还是问心无愧的。"他还派代表秘密去接洽毛泽东、周恩来，就和谈后他个人的政治前途进行试探……

共产党与国民党的和谈也是一波三折，在多方利益的博弈中，国民党还是拒签了最后协议。因为按当时国民党高层的看法，如果签了协议，无异于国民党举手投降。

1949 年，发生了一些有趣的但今天看来是颇值得思量的外交事件。国民党与苏联、美国的外交，基本上双双失败，得不到任何一方的支持。

而 4 月 20 日、21 日，人民解放军与英国军舰互相炮攻，发生了"紫石英"号事件。中国共产党与英方进行多次外交活动，最后不了了之：英方并未按中国共产党的要求道歉和赔偿，英舰得以逃脱，其历史真相是什么呢？

司徒雷登是中国人民真正的老朋友，他与他的学生黄华密谈，说要与中国共产党高层领导会谈中美关系。但美国国务院令他回国。他说："I am not a policymaker（我不是政策制定者）。"新中国错过了第一次与美国建立外交关系的契机。

中国共产党与苏联的关系，也是从冷到热，中间时有分歧。毛泽东和斯大林也是有和有吵。当时真实的情形是什么呢？

战争是不可避免的。在这场战争中，国共双方的指挥员作何应变？普通一兵呢？后人可以通过学习材料、书信、日记等窥视当时人们的所思所想。

中国共产党的策反工作也是卓有成效的。通过策反，在渡江战役前后发生了以下大规模起义：江阴、江宁要塞起义，国民党第二舰队起义，航空兵起义……这昭示了历史洪流不可阻挡。

程潜、张轸、陶峙岳、林遵等国民党高级将领纷纷“投共”，到底是什么原因呢？他们到底在想什么呢？

作者还不惜笔墨写了许多“碟中谍”故事，我想这也是广大读者愿意探究的秘密。共产党派出大量的地下党员渗透到国民党各机要机关，探得各种机要情报，甚至打入军统，是名副其实的“碟中谍”。郭汝瑰是国民党高级作战参谋人员（中将），然而他一直把国民党的军事情报传递给共产党，甚至帮蒋介石制定错误的作战计划……沈安娜，打入国民党机要部门做速记员，甚至一直在蒋介石身边工作……中共南京地下党书记陈修良也是一位传奇女性……

而解放军渡江后，“潜京”的军统特工开始活动起来，荆有麟即是其中的代表之一。他早年与鲁迅交往甚密，是小有名气的“左联”作家，但是却一直负责进步文人的监视工作，成为文质彬彬的军统少将特工。

……

在《横渡长江》一书中，对这些有趣而又生动的史实，作者娓娓道来，妙趣横生，亦令人深思。

渡江战役是1949年4月至1949年6月间，在第三次国内革命战争中，中国人民解放军的第二野战军、第三野战军和第四野战军一部，在长江中下游地区向国民党军汤恩伯、白崇禧两集团发动的规模巨大的强渡江河战役。

渡江战役从1949年4月21日至1949年6月2日解放上海崇明岛止，历时四十三天，是中国战争史上继晋灭吴、隋灭陈、宋灭南唐之战后，第四次大规模的渡江作战。它是中国人民解放军实施战略追击的第一个战役，也是向全国进军作战的开始。它是由江河进攻战、陆地追歼战、城市攻坚战三种作战类型融为一体的战略性战役，其战场范围之广，参战兵力之多，阶段转换之快，都是中国人民解放军历史上前所未有的。人民解放军在以木帆船为主要渡江工具的条件下，一举突破国民党陆海空军组成的长江防线，创造了战争史上的奇迹。

渡江战役，以它特有的雄伟气势和丰功伟绩在中国革命史上谱写了光辉的篇章。

《横渡长江》一书有着鲜明的特点。该书突破了以往军事纪实文学的窠臼，引入了类似于黄仁宇先生大历史观的写作手法，它不仅描写战争，而且把战争作为一条主线，在这个基础上，广泛地展开叙述，以点、线、面相结合的手法，全方位、多角度地呈现了1949年中国时局的转折和在此背景下各种人物的命运。黄仁宇的《万历十五年》给了作者巨大的启发。

该书注重实证，旁征博引，广泛地征引了各种稀见的资料和学术上最新的研究成果。它不同于绝大多数的纪实文学，避免了注重叙事而相对轻视实证的做法。比如在写“蒋介石最后的大陆岁月”一章时，作者就多次引用刚刚解密的蒋介石日记的内容，来表现他当时苦闷、失望等各种复杂的情感，人物不再是脸谱化的，而是有血有肉的。又如，在写“潜伏下来的‘左联’作家”一章时，作者细致地考证了荆有麟与鲁迅的关系：“从1924年11月16日起至1931年7月16日间，《鲁迅日记》记到他的地方达三百二十多处，内容多为荆有麟来访、送稿、书信往来等；1936年4月18日，鲁迅还收到过他的信。鲁迅写给他大批信件，大都没有能保存下来，现《鲁迅全集》只收有一封。”

该书有严肃的学术背景，整体行文却是通俗易懂，引人入胜的。比如，在写作有关章节时，作者广泛地引用了当时《中央日报》《申报》和《大公报》的原文报道，可以使今天的读者拨开历史的云雾，看到我们平时难得见到的观点表达。又如，在写“李宗仁的‘代总统’生涯”一章时，首先写了蒋介石派毛人凤和沈醉欲去刺杀李宗仁的情形，这就使得读者一下子就步入了那个特殊的时代，引起继续阅读的强烈愿望。这些生动的叙事内容是根据当事人的回忆录《沈醉回忆录》所改写的，它在最大程度上还原了历史的原貌。

《横渡长江》不仅仅是一部军事题材的纪实文学，还是一本充满了智慧观察的书。作者着力对1949年元旦的《中央日报》进行了细致深入的解读，这也让我们在细微之处感受到宏大历史的必然性。该书视野开阔，融入了作者对于那个时代及其人物命运的思考。作者还大胆地破除了“土匪”史观的旧思维，用相对客观冷静的态度叙述了国共两党的斗争，同时在书的结尾处，作者还有意识地记叙了国民党去台后国共两党的交通发展，展望了第三次国共合作的愿景。

我郑重地推荐有兴趣的朋友看看这本书，定会有所收获的。

（佘志宏，著名军史专家，中国人民革命军事博物馆原副馆长）

目　次

第二部分　战争叙事

第三部分 风起云涌

第四部分　谍影重重

第五部分　海峡两岸

第一部分

人物面影

毛泽东的1949

一、和　　谈

自1949年4月8日起，在北平香山的双清别墅，毛泽东分别会见了国民党代表团的六位代表。

一见到张治中，毛泽东便热情地说："张文白将军，谢谢你！1945年我到重庆时，承你热情接待。对你的友好，总还记在心里，不能忘记。"

张治中听后，甚为感动，拿出李宗仁的一封亲笔信，递给毛泽东。张治中慨然地说道："蒋先生下野之后，表示愿终老家乡，终身不复出担任国家职务，望毛先生宽大为怀，不将'战犯'问题写入条文。"

毛泽东看完信后，对张治中说："德邻先生虽同意八项条件作为基础进行谈判，看来对战犯的问题还是不放心，你也感到有困难吧？为了减少你们代表团的困难，可以不在和平条款中提出战犯的名字。"

接着，毛泽东又徐徐说道："和谈方案先由中共方面草拟，拿出方案后再正式谈判就容易了。将来签字，如果李宗仁、何应钦、于右任、居正、童冠贤等都来参加就更好。"

张治中似乎颇有愧色，对毛泽东说："南京国民政府执政二十多年，未能遵照孙中山先生的遗训进行建设，愧对国家和人民，今后是你们执政了，你们怎么做，责任是重大的。"

毛泽东微笑着说："今后哦，我们大家来做。大家合作做的，当然最重要的是共同一致来结束战争，恢复和平，以利在全国范围开展伟大的生产建设，使国家人民稳定地进入富强康乐之境。"

在长达四个小时的谈话后，毛泽东还特地邀请张治中一起共进午餐。张治中考虑到毛泽东工作繁忙，于是辞谢而归。

接下来的日子里，毛泽东又先后会见了国民党代表团的邵力子、章士钊、刘斐和黄绍竑等主要成员。在历时三天的会谈中，毛泽东就战犯问题、组织联合政府问题、今后建设问题和外交问题等，与张治中、章士钊等进行了广泛的交流。

轮到毛泽东接见黄绍竑和刘斐了。毛泽东在询问了他们到北平的生活情况之后，对刘斐说："刘先生，你是湖南人吧？"

刘斐答道："我是醴陵人，与主席邻县，是老乡。"

毛泽东非常高兴，幽默地说："啊，老乡见老乡，两眼泪汪汪哩！"

毛泽东的亲切随和使黄刘二人紧张的心情即刻放松下来。

刘斐又说："蒋介石打不下去，让李宗仁出来求和。人民需要休养生息，和平是大势所趋。"

毛泽东顺着这个话题继续说道："人民的要求，我们最了解。我们共产党是主张和平的，否则也不会请你们来。我们是不愿意打仗的，发动内战的是以蒋介石为头子的国民党反动派嘛，只要李宗仁诚心和谈，我们是欢迎的。"

接着又说："李宗仁现在是六亲无靠哩！"并扳着指头对刘斐和黄绍竑说："第一，蒋介石靠不住；第二，美国帝国主义靠不住；第三，蒋介石那些被打得残破不全的军队靠不住；第四，桂系军队虽然还没有残破，但那点子力量也靠不住；第五，现在南京一些人士支持他是为了和谈，他不搞和谈，这些人士也靠不住；第六，他不诚心和谈，共产党也靠不住，也要跟他奉陪到底哩！"

他站起来，踱了几步后说："我看六亲中最靠得住的还是共产党。只要你们真正和谈，我们共产党是说话算数的，是守信用的。"

会谈结束后，毛泽东又留下他们一起吃饭。当谈到各人的爱好时，刘斐趁机将他心里还有疑虑的一个问题用试探的口吻问毛泽东："您会打麻将吗？"

毛泽东回答说："晓得些，晓得些。"

刘斐接着问："您爱打清一色呢，还是喜欢打平和？"

思维敏捷的毛泽东听了差点失笑，一下子就听出这是个双关语句，立即说："平和、平和，只要和了就行了。"

1949 年 4 月，以周恩来为首的中共代表团同国民党政府代表团在北平谈判。

1949 年 4 月 1 日，北平和谈

在双方和谈期间，4 月 7 日晚，李宗仁致电毛泽东，其电文主要内容可以归结为三个方面：一是表白自己“排除万难，决心谋和”的诚意；二是希望取消八项条件中关于战犯问题的规定；三是表示希望遵循孙中山的遗嘱，再次实行国共合作。

阅电完毕，毛泽东当即回电，严厉地说：“贵方既然同意以八项条件为谈判基础，则根据此八项原则以求具体实现，自不难获得正确之解决。战犯问题，亦如此，总以是否有利于中国人民解放事业之推进，是否有利于和平方法解决问题为标准，在此标准下，我们准备采取宽大的政策。”

4 月 13 日至 15 日，和谈已进入关键时段。双方在充分讨论的基础上，交换了各自的意见。国民党方面的意图是：近期内要求立即“就地停战”，实质上就是要求人民解放军停止前进，放弃对已经丧失作战能力的国民党军队的进攻，使中国革命就此止步，半途而废；长远则是企图达到“划江而治”的目的。

4 月 13 日上午，中共代表周恩来将《国内和平协议草案》递交给国民党代表团，基本立场仍是八项原则。草案共规定了八条二十四款。当日晚，以周恩来为首的中共代表团同以张治中为首的南京政府代表团举行第一次正式谈判，讨论由中共代表团提出的和平协议方案，周恩来就具体内容作了详细阐述。

4月14日，南京政府代表团经过一天的研究，提出了四十多处修正意见，写成了一个修正案。张治中在回忆录中说："这个修正案和原草案最大的不同之点是：词句力求和缓，避免刺眼的词句，同时对军队改编、联合政府两项也有若干的修正。"

4月14晚，周恩来同张治中会面，把最后定稿的《国内和平协定》送给他，并决定当晚举行第二次正式会谈。会上，周恩来介绍中共代表团修订《国内和平协定（草案）》并形成《国内和平协定（最后修正案）》的情况。其后，他郑重宣布："我们限定南京国民党政府在20日以前答复，如不接受，则20日我们一定打过江去。"

随后，毫无回旋余地的南京政府代表团经过充分讨论，一致决定接受中共提出的《国内和平协定》，并决定推黄绍竑代表和屈武顾问将《协定》带回南京，劝李宗仁、何应钦接受。

4月16晚，黄绍竑、屈武向李宗仁报告了和谈的全部情况和代表团的集体意见。李宗仁显然没有想到会有这样一种结果。白崇禧看完《国内和平协定》后，立刻怒气冲冲地对黄绍竑说："亏你像这样的条件也带得回来！"随后，由张群带着《协定》去向蒋介石请示。蒋看后，拍着桌子大骂："文白无能，丧权辱国！"他在日记中写道："共匪对政府代表所提修正条件二十四款，真是无条件的投降处分之条件。其前文叙述战争责任问题数条，更不堪言状矣。""余主张一方面速提对案交共匪，一方面拒绝其条件。"

4月20日，南京政府最后决定拒绝在协定上签字。至此，和谈失败。

4月21日，中国人民革命军事委员会主席毛泽东和中国人民解放军总司令朱德联名发布《向全国进军的命令》，命令人民解放军："奋勇前进，坚决、彻底、干净、全部地歼灭中国境内一切敢于抵抗的国民党反动派，解放全国人民，保卫中国领土主权的独立和完整。"

东北日报

將革命進行到底

一九四九年新年獻詞

新華社社論

奮勇前進，解放全中國

南京國民黨政府拒絕國內和平協定

毛主席朱總司令命令全軍

堅決澈底乾净全部殲滅敵人

大軍卅萬昨日渡過長江

《将革命进行到底》,《东北日报》　　《大军三十万昨日渡过长江》的报道

二、莫斯科来客

1949 年一开年,中共领导人毛泽东就深刻地洞察到:1949 年,无论是对于他本人,还是对于中国共产党,都是一个巨大的转折。这个转折将被放置于历史长河中,供后人阅读、评述。

1 月 31 日午后,几辆小轿车开进了中共中央的驻地西柏坡村。从车上走下周恩来和四位苏联人。这四人是苏共中央政治局委员米高扬及其翻译和警卫员。

早在院中等候的毛泽东走上前去,握住米高扬的手,热情地说:“欢迎!欢迎!”

毛泽东的办公室里都是沙发和桌椅,根本没有地方放脸盆,警卫员就把几盆水放在院里的地上。米高扬他们在院里洗了洗脸,然后才走进了毛泽东的办公室。

没多久,刘少奇、朱德和任弼时也都来了。这样,中共的五大书记就到齐了。周恩来向米高扬一一做了介绍,接着就亲切地交谈起来,中央书记处办公室主任师哲担任翻译,毛泽东的长子毛岸英担任生活翻译。

米高扬开口即说:“斯大林同志讲,毛泽东同志和其他的中共中央领导同志,在艰难的岁月里,在残酷的战争中,亲临前线指挥作战,在短短的两三年内,打了这么多的大胜仗,解放了大半个中国,真是为你们的胜利高兴,向你们祝贺,向你们致敬!”

毛泽东笑了笑,说:“谢谢斯大林同志,谢谢斯大林同志派你们来和我们一起研究商讨。我们只是想说明我们的想法,如今当面谈是很好的,非常欢迎你们来,非常感谢。”

米高扬随即说:“中国革命形势发展迅猛异常,在这关键的时候,毛泽东同志不能离开指挥岗位;再者,中国境内交通不便,还要通过敌方的封锁线,也要考虑到安全问题;到苏联往返的时间太长,怕影响毛泽东同志的身体健康。因而,斯大林同志不主张毛泽东同志到苏联去。斯大林同志十分关心中国革命形势的发展,派我代表他到中国来听取你们的意见。你们所讲的话我回国后向斯大林同志汇报。任何事都由斯大林同志决定。”

米高扬的这番话,在一定意义上是解释斯大林为何三番五次推阻毛泽东访苏之原因。

毛泽东听了米高扬这番解释,把烟蒂熄灭,说:“很好! 我们很想同苏联同志谈谈,以便使你们能了解我们的情况,我们也听到你们的宝贵意见,这样一定会有好处。”

米高扬在西柏坡逗留了一周,住在西柏坡后沟。在这几天里,中共中央的五大书记同斯大林派来的代表,共举行了三次正式会谈。其间,毛泽东及其他领导同志还分别到米高扬住所探望过。

2月1日、2日、3日,双方举行正式会谈,主要是毛泽东讲话,一连谈了三整天。周恩来、任弼时偶尔插几句话,做些解释。

会谈中,毛泽东着重谈了七大问题:

一、关于解放战争形势问题。毛泽东说:“到目前为止,中国革命发展较为迅速,军事进展也较快,可能用不了太多的时间,就是说,比过去我们预计的时间会短些,就能过长江,并向南推进。”

二、关于革命胜利后建立新政权问题。毛泽东指出,新政权的性质简括地讲就是:在工农联盟基础上的人民民主专政,而究其实质就是无产阶级专政。在明确新政权性质的同时,毛泽东还具体谈到新政权的组织形式。他说:“我们认为,它必须是个联合政府。名义上不这样叫,而实际上必须是联合政府。但联合政府不等于搞西方的多党制，国家政权是在中国共产党手里。这是确定不移的，丝毫不能动摇的。”

三、关于解放后恢复生产和经济建设问题。在谈到这个问题时，毛泽东说："今后对我们最严峻、最重大的考验是群众工作。”毛泽东特别地提到青年组织问题，毛泽东说：“而青年，这个几乎占全国近半数人口的群众，除了青年团那样的组织形式外，恐怕还得建立发展其他类型的组织，如学生联合会或其他青年组织形式等。”

当毛泽东谈到青年组织问题时，坐在一旁的米高扬插了话，表达了与毛泽东不同的看法。他说：“成立几个不同的青年组织是否会分散，甚至分裂青年层的力量，是否会引起青年工作中的矛盾和摩擦？为了便于对青年们的组织、安排和领导，是否只要一个共青团组织就行了？”听了米高扬的插话，毛泽东露出不悦之情，并当即反驳说：“中国青年人口众多，怎么可以用一个组织把他们圈起来？圈起来怎么做工作？对青年工作的形式和方法应该是恰当的、灵活的，自然，也要保证他们能发挥出自己应有的作用。”见毛泽东不大高兴，米高扬急忙补充声明说：“我只是带耳朵来的，没有权利发表意见。”

自此之后，米高扬再也没有插话，也没有提出过什么新的问题，而只是静静地听着。

四、关于军队问题。毛泽东说：“目前解放军中的若干部分，主要是起义部队，须要大力改编改造。”

五、关于中国对外政策和国际形势问题。在谈到这个问题时，毛泽东充分体现出他作为文学家的才华，他形象地把国家比作一个家庭，提出了著名的“打扫屋子，再请客”的对外方针政策。他说：“解放后，我们必须认真清理我们的屋子，从内到外，从各个角落以至门窗缝里，把那些脏东西通通打扫一番，好好加以整顿。等屋内打扫清洁、干净，有了秩序，陈设好了，再请客人进来。我们真正的朋友可以早点进屋子来，也可以帮助我们做点清理工作，但别的客人得等一等，暂时还不能让他们进门。”

六、关于国内若干政治经济问题。首先是土改问题，土改工作不能同时在所有地区展开，而应随军事形势的发展而展开，并要按照地区，分阶段来进行。毛泽东特别强调："土改不仅是一项经济工作，而且又是一项严肃的政治工作，所以必须把经济与政治这两方面的工作同时都做好。"他还谈及了关于中国的民族资产阶级和党的民族政策问题。他说："他们（民族资产阶级）虽然属于剥削阶层，但同时也受到外国资本的压迫和剥削，而且在政治上软弱无力，甚至受到压抑和排挤。我们对这部分人采取联合、利用、改造的方针，使其为祖国建设服务。这个政策他们是乐于接受的。我们利用了他们的积极性，也给了他们以施展才能的机会，参与国事的权利和应有的社会地位。与民族资产阶级问题相比较，我国历史上民族问题更加复杂。"

七、关于党内问题。毛泽东主要介绍了中国共产党的党内状况，其中谈到中共对犯错误的干部的政策。如王明、李立三这些犯有路线错误，给中共曾经造成了巨大损失的同志还被选入中央委员会。

上述谈话内容，反映了毛泽东在过去很长一段时间，特别是在中国革命迫近全国胜利的形势下，对一系列全局性重大问题的深刻思考，并简要地展示了未来中国将要走的道路。

毛泽东还对米高扬说了意味深长的一段话："我们认为我们的解放战争越胜利地向前发展，也就越需要更多的朋友，这里说的是真正的朋友，同时也更需要朋友对我们的同情和支持。朋友是有真朋友和假朋友之分的。真朋友对我们是同情、支持和帮助的，是真心诚意的友好。假朋友是表面上的友好，他们口是心非或者还出些坏主意，使人上当受骗，然后他们幸灾乐祸。我们会警惕这点的。"

当时米高扬在注意地听，略显忐忑不安，对毛泽东这段话不明所以，因为它既像打哑谜，但又好像是在影射苏联。他没有插话，也没有表态。

米高扬这次中国之行，收获甚丰。他的所见所闻都让他对毛泽东、周恩来等中国共产党的领导人产生了由衷的敬佩之情。正如他在 7 日晚上给斯大林的电报中所说："必须指出，与我交谈的政治局委员们，在一般政治、党务、农民及整体经济问题上完全是行家，并且都很有自信。"他对毛泽东的评价非常高，他说："毛泽东有远大的眼光，高明的策略，是很了不起的领袖人物。"

后来从俄罗斯公布的米高扬写给斯大林的报告中可以看出，米高扬的这次访问，对于改善两党关系，尤其是减少莫斯科对毛泽东和中国共产党人的疑虑，起到了极其重要的作用。

三、被错怪的斯大林

而在此之前，毛泽东曾经多次要求前往苏联访问。一方面由于战事紧张，很难抽得开身；另一方面由于苏联当局对中国政局抱有迟疑态度，几次推托，所以一直未能成行。1949 年 1 月 10 日，斯大林给毛泽东发来电报说：南京政府照会苏、美、英等国调停中国内战，苏联政府是赞成中国停止内战和实现和平的，现征求中共的意见，并告知中共如何答复国民党。

这封电报使毛泽东感到不快，他怀疑斯大林是否有意在中国搞一个“南北朝”，让国共两党划江而治。后来毛泽东曾多次提及此事，他说：“有些外国朋友对我们的胜利半信半疑。他们试图说服我们，停止在这里，把长江作为与蒋的分界线，建立‘南北朝’。”甚至到 1957 年，毛泽东对此事还心有不满，他说：“1949 年，我们眼看就要过长江的时候，还有人阻止，他说，千万不能过长江，过了，就会引起美国出兵，中国就可能出现南北朝。我们没有听他们的，我们过了长江，美国并没有出兵，中国也没有出现南北朝。如果我们听了他的话，中国倒真可能出现南北朝。后来我会见了阻止我们过江的人，他的第一句话就说‘胜利者是不应该受责备的’。”至于“他”，显然就是特指斯大林了。

1 月 11 日，斯大林又给毛泽东来电，是对前一封电文的补充解释。斯大林估计国民党会在没有美国人调停的情况下拒绝参加和谈，其结果是中共是愿意要和平的，而“国民党就将成为破坏和谈的罪人”。这样一来，“国民党和美国所玩弄的和平花招就将被戳穿，而你们就可以把必将获得胜利的解放战争继续下去”。

从 11 日的电文可以看出，斯大林并没有提出“划江而治”的方案，而是在政治上、舆论上让国民党过不了关。

1 月 12 日，毛泽东致电斯大林，他认为：英、法、美，尤其是美国内心是极其想参加中国停战的调停工作的，以便达到维护国民党的目的。但美国人又看到，人民解放军在全国的胜利和国民党政权的灭亡已是有目共睹的事实了。在此情况下，这三个国家是否继续站在国民党一边而去得罪人民解放军，“似乎也成为问题了”。

所以，毛泽东不同意斯大林的 11 日电文中的提议，以不让英、法、美参与调停。

毛泽东甚至直言不讳地告诉莫斯科：中共中央倾向于采取这样一种立场，即为了使中国人民更快地获得真正的和平，要求南京政府无条件投降。因为这场战争是南京政府发动的，它对人民犯下了滔天罪行，它已经失去全国人民的信任。所以，为了最快地结束战争，实现和平，南京政府应该把政权交给人民，“它已经没有任何理由再继续存在下去”。

1月 14 日，斯大林回电毛泽东。斯大林敏锐地分析说，国民党很清楚，共产党是绝不会同国民党言和的，因为“共产党也不可能放弃其消灭国民党及其军队的基本政策”。那么，南京政府到底要干什么呢？他们的目标是“同共产党休战即暂时停止军事行动”，以便利用休战作为喘息，对军队进行整顿，加固长江江防，从美国运来武器，积蓄力量，而后再撕毁停战协议，向人民解放军进攻，把破坏和谈的责任推到共产党头上来。

如何应对这样“假和谈”的花招呢？斯大林提出两种可能的方案。一是公开地、毫不掩饰地拒绝南京政府的和谈建议，宣布必须把解放战争进行下去，但这将意味着“把和平旗帜这一如此重要的武器交到了国民党人手中”。二是如此答复国民党方面：1. 说明实现国内和平是合乎共产党方面意愿的；2. 双方应在没有外国人参加的情况下进行谈判，因为中国是个独立的国家；3. 谈判是在共产党同作为一个政党的国民党之间进行，而不是同南京政府，因为南京政府已失去人民的信任；4. 一旦双方就中国的和平问题和领导权问题达成协议，军事行动就应立刻停止。

斯大林对答复国民党和谈要求的建议是经过深思熟虑的，因为在他看来，国民党是不可能接受这些条件的。但是，如果国民党不接受条件的话，人民就会明白，“主张把内战继续打下去的罪魁祸首是国民党而不是共产党”。在这样的状况下，和平的旗帜又落到了共产党之手了。

斯大林还特别强调，形成中共掌握主动权的局面非常重要，因为中国国内许多人都反对内战，他们愿意支持那些主张和平的人。

斯大林精辟的分析折服了毛泽东，他决定采纳斯大林的建议。在看完斯大林的电报之后，毛泽东即起草了《关于时局的声明》。声明明确表示：人民渴望和平，但不赞成战争罪犯们提出来的和平。在此民意基础上，中国共产党声明，虽然人民解放军有足够的理由和力量将很快消灭国民党反动派的残余军事力量，但是，为了迅速结束战争，实现和平，减少人民痛苦，中共愿意同南京国民党反动政府及任何军事力量进行谈判，但必须在下列条件下进行：

(1) 惩办战争罪犯；

(2) 废除伪宪法；

(3) 废除伪法统；

(4) 依据民主原则改编一切反动军队；

(5) 没收官僚资本；

(6) 改革土地制度；

(7) 废除卖国条约；

(8) 召开没有反动分子参加的政治协商会议，成立民主联合政府，接收南京国民党反动政府及所属各级政府的一切权力。

可以看出，该声明基本上体现了斯大林的用意。当天，毛泽东又致电斯大林说，在基本精神上，“我们同你们完全一致”。1 月 15 日，斯大林致电毛泽东，电文中高兴地说：“我们之间在南京政府提出的和谈建议问题上观点已趋于一致，中国共产党已经开始发动了‘和平’运动。”

四、进京赶考

1949 年 3 月 23 日。与往常一样，毛泽东仍坚持工作到凌晨 3 时多才睡下。早晨 10 时，卫士才轻轻唤醒了毛泽东。这天，中共中央离开了西柏坡村，前往北平。

临上车前，周恩来笑着问毛泽东：“主席，没有休息好吧？”

毛泽东异常兴奋，笑着回答：“休息好了，睡四五个小时，精神就很好了。”

毛泽东看一下周围的警卫人员，又说：“今天是进京的日子，不睡觉也高兴啊！今天是进京‘赶考’嘛，进京‘赶考’去，精神不好怎么行呀？”

周恩来接着说：“我们应当都能考及格，不要退回来。”

毛泽东意味深长地说:“退回来就失败了,我们决不当李自成,我们都希望考个好成绩。”

这个由十一辆小汽车和十辆卡车组成的车队,浩浩荡荡而又井然有序地离开了西柏坡,沿着山间公路,向北平方向开去。车队的安排是这样的:第一辆是带路的小吉普;第二辆是毛泽东坐的中吉普;第三辆是家属坐的吉普;第四辆是刘少奇的小卧车;第五辆是家属坐的中吉普;第六辆是周恩来一家坐的中吉普;第七辆是朱德一家坐的中吉普;第八辆是任弼时一家坐的中吉普;第九辆是陆定一一家坐的小吉普;第十辆是胡乔木一家坐的小吉普;第十一辆是叶子龙一家坐的小吉普。另外,后边有五辆卡车载着少数机关工作人员和行李,还有五辆卡车拉着中央警卫团的手枪连和一个步兵排。有些机关工作人员为了沿途的准备工作,已先行出发了。

尽管山间土路坎坷不平,且车轮过处,尘土飞扬,但毛泽东似乎全然没有觉察到这些,他的心情很好,与随行人员有说有笑。

突然,他若有所思地问身边随行人员说:“今天又是 3 月份,咱们为什么老在 3 月份有行动呢? 你们记得这几次行动的时间吗? 你们说说。”

“1947 年 3 月 18 号撤离延安。”卫士长阎长林回答说。

“去年 3 月份呢?”

“去年 3 月 22 号,我们由陕北米脂县的杨家沟出发,向华北前进。”又有人回答。

毛泽东接过话题说:“今天是 3 月 23 号,与去年 3 月 22 号只差一天,我们又出发向北平前进了。三年三次大行动都是在 3 月份。明年 3 月份应该解放全国了。等全中国解放了,我们再也不搬家了。”

这位农民的子弟,这位善于解决农民问题,号召中国最广大的农民群体的革命领袖,必须接受这样一个现实:即他本人、中国共产党和他领导的广大解放军官兵,必须要越来越多地参与和他们已经获得完整经验的乡村地区完全不同的城市生活。

形势的发展过于迅疾,甚至超出了毛泽东的预料。而在 2 月初,他还在犹豫是不是要马上占领南京、上海等大城市。在一次会谈中,来访的苏共中央的米高扬问毛泽东:“你们打算什么时候夺取南京、上海?”

毛泽东回答道:“现在不忙这个,还需要一两年的时间我们才能够在政治和经济上完全占领中国。我们现在还不想占领大城市,而是先要占领广大的农村地区。因为中国共产党没有足够的干部。在干部培养出来的时候,我们就要占领南京和上海了。”

而米高扬并不赞同毛泽东的看法:“斯大林同志和苏共中央认为,中国共产党占领南京上海这些大城市越快越好,干部是在斗争过程中成长起来的。我个人认为,您应该迅速行动起来,不要拖延时间,应马上建立革命政府,应该在占领南京和上海之后就立即宣布建立新的革命政府。”

与米高扬的谈话启发了毛泽东,毛泽东在米高扬走后即 2 月 8 日就致电准备渡江作战的解放军第二、第三野战军,电文题目为“把军队变为工作队”,电文中说,今后解放军将“一反过去二十年先乡村后城市的方式,而改变为先城市后乡村的方式”,“军队不但是一个战斗队,而且主要地是一个工作队。军队干部应当全体学会接受城市和管理城市”。他还展开他习惯性的宏大思维,认为“军队就是一个学校,二百一十万野战军,等于几千个大学和中学,一切工作干部,主要地依靠军队本身来解决”。

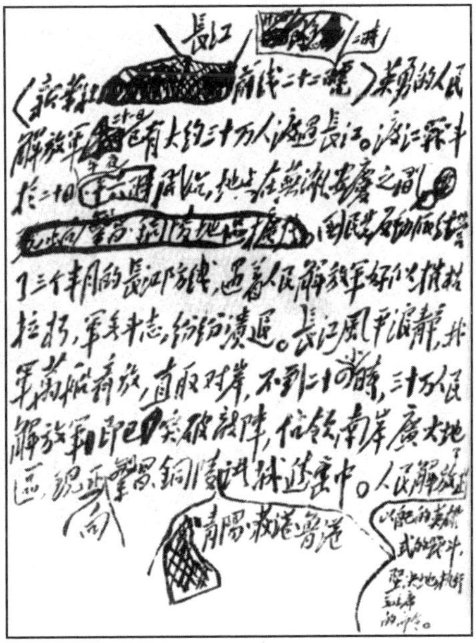
长江前线二十二日 英勇的人民解放军已有大约三十万人渡过长江。渡江战斗于二十日开始,地点在芜湖安庆之间。国民党反动派经营了三个半月的长江防线,遇着人民解放军好像摧枯拉朽,军无斗志,纷纷溃退。长江风平浪静,我军万船齐放,直取对岸,不到二十四小时,三十万人民解放军即已突破敌阵,占领南岸广大地区,现正向繁昌铜陵推进中。人民解放军

毛泽东起草的解放军胜利突破长江的新闻稿

后来的事实同样也印证了米高扬的说法,在斗争过程中,一大批中共的干部成长了起来,学会了接管城市,开始了崭新的城市生活。

也就是从 1949 年 3 月 23 日起,毛泽东本人和他周围的战友开始了全新的城市生活。二十九天后,他在北平这座有着悠久历史的大城市里发布命令:百万解放

军渡江作战，迅速占领国民党的中心大城市南京、上海和杭州。

毛泽东在北平香山双清别墅阅读《南京解放》的号外

蒋介石最后的大陆岁月

一、内心沉痛，不可言状

4月的西子湖畔，春光明媚，正如苏东坡的诗中所写的那样："水光潋滟晴方好，山色空蒙雨亦奇。欲把西湖比西子，淡妆浓抹总相宜。"

1949年的西湖仍旧如此。4月22日，中共的军队——人民解放军的中东西三个突击集团已大部分实现了渡江。此时的中国国民党总裁(不是总统)蒋介石深感大势已去，必须重新出面，收拾残局了。他匆匆结束在故乡奉化溪口的"隐居"生活，乘专机飞抵美丽的杭州。但蒋介石并不是来看风景的，而是急召李宗仁、何应钦、白崇禧、张群、王世杰、陶希圣、吴忠信等国民党高级要员紧急商讨，以确定下一步向何处去、作何打算的方针策略。

22日清晨，李宗仁、何应钦、白崇禧、张群、王世杰、陶希圣、吴忠信等人分乘三架专机抵达杭州，而蒋介石早已在笕桥航校等候。这一群人见面之后，面色凝重，内心的忧虑都写在了脸上。

首先是代总统李宗仁打破了沉默："总裁，你当初要我出来，为的是和谈。现在和谈已经决裂，南京马上就要失守，你看怎么办?"

蒋介石马上就表态道："德邻啊，你继续领导下去，我支持你到底，不必灰心!"随后，蒋又叹了口气，语重心长地安慰、劝说李宗仁，要其务必继续领导下去，他当尽其所能支持。后来蒋又撇开众人，领李宗仁到另外一间房里继续商谈。

李宗仁开始大发牢骚，三个月的代总统生涯根本就谈不上有什么权力，而且很多官员故意拆他的台。他对蒋介石说："你如果要我继续领导下去，我是可以万死不辞的。但是现在这种政出多门、一国三公的情形，谁也不能做事，我如何能领导?"

蒋介石语气和缓、态度诚恳，继续表态："不论你要怎样做，我总归支持你！"

南京即将被攻破，大势已去，这些昔日当国者的辛酸已难用语言表述。

杭州的聚谈就这样结束了。当时外界不明真相，都把这一次非正式的谈话叫作"杭州会议"。其实根本没有开什么会议，只不过是这几位国民党的高官愁眉苦脸地坐在笕桥航校会客室的沙发上，谈了一两个钟头而已，没有作任何具体的决定，但还是拟了一个简单的文告，在《申报》上发表了，确定了四点方针：

(1) 政府今后唯有对中共坚决作战；

(2) 在政治方面，联合全国民主自由人士共同奋斗；

(3) 在军事方面，由何应钦兼国防部长，统一陆海空军指挥；

(4) 采取紧急、有效步骤，以加强国民党内部团结和党政之间联系。为此，决定在党内设立"非常委员会"，蒋介石以国民党总裁身份主持党政联系。

4月23日，中国人民解放军第35军占领了南京总统府，国民政府迁往广州。许多政府要员自寻生路，生死未卜。"代总统"李宗仁也临时乘专机飞往桂林。这时的国民党政权，已四分五裂。

4月24日，身在溪口的蒋介石得知南京失陷，"精神之抑郁与内心之沉痛，不可言状"。当日，为防止家人成为解放军的俘虏，蒋急速决定把他们送往台湾，他本人也决定飞赴上海，做最后的抵御。蒋介石是个孝子，第二天，他带着大儿子蒋经国到蒋母墓前辞行。本想再去一趟生他养他的丰镐房看最后一眼，可于心不忍；又想跟乡间的父老乡亲告个别，也怕徒增依恋，最终不告而别。坚持写日记的蒋经国在日记中描述了当时的状况："天气阴沉，益增伤痛。大好河山，几至无立锥之地！且溪口为祖宗庐墓所在，今一旦抛别，其沉痛之心情，更非笔墨所能形容万一。"当时蒋介石"虽未流泪，但悲痛之情，难以言宣"。

蒋介石与蒋经国

二、日记折射出的心态

蒋介石应该清楚，这样的结局是不可避免的。对于李宗仁以"代总统"身份出面与中共的谈判，他也早知道不会有什么结果，最终要么叫他投降，要么就是中共的部队打过长江来。蒋介石有几则日记，记录了他对和谈的个人感想，颇能看出蒋当时的心态。

> 2月5日　共匪今日广播，明白表示："不承认李宗仁所代表之南京政府。"未知李宗仁与邵力子、张治中等人当作何感想也。彼等哄颜还至此，当计其革命历史与人格乎？

蒋下野后，李宗仁即开始运作与中共的谈判，但是中共1月23日发表声明，"与南京政府谈判，并非承认南京政府，乃因其尚控制若干部队"。2月5日，中共又发表广播声明，称并不承认李宗仁的南京政府。声明显得趣味盎然："1月28日那种时候，我们还把国民党反动卖国政府说成是一个政府，在这一点上说来，我们的态度确乎不够慎重。这个所谓'政府'究竟还存在不存在呢？它是存在于南京吗？南京没有行政机关。它存在于广州吗？广州没有行政首脑。它是存在于上海吗？上海既没有行政机关，又没有行政首脑。它是存在于奉化吗？奉化只有一个宣布'退休'的伪总统，别的什么都没有。因此郑重地说起来，已经不应该把它看成一个政府，它至多只是一个假定的或象征的政府了。"对此，蒋介石感到颇为高兴，他看到李宗仁他们不过是在低三下四地出洋相而已，这似乎是中共替他报了下野之仇。

> 3月28日　可决定其十足的投降之代表。但共匪是否接受其投降，是一问题耳。李宗仁和谈方案，其中心条件，无异于协同共匪消灭国军之基础耳。

关于和谈的尺度，蒋介石曾有一框架，大致有三点：(1) 确保长江以南若干省份的完整，由国民党领导；(2) 使双方在未来政府中保持同等的发言地位；(3) 关于军队整编，先确定比例，后自行改编。

显然，这是一个“划江而治”的方案。后李宗仁声明愿意接受中共的八项基本方针。在和谈之前，张治中等即把和谈“腹案”汇报了蒋介石。所以才有蒋的这番言论。

4月17日　共匪对政府代表所提修正条件二十四条款，真是无条件的投降处分之条件。其前文叙述战争责任问题数条，更不堪言状矣。黄绍竑、邵力子等居然接受转达，是诚无耻之极者之所为，可痛。

蒋介石在奉化溪口

其状可谓咬牙切齿，出离愤怒了。

国共双方谈判了半个月，到4月15日，中共代表周恩来宣布了中共拟定的八条二十四款《国内和平协定》，并要求南京政府必须在4月20日之前决定是否签署，如不签署解放军立刻渡江作战。

4月16日，黄绍竑和屈武带《协定》回到南京，李宗仁不敢做主签字，他立刻派黄绍竑、邵力子等人去了奉化溪口，向总裁蒋介石转呈此文件。就是在看了《国内和平协定》的内容后，蒋介石才愤怒地写下了4月17日这则日记的。

4月30日　4月份最重要之事，莫过于共匪对政府所提“国内和平协定”条款，使李代总统等主和求降，甚至谓“投降即光荣”之投降派亦无法接受，而不得不宣告和谈决裂，重新作战。此固最近时局中遭遇重大艰难；然中华民国生机与国民革命之复兴，亦即在于此也。……

其(共产党)所用之方法虽有不同，而其非得余而不能甘心。以及其非彻底毁灭我国家之基本不可之目的，则完全不同。

4月30日，蒋介石乘“泰康号”军舰抵达上海，召集了京沪杭警备总司令汤恩伯、上海警备司令陈大庆、上海江防司令石觉等在龙华机场召开军事会议，对淞沪防务做了严密的部署。在那次会议上，丢了首都的蒋介石还煞有介事地说："能够坚守住上海，等待第三次世界大战的爆发，届时我们将会得到保护，我们就能光复全国，因此这是关系党国存亡的大战。"这则日记，似乎是对 4 月份的一次小结，勉励自己重新奋斗，对中共更是恨之入骨。

三、第三次下野

1948 年 12 月 24 日，淮海战役即将结束，华中"剿匪"总司令白崇禧曾有密电给蒋介石和李宗仁，他们在 25 日收到此电，电文希望能与中共恢复谈判，这便是外界所传的"亥敬电"。其实他的电报只是向蒋介石作极温和的建议，采纳与否，自需蒋自己决定。随后，桂系核心人物、副总统李宗仁向蒋宣布五项和平主张：

(1) 总统下野；

(2) 释放政治犯；

(3) 言论集会自由；

(4) 两军各自撤退三十里；

(5) 划上海为自由市。政府撤军，由各党派人士组织联合政府，并在上海和谈。

各地新闻界不明就里，故意以猜测之辞，写出许多骇人听闻的报道，说白崇禧"逼宫"。因在淮海战役后，国民党军在东南地区的精锐丧失殆尽，而桂系白崇禧坐镇武汉，还掌握了三四十万能战之兵，为国民党军最后的军事力量。

随后，湖南守军程潜发出通电，要蒋下野。

12 月 30 日，白崇禧再电蒋介石，重申要蒋下野的主张。李宗仁在其回忆录中说，白崇禧并不是要"逼宫"。但从他两次通电的实情看，白崇禧"逼宫"的说法也是可以说得通的。同日，河南省主席张轸通电主和。

在此情形下，总统蒋介石心烦意乱，恨不得把这些人都拉出去毙了才好。他甚至后悔为什么没有下令让沈醉干掉李宗仁。但在冷静之余,这位老练的政客不得不面对自己的现实处境,图谋走出目前的泥潭。他必须考虑是和是战,以及他自己的进退问题。1949 年 1 月 1 日,蒋经国在日记中写道:

父亲近曾缜密考虑引退问题,盖以在内外交迫的形势下,必须放得下,提得起,抛弃腐朽,另起炉灶,排除万难,争取新生。

蒋介石对于个人的进退则有着相当清醒的判断。“进”的方面来说,仅仅是勉强支撑当时的危局,维系一个看似统一的局面;等待国际形势转变,朝着有利于他的一面发展;静观共产党内部变化,看是否有机会。总之,“进”不过是坐以待毙、靠天吃饭。“退”的方面来说,国民党的军政积习难改,退了方有机会彻底整顿和改造,打破当时半死不活的僵局,另起炉灶,重新整合力量,奠定基础。看来,“退”对于蒋显然是有利的。

在“战既无望,和亦不能”的情况下,蒋介石下定了引退的决心。1948 年 12 月 31 日晚,在黄埔路的总统府官邸内,蒋介石召集了国民党中央执监委员共四十人,聚餐晚宴。等大家吃得差不多的时候,蒋介石站了起来,又坐了下去,冷冷对大家说:“现在的局势严重,党内有人主张和谈。我对于这样一个重大问题不能不有所表示。现拟好一篇文告,准备元旦发表。现在请岳军朗读一遍,以征求大家意见。”岳军不是别人,正是国民党大员张群。张群字岳军,时任总统府资政。大家交头接耳,纷纷议论起来。张群站了起来,展开准备好的文告。一时间,全场一片肃静,只有张群那不高不低的声音在现场回荡。

该文告宣称:愿意与中共“商谈停止战事,恢复和平的具体办法”。但蒋介石又开了价码,对于和平谈判提出五项先决条件:

(1) 要和议无害于国家的独立完整,而有助于人民的休养生息;

(2) 只要神圣的“宪法”不由此而违反,民主宪政不由此而破坏;

(3) 中华民国国体能够确保;

(4) 中华民国的法统不致中断;

(5) 军队有确实的保障，人民能够维持其自由的生活方式与最低生活水准。

文告的最后，他暗示有意退休，说："中正毕生革命，早置生死于度外，只望和平能早日实现，则个人进退出处，绝不萦怀，而唯国民公意是从。"

等张群念完文告，蒋介石就开始征求在座者的意见了。他特别提高声调，对坐在他身边的副总统李宗仁说：

"德邻，你来谈谈你的想法！"

李宗仁平静地答道："我与总统并无不同意见。"

蒋介石未置可否，又问行政院长孙科的意见："哲生啊，你的意见呢？"

孙科望了望蒋介石，又扫了大家一眼，说："我同意李副总统的意见。"

这时行政院的政务委员、社会部部长谷正纲(字叔常)号啕大哭起来，一把鼻涕一把眼泪地说："总统啊，在此危难时刻下，您怎么能丢下国家、丢下人民、丢下我们于不顾呢？发表此文告是万万不可的，我坚决不同意。"

张道藩、王世杰等人也纷纷表示不同意发表这个文告。而谷正纲还在号啕大哭。蒋介石站了起来，狠狠地瞪了谷正纲一眼，用训斥的口气对他说：

"叔常，不要再哭了。你哭什么呢？是死了老子啦？"

他顿了顿，站了起来，环顾在座的所有国民党中央大员，愤愤地说："我并不要离开，只是你们党员要我退职，我之愿下野，不是因为'共党'，而是因为本党中的某一派系。"显然，他在讲话中所说的"派系"是指李宗仁和白崇禧为代表的"桂系"。

1949 年的元旦，将介石发表了他的《求和文告》。但同日，新华社发表了毛泽东的《将革命进行到底》的社论，文中说"1949 年中国人民解放军将向长江以南进军"。1 月 5 日新华社又播发了毛泽东极其犀利的《评

链接：

四十三名头等战犯名单

1948 年 12 月 25 日，解放战争已经进入全面决战反攻阶段，新华社发布了一份四十三名国民党头等战犯名单。这四十三名头等战犯是：蒋介石、李宗仁、陈诚、白崇禧、何应钦、顾祝同、陈果夫、陈立夫、孔祥熙、宋子文、张群、翁文灏、孙科、吴铁城、王云五、戴传贤、吴鼎昌、熊式辉、张厉生、朱家骅、王世杰、顾维钧、宋美龄、吴国桢、刘峙、程潜、李岳、卫立煌、余汉谋、胡宗南、傅作义、阎锡山、周至柔、王叔铭、桂永清、杜聿明、汤恩伯、孙立人、马鸿达、马步芳、陶希圣、曾琦、张君劢。

战犯求和》的评论，并在文末讽刺蒋说："蒋介石已经失去了灵魂，只是一具僵尸，什么人也不相信他了。"1 月 14 日，毛泽东在舆论上再给蒋介石以一记重锤，发表了《关于时局的声明》，明确地提出和平谈判的八项政治主张。

这个声明的首要条件就要惩办战犯，以及废除伪宪法和伪法统等。这八项条件对蒋介石而言真如五雷轰顶，就是要他无条件投降的宣言。随后他即对李宗仁说："就当前的局势来说，我当然不能再干下去了。但是在离开之前，必须有所布置。"

蒋介石很快作了两方面的部署：一是经济上，为使国民党能在日后保留"一线生机"，1 月 14 日令人将国库中 3.7 亿美元和黄金、白银及外汇移存台湾；同时令中央银行和中国银行将存在美国的外汇转入多个私人户头，以避免无法支取。二是政治上的权力安排，迅速把其亲信安插在要害部门。命他长期宠幸的汤恩伯出任京沪杭警备司令部总司令，任朱绍良为福州绥靖公署主任，任陈诚为台湾省主席兼警备司令，任其子蒋经国为台湾省党部主任。

从这些部署可以看出，蒋介石已经很清楚，大陆即将不保，只有经略台湾了。后来蒋介石在国民党七大的报告中称："如果我不下野，死守南京，那台湾就不能兼顾，亦就不能成为'反共抗俄'的坚强堡垒。"甚至早在 1946 年 10 月，蒋巡视台湾时就曾说过："台湾尚未被共党分子所渗透，可视为一片净土，今后应积极加以建设，使之成为一模范省，则俄、共虽狡诈百出，必欲亡我国家而甘心者，其将无如我何乎。"

1 月 21 日上午 10 时，蒋介石召集在南京的党政军高级人员百余人，在总统府官邸举行紧急会议。据现场参加人员回忆，当时"与会人员黯然无声，空气极为沉重"。

蒋介石首先对目前的局面做详细的分析。蒋声音低沉，与平时训话时的慷慨激昂有天壤之别。最后他沉重地说："军事、政治、财政、外交皆濒于绝境，人民所受痛苦亦已达顶点。我有意息兵言和，无奈中共一意孤行到底。在目前情况下，我个人非引退不可，让德邻兄依法执行总统职权，与中共进行和谈。我于五年之内绝不干预政治，但愿从旁协助。希望各同志以后同心合力支持德邻兄，挽救党国危机。"

他发表讲话时，已经有人唏嘘起来，有人黯然流泪。等他说完，谷正纲又像上次晚宴上表现的那样号啕大哭起来，陈庆云、何浩若、洪兰友、张道藩等也失声痛哭，全场悲痛的气氛达到了顶点。这时，谷正纲忽然含泪起立大声疾呼："总裁不应退休，应继续领导，和共产党作战到底！"

蒋介石大声地说道:“事实已不可能,我已作此决定了。”好像充满一种豪气。

随即,他走到了李宗仁面前,从口袋里掏出一份拟好的文件,对李宗仁说:“我今天就离开南京,你立刻就职视事。这里是一项我替你拟好的文告,你就来签个字吧。”李不假思索地在文件上签上自己的大名,蒋便收回去了。

当蒋介石起座离开向会议室外走的时候,又发生了一个小插曲。有一把白胡须的国民党元老于右任忽然蹒跚地追上去,口里喊着:“总统!总统!”蒋稍停,问何事。于右任说:“为和谈方便起见,可否呈请总统在离京之前,下个手令把张学良、杨虎城放出来?”蒋介石只把手向后一摆说:“你找德邻办去!”说完便加快步伐离开了。于右任在众目睽睽之下,失望地拖着老迈的身躯,慢慢地走了回去……

在蒋介石临走的那天,他身着黑色棉袍,头戴水獭皮帽,率一些国民党党政要员前往东郊拜谒了中山陵。谒陵之后,蒋介石与在场的张耀明、陈沛、覃异之等南京卫戍总司令部的官员合影留念,并发表讲话说:“今天,我们在军事上虽然失败了,但是只要我们知耻,发愤图强,前途还是大有可为的。因为我们还有长江以南及西南广大地区,比在黄浦革命时的基础好得多。”当晚,南京卫戍总司令部副总司令覃异之心里很不是滋味,根据蒋介石客厅中悬挂的于右任所书对联“登高望远海,立马定中原”,写了一首消沉至极的诗:

1949 年,退守台湾的蒋介石

隔江烽火逼京都,立马中原负霸图。惆怅秦淮拼一醉,自来难得是糊涂。

1 月 22 日,蒋介石在日记中写道:

此次失败最大原因,乃在于新制度未能成熟与确定,而旧制度已放弃崩溃。在此新旧交接紧要危急之刻,而所恃以建国救民之基本条件,完全失去,焉得不为之失败!

链接：

孙科为蒋介石“辞职”等事致南京市政府电

（1949年1月21日）

南京市政府：

总统蒋公为尊重全国人民之愿望，蕲求和平之早日实现，以解民众之倒悬，而保国家元气起见，已于本月21日依据宪法之规定，交由李副总统代行总统职权。科等奉命组阁，依法应对总统与立法院负其责任。爰经决定联名恳辞，当奉一再责以大义，恳切慰留，值此时局艰困，万方多难，敢不竭其绵薄，勉效驰驱。务望各级政府、全体军民仰体总统蒋公大仁大勇、为国为民之至意，谨守岗位，各奋忠贞，保卫民族，实现和平，奠国家于磐石之安，等人民于衽席之上有厚望焉。

行政院院长 孙科

京机。子马。印

四、“下野常客”

武山庙位于武山南麓，原为溪口镇上蒋、张、单、宋、任五姓氏族共同拥用的宗庙。庙宇结构完整，分前后两进，东西两厢廊庑，中间天井设戏台，后进前廊设盘龙石柱，保持清中叶前江南庙宇建筑风格。1988年2月17日（农历正月初一日）武山庙改称为溪口博物馆，对外开放，当地人仍然称它为“武山庙”。

据溪口当地百姓传言，1949年1月底，蒋介石下野回到溪口。他走进武山庙，求了个下下之签。签书上写着：“蜻蜓飞舞力已尽，碰见蛛网更伤心。未知明日怎了结，客居他乡过光阴。”蒋介石看后，当即脸色发白，语无伦次，心想撕毁签书，但他转念一想，这是菩萨给他指点迷津，不敢撕毁，长叹一声，走出武山庙。一直跟在他身边的蒋经国发现父亲脸色难看，劝道：“父亲，仅仅求签嘛，何必这么认真？”蒋介石苦笑：“你哪里知道，武山庙的菩萨是很灵的。大势去也！”

这是蒋介石的第三次下野。在古今中外的历史上，像蒋介石这样经历三次下野的政治人物是相当少见的，可谓是“下野常客”。

第一次下野发生在1927年。正当北伐战争轰轰烈烈地深入中国腹地之时，位居北伐军总司令的蒋介石突然在上海发动了震惊中外的针对中国共产党和革命群众的“清党”政变，屠杀了中共党员和革命群众达上千人，掌握了国民党的控制权。

4 月 18 日，蒋介石初次建立了他的南京小朝廷。三个月之后，主政武汉的国民党头面人物汪精卫也步蒋的后尘，宣布“反共清党”。尽管他们之间有权力上的争夺，但在“反共清党”上实现了合流。这时，蒋介石邀请汪精卫到南京商谈国是，让其“秉权”，其目的显然是吞并武汉的国民政府使汪精卫臣服于他。而汪精卫也心怀鬼胎，想通过“宁汉合流”坐上国民党的第一把交椅。但汪精卫也深知，手握重兵的蒋介石怎么可能把权力拱手相让于他呢？于是就提出，“宁汉合流”必以蒋介石下野为先决条件。

在外界，蒋介石受到来自三方的巨大压力——以汪精卫为首的武汉政府中的原国民党左派势力、拥有数十万军队的冯玉祥以及蒋介石的得力部下何应钦。分裂的国民党南京、武汉两派如果要统一，首要前提就是蒋介石下野。此时，南京政府中的“西山会议派”和桂系李宗仁、白崇禧也以汪精卫提出的条件为借口，逼迫蒋介石下野。

在此情形下，1927 年 8 月 8 日，由李宗仁领衔，白崇禧、蒋介石等附名向武汉发出求和的电报。该电承认他们“鲁莽从事，过举极多”，声称“共党全退出党部，则党之只有整个善后，并无两派争执，开一中全会，以促大会之进行”。电报要求武汉政府要人及早莅临南京，“以践夙诺”。8 月 9 日，唐生智发表讨蒋通电，称蒋介石“以军治党，以党窃政”，自立政府，要求海内忠实同志“共起而平乱”。武汉方面并扬言：“一切均可磋商，对蒋氏个人，绝对不能相谅。”在 8 月 8 日的日记中，蒋介石愤怒异常：

> 余以为同志应退让，对敌人需坚持，而汪乃异其是，诚非人类也！

蒋介石骂李宗仁、白崇禧等简直就不是人。骂归骂，他亦无奈。8 月 12 日，他命陈布雷起草了《告国人书》，宣布下野，在文中多强调自己的功绩。8 月 13 日，蒋介石发表《告中央各执监委员书》：“本年七八月间，察知一般军人多不能认识党，不愿尊重党……中正以为情势至此，若再恋战，即非党所任命之总司令，而将成武力之傀儡。中正决不愿如此，故决然引退。”同日，蒋介石辞去国民革命军总司令职，正式解甲归田，随后即回溪口老家。

蒋介石下野后不久，即携张群、宋子文等人去了日本，取得日本与美国对他的支持。同时，他与宋美龄的婚事得到宋母倪太夫人的同意。11 月 10 日，蒋介石到达上海，一面筹办与宋美龄的婚事，一面策划复职。1927 年 12 月 10 日，国民党中央政治会议决议请蒋复职。1928 年 1 月 4 日，蒋正式就任国民革命军总司令，同年 10 月就任国民政府主席。

第二次下野时间是 1931 年 12 月 15 日至 1932 年 1 月 28 日。蒋介石的第二次下野一方面是由于他舆论误国造成的，另一方面也是国民党党内派系斗争的产物。胡汉民曾一针见血地指出："国民党党治之分裂，自北伐完成以来，已非一次，然多半出自党外之离间挑拨。而 1931 年之分裂，则纯出于党中之内讧。"

胡汉民是国民党元老、立法院院长，一直反对蒋介石集党、政、军大权于一身的独断专行，为国民政府实际上沦为个人手中的工具而愤愤不平。1931 年 2 月 28 日，蒋介石突然将胡汉民软禁。这立即引发国民党内部又一次反蒋高潮。5 月，改组派、西山会议派、胡汉民派、林森和孙科派，以及两广实力派人物陈济棠、李宗仁，在广州成立了一个"非常会议"，打出"打倒独裁""护党救国"的旗号。身在香港的汪精卫应邀出任广州"非常会议"的政府领袖。不同时期反对过蒋介石的派别，在这一时刻汇聚到了一起。1931 年 9 月初，广州政府派军北上讨蒋，宁粤战争爆发。正在此时，"九一八"事变爆发了。广东方面首先做出了友善举动，9 月 20 日立即停止入湘军事行动。蒋介石也予以回报，派代表赴香港与粤方接洽。对立由双方达成了和解。10 月 14 日，蒋介石释放了被软禁的胡汉民。

然而，外人未必清楚中国政治幕后的复杂性。东北大部分地区沦陷、中国军队的不抵抗，使早就反对蒋介石独裁统治的国民党内部各派，更有理由逼迫其交出权力，以改变整个国家的被动局面。在国民党内部，尽管粤方已有分化，但并没有彻底破裂；外患日急，又逼迫他必须尽快做出决定。蒋介石在此时多次召集熊式辉等人商谈"北上抗战"之策，众人"皆坚持不可"，对蒋之"辞职下野，则赞否参半"。其实，蒋介石就内心而言是不愿意下野的，他极其强烈的愿望就是团结一致、举国抗敌，但又信心不足，他在日记中写道：

11 月 24 日　余决心北上与倭寇决战，虽无战胜之理，然可留民族人格与革命精神于千万世，且可引起太平洋之战争，而国家之复兴未必不在于此。乃国人不谅，干部阻止，以为我不北上，可以避免倭寇之挑衅，而得苟安于一时。呜呼！……如果余下野之后国家能统一，外交得胜利，则余之下野不失为革命者之立场。

12 月 8 日　此时主战，战必败，则以全国殉余一人之历史；如媾和，则余一人之历史，乃为全国而牺牲矣。又恐媾和以后，国民精神散漫，仍不能卧薪尝胆，则民族更形堕落也。

1931 年 12 月 15 日，蒋介石无奈中通电辞去国民政府主席等职。同一天，张学良也获准辞去陆海空军副委员长之职，改任北平绥靖公署主任。12 月 22 日，国民党四届一中全会在南京召开，分裂多时的南京、广州、上海各派别，在国难降临之际终于坐到了一起。

下野后，蒋介石携宋美龄回老家奉化溪口，在雪窦寺上的妙高台静观局势。然而，作为行政院长的孙科根本就无力驾驭政府，上台不到一个月就垮台了。蒋介石采取拉汪排胡的策略，逼走胡汉民，同时向汪精卫等人表示“与诸同志久共患难，今身虽在野，犹愿与诸将士誓同生死，尽我天职”。同时宣称支持汪主政，他主军。1932 年 3 月 6 日，军事委员会恢复，蒋介石被推举为委员长。蒋介石以退为进的策略再度成功。

李宗仁的“代总统”生涯

一、刺杀惊魂

1948 年 11 月下旬的一天，身在昆明的沈醉，突然接到其上司国防部保密局局长毛人凤的急电，要他立即去南京。

第二天下午，身为国防部保密局云南站站长的沈醉乘飞机前往。他知道他即将要接受一个特殊的任务。当他刚住进保密局的高级招待所后，毛人凤便来了。

“局长，有什么任务吗？”沈醉小心翼翼地问毛人凤。

北伐时期的李宗仁

“这次是总统亲自点名，指定由你来主持刺杀李宗仁的任务。”毛人凤对沈醉简单地说了整个事情的前因后果。刺杀李副总统的工作原来已由毛人凤选派保密局专门主管暗杀等业务的行动处处长叶翔之担任，并进行了一些布置。但蒋介石听说叶是文人出身，只会动笔而不能亲自动手杀人时，连说不妥，指定要沈醉——这个在军统局干过多年行动工作的老手去主持这一任务。

“你见到总统后，一定要表示不辱使命。”毛人凤深晓蒋介石的性格，在临行前叮嘱沈醉应该如何回答蒋的问话。

毛人凤和沈醉一同乘车去中央军官学校内蒋的住处请见。他们一声不吭地坐在会客室等了两个多小时，蒋介石才抽空在办公室接见了他们。

作为领袖、总统的蒋介石非常和蔼，一点架子也没有，很亲切地询问沈醉的家庭情况以及云南的状况。

“毛局长已告诉了要你到南京的任务没有?”蒋介石似乎不经意地对沈醉说。

沈醉作了肯定的回答。

“这次决定叫你去主持这项工作，是因为这关系到整个大局的问题，并且这也是我对你的信任。共产党迟早总可以打败，而内部的捣乱比共产党更难对付，所以只有采取这个办法，好使内部统一起来一致对外。”蒋介石大谈其对政局的看法，“共产党只有一个敌人，所以能打胜仗，我们却有两个、三个敌人，几方面要对付，困难就多得多。”

蒋介石一再对沈醉说，该行动关系到党国安危，叫他绝对不能泄露任何消息，一定要从速布置，只等他作出最后决定，便要绝对完成使命。据沈醉后来回忆说，蒋还举出历史上一些刺客的事例来鼓励他，并对他过去长期出生入死等事表示赞扬、鼓励。

在半个多小时的谈话中，蒋介石始终没有说出他要暗杀的对象是谁，这显然是一个政治人物的高明之处。军统局替他杀过那么多的人，却从来没有看到他写过一张字条给军统指明杀什么人。在离开蒋住所前，沈醉表示一定不辜负蒋的厚望，即使牺牲自己的生命也在所不惜，保证完成任务。

蒋介石一把握住沈醉的手，对旁边的毛人凤说：“这是我们最忠实勇敢的好同志，他工作上和生活上如有困难，你要尽力帮助解决。”

这次会面之后，毛人凤和沈醉就开始密商行动的具体方案。第二天上午，毛人凤、沈醉会同局长办公室主任潘其武及先期制订行动计划的叶翔之进行密商，连当时的副局长徐志道也没让参加。经决定，先成立一个“特别行动组”，具体执行此次行动。小组分为两部分：一部分人暗杀，一部分人监视，以防李宗仁突然离开南京。

一星期之后，刺杀行动的具体部署出笼了。

李宗仁的府邸位于现南京市中心鼓楼附近的傅厚岗，那里道路不宽，且有拐弯。汽车进出遇拐弯时必减速，此时两面均可下手。

“特别行动组”在通往李府附近的马路拐弯处摆了个旧书摊，来监视李宗仁的行踪。旧书摊的摊主是沈醉亲自选定的。

为了防止李宗仁突然逃离南京，毛人凤还设计了陆上、空中的截击方案。“特别行动组”在通往机场的一条街上，开了一家小卖店，装有一部电话。小卖店的特务如发现李宗仁去了机场，则立刻向毛人凤汇报。毛人凤再通知两架可以随时起飞的战斗机，尾随李的专机。只要李宗仁的飞机一飞离南京上空，就将其击落，对外称飞机失事。“特别行动组”在火车站设有香烟铺，在南京东郊汤山附近公路上设有小饭馆，如发现李的行踪，会立即发出警报，在第一时间派出准备好的交通工具和刺杀小组，于中途截杀。

总之，对李宗仁出逃的种种可能去向，毛人凤都作了周密的安排，可谓十面埋伏，杀机重重。随即，毛人凤详细地对蒋介石汇报了行动的部署情况。蒋听了以后连声说好，随即又对毛人凤说：

“你想得很周到。设想可以大胆，但行动要谨慎。白崇禧两次致电于我，要和谈，程潜、张轸也跟着起哄，叫我下野。他们是要置我于和谈的对立面，美国人还和他们勾结起来。这时候，如果让李宗仁离开南京，他一定会到武汉去拥兵自重，逼我下野。因此，在南京以外的任何地方采取行动，都无需向我请示。如果他在南京哪也不去，你们也要按兵不动。不能因小失大，不要让我蒋某人为其他人留下口实。”

毛人凤果然就按蒋介石的命令执行了。李宗仁待在南京根本就哪里也没去，且深居简出，致使毛人凤和沈醉白忙活了一场。

随着形势的发展，蒋介石判断他如主动下野对他以后更有利，就命令毛人凤解散了“特别行动组”。因而,这次筹划周密的刺杀行动也就无疾而终了。

多年后,李宗仁得知这一切时,不禁毛骨悚然,心惊肉跳!

链接:

沈醉(1914—1996),字叔逸。国民党陆军中将,长期服务于国民党军统局,深得军统特务头子戴笠的信任。先后担任少校行动组长、稽查处上校处长、军统局总务处少将处长、国防部保密局云南站站长、国防部少将专员、云南专员公署主任、中将游击司令。1949 年 12 月 9 日被卢汉(原国民党云南省主席)扣押,参加云南起义,后协助卢汉逮捕了在昆明的大多数特务。1960 年 11 月 28 日被人民政府特赦(第二批特赦人员),任全国政协文史资料委员会文史专员。1980 年被中央有关部门认定,身份由战犯改为起义将领。1981 年 11 月被选为第 5 届全国政协委员。有《解放前夕军统在云南的活动》《抗战前军统特务在上海的罪恶活动》《我所知道的戴笠》《中美合作所内幕》《爱国将领卢汉》等多篇回忆性文章和《我这三十年》等著作。

二、代总统急寻保密局长毛人凤

1949 年 1 月 4 日,作为总统的蒋介石亲自率员到傅厚岗的李府拜访副总统李宗仁(字德邻)。这是破例的行为,以往蒋介石如果有什么事情只要“召见”李宗仁就可以了。这次的大驾光临显然是另有用意。果不其然,蒋介石在落座后,开门见山地对李宗仁谈了和中共和谈以及他要下野的想法。

蒋介石、李宗仁、白崇禧在徐州

“德邻啊,你看现如今的局势,我们该怎么办呢?”蒋介石用一种谦逊的征求意见的口气对李宗仁说。

李宗仁喝了一口茶,不紧不慢地说:“我以前就向总统建议过,武汉和徐州应划为一个单位,统一指挥。今日挫败的原因虽多,而最大的毛病是出在指挥不统一之上。”李宗仁是在谈淮海战役的失败。

蒋摆了摆手,说:“过去的事不必再提了。徐蚌失败后,共军立刻就要到江北,你看怎么办?”

李宗仁敷衍道:“我们现在样样都站在下风,但是也只有和共产党周旋到底,走一步算一步!”

蒋介石摇摇头,顿了一下,说:“这样下去不是事! 我看我退休,由你顶起这局面,和共产党讲和!”

李宗仁急忙用双手做出一个向外推的手势,说:“你尚且不能讲和,那我更不行了!”

蒋介石幽幽地说:“德邻,不能这样说。你如果担起这局面,马上就不同了。”

这时候的李宗仁一面想做总统,圆一个多年的梦,一面又在犹豫,因为他知道谈到权术斗争,二十余年来,他是一直吃蒋的下风的。此时,李宗仁自己的想法是:“我与蒋先生相处二十余年,深知其诡计多端,说话不算话,在此危急之时,他可能要我做替死鬼。”

李宗仁犹犹豫豫地说:“这个,总统,我也无力担当此等大任啊!”

蒋介石站了起来,在房间里走了几步,又对李宗仁说:“我看你还是出来,你这姿态一出,共军的进攻可能缓和一下。”

李宗仁仍旧不松口,因为他不知这趟浑水的深浅,仍然坚持说:“总统,这局面你如支持不了,我就更支持不了。无论如何,我是不能承当此事的。”

“我坚决支持你,”蒋介石还是对李宗仁说,“你出来之后,共产党至少不会逼得我们这么紧!”

当天,李宗仁是坚决不答应,蒋便回去了。其实他知道,李宗仁不过是表面推托而已,他只要再稍微烧点小火,就可以使李宗仁就范。

第二天,蒋介石便派张群和吴忠信二人来找李宗仁,还是谈让李宗仁出来主持大局,继任总统,好让蒋“引退”。李宗仁似乎也很不客气地说:“当今局势非 1927 年可比,蒋先生下野未必能解决问题。”张、吴二人并未得到肯定的答复。未过几日,蒋介石又找李宗仁谈话。

这次,蒋介石似乎讽刺地对李宗仁说:“我以前劝你不要竞选副总统,你一定要竞选。现在我不干了,按宪法程序,便是你继任。你既是副总统,你不干也得干!”

“总统,你搬出宪法来压我,确实我也不得不干。按宪法,我是无法推辞,但是现在的局面，你尚且干不了，我如何能顶得起？”

“共产党绝不同我讲和，”蒋说，“你出来，最低限度可以变一变。”

停顿了一会儿后，蒋又说：“我出来，共产党一定要我无条件投降！你谈谈看，我做你后盾！我做你后盾！”

以后又聚会了几次，蒋介石一直说要李继任总统，并强调他五年之内不干预政治。

就这样，1 月 21 日，蒋介石正式宣布下野，由副总统李宗仁任“代总统”。白崇禧随即告知李宗仁，既然已经走上和谈这条路，就一不做二不休，先来个释放政治犯，开放言论自由，争取人心；然后下令将蒋介石的嫡系干将陈诚和薛岳撤职，削其左膀右臂；同时与行政院长孙科商谈合作办法，不行就改组内阁。总之，冒险一搏，假如搞不过蒋，那就与蒋撕破脸。

就在蒋介石宣布下野的第二天，北平傅作义宣布接受和平改编，整个长江以北的广大地区和国民党的将近两百万军队基本落入中共之手，形势对南京政府更加不利。李宗仁更清楚自己目前的艰难处境，他与中共讨价还价的砝码几乎丧失殆尽。唯一能做的，就是自己首先争取主动。

当中共中央宣布和谈八项原则之时，国民党便以文告的方式表明态度。在南

李濟深沈鈞儒等五十餘民主人士抵達解放區
聲明響應支持毛主席八項和平條件
希望全國人民共同行動將革命進行到底

李济深等多位民主人士发表声明，支持中共提出的八项和平条件

京介寿堂举行的一次座谈会上，国民党元老邵力子神情激动，大声地说："现在应该是我们国民党向共产党投降的时候了，怎么我们还在要求共产党向我们投降?!"他的话一出口，顿时会场上发出狂热的掌声。

李宗仁上台后，又是广泛联络第三方面人士，争取同情，又是饬令行政院实行"七大和平措施"，主张宣布取消全国戒严令，释放政治犯，启封被封闭的报馆杂志，停止特务活动等等。当然，他最大的愿望，还是希望解放军能够停止进攻，以显示他的政治能力，从而赢得广泛的支持。

但结果又如何呢？真能如他所愿吗？

1949 年的农历春节之际，代总统李宗仁的府上迎来了两位尊贵的客人。他们是国民党元老于右任和居正。

"二老登门，宗仁不胜荣幸！"李宗仁笑着对二位老人说。

监察院院长于右任是国民党内资格最老的元老之一，早年办报，追随孙中山先生革命多年。他所办的《民立报》是当时发行量最大的革命报纸。毛泽东曾说："我在长沙第一次看到的报纸《民立报》，是一份民族革命的日报，这报是于右任先生主编的。"于右任为世人所知主要是因为他擅长书法，早在 20 世纪 20 年代便有"北于南郑"之称。"南郑"指郑孝胥，尤擅草书，首创"标准草书"，被誉为"当代草圣"。于右任 1932 在上海创办标准草书社，以易识、易写、准确、美丽为原则，整理、研究与推广草书，整理成系统的草书代表符号，集字编成《标准草书千字文》(1936 年由上海文正楷印书局初版)，影响深远，至今仍在不断重印。

居正亦是国民党元老，长期任司法院长，亦早期追随孙中山革命，为武昌起义策动人之一。1948 年，居正与孙科搭档参加第一届中华民国总统选举，在这次由国民大会代表投票的间接选举

链接：

望大陆

于右任

葬我于高山之上兮，
望我大陆；
大陆不可见兮，
只有痛哭。

葬我于高山之上兮，
望我故乡；
故乡不可见兮，
永不能忘。
天苍苍，
野茫茫，
山之上，
国有殇。

注：此诗又称《国殇》，为于右任在 1962 年 1 月 24 日所作，是生命弥留之际的临终诗，同年他客死台湾。

中，另一位总统候选人蒋介石以2430票的绝对优势击败居正的269票。

于右任对李宗仁说："德公啊，目前形势吃紧。看来只有实现真正的和平才有前途啊！"

这时，居正又说："听说孙科把行政院搬到广州去了，阁员们也悄悄动身去了上海，过几天，可能会在广州办公。不知德公知否？"

李宗仁登时变了脸色，慢声说道："哲生此举，宗仁委实不知啊！"但不知归不知，李宗仁明白这件事对于孙科而言是自然而然的事，因参选副总统之事，他与孙科结下的梁子真够大的了！李宗仁上台当了副总统后，蒋介石授意孙科组阁，阁员组成有太子系、政学系、CC系等当时国民党党内主要派系人物，但唯独就没有他李宗仁的桂系。

居正接着又发表了他让李宗仁哭笑不得的一番高见："我们现在的政府到底在哪里呢？说它在南京吧，却只有德公你这一位代总统；说它在广州吧，又仅只有孙哲生的行政院；说它在溪口吧，但那里只有个已经宣布'下野'的蒋先生。这局面，开玩笑，不知如何是好！"

居正说完，叹了口气。李宗仁和于右任也叹了口气，连声说是。

大家喝喝茶，过了一会儿，李宗仁站了起来，大声地说："宗仁的个人命运微不足道，只要国脉尚存一息，我就要坚守自己的岗位，尽我所能，誓不言退。孙哲生去广州办公，我想，恐怕是受人指使，我这就把他请回来，共撑危局！"

于右任连连点头，表示赞许："德公有此雅量，老朽佩服，愿同志们能团结，努力渡过难关！"

于右任好像忽然想起了一件事，又问："德公不是说过一定要释放张学良、杨虎城的吗？不知张杨二人是否释放！"

李宗仁有点失望地说："我已经指示参谋总长顾祝同，要他迅速办理此事。"

事实上，在1月23日，即李宗仁担任代总统的第二天颁布的"七大和平措施"中释放政治犯一款，就是特指释放因"西安事变"而被蒋介石囚禁的张学良和杨虎城两位将军。当时李宗仁就下令保密局释放张杨二人。

当《中央日报》刊登出此消息时，被囚禁了近十二年的杨虎城兴奋不已，不禁仰天大笑："总算盼到这一天了！"

但事实呢？杨虎城高兴得太早了。此时的张学良已经被蒋介石秘密解押至台湾，囚禁于新竹的上井温泉。

李宗仁一方面给重庆市长杨森下了一道释放杨虎城的命令，另一方面派一架专机到重庆要把杨虎城接走。杨森接到李宗仁的命令后，拿不定主意，只好一边给李复电推搪说，毛人凤不在，杨虎城关在什么地方没有人清楚，一边却叫保密局西南特区副区长周养浩打一个长途电话给住在上海的毛人凤。毛人凤得到李代总统放人指令之时，他就立即从上海飞往奉化溪口请示蒋介石。

身在溪口的蒋介石气愤地说："如果当年张杨二人听我的话，我们早就把共产党给消灭了，何至于弄到今天的尴尬局面！如果我现在把他们放出去，杨虎城肯定会投靠共产党的。杨的目标太大，影响太坏，在重庆不好。你先把他秘密押往贵州，千万别让李宗仁把他给放了！"

杨森的推脱令李宗仁大发脾气，于是又出现一件滑稽的事。李代总统在《中央日报》上刊登寻人启事，公开寻找毛人凤，并叫毛人凤立即释放张学良和杨虎城，当时重庆的报纸头版头条竟然都是《毛人凤在哪里?》，一时舆论哗然。

毛人凤根据蒋介石的命令决定把杨虎城先转移到贵阳。当保密局西南特区区长徐远举劝杨转移时，杨大发脾气，说："李代总统要释放我，你们为什么还要把我转移地方？我不是小孩，今天转这里，明天转那里，我不走！我要死就死在这里。"周养浩欺骗杨说："总裁认为如果现在由李宗仁把你释放，你更加恨他了。所以他想把你暂时移往贵阳，不久将会把你送往台湾，然后和张学良一起释放。"于是，杨虎城就同意在周养浩的陪伴下乘专机转往贵阳。

1949年8月间，毛人凤遵照蒋的指令，暗中策划杀害杨虎城。毛人凤在重庆召开秘密会议，商议怎样处决杨的问题。有人主张在贵阳就地处决，但是徐远举认为，就地处决难免会露出风声，还是把杨骗回重庆再行事。他们还确定杀害杨虎城的地点在"中美合作所"内松树坡上的戴公祠，并挑选了六名极端残忍的刽子手。

执行杀害杨虎城的任务由周养浩承担。他举止斯文儒雅，却心狠手辣，是军统内部有名的"书生杀手"。9月初，周养浩到贵阳，面见杨虎城。周佯称蒋介石在重庆可能要见他，把他送去台湾。杨虎城信以为真，于17日乘车回重庆。周养浩按照毛人凤预先约好的做法，立刻秘密打了一个紧急电报，以便让重庆的特务们安排行刺的工作。当晚11点多钟，杨虎城和儿子杨拯中及秘书宋绮云等人到达了戴公祠。杨走下汽车，看守他的特务队长张鹄说，准备在这里住两天，一方面等蒋介石接见，另一方面等到台湾的飞机。接着，在张鹄的带引下，他们走进了戴公祠。随后，杨虎城一行几人全部倒在了血泊中。

三、进退无路

1949年8月，美国国务院发表白皮书，该白皮书这样写道：

> 1949年1月23日，代总统的代表要求美国大使司徒雷登转告美国公开发表表示支持的声明，这位代表说李将军已和苏使馆取得联系，并且拟好了一项中苏间试探性的三点协议草案。这项草案于数日前由苏联驻华大使带到莫斯科，这三点是：(1) 在将来的任何国际冲突中，中国保持严格的中立；(2) 尽可能地驱除美国在中国的影响；(3) 建立中国和苏联之间真正合作的基础。李将军已经原则上同意这三点，并且觉得如果得到美国支持的声明的话，他在就这三点进行的谈判中可以增加本钱。

这显然是美国人对李宗仁倒向苏联一边的极端不满。而事实上，李宗仁自出任代总统后，就竭力通过外交途径获得美国和苏联的支持。但美、苏两国一直是针锋相对。李宗仁这样的外交政策是相当幼稚的。

当政府忙于做和平安排的时候，李宗仁就加紧了外交活动。李宗仁就任代总统以后，就立即召见苏联大使罗申。李宗仁把目前的处境告诉罗申，希望能得到苏联的支持。

而罗申则说："现在已经太晚了，我亲爱的总统先生，中国永远也不会断绝同美国的联系，苏联能为它做些什么呢？"由于他这样挖苦讽刺，李宗仁的自尊心受不了了，就没有兴趣继续谈下去，谈话就这样草草结束。

事实上，蒋介石早已经在1944年或者1945年就为同一目的和苏联人接触过。1945年底，蒋委员长的大儿子蒋经国已经到达莫斯科，斯大林告诉他，在苏联帮助中国政府以前，中国和苏联之间必须签订一项中立协定，在中国必须组织一个有中国共产党参加的联合政府，蒋介石拒绝了苏联的这项建议。1946 年，蒋介石告诉在南京的苏联大使，他准备考虑斯大林的建议，并表示希望访问苏联。斯大林随即派了一架专机到乌鲁木齐，以便蒋去莫斯科访问，但蒋介石却拒绝接见苏联大使罗申，所以苏联也无法邀请到蒋介石前去访问。

对于蒋的背信，斯大林非常生气。他命令苏联在中国的所有外交官和领事都采取与国民党政府不合作的政策。在东北被中共占领以后，蒋介石又再次向苏联大使要求访问苏联。罗申打电报把这个消息告诉莫斯科的时候，他从斯大林那里得到一个简单的答复，斯大林说既然蒋介石是个不诚实的人，罗申可以不理睬蒋的请求。

由于无法和苏联人和解，李宗仁转而又把外交活动集中在美国人身上。李宗仁经常派员或亲自与美国大使司徒雷登接触。甚至据李宗仁所言：司徒雷登博士是他的好朋友，他们一直相处很好。李宗仁在北平工作时，经常和燕京大学校长司徒雷登一起用餐，司徒雷登也请李去燕京大学。

在北平之时，李宗仁就与司徒雷登讨论过美援问题，但是这位后来的驻华大使总是批评国民党政府的腐败。

蒋介石引退后，李宗仁正式请求司徒雷登敦促美国政府借给中国 10 亿美元，或者至少 5 亿，以帮助制止通货膨胀。李宗仁强调：请司徒雷登注意蒋引退后中国政局已完全改变的事实，并向他保证今后将有效地使用美援。如果美国现在拒绝帮助中国来阻止世界共产主义的扩张，今后他要在远东做同样的事就要多花百亿美元，而且不会有什么效果，还使美国青年不得不流血。

但司徒雷登拒绝了李宗仁的请求，并且清楚地说由于蒋介石仍在幕后控制着政府，中国的局面没有改变。李宗仁一再地央求美国能贷给中国一批白银，先行安定金融，再及其他。司徒雷登总是说：“总统先生，你有其名无其实，政府实权完全未更动，不管美国运来多少金银，还不是和以前一样，完全浪费。”一系列外交努力的结果仍然是：美国对远东的外交政策已定，现在绝不能改变。

2 月 16 日，李宗仁在总统府宴请留京高级军政人员阎锡山、于右任、居正、顾祝同等。众人方入席，侍从便来报告说："溪口电话，总裁要顾参谋总长听电话。"

顾祝同只得放下碗箸去接电话。原来，蒋介石的电话原先打到国防部的，部里人说："代总统今日请客，参谋总长现在在总统府吃饭。"蒋介石便命令将电话接到总统府。当天晚上，仅仅是吃一顿饭而已，顾祝同先后接了三次溪口的电话。由此可见蒋介石对各项军政大事控制的严密，实与下野之前无异。

战局不利，求援不得，通货膨胀，经济崩溃，民不聊生，受制于人，这就是李宗仁出任代总统以后面临的诸多困境。

当然，与中共和谈才是李宗仁工作的重中之重。

4 月 5 日晚，李宗仁紧急召见了他派往北平的秘密谈判代表刘仲容。

刘仲容早年留学苏联，在莫斯科中山大学学习，跟中共有过联系。回国后，他长期在李宗仁、白崇禧左右任参谋。西安事变时，刘仲容在西安跟周恩来有过交往。抗战之初，刘仲容作为广西方面的代表，派驻延安达半年之久，跟中共领袖们颇熟悉。这样，刘仲容既是中共老朋友，又是李宗仁、白崇禧的老部下，自然是非常恰当的密使。

4 月 3 日，刘仲容作为秘密代表直接从武汉起飞，前往北平。在出发之前，白崇禧对刘仲容说："我离开南京时，跟德公商量过了，你要尽快去北平。现在，和谈的气氛有了，国共双方都表示愿意解决争端，和平谈判不久就要举行。你是代表桂系秘密去的，和将来政府派出的代表团没有任何关系。我是希望中共部队不要渡过长江，今后能有个'划江而治'的格局。如果双方都愿意和谈，就不要打了。如果中共过了江，打乱了摊子，那就不好谈了。你见到毛润之先生时，务必把这层意思讲清楚，陈明利害。"李宗仁派刘仲容去主要是要摸清中共的底牌。

一见到刘仲容，李宗仁就热情地说："仲容啊，你这次去北平辛苦了！怎么样？见到毛润之先生了吗？"

刘仲容一脸凝重，神色严肃，说："见到了。毛润之先生还有话让我亲自转告德公和健公。"

李宗仁颇为兴奋："快说！什么话啊？"

刘仲容说："毛先生让我转告三点。一是关于德公的政治地位，可以暂时不动，还是代总统，还可以在南京发号施令。二是关于桂系部队的，只要不出去，解放军也不进行攻击，再等到将来具体商谈；至于蒋介石中央系的军队也是如此，如果他们不出去，由德公做主，可暂时保留他们的番号，听候处理。三是关于国家的统一的，国共谈判时，如果德公出席，毛先生也亲自出席；如果何应钦或白崇禧出席，则中共方面派出周恩来、叶剑英、董必武为代表；但谈判地点仍应在北平，而不考虑在南京；双方达成协议，成立中央政府后，南京的牌子就不要挂了。”

李宗仁认真地听着，默不作声。

刘仲容又说：“毛先生还说，美国和蒋介石是反对和谈的，希望德公和健公要拿定主意，不要上美国人和蒋介石的当。”

李宗仁点了点头，低声嘟囔道：“知道了，知道了！”

刘仲容停了一会儿，又接着说：“毛先生还特别地提到健公，说白先生不是喜欢带兵吗？他的桂系军队也不过十来万人，将来和谈成功，成立中央人民政府，建立国防军的时候，可以让他继续带兵，请他带三十万人的军队，人尽其才嘛，对国家也有好处啊！毛先生还强调，健公所言，解放军不过江是办不到的。解放军过江后，如果健公感到孤立，可以先退到长沙、广西，毛先生的意思是可以来个君子协定，只要我们不出击，中共在三年内不进广西。”

李宗仁明白，这就是中共所开列给他最优厚的待遇了，“划江而治”的目标只能化作泡影了。后来李宗仁在他的回忆录中这样评价中共：“我对共党的感情是敬仰之心和恐惧之心兼有。不论是谁做了这工作，国家资源是得到了很好的保护的。这样看来，我自己虽然失败，而且寄居异国，但我还是问心无愧的。”

四、三月一觉金陵梦

4 月 20 日夜，李宗仁与何应钦联名致电北平的南京代表，拒绝了《国内和平协定》。电文中有一种愤怒的、被凌辱的声音：

> 乃纵观中共所提之协定全文，其基本精神所在，不啻为征服者对被征服者之处置，以解除兄弟阋墙之争端者，竟基于敌国受降之形式。且复限期答复，形同最后通牒。……

4月22日傍晚，李宗仁在杭州与蒋介石匆匆见了一面，随即返抵南京。能听到郊区有枪声不时响起，国民政府的首都南京已一片凄凉。平日最繁华的通衢大道，如中山路、太平路等地商户全部关门歇业，街上行人绝迹，只有少数部队在做撤退的准备。

当晚京沪杭警备总司令汤恩伯奉召来谒。

“恩伯，现在的情形怎么样啦?”李宗仁还关心着战局现状。

汤恩伯回答说:“敌军已迫近城郊，本晚或可无事，但务必请代总统至迟于明日清晨离京，以策安全。”汤恩伯并向李宗仁报告已经下令全线撤退了。

与此同时，南京派往北平的和谈代表章士钊、邵力子等人联名来电劝李宗仁在解放军入城时不必离京，如嫌南京不安全，不妨径飞北平，中共当遇以上宾之礼，竭诚欢迎。

23日凌晨，汤恩伯又打来电话，催促李宗仁马上起飞。李宗仁随即打电话给国民党空军总司令周至柔，让他把去广州的专机“中美”号更换成小一些的“追云”号。

简单地盥洗之后，草草地吃了一点早餐，李宗仁就招呼总统府侍卫长李宇清备车往明故宫飞机场。总统府随员三十余人也同时乘吉普车随行，他们大都通宵未睡，面色惺忪而紧张。

李宗仁在台儿庄

车抵机场时，汤恩伯和首都卫戍司令张耀明已在机前迎候，专机马达亦已发动。李宗仁与汤、张随意地交谈几句，便进入座机。飞机旋即升空，在南京上空盘旋两周。此时，东方已白，长江如练，南京城郊，炮火方浓。

驾驶员特入机舱请示飞航目标。

李宗仁说:“先飞桂林。”飞机随即转翼向西南飞去。按李宗仁自己的话说:“从此，南京就不堪回首了。”

多年后，李宗仁在美国总结了他的代总统生

涯:“我在南京出任代总统的三个月期间,本抱‘死马当活马医’的态度,欲为不可收拾的战局尽最后的努力,期望息兵,达成和平局面,解人民于倒悬。古人说:‘尽人事而听天命。’但是因环境特殊,蒋先生处处在背后牵制,使我对这匹‘死马’实未能尽应有的努力。”

而蒋介石在 4 月 30 日的日记中,则这样写道:“4 月份最重要之事,莫过于共匪政府所提‘国内和平协定’条款,使李代总统等主和求降,甚至谓‘投降即光荣’之投降派亦无法接受,而不得不宣告和谈决裂,重新作战。”

就在李宗仁离开当天深夜,国民党执掌二十二年之久的国民政府首都南京被中国共产党领导的人民解放军占领了!

张治中与蒋介石的三次谈话

一、“扭转乾坤，谈何容易?”

现在陕西省干部疗养院的所在地原为蒋介石在西安的行馆，它位于西安市长安区皇甫乡包头村，距市区约十九公里，背靠神禾塬，面朝滈河滨，近处是富饶美丽的杜甫川，举目是悠然可见的终南山。相传，唐贞观年间，唐太宗李世民之母窦太后到此游玩，路遇劫匪，情急之下躲进这里附近的一个小山洞，追来的劫匪恰好被一块从洞上滚落的石块砸死。唐太宗为感念上苍保佑其母，赐此地名为“常宁宫”，取“常保安宁”之意。

常宁宫的主要建筑，则是黄埔军校七分校主任、西北王胡宗南专为蒋介石而建的。蒋介石自担任黄埔军校校长以来，一直视黄埔学生为他的忠实信徒。在南京时，他常住在中央军校，到洛阳、长沙、武汉等地也多住在各地的军校分校，认为这是最安全可靠的住处。抗战前期，胡宗南为逢迎蒋介石，便计划在王曲附近给蒋设置一处理想的“西安行宫”，既要能有效地避免日机空袭，又要环境幽静舒适。于是发动工程技术人员，经过精心择地勘察，最后便选定了距王曲北五华里、皇甫村西、紧靠神禾塬南半坡上的现址。

常宁宫分坡上(习称山上)和坡下(习称山下)两个建筑区。山上建筑区占地十余亩。进门是坐北向南的六角平房三座，前后以走廊相接，其中第一座为会客厅，第二座为办公室，第三座是起居室。起居室后的高台上是音乐室，备有钢琴专供第一夫人宋美龄弹唱使用。与音乐室相毗连，建有一座古朴典雅的八角亭，这里视野开阔，可极目远眺终南山。平房东数米是一排防空洞，洞内均皆贯通，一洞损塌可迁移他洞。平房周围种满了名贵花草和长青松柏。这里仅供蒋介石、宋美龄及其近侍居用。山下建筑区比较单调，仅十数间稍为精致坚固的平房而已，这里主要供警卫和招待服务人员居用。山上山下相距一百余米，实际只是门里门外之分。

常宁宫自1941年开始修建，到1942才竣工，连同随后扩建，耗时近两年。修建期间，胡宗南经常前来查看，对所有摆设的位置和质量，反复指点挪腾，还要在床铺、沙发上试躺试坐，拿起专用电话耳机，检查接线是否快准，声音是否清晰，等等。在那个艰难时世中，建成这样的行馆实属不易了。

1948年6月27日上午9点，在这个幽静偏僻、景色怡人的地方，总统蒋介石和他的得力干将张治中进行了一场开诚布公的谈话：

蒋介石(下称蒋)：文白啊，我们来谈谈当前的时局问题。你先说说你的意见。

张治中(下称张)：总统，在下以为当前的时局必须有一个大的政策转变才好。这个转变的前提首先就要摆脱美国人的挟持，同时还要能阻止党内的分裂趋势，使全党团结起来。当然，在共产党方面，也要使他们折服。能达到这样的目标才好。

蒋：那么，你说说看，我们到底要作如何转变呢？

张：我在5月5日呈送给总统的《对当前国是之检讨与建议》中已经深入地分析了，现在我还是这样的观点，我们先要从对苏联的外交政策和对共产党的政策上去研究解决问题的办法。对苏政策应该是平时美苏并重，战时善意中立。至于对于共产党的问题，如果苏联的问题能够妥善解决，那么此问题就解决过半了。当前，我们应该主动放弃戡乱主张，停止战争。

蒋：对改善苏联关系的办法还是可以谈的嘛，我们也跟苏联友好，也用不着怕美国吃醋。不过，文白啊，我们在开始谈的时候，最好不要让美国人知道。对于共产党的问题，我认为现在还不能停止戡乱。我们即使停战了，共产党也不会停战的。更何况我们现在还地处劣势呢，我们自己主动停战对我们就更不利了。我也并不是说坚持非要以武力、以军事解决共产党问题不可，但是总要等军事形势好转了才能谈的。我们现在和共产党和谈是谈不上的。

张：总统，我不能同意您的看法。目前局势已几不可收拾，不能一拖再拖了，军事上如此，政治上也如此，经济上更是如此。如果照目前形势继续拖下去的话，时局只有越来越坏，我们应该要有果断的决心。如果我们承认不能再拖，就应该毅然决然地拿出有效的挽救办法来。从另一方面说，我们在军事上虽然遭受了挫折，不过是因为我们处在执政党的位置上，在政府的立场上受到各种各样的束缚和牵累，这是必然的。假使我们和共产党易地而处，我们还有几百万的大军，集中在南北几个地区，经过休息和整顿，我们一定是可以再起来再恢复的。即便我们不能从军事上消灭共产党，难道共产党就能在军事上解决我们吗？这一点，共产党中有眼光的人也是看得很清楚的。如果我们停战，就可以先赢一着，就是表示：政府本来一贯就是想以政治的方式来解决问题的，不幸解决不了，不得已出戡乱之下策，这并非政府的意愿。现在八年抗战、三年内乱之后，国家元气大伤，民不聊生，政府为了国家为了民族为了人民，愿意以悲天悯人的态度，表示不愿再以战争来解决问题，陷国家民族于万劫不复的境地。首先要主动停战，这样一来，在国际上就可以获得同情，在国内也可以迅速得到人民的拥护。我想，凡是有识之士，绝不会因我们主动停战而会有其他误解的意思的。

蒋：那还了得。我看不行。假如我们一旦宣布停战，内部马上要分裂，全党的士气马上就会瓦解！共产党再混进来，发展他们的组织和地下活动，不是更可怕吗？

张：我不这样看。如这样再拖下去，我们的党就会一定完了的。党到了这步田地，可以说已经是完了——其实党内的分裂也没什么，已经到了这步田地，分裂就让他分裂吧！我们只要把忠于主义、忠于革命的同志好好团结起来，不愿意来的，随他们去好了！民国十三年(1924年)，总理孙先生在广州改组本党的时候，不是也有人跑到北京西山去开会吗？还形成个所谓的“西山会议派”，但总理并不在乎，党也没有受什么影响。至于士气，现在可以说到了低落到不能再低落的地步了。部队调来调去，早已疲惫不堪了。他们中的许多人根本就不愿意去打仗，只不过出于对领袖、对校长的感情不得已而为之！假如让他们现在不打仗，他们肯定是愿意的。他们常常流露出一种呼声：为谁而战？为谁辛苦为谁死？

蒋介石似乎为之动容，他认真地听着张治中的分析，偶尔也点一点头。张治中对于时局的分析入情入理，洞察了国民党存在的巨大顽疾。

蒋介石长长地叹了一口气，对张治中说："现在，我党确实没有什么力量了，分裂也没有什么关系了。我们要把基本的忠实的党员团结起来，改造这个党。至于共产党，他们并不会像你说的那样，现在绝对不是停战的时机，还是等局势好转了再说吧！"

接着，张治中又与蒋探讨了协调当局与苏联、与美国外交关系的问题。但问题也是一筹莫展，蒋介石希望张治中能通过个人的魅力做一做美国大使司徒雷登、苏联大使罗申的工作。张治中随后又希望蒋介石作为领袖能够找到扭转乾坤的办法来。

蒋介石起身，向前踱了几步，远眺前面流淌着的河水，很是感慨地说："扭转乾坤？谈何容易啊！从4月到现在，是最黑暗的局面了。症结就在于我当了总统。我在庐山时就决定不当总统，让胡适之出来当选。但大家都不赞成我这样做，这是最大的失败！这个失败一时是转不回来的。现在我还是最好不做总统，才能把大局扭转过来。"

显然蒋介石说的并不是心里话，而仅仅是找一个借口来搪塞目前糟糕的形势并不是他一手造成的。"最好不做总统"的话真的在半年后应验了！

当然，这次谈话正是发生在中国共产党和中国国民党最重要的军事决战（三大战役）的前夕。现在看来，如果蒋介石能听信张治中的建议，其后的结果显然会有所不同的。

二、"咎由自取，罪有应得！"

在我们的印象中，蒋介石与张治中的关系就是蒋在看了《国内和平协定》后说的那句骂话："文白无能，丧权辱国！"

张治中追随在蒋介石左右长达二十五年之久，他曾多次就政治、军事、经济等各种问题，当面向蒋提出各种建议或意见，甚至发生争论，蒋亦不以为忤，可谓"诤臣"。张治中还多次上书蒋介石，陈述意见，其中有三次长达万言：一次是1941年3

月2日，张治中就“皖南事变”的影响，向蒋介石上万言书，痛陈对中共问题处理的失当，力主国共合作，共同抗日。一次是1945年11月，鉴于蒋介石积极准备发动内战，张治中自新疆给蒋介石再次上万言书，主张用政治方式解决中共问题，反对重新挑起内战。第三次是1948年夏天，解放战争战略决战前夕，张治中已看到蒋家王朝的必然失败，但出于对蒋的忠心，明知不可为，仍然作最后的进言，又一次向蒋呈上了一封《对当前国是之检讨与建议》的万言书。尽管词严意切，但国民党政权已积习难改、回天无力了。

张治中出身低微，常为底层人民利益考虑。他的出发点是孙中山先生的三民主义，他一贯主张联俄联共、扶助农工。他也是一生中从未与中共为敌的唯一一位国民党高级将领，相反，他与中共领导人一直保持着友好的关系。在张治中与蒋介石的关系中，张治中的立场也是为国民党政权的长治久安考虑，真心希望国民党领导下的中国能强盛、人民能富足，因而虽多次对蒋介石直言当局的弊政，蒋也不以为忤，因为蒋清楚张并不是要争权夺利，也不是要看着他垮台。

1949年的张治中

1949年1月31日，北平已和平解放。以李宗仁为代总统的国民党政府要与中共和谈，但中共方面态度强硬。春光里的南京城，从官方到坊间到处流传着这样的消息：蒋介石表面上已下野，事实上还在溪口以国民党总裁的身份控制着一切，李代总统不过是“沐猴而冠”罢了！李宗仁发表了七项措施以表和谈的诚意，当时很难做到，因为没有人听他的话。特别是释放政治犯(特指释放张学良和杨虎城)根本就做不到，甚至压根就不知道他们被关押在何处，几乎成了一个政治笑话！因而李宗仁愤愤不平地对他的幕僚说：“我们管不了啦！还是交给蒋中正吧！我这个总统不过是个代理的，可以一走了之！”在这样的情形下，国民党大员张治中、张群、吴忠信等人就赶紧与李宗仁商量，还是劝蒋介石出国吧，以便让李宗仁放手去做，兴许还能促进和平，对蒋本人也有利。

于是，3月3日，张治中和吴忠信就飞赴宁波了。在宁波机场，蒋经国专门来接他们，随后乘小汽车去奉化溪口蒋介石的下榻处。一阵寒暄之后，蒋介石气鼓鼓地说:“你们来的意思是劝我出国,我早就知道了,昨天的报纸已经登出来了!”张治中和吴忠信顿时哑口无言,面面相觑。原来就在昨天,中外很多报纸都说,据某方可靠消息,国民党中有几个重要人物正在劝蒋出洋云云。后来查得,此事李宗仁曾对他的私人代表甘介侯说过,是由甘传出去的。但是现在很难猜测当时他们是出于何种考虑有意或无意中泄露此消息的。

蒋介石接着说:“他们逼我下野是可以的,要逼我亡命就不行!下野后我就是一介草民了,一个普通的国民,哪里都可以自由居住,何况是住在我的家乡呢?”

这一席话首先就封住了张治中和吴忠信的嘴,令他们有口难言。他们也只好放下此议题,住下来等有合适的时机再谈了!

蒋介石住在溪口的妙高台。妙高台离雪窦寺不远,在千丈岩瀑布西五百米处,顶上有坪台,登台观望,可极目天地。坪台面积三百五十平方米,东西南三面皆悬崖峭壁。1927年蒋介石在栖云庵基础上建别墅,亲手题写“妙高台”,天井里尚保留清雍正四年建的石奇和尚舍利塔。别墅西侧有两个式样各异的亭子。蒋回乡常居住于此。这时,张治中和吴忠信也被安排住进了妙高台。

住了一天,蒋介石带着他们游山玩水。他们常在无意中就闲谈起来。

张治中首先说道:“总裁,你看我们与中共和谈的限度是怎样的呢?”

蒋沉默许久,反问张治中:“文白,礼卿,你们有什么看法啊?”文白是张治中的字,礼卿是吴忠信的字,蒋一般对他比较信任和赞赏的人都直呼其字,以示亲密无间。

张治中就把他的想法一下子和盘托出了:“南京方面的意见是说,中共所提八项的第一项,我们是绝不能接受的。关于军队改编一项,认为首先要决定全国军队的数额,然后研究双方军队所占有的比例,各自编成,并且在三年内分期逐步把全国的军队缩编到适应国防的最低限度,还要完成军队国家化的目标。我们希望能够确保长江以南若干省份的完整,继续由我们国民党来领导,而东北、华北继续由共产党来领导。必要时,我们可以让步到湖北、江西、安徽、江苏四省,并把汉口、南京、上海作为联合管理城市。至于联合政府问题,有人主张三三制,也有人建议六六制,目的无非使双方在未来政府中有同等的发言权。至于双方共管的地方,将来也要实现政治民主化,真正实现国家的统一!”

蒋介石轻轻地点了点头,表示对张治中所言内容的首肯。

吴忠信又对蒋介石说:“最近一年来,我们的党务已完全陷入停顿,党的神经中枢已经呈瘫痪状态。如果长此以往,党将不党,恐怕会在无形中解体。”

蒋介石频频点头,说道:“我们应该邀集有关同志,对如何健全本党,作具体详尽的研究。”他转而又谈到李宗仁,“我对德邻是竭尽全力支持的,他的责任就是我的责任,他的成败就是我的成败。我决定是不会再出山的了,我一生再也不愿意执政了!”当然,蒋介石说的显然是心口不一的面子话。

张治中对蒋介石的进言一向是知无不言,言无不尽。他又发表了国民党对中共要改变策略的建议:“总裁,我建议您对革命的领导方针应重新郑重考虑,自今以后,我党应该放弃和中共军事斗争的企图,移作政治竞赛的努力。在我们保留的若干省份里,彻底实行总理孙先生的三民主义,争取广大人民对党的同情,恢复人民对政府的信任。”

蒋介石接过话茬说道:“我们虽然想保有若干完整的地区,彻底实行三民主义,可是共产党是不愿意看到我们这样做的,同时我们也不容易做好,还是要做最坏的打算!”

张治中甚至对于多党竞争的格局也有考虑,他说:“今后国家的体制,当然是实行多党政治了。所以我们可能一时执政,一时在野,我们对国家民族的前途应该有远大的打算!”

蒋介石和吴忠信都深以为然:“是啊,我们都该为民族的长远发展考虑!”

张治中和吴忠信在妙高台住了五天,随后又在溪口住了三天。除了和蒋介石游山玩水之外,其余的时间,他们都在谈话。按张治中的说法是:上午谈,下午也谈,吃饭谈,逛山也谈,晚上围炉也谈,这八天中,真是无所不谈,一切的问题差不多都谈过了。

这不过是一些空谈而已,蒋介石做不到,蒋领导的中国国民党也做不到,因此败退台湾的结局是不可避免的。早在 1947 年,张治中在国民党甘肃省党部扩大纪念周的讲话上就总结过:

> “当前艰难时局的病根在哪里呢?一句话,病根就在国民党本身,就在国民党离开了三民主义,丧失了革命主张!我们是革命的政党,但是在取得政权之后就不革命了,三民主义的党取得政权之后就不要三民主义了。真是咎由自取,罪有应得!”

三、"我现在的愿望就是能终老故乡!"

4月1日,张治中就将飞赴北平,与中共作最后的和平谈判。在临行之前的3月29日,他决定再去溪口看望一次蒋介石。张治中再次去溪口是基于以下几点考虑:

(1) 蒋介石虽说是下野隐退,但对于国民党军事力量的指挥仍非他莫属。如果得不到他的同意,即使能商谈出结果并签署协议,仍旧是一叠废纸。这是非常现实的问题,南京方面绕不过去。

(2) 当时的情况下,听说要与中共和谈,在南京、上海等地的国民党顽固分子气焰嚣张,常常对张治中抨击谩骂,散布各种谣言。溪口之行,可以打击一下这些人的嚣张气焰。

(3) 从政体上讲,蒋介石仍旧是国民党的总裁,即将前往北平和谈的代表团代表除了章士钊外,都是国民党党员,所有人也有向他请示的必要。

(4) 从礼貌上说,张治中也有看望蒋介石的理由。

从上面的几点考虑可以看出,张治中是一位极为务实而又讲究人情的政治家。3月29日,张治中再次飞往溪口,同行的还有顾问屈武。而吴忠信早就在溪口了。张治中觉得溪口的空气里充满了一种阴霾的气息,几乎令人窒息,他感觉不到3月初在此小住时的清新。山水依旧,但似乎不再是青山绿水。一见到蒋介石,张治中就把南京方面研究和谈的情形给他作了详细的汇报,并把将要与中共方面谈判"讨价还价"的具体细节作了一番汇报。

蒋介石淡淡地说:"我没有什么意见。"

张治中显然不死心,说:"总裁,还是作一点指示吧!"

蒋就叮嘱了一番:"文白,你这次负担的是一件艰苦的任务,一切要当心啊!"

随后,张治中就听到了一些风言风语,大概都是在蒋介石身边的工作人员说的。有的说"张先生这样热心和谈,是没有好结果的",有的说"张先生真是太天真了!现在还讲和平,共产党愿意和平吗?他会死无葬身之地的",听得他很不是滋味。

下午，蒋介石陪同张治中、吴忠信，沿着蒋母墓庐边的山中小路一直走到溪口。在蒋母墓庐下，蒋介石对张吴二人说：“我还是要和平，再也不想开战了！我现在的愿望就是能终老故乡！”

张治中听了以后，高兴地说：“总裁这话应该对和谈很有帮助的，也可以消除党内的分裂！不知是否愿意在报纸发表一下？”

蒋介石随即表示：“你斟酌着办吧！”

于是，3 月 31 日出版的《申报》头版头条就是：

> 【本报卅日电】蒋总裁对和谈大计，决采完全不干涉态度，听由李代总统及何院长全权决定处理。蒋总裁并郑重表示，渠决以在野之身，尽力支持李代总统，使和平得到成功，蒋总裁此项表示，系 29 日面告代表国民党赴溪口向总裁报告和谈问题之张治中者。张氏卅日下午返京后，即赴立(法)院出席秘密谈话会，报告赴溪口经过，张氏称：蒋总裁在溪口，游览山水，意态悠闲，渠表示既已引退，决不过问政治，过去渠首先倡导和平，现则恳切希望各位努力完成。总裁与张氏出外散步时，面临山前溪流，怡然告张氏曰：“我已有四十余年没有在故乡久住了，倘若和谈能够成功，天下能够太平，人民能够安居乐业，我得以终老故乡，那简直如神仙一样了。”言时态度至为轻松愉快。张氏并告立委称：蒋总裁自引退后，体重增加，过去 118 磅，今已 125 磅矣。各位立委获悉蒋总裁之表示后，咸以热烈的鼓掌，表示无限之欣慰。……

四、对时局的声明

1949 年渡江战役之后，国民党迅速溃败。因中国共产党人的盛情挽留，张治中留在了北平。这时，国民党中央社在 6 月 15 日发出一个电讯，标题是《张治中在平被扣详情》，20 日、22 日又连续发出两篇报道，说张治中在北平策动反叛，是受到中共的“唆使”，并说他已离开北平，行踪不明。国民党残存的宣传力量对张治中竭尽诬蔑之能事，大肆攻击张的为人。一直在北平的张治中觉得不能不有所表示，于是在 6 月 26 日通过新华社发表了《对时局的声明》，该文中说：

广州中央社15日电传广州《西南日报》香港航讯，曾报道《张治中在北平被共产党扣留之详情》，接着广州中央社20日、22日两次电讯，又对张治中将军等进行攻击和诽谤，现居北平之张治中将军为此事发表声明如下：

这几篇电讯，一派胡言诳语，没有驳斥的必要。不过我来平以后，颇承各地同志的友好关怀，我倒想就这个机会说几句话。

实在说起来，我现在北平所过着的是闲适自在的生活；而且引起一种欣喜安慰的情绪，与日俱增。什么缘由呢？我居留北平已八十多天了，以我所见所闻的，觉得处处显露出一种新的转变、新的趋势，象征着我们国家民族的前途已显露出新的希望。就是中共以二十多年来的奋斗经验，深得服务人民建设国家的要领，并且具有严格的批评制度，学习精神和切实、刻苦、稳健的作风。这些优点反映到政府设施的，是有效率的、没有贪污的政府；反映到党员行动的，是俭朴、肯干、实事求是的军政干部。尤其中共所倡导的新民主主义，在现阶段看来，实与我革命的三民主义之基本要求相符合。综合说一句，这都不是过去我们国民党所表现于政治设施和党员行动所能做到的。我以国民党党员一分子的立场只有感到无限的惭疚，但是站在国民一分子的立场说，又觉得极大的欣慰。我们中国人毕竟还有能力把国家危机挽救过来，还可希望把国家搞好，断不是一个没有出息的民族，已可得到证明。我多年来内心所累积的苦闷，为之一扫而空，真是精神上获得了解放，怎能不令人欣慰不已呢？

……我们国民党执政二十多年，竟弄到这样地步，也不是偶然的事。当然，我是党的干部，也要负一份责任。……

本人虽然身在北平，而心念战区。回想个人的主张，一向力主贯彻革命，实行民主政治。“九一八”事变以后，力主全国团结，坚决抗战，对国内问题，力主以政治方式解决，促成和平。这些，都是大家共见共闻的。目前大局已演变到此，我觉得各地同志们应该惩前毖后，当机立断，毅然决然与中共精诚合作，为孙先生的革命三民主义，亦即为中共新民主主义的实现而共同努力。至于我们国民党，早就应彻底改造，促进新生，才能适应时代，创造时代，达成我们革命党人应负的历史使命。在目前，我们如果把眼光放远些，心胸放大些，一切为国家民族利益着想，一切为子孙万代幸福着想，我们不但没有悲观的必要，而且还有乐观的理由。国家要求新生，也正在新生；人民要求新生，也正在新生，为什么我们国民党和个人独甘落后，不能新生呢？

《人民日报》发表了此声明，同时还发表了一篇新华社社评，名为《评张治中声明》，认为“这个声明是值得欢迎的。其中对于国民党内爱国分子的劝告，是向他们指出唯一的光明出路”。

链接：

张治中，字文白。生于1890年10月27日，安徽巢湖人。

他出生在一个贫苦家庭。青年时代，受孙中山领导的辛亥革命的影响，参了军。他拥护孙中山的三民主义和“联俄、联共、扶助农工”的三大政策，并且担任过许多重要军职，是一位有政治远见和正义感的爱国将领。张治中有着高度的爱国热情和对国家民族的强烈的责任感。同许多爱国志士一样，他早年也是抱着救国救民的宗旨投笔从戎的。他一向认为，守土为国是军人的天职。每当国家民族面临生死存亡的紧要关头，他总是挺身而出，担负起自己的责任。1932年1月兼任第5军军长，率部参加上海“一·二八”淞沪抗战，毅然开赴前线，同19路军并肩作战，并留下遗书，决心以身许国，曾予日军以沉重打击。抗日战争爆发后，张治中任第8集团军总司令兼左翼军总司令，参加上海“八一三”抗战。他始终坚持抗战到底，直到最后胜利。

张治中是一位有远见的政治家。尤其可贵的是，他从未参加国民党统治集团发动的历次反共内战，是一位从来没有同共产党打过仗的国民党高级将领。1937年11月任湖南省主席，1940年任国民政府军事委员会政治部部长，兼三民主义青年团书记长。1941年“皖南事变”后向蒋介石上书，主张继续国共合作，共同抗日。1945年5月在国民党六大上，当选为国民党中央执行委员会委员和常务委员。抗日战争胜利后，任国民党政府西北行营主任兼新疆省主席，曾营救过被盛世才囚禁于新疆的一批共产党员回延安。他曾多次代表国民党去延安同共产党谈判。1946年1月代表国民党参加军调处三人小组，主张和平解决国内问题。1949年4月任国民党政府和平谈判代表团首席代表，到北平同中国共产党代表谈判，双方议定了《国内和平协定》八条二十四款。此协定遭国民党政府拒绝后，他毅然留在北平，并发表《对时局的声明》。

1949年9月，他应邀参加中国人民政治协商会议第一届全体会议，并促成了新疆和平解放。中华人民共和国建立后，历任西北军政委员会副主席、全国人民代表大会常务委员会副委员长、中华人民共和国国防委员会副主席、政协全国委员会委员、中国国民党革命委员会中央副主席等职，对促进民族团结和社会主义建设事业，做出了贡献。1969年4月6日在北京逝世。著有《张治中回忆录》等。

别了，司徒雷登

一、I am not a policymaker（我不是政策制定者）

1949年4月24日，人民解放军占领南京。人民解放军三野8兵团35军103师侦察科长沈鸿毅带领着一支人数不多的先头部队，率先入城，当他的队伍行进到山西路时，一辆挂着星条旗的吉普车戛然而止，停在了他面前。沈鸿毅还没弄清楚是怎么一回事，就被请上了吉普车。开车的美国人用熟练的汉语对他说道："我是美国大使馆的工作人员，我们的大使司徒雷登先生请阁下到大使馆谈一谈。"面对这位美国人的突然邀请，沈鸿毅傻了眼，他只是一个接受占领任务的职位不高的解放军军官，并没有接到任何与外国人联络的使命，于是他很果断地对这个金发碧眼的美国人说："我们不知道有什么美国大使馆，我们只承认你们是侨民。"在入城之前，像沈鸿毅这样的解放军军官都学习了入城守则和接管城市的有关注意事项，其中有一条就是保护侨民的财产和人身安全。因而，他并未对美国人动武，也没有接受美国人的邀请。这个热情的美国人只好悻悻而去。

之后，刚成立不久的南京军管会收到美国大使馆的申述，说大使司徒雷登的专机坏了，需要时间修理。军管会问要修多久，回答说大约需要四个星期，军管会同意了。按当时的情况，即使飞机发生故障，司徒雷登也可从陆路或海路离开，而这位美国大使宁肯坐等四周以待专机"修复"也不肯换乘其他交通工具离开南京，确实另有一番意味。而在此之前，国民党政府行政部门已迁往广州，美国已让驻华使馆参赞刘易斯·克拉克以"代办"名义去广州，而在南京明故宫机场留下一架双引擎小型运输机，留给大使司徒雷登使用。

在1949年4月中旬，得知司徒雷登滞留南京的消息后，周恩来立刻把黄华找来，对他说："这几天南京就要解放了。美国驻华大使司徒雷登和许多国家的使节都留在南京未走，你去南京外事处工作吧！除负责接管国民党政府外交部和处理有关对外事务外，你还可以作为燕京大学校友同司徒雷登进行私人接触，看看他有什么要求和愿望。”周恩来临时决定将黄华调任南京市军事管制委员会外侨事务处（简称南京外事处）处长，即刻就任。

1949年4月26日，黄华到达南京。司徒雷登对黄华南下也心领神会，他在日记中写道：“据说黄华是因为我的关系，才被派到这里来的。”因为周恩来清楚黄华和司徒雷登的关系。司徒雷登原是燕京大学的老校长，在燕京大学工作了二十七年之久。黄华原名王汝梅，1932年至1936年是燕京大学经济系学生，也是北平“一二·九”学生运动的领导人之一，司徒雷登对他是熟悉的，黄华在“军事调处执行部”工作时，也和司徒雷登见过面。

事实上，早在1948年秋冬，美国政府已经预见到国民党政权在中国内战中迅速彻底失败的结果。国务卿马歇尔在11月26日内阁会议上说：“中国的国民党政府正在退出历史舞台，无论我们做什么，都救不了它了。”美国对于其驻华大使馆的去留问题，早在1948年底即已开始考虑。当时，美国国务院曾起草了一份应急计划，一旦共产党军队进占南京，南京国民党政府南撤，在局势得到澄清以前，司徒雷登和大使馆要继续留在那里。司徒雷登是这一政策的积极推动者和实践者，在南京解放之前的几个月内，他一直热衷于主张将大使馆继续留在南京，这从他的日记中可以看出：

> 克拉克、钟士和我整天争论关于我的南移的意见。英国大使午后来，也讨论到同样的问题。最后把大家一致的意见分列为三条，呈报国务院：1. 南迁广州，是我最强烈反对的；2. 逗留南京静观其变才是我所喜欢的；3. 为规避后果，惟有听候华府召回以备咨询。如果这样，李宗仁什么时候才走呢？或者较后才走呢？我宁取较后才走的办法。

司徒雷登的根本目的就是寻找机会与中共高层领导人接触，借以宣传美国的政治主张。这位自负的老人认为他有一些许多人难及的优势：出生在中国，讲一口流利的中国话，在中国政治领域有着广泛的经历；而且，作为燕京大学的前校长，该

司徒雷登与燕京大学的学生在一起

校有近一半的学生在共产党阵营中，在和许多中国人的关系中，他都处于老师的地位，这种师生关系可以使他接触到一些共产党领导人。他相信自己作为许多年轻共产党领导人的老师，将会使他们制定出有利于美国的政策。

1949年5月5日下午，黄华突然接到燕京大学同班同学傅泾波的一个电话。当然在这时候突然接到傅泾波的电话，黄华明白这其中的缘由，或多或少，他自己代表的是中共，而傅泾波是司徒雷登的私人代表，代表老校长司徒雷登，司徒雷登显然又是美国政府的代表了。

傅泾波随即问道："老同学，我什么时候去看你呀?"

"明天上午吧。"黄华答道。

第二天，黄华在外事处办公室接见了傅泾波。

傅泾波首先谈了谈他们共同的校长司徒雷登："老校长一年来渐渐了解了过去对国民党的认识是错误的，美国已经停止援助蒋介石。他本人在国外被任命为大使，对外交不内行，对国务院不熟悉。"

傅泾波还意味深长地说："现在是美国对华政策改变的时期。能在老校长手中完成这一转变，比换另一个人要好些!"

在会见快要结束之时，傅泾波似乎不经意地对黄华说："你既然已经到南京了，就该跟我去看看校长!"

黄华正言道："会见的事我会考虑的。美国人援助蒋介石的政策给中国人民留下了极深的创伤，美国现在尚未放下屠刀，怎能期望中国人民恢复好感呢? 空言无用，需要美国首先做些实事，才能逐步取得中国人民的谅解。"

是否面见司徒雷登，黄华不敢擅自做主，于是致电北平请示。5月10日，毛泽东回电表示："黄华可以与司徒雷登见面，以侦察美国政府之意向为目的。"但在见面时要"多听司徒雷登讲话，少说自己意见，在说自己意见时应根据李涛谴责英国军舰'紫石英'号侵入中国内河长江的声明"。毛泽东还指示，在与司徒雷登谈话时，"应申明是非正式的，因为双方尚未建立外交关系"，谈话时，"如果司徒雷登态度是友善的，黄华亦应取适当的友善态度，但不要表示过分热情，应取庄重而和气的态度”。“对于傅泾波所提司徒雷登愿意继续当大使和我们办交涉并修改商约一点，不要表示拒绝的态度”。

事实上，在 1949 年 3 月，司徒雷登就致电美国国务院请求留在南京，以便与新政权接触，建立美中新的关系。国务卿艾奇逊于 4 月 6 日回电，授权他与中共进行会谈，要他不要把话说得太肯定，并注意保密，免得走漏风声，引起国会中反对派的反对。

5 月 13 日，黄华以私人身份拜访他的老校长，与司徒雷登进行了秘密接触，进行了“友善而非正式”的谈话。

黄华说：“首先，有解放军进入您的住宅，我们表示歉意。”

而司徒雷登一脸平静，不介意地说：“有几个年轻士兵进来了，我问他们要干什么。他们说要看一看，态度还好。”

《亲历与见闻》书影　黄华著

黄华立即又说:“在军管期间,解放军有权进入一切可疑的中外居民住宅,进行检查。在未同新中国建交前,原外国使节不再享有外交特权,但作为外侨,您的安全一定会得到保护。这一点,请您放心。”

司徒雷登随即表示:“我们愿同新中国建立新的关系,希望中国政府能够广泛地吸收民主人士参加。”

最后,司徒雷登还表示:“美国已经停止援助蒋介石,现在所运来的(援助物资),是国会去年通过而未运的部分,所余无几,今后再无援助。”同时,司徒雷登表示:一旦中国新政府成立,美国即会考虑承认问题。但在此之前,“按照国际法,美国尚不能断绝与旧政府的关系”。

5月14日,司徒雷登在《致国务卿的报告》中称:

> 昨天晚上,黄到我宅邸拜访,逗留了近两个小时。我们谈话是友好而不拘礼节的。我竭力不发表政治言论,直到互相致问候以后,他先谈到这方面问题。然后,我认真地讲到各国人民,特别是我本人的和平愿望;也谈到尽管这是民众的普遍愿望,但危险局势依然在发展;谈到对下场战争难以描述的恐惧;谈到我深信目前的紧张关系在很大程度上——尽管不都是——是出于误解、恐惧、猜疑,而这些通过坦诚相见是可以消除的;谈到美国人和其他非共产党人士对中共主张马列主义的恐惧,所谓世界革命、必须推翻资本主义政府,等于宣布颠覆性的干涉或武装侵略是既定政策。……
>
> 黄问起我的计划。我告诉他我接到指示,并补充说:我乐意多留一段时间,以表明美国人民对全中国人民的幸福的关注;我希望保持以往的友好关系;在我有生之年,我希望能多少有助于恢复这些关系,这也是美国政府和人民的愿望;我的奋斗目标是统一、和平、真正的民主政府和国际友善。对此,黄也知道,我在中国一直为此工作。
>
> ……

司徒雷登与中共代表黄华会面的消息,在南京原外交界人士中已被盛传。传闻说:司徒雷登已与黄华取得联系,要求其他外国使馆同美国使馆一致行动;甚至还传说，黄华是带着周恩来的信来南京的。这些传说引起其他各国使节的疑问，纷纷要求与黄华会见。10月3日，黄华以南京市军管会委员兼外事处处长的名义把留在南京的所有前外国外交官召集到外事处，宣布中共关于建立外交关系的原则，以及对待在南京原各国使馆外交人员的具体政策，并回答了他们的提问。一些外交人员是第一次与中共军管会的官员接触，显得紧张兮兮的。当时，黄华用汉语宣布了中共政策，有些外交官根本就听不懂中国话。这时，在中国出生的加拿大使馆的临时代办穰杰德用汉语问黄华，是否允许他把刚才的话翻译成英文。黄华点头表示同意，会场上的气氛顿时轻松活跃起来了。

6月8日，傅泾波在与黄华的另一次会晤中，问道："能否让老校长在6月24日他生日之时到燕京大学与燕大师生一起过生日呢?"在燕京大学与师生一起过生日，是司徒雷登几十年不变的习惯。

6月11日，司徒雷登到刚刚解放半月的上海做了一次短暂访问，看望了在上海的美国侨民和在上海的许多燕大校友。在谈话中，他们都力劝司徒雷登北行。一周后，黄华主动询问傅泾波，在时间安排方面有无困难。这应被视为中共对美国方面询问的非正式答复。傅泾波没有给予肯定答复。

在后来的日记中，司徒雷登写道，有人告诉他："毛泽东宣称，我会被作为许多中共人士的老朋友而受到欢迎。"

同一天，司徒雷登接到燕京大学现任校长陆志韦十天前发出的邀请信。信中，陆志韦透露了如下信息："昨天(6月15日)上午我见到周(恩来)先生。……毛泽东已宣称你有兴趣来燕京访问，我推测政府将会同意你(来)的。"

对于拟议中的北平之行要达到的目的，司徒雷登向美国国务院作了报告。

6月28日，黄华正式告知司徒雷登：已获北平来电，同意他去燕大一行，他希望与当局晤面事亦有可能。傅泾波随即又提出，司徒雷登此时已73岁高龄，身体是经不住长途乘坐火车的颠簸的。黄华此时再次很有诚意地表示"如要乘坐飞机亦可安排"。司徒雷登获此消息，极为高兴。但他又考虑到美国国会将于7月底休会，国内政局将变得复杂起来。于是将此事电告国务卿艾奇逊，由艾奇逊定夺。

出于同样的考虑，傅泾波建议司徒雷登"先斩后奏"，不要苦等华盛顿的指示，先行促成与中共领导人会面的事实。因他深知美国国务院面临种种压力，而国务卿艾奇逊又胆小怕事，同时面临院外援华游说集团的压力，恐不易同意，不如造成既成事实以打开僵局。司徒雷登通常对傅泾波言听计从，唯独这次例外，而恰恰就是这一次令他终生追悔莫及。

司徒雷登一再强调小心慎重，因为他过去曾数度受到美国国务院的训斥。他们责备其自作主张介入和谈活动。

6月30日，司徒雷登去函请示美国国务院。7月2日，司徒雷登收到复电："在任何情况下都不得访问北平。"这一消息由傅泾波转告黄华，黄华很不高兴，他表示，北平系根据司徒雷登之请而同意他去燕京大学访问的，去与不去由司徒雷登自己决定。

见飞北平已无望，司徒雷登的专机机长、美国大使馆空军武官邓宁上校来到南京外事处，说飞机已修好，要求办理专机离境事宜。

1949年8月，司徒雷登回到了美国

7月25日，司徒雷登办理了出境手续，又找到他的学生黄华谈了最后一次话。

"你说一说，美国今后的对华政策上，你们有何希望？"

黄华说道："现在，首先需要美国放弃错误的政策，证明它具有对中国人民堪称友好的诚意。"

司徒雷登缓缓地说："美国政府最近也不能做什么，过一个时期，看情况发展再说。中国的内战并不是我们愿意看到的，但美国政府对形势的看法有误。"

8月2日，司徒雷登一行乘坐专机离开南京回国。

后来，傅泾波在叙述这段往事时万分感慨地说："如果当时老人家去了北京，恐怕以后很多历史都要改写了，甚至朝鲜战争都有可能避免！"

正如司徒雷登晚年经常对傅泾波的家人说的那样："I am not a policymaker.(我不是政策制定者。)"

二、两个心愿

1949年8月18日，新华社发表了毛泽东撰写的评论——《别了，司徒雷登》。后来这篇文章又入选了中学的语文课本，因而这个叫司徒雷登的传教士在中国成了一个妇孺皆知的美国人，其声名不亚于美国总统华盛顿或林肯。

对于司徒雷登而言，在美国的生活时日非常短暂。他的生活和事业都留在了中国。这位在中国生活和工作了五十年，并且一直受到尊敬的老人，离开中国时已73岁了！

他精通中文和中国文化，他读了毛泽东的这篇评论。在此之前，司徒雷登正式从美国驻华大使的职位上卸任，回到了美国。8月10日，司徒雷登到达华盛顿。一下飞机就被直接送往国务院，国务院的有关负责人同他谈话，劝他闭门不出，避免同新闻界和公众接触，不要接见不必要的来访者，甚至建议他离开华盛顿十天半月。司徒雷登自以为对于中国问题，他是最有发言权的，他拜访了艾奇逊、杜鲁门和马歇尔，他们的谈话加深了他在美对华政策问题上所产生的严重不安。后来，他被勉强允许在教会做了两次演讲，但讲稿都须经过国务院审阅、删改和认可。实际上就是封住他的嘴巴，不准他公开发表与政府口径不一致的有关美中关系和对华政策的讲话。

这位走路蹒跚的老人受了双重打击后，其内心的痛苦和压抑终于击倒了他。在他回到美国三个月之后，即从11月30日起，他因心脑血管严重病变，中风偏瘫，在访友后乘火车返回华盛顿的途中被送进了医院，从此在美国的政治舞台和中国人的视野中消失了。

值得欣慰的是，他的私人助手、中国人傅泾波一直守候在他身边，并精心照料他直至为老人送终。1950年，傅泾波的妻子和两个小女儿也到了华盛顿。他们就把司徒雷登接到家里当父亲一样赡养。司徒雷登没有什么积蓄，请不起人服侍，偏瘫十三年的病中生活和护理完全靠傅泾波一家悉心照料，连上厕所、洗澡也全靠傅泾波，到傅泾波也气力不济时，还要叫傅泾波的儿子傅履仁(后来是美国的华裔将军)来帮忙。

司徒雷登在《在华五十年》一书中这样写道："傅泾波之于我，就像我的儿子、同伴、秘书和联络官。"1918年，只有18岁的傅泾波陪同信仰基督教的父亲傅瑞卿，到天津参加全国基督教青年大会。在大会上，司徒雷登被邀演讲，其时他尚在南京的金陵神学院教授希腊语。司徒雷登演讲完毕走下台来，注意到了傅瑞卿身边的这个年轻人，并且跟他握手。司徒雷登大概没有想到，他精辟的讲演、高雅的风采，特别是他所散发出的人格光辉深深地吸引了这个18岁的青年。傅泾波的女儿傅铎若在回忆文章中写道："这次与司徒雷登初聚，竟成了我父亲的人生里程碑，成了他生活道路的新起点。"

1962年9月，司徒雷登在华盛顿悄然去世。临终之前，他立遗嘱将他的全部文件赠送给傅泾波，并要求傅泾波替他完成两个心愿：一是将当年周恩来送给他的一只明代彩绘花瓶送还给中国；二是将他的骨灰送回中国，安葬在燕京大学的校园内。他的第一个心愿已实现，第二个心愿由于种种原因尚未实现。

三、司徒雷登其人

司徒雷登的英文名叫约翰·雷登·斯图尔(John Leighton Stuart)，1876年出生于中国杭州的美国传教士家庭。他是一位美国基督教的传教士。他也是一位教育家，曾创办并担任燕京大学的校长和校务长。他还是一位外交官，曾担任美国驻华大使。由于毛泽东写的一篇《别了，司徒雷登》的文章而使他在中国非常有名，但是他在他的祖国——美国却是默默无闻。

司徒雷登

司徒雷登的父母都是早期到中国的美南长老会传教士，清末同治、光绪年间主管杭州基督教天水堂，司徒雷登即出生在天水堂教士住宅(今杭州下城区耶稣堂弄)，会讲一口纯正的杭州话。从血统上说，他是一位纯粹的美国人。而用司徒雷登自己的话来说，自己"是一个中国人更多于是一个美国人"。11岁时，他回到美国弗吉尼亚州上学，在那里曾被人讥笑为不会说英语的怪物。在大学期间受“学生志愿国外传教运动”的影响而转到神学院，立志于传教。

1904年，结婚后的司徒雷登偕妻子重新回到杭州，成为第二代美南长老会传教士。1905年开始从事传教工作，并努力学习中文，钻研中国文学。1908年，三十二岁的他开始在现位于南京上海路的金陵神学院教授希腊文。1910年，任南京教会事业委员会主席。辛亥革命时兼任美国新闻界联合通讯社驻南京特约记者。1912年年初，孙中山先生在南京就任中华民国临时大总统时，以驻华记者身份到场的司徒雷登是仅有的两名在场外国人之一，他第一次见证了古老中国的伟大变革。

1918年的下半年，美国南北长老会正式向司徒雷登下达了命令，让他去筹办“一所新的综合性大学”。基督教青年会国际协会副总干事布鲁克曼推荐说：“司徒雷登的才具足以出掌任何教会机构。他出生中国，此为其他同行所望尘莫及。他中文与英文都运用自如，而且深谙中国文学，可称一时无两。他的心灵也有难得的品质。我相信他举世无仇敌，在未来的‘北京大学’里能调和中外，折衷新旧思想的，我不作第二人想。”但是司徒雷登本人对于这项任命却并非心甘情愿，在后来的回忆录中，他说：“……我实在不愿意去。我对金陵神学院的工作十分满意，在教学和研究工作方面已经得心应手，而且正在从事几项写作计划。”虽然司徒雷登对于这突如其来的任命并不情愿，但是他并不是个畏惧困难的人，同时，作为一个出生在中国并对中国有深厚感情的美国人，他认为创建一所新大学，可以更好地服务于中国，而且这个任务跟他服务于自己的祖国美国也没有什么冲突。司徒雷登接受了聘请，但是同时约定：他不管经费的事情。

1919年春天，司徒雷登正式走马上任，出任燕京大学的校长。6月份他到达北京，遭遇了他上任之后的第一次尴尬。那时候，“五四运动”结束不久，但是学生运动依然此起彼伏。在6月2日、3日、4日，学生游行示威的活动达到了前所未有的高潮，前后有一千名学生遭当局逮捕。按照计划，司徒雷登应于6月8日跟学生们正式见面，算是新校长的就职典礼。不巧的是那一天政府释放了被捕的学生。本来就少得可怜的没有被捕的燕大学生，都满怀热情地跑到大街上去欢迎英雄们的光荣出狱，谁还顾得上这位刚上任的司徒校长呢？

1919年的秋天，司徒雷登接手的燕京大学是这样的景象：那里有五间课室。一间可容一百名学生的饭厅，有时用这间大屋子开会，也有时用来讲道，学校的配套设施少得可怜。他一方面到处化缘，募集办学经费，他曾经感叹："我每次见到乞丐就感到我属于他们一类。"另一方面司徒雷登为了寻找合适的办学地点，吃尽了苦头。我们知道燕京大学的校址就是现在北京大学风景如画的燕园。在他的回忆录中，司徒雷登记载了他寻找校址的过程："我们靠步行，或骑毛驴，或骑自行车转遍了北京四郊也未能找到一块适宜的地产。一天我应一些朋友之约到了清华大学堂，其中一位朋友问道：'你们怎么不买我们对面的那块地呢？'我看了看，那块地坐落在通往颐和园的公路干线上，离城五公里，由于那里公路好走，实际上比我们察看过的其他地方离城更近，因而十分吸引人。这里靠近那在山坡上到处簇集着中国旧时代一些最美丽的庙宇和殿堂，并因此而著名的西山。"

此后，他作为燕大的长期领导人为该校的发展壮大做出了不可磨灭的贡献。司徒雷登四处募捐，为燕京大学在北京西郊建造了一所宫殿式的美轮美奂的新校园，不惜重金延请中外著名学者如吴雷川、许地山、邓之诚、郭绍虞、顾颉刚、赵紫宸、容庚、钱穆、吴文藻等人来燕大任教，提升燕大知名度和学术地位。1927年，燕大与哈佛大学合作组成了著名的哈佛燕京学社，出版大量学术期刊，促进中美文化交流。到上世纪30年代，燕大已发展成为中国学术水平最高的教会大学。司徒雷登提倡学术自由，要求燕大的学生既中国化，又国际化，司徒雷登还注意与学生、员工互动交流，对待学生和蔼可亲，对待教职员工热情温暖，给许多学生和员工留下了深刻印象。

司徒雷登同情学生运动，"九一八事变"后，他亲自带领数百名燕京大学的师生上街游行，抗议日本对中国的侵略。1921年他受聘为中国教会教育调查团成员。1930年美国普林斯顿大学授予他荣誉文学博士学位。1933年受美国总统罗斯福召见，听取他对中国时局的意见。"七七事变"后，北大、清华等许多大学已陆续南迁，但司徒雷登权衡再三，决定让燕大继续留在北京。为了保护学校免遭日寇骚扰，司徒雷登由原来的教务长重新担任校长，并让学校悬挂美国国旗。但"珍珠港事件"后，美国宣布对日作战当天，日本宪兵便派兵将学校包围，在日占区坚持了四年之久的燕京大学被迫关闭。

1941年12月9日，司徒雷登因公到天津有事。第二天一早，正当他准备回校时，两个日本宪兵找到他在天津的下榻处将他逮捕，押送回北平。最初，司徒雷登与近二百名美国海军陆战队员、记者和传教士，被关在美国领事馆。但四周后，绝大多数人被释放，只有司徒雷登与协和医院院长亨利·霍顿博士及财务主管鲍恩博士仍被继续关押。

司徒雷登与协和医院的另外两位美国人一直被日本人关押近四年之久。他后来告诉傅泾波的孩子傅履仁，为了打发时间，他把自己能想起的汉语成语写出来翻译成英语。另一个打发时间的方式是猜字谜——这三位被关押的美国人1945年也成了轰动一时的新闻人物，他们获释后，《时代》周刊用这样一个标题描写他们的经历：1500个夜晚的字谜游戏。

日本战败。1945年8月17日，被监禁了三年八个月十天的司徒雷登重获自由。

1945年9月16日，司徒雷登和他的私人秘书傅泾波去重庆参加抗战胜利大会，在那里，他们见到了毛泽东。毛泽东告诉司徒雷登，延安有许多他当年的学生。司徒雷登笑着说，他了解。几天后，毛泽东和周恩来请司徒雷登一起吃饭。

1946年6月，司徒雷登在南京停留时拜访他的老朋友蒋介石，在蒋氏夫妇的介绍下，司徒雷登见到了作为美国总统私人代表负责调停国共两党纠纷的马歇尔。他对中国的深入了解以及与各派政治人物的熟悉程度给马歇尔留下了深刻印象。1946年7月，经马歇尔推荐，美国政府决定任命司徒雷登为驻华大使，接替已于1945年11月离职的赫尔利。

那时司徒雷登已近70岁，对于大使任命，他提出两点要求：一、希望两年内完成大使任务后仍回燕京大学；二、出任大使必须要有傅泾波做助手。这些请求得到了马歇尔的特批，于是傅泾波也得以以“私人顾问”的身份跟随司徒雷登到了南京。

就这样，一个外交的生手当上了当时最强大国家——美国的驻华大使。

很多人倾向于把司徒雷登的一生分成两个阶段来看，以当美国驻华大使为界限。当大使以前，他致力于传教和办学，把先进的教育方法和科学知识介绍到中国来，促使燕京大学培养出不少人才，其中有许多还是革命者、共产党员，对中国的进步和现代化是有贡献、有功劳的，应该与后来当“内战大使”区别开来，完全否定他是不公正的。对于这个问题，司徒雷登自己说："我自己的处境也是一种嘲弄。过去我是美国自由主义和对中国亲善的代表，而现在却被诬蔑为'美帝国主义政府'的官方代表，'扶助和纵容蒋介石为代表的反动没落的封建制度的主要代理人'。社会各界的燕京毕业生也为我没有继续当校长而感到沮丧，这不是没有道理的。但是我作为外交官所吸取的第一个教训——也是最深刻的教训之一——就是言多必失。我希望他们终究会弄清楚，我始终是同样一个人。"是的，司徒雷登始终只是一个人而已，可以说最适合他干的工作是大学校长，最不适合他干的工作是驻华大使，但是命运使然，他都干了。

链接：

黄华，1913 年生于河北磁县。原名王汝梅。学生时期即参加革命，是"一二·九运动"的领导者和参加者，后任北平学联中共党组书记。在燕京大学即将毕业之时，黄华欣然应美国记者埃德加·斯诺的邀请，随他去陕北苏区采访，并协助他完成《西行漫记》。他是中国共产党最早期的半官方外交家和领导者之一。他参加过中共在解放前的一段重要的对外工作——同美军驻延安观察组共事，并在国、共、美军事调处执行部任职。解放初期，各地军管会忙于扫除外国在中国的特权和势力，巩固新中国的主权，国家间的外交关系远未全面展开，大城市的外事工作比较复杂，外侨、外资等工作都需慎重处理。黄华先后担任天津、南京、上海外侨事务处处长，承担这一独特而又繁重的任务。特别是在南京期间，与司徒雷登的接触，是中美关系史中的特殊一页。1949 年后，他作为中国政府代表参加朝、中、美、韩关于建立朝鲜和平的谈判，陪同周恩来总理为首的代表团出席日内瓦和万隆国际会议。20 世纪 60 年代，他任首任驻加纳大使，70 年代任首任驻加拿大大使，直至任第一任常驻联合国代表。文革期间，他出使埃及，是唯一未被调回国内参加文革运动的大使，周恩来有意保留他作为当时唯一对外的窗口。中美开展"乒乓外交"时，他是配合周恩来在现场接待代表团的领导人之一。他并被指定为同秘密来访的基辛格谈判的三人小组成员。任外交部长期间，完成了签订《中日和平友好条约》、中美建交等具有战略意义的工作。自 1983 年起，黄华担任全国人大副委员长和中共中央顾问委员会常务委员，期间仍积极参加一些国际会议，宣传我国改革开放、反对台独和维护国际和平等政策。2010 年 11 月 24 日，因病在北京逝世。

著有《亲历与见闻——黄华回忆录》。

第二部分

战争叙事

饮马长江

一、刘伯承进驻六安

1949年的3月下旬，中国人民解放军第二野战军司令员刘伯承率领二野司令部进驻了安徽的西部重镇六安县。六安是当年的苏维埃革命老区，群众基础好，几乎家家都“闹过红”，户户都有子弟参加红军。解放军进城的那天，满城的红旗红标语，满街满巷的欢迎人群，城楼上都站满了人。

六安县城北小学的校长，带领着学校的教员、学生正挥舞着小红旗欢迎解放军，县工委的干部找到他说：

“解放军不愿扰民，要在学校的操场露宿，你看怎么办？”

校长说：“天还这么冷，那不行！我们放假几天，把教室腾出来，支援渡江大军。”

学校立即动员，除了一间女教员的宿舍，全部腾空。

傍晚学校门口来了三辆吉普车，一位身材魁梧，戴着眼镜的老军人从车里走出来。

校长得知他就是刘伯承，激动地说：“哎呀呀，了不得，刘司令来了！他还是川蜀名将，讨袁英雄的时候，我就知道他的名字了！我们学校幸运啊，真不敢想刘伯承司令能在我们学校住！”

刘伯承住到了后院的三间平房里，那是学校的算术教员室。

晚上，刘伯承伏案疾书，清秀的蝇头小楷，一丝不苟地落在白纸上。他正在起草《渡江战术注意事项》。他写道：

《渡江作战之研究》与《敌前渡河战术指导》前已发作教材，兹据最近情况特提出以下战术注意事项：

其一，敌人在长江北岸以桥头堡、要塞及江心洲支点等构成掩护阵地，其企图是及早察明我渡江部署，堵我渡江出口，配合其舰队、飞机迟阻我渡江行动，以掩护江南主阵地的防御实施。

其二，我们从事渡江的战术训练……

刘伯承逐一阐述着他从十个方面论述的《渡江战术注意事项》。

早在1947年，刘伯承在大别山转战期间，就常常抽空在地图上以汉水模拟长江，研究强渡作战的战术和技术问题。在淮海战役中，他也没有间断过对渡江战役的考虑。当他撰写《论苏军对筑城地带的突破》的编译前言时，着重写了突破江防的问题。

《论苏军对筑城地带的突破》一书，赶在渡江作战之前出版了，刘伯承在该书前言中分析了国民党军的长江防线：

长江布防，有所谓“直接配备”，即将其主力直接配备于长江南岸；有所谓“前进配备”，即将其主力前出于长江以北广大地区作战；有所谓“后退配备”，即以一部配备于长江两岸要点，强化侦察，而以主力分别配备于南岸纵深的机动地点……

蒋介石长江防御的前进配备，大而言之，即其在黄河、长江之间的防御；小而言之，即其经常叫嚣的“守江必守淮”。这些都因淮海战役后，国民党军基干兵力的丧失而无法实施。其后退配备，也因兵力少，江防宽，与南岸交通困难而无法达到预期效果。他不能不着重于“直接配备”，但是还是因为兵力少而不容易做到。汉口以下长达二千余里的长江防线及其必要的纵深配备，需要数量巨大的兵力。在长江向北岸鼓出的突出部，如汉口、浦口等要点，也各只有两个军的兵力，遂使这样漫长的江防，成为一条不能动弹的“死蛇阵”，任人横斩。如其一处被斩断，则全线震撼。

对于如何斩断这个“死蛇阵”，刘伯承认为：

必须善于搜集船只；善于组织部队作战；善于侦察南岸敌人的防御配备，进行精细的研究，力求在宽大正面同时渡江的情况之下，针对敌人的弱点做出重点突击的部署；善于组织集中的炮火以支援渡江的步兵，使其不遭到敌人舰队、炮兵和坦克的阻碍。

刘伯承在东面一间平房里埋头于《渡江战术注意事项》一文的写作，另外一间平房里，刘伯承夫人江荣华正接待她多年不见的乡亲和战友们。江荣华是六安郝家集人，早年参加革命，这次又回到了家乡，见到了幼时的伙伴和当年的战友，颇为激动和兴奋。

二、“收京破敌必在春夏之间”

1949年3月23日，在行军途中，陈毅给夫人张茜写了一封信：

陈毅参加贾汪会议

茜：

别后风雪交加，夜半抵蚌埠。道路泥陷不能行车，步行十余里渡河到市委，酣然一睡，起时已10时半，怎么年近五旬，尚可作步兵。一过淮河完全南方风气。居民云四十天内已下七次雨，路从来未干过，因念大军南进不无困难。曹孟德四越巢湖不成，殆非偶然也。好在早有准备，我军挟各种优势，临事而惧，好谋而成，收京破敌必在春夏之间。汝独行踽踽，又孤处济南，深以为念。三个小儿，不知到青州后如何？最好不离母亲，多耐心教育，不要把孤傲的性格传给他们。希望便中详告近情，千嘱。

仲启

三月廿三日

在信中，陈毅写到雨中行军的艰难历程，但很乐观地说自己快五十，身体尚好，可作步兵。当然他还非常关心自己孩子的教育问题，“可怜天下父母心”，舐犊之情，跃然纸上。

陈毅在信中说“收京破敌必在春夏之间”，是因为 21 日渡江战役总前委、三野前线指挥部和华东局刚刚在蚌埠召开了孙家圩会议。在此之前的 1、2 月间，已在徐州贾汪召开了二次扩大会议，专门研究渡江作战和进军江南的问题。

孙家圩子是位于蚌埠南郊的一个小村庄，庄里只有几十户人家，村子大多是土墙茅舍，四周的地势平坦，还有一座很小的山，叫陶山，山上还生长着几棵稀疏的松柏。

渡江战役总前委在此召开了扩大会议。

渡江战役总前委

此次参加渡江作战的解放军部队在过去都进行过渡黄河作战，但黄河是“面恶心善”，长江则是“面善心恶”。在南京以东，江水的流速快，同时在汛期每天均有潮起潮落。农历初一、十五为高潮，初八、二十三为低潮。潮涨潮落，直接影响船只进入长江和登陆靠岸，并不利于大部队作战。

邓小平严肃地说：“长江有长江的特点，我们这一回又碰到了新问题。”

粟裕接着说道："是啊，这次渡江并不简单啊！过去，我曾率部几次渡江，但一般都是在敌人没有注意的情况下进行的小规模偷渡，与这次大规模强渡是不同的。敌人在长江南岸构筑了很多工事，有些要塞还相当坚固，比如吴淞、江阴、江宁要塞都是重兵把守的。同时，江面上还有敌人的军舰在游弋。"

邓小平狠狠地吸了口烟，停下来后，说："渡江作战的重点就在于能不能顺利登陆，首先可以不考虑这些设防坚固的要塞。历史上的渡江作战，对南京的进攻一般都选择在南京的两侧，从侧面渡江进攻南京，而不采取正面直接渡江攻取。"

正在看文件的陈毅这时插话说："小平同志说得好啊，我完全同意。渡江作战的关键首先在于突破防线。蒋介石在长江沿线摆了个长长的'一字长蛇阵'，号称陆海空'立体防御'。但是他的兵力是不够的，七十多万人要想守住一千多公里的防线，绝非易事。为了确保渡江成功，我们可以避开国民党军队精心修建的要塞，哪里能渡江，我们就在哪里渡。只要我们的部队开到长江南岸，问题就解决了。"

会议在研究具体方案时，谭震林发言指出："军委要求我们 4 月 13 日、14 日渡江，那日正是农历十六，月光通宵，我第一梯队的突击队无法隐蔽，不能求得战术上的突然性。因此建议推迟两天，于 4 月 15 日，即农历十八的晚 9 时以前开始渡江，那时正值昏夜，出动有利。"

大家一致同意此建议。会议发言热烈。

刘伯承（右一）、邓小平（左一）、张际春（左二）在研究渡江作战方案

邓小平站了起来，说：“1947 年，我们大军南下，强渡黄河前，我们的军事战略家伯承同志对渡江战术进行过专门的研究，给全体官兵下发过一个战术材料，对当时的作战很有帮助。可这几天，他还在组织部队向江边开进，还没有赶来参加会议。最近，他又对长江的渡江作战作了精心研究，还写了一个方案。”

陈毅接道：“伯承同志的这个《渡江作战之研究》，我看了，能回答解决渡江中的许多问题，我看还是在这里念一下子。”他又问邓小平，“那他的那份方案，你带来没有？”

邓小平笑了笑，拿出几张纸，说：“带来了。”

“那你就给我们说一说。”

于是，邓小平就用那较重的川音读起刘伯承撰写的作战设想：“根据我们了解，长江上是不能架设浮桥的，只能靠船渡，主要的工具是木船加风篷；其次，对于我们的渡江行动，敌人早就察觉，已有足够准备，不易奇袭成功，长江江面很宽，对岸的敌人有空军和海军配合，对我们渡江有很大的威胁。怎样看待这些问题呢？”

刘伯承在方案中，一上来就抛出了一大堆问题，一下子就吸引住指战员们的注意力，而后才逐一分析研究，论据、论理独到精辟，令人豁然开朗。可惜念得太快，那些做笔记的兵团司令员忙得丢三落四，还是没记全。

陈毅在贾旺会议上做报告

陈毅说："小平同志，伯承这份材料干脆多印一些下发部队，你看如何？"

邓小平表示赞同。

这时机要参谋送来两份电报。邓小平接过展读，一份说李宗仁又从西北调了一个独立第95师增防江南。邓小平把电报递给陈毅他们，想了想，说："对头，从前我在冯玉祥那里工作的时候，就晓得这个部队，现在又要见面喽。"

接着，邓小平开始看第二份电报。看着看着，倏地扬起了双眉，欣喜地高声说："好啊，毛主席、党中央昨天进北平啦！"

这个消息使会场为之雀跃，虽然中共中央和毛泽东进北平是意料中的事，然而一旦这一天成为现实，那种振奋与激动，还是让这些数十年横刀立马的将军们为之动容。这让他们切实地感到，新中国的诞生已为时不远了，共产党为之浴血奋斗的理想就要实现了。

邓小平为了克制难以驾驭的情感，点上了一支烟，一口嘬下半截儿，不太喜欢说笑的他，这时不乏幽默地说："哎呀，以后进京可要三跪九叩喽！"

三野的参谋长张震是个活跃人物，接道："可要小心哟，弄不好要推出午门斩首的！"

陈毅大笑："同志哥，还要刀下留情嘛。"

谈笑间，两张并在一起开会用的八仙桌已经拉开，摆上了饭菜，不等招呼，众人早围桌而坐，挥舞起筷子。

饭后会议继续，傍晚时总体部署完成：解放军第二、第三野战军将于4月15日开始渡江。第二、三野战军一百二十万渡江部队，划分为东、中、西三个作战集团。

二野的第3、4、5兵团为西突击集团，由刘伯承、张际春、李达统一指挥，从湖口至枞阳之间渡江；

三野的第7、9兵团为中突击集团，由谭震林指挥，从枞阳至金河口之间渡江；

三野的第8、10兵团为东突击集团，由粟裕、张震统一指挥，从金河口至江阴之间渡江。

渡江成功后，中、东两路大军统一归粟裕指挥。

这次战役的关键是：中、东两路大军渡江后迅速东西对进，对南京、镇江和芜湖地区的大量守敌进行钳形合围，继而歼灭残敌。

会议上也考虑到如果敌人固守江防，或者在解放军渡江时收缩集结兵力而全力攻击渡江大军一部的可能性，要求各部做好发生严重战斗的准备。

为便于整个战役的组织指挥，邓小平、陈毅率轻便指挥所进至合肥附近，统一协调各集团的行动。

粟裕、张震率第三野战军司令部进驻泰州白马庙，指挥东集团。

谭震林随同第 7 兵团行动，指挥中集团。

刘伯承、李达率第二野战军司令部进驻舒城，指挥西集团军。

在这次会议上，邓小平还高兴地通报：由第四野战军 40、43 军组成的第四野战军先遣兵团已经南下，近日即可抵达江岸指定位置。

会议结束后，张震受陈毅之命，根据会议纪要起草一份包括两大野战军行动的渡江作战计划。张震用了几天的时间拟就后呈报陈毅，陈毅审阅后转呈邓小平。邓小平阅后将张震叫了来，说："兵团指挥不宜太具体，主要是说明战役企图，可能预案即可。"

张震说："好，我重新来。"

邓小平考虑了一会儿，说："时间紧迫，我自己动手吧。"

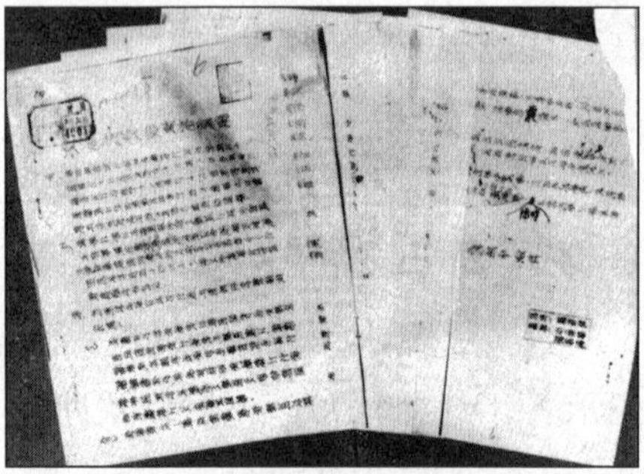

《京沪杭战役实施纲要》

1949 年 3 月 31 日，邓小平在会议讨论的基础上，拟订了《京沪杭战役实施纲要》(以下简称《纲要》)。

《纲要》全文共分八个部分，从全局上分析了敌情，提出了我军的作战纲领、作战部署、战役目的及发起战役的时限等，既从大处着眼，提挈全军，又不统得过死，充分体现了战役计划的灵活性。在赋予各野战军、兵团任务时，同时指出了各部可根据情况的具体变化相机而行。

陈毅看后极为赞赏，当日以总前委名义发出，呈报中央军委并告第二野战军。

4 月 3 日，中央军委复电：

总前委：

卯东电悉。同意《京沪杭战役实施纲要》。

军委

《纲要》呈报中央的次日，4月1日下午4时，邓小平、陈毅率总前委机关告别了孙家圩子，前往新的指挥地——合肥撮镇瑶岗。

同日，粟裕、张震也率三野机关东移泰州的白马庙。

三、厉兵秣马

二野首长刘伯承、邓小平与战士们在一起

解放军二野、三野的部队相继开赴到长江边。然而，摆在他们面前的一个严峻现实是：没有船只，没有水手，没有各种必需的修造船工具和器材，真正是“两袖清风”。当地的船只，有的被敌人破坏后沉入江底，有的在敌人撤退时被拖走了。沿江的群众和渔民，有的“逃反”到外地，有的被国民党军连人带船逼到江南。

渡江作战，不能“渡”便谈不上战。就“战”而论，随着部队到达近江的湖泊河网地带，新的问题也出现了。部队的战士绝大部分是黄土高原和豫北平原的子弟兵，他们的一双脚一天一夜跑上二百里，不起泡，不红肿。若让他们骑上马，在那辽阔无垠的大平原上奔跑，他们能撒开缰绳，空扬起双手，在人们的喝彩声中，来一段精彩的骑术表演。他们中间，也有人能够在黑夜里把轻机枪一百多零件拆卸下来，再摸索着一一装好。现在，他们那些“绝活”几乎全派不上用场了。在水上一圈兜下来，五脏六腑都倒了个个儿，哇哇直吐。长江还没见着，长江的这些小分流就把他们折腾成这副模样，于是在他们心里装着的那个长江，面目变得狰狞起来。各种各样的说法都出来了：

“喂，你知道长江风浪有多大吗？”

“无风三尺浪，有风一丈高！”

“听说黄河是‘面恶心善’，长江是‘面善心恶’。”

“长江里有‘江猪’，比地上的老虎还凶！”

“还有咬船的矶石，说是九里十三矶，碰上就翻船……”

而此时面临的任务又十分紧急，要求“半个月内必须完成一切渡江准备”。

“一切渡江准备”，囊括了渡江所有的需要：侦察、情报、船只、水手、战术、技术……

同时，刘伯承再次嘱咐他的部队“万勿骄情疏忽”。

燃眉之急是船只和水手。

中国共产党的军队再次显示了和人民的血肉之情，听说是当年的新四军、八路军来到江边，“逃反”的、流浪他乡的，陆续返回家园，被抓到江南岸的胆子大些的船工也偷渡过来。部队在宣传渡江意义的同时，将自己的口粮省下来，救济那些“青黄不接”闹春荒的人家。地方工委配合部队制定了船只征集政策，宣布：有主的船只，使用后确保物归原主，无论新旧，损坏赔偿；无主的船只，谁发现打捞并提供给部队的，将来就归谁。布告贴出后，船主和知情者的积极性被调动了起来。

一位老和尚曾在部队卫生员的救助下从疟疾的死亡威胁中捡回了生命，他说：

“大军仁民爱物，不可不助。”

他在签筒里做了点手脚，那些对部队依违未定的船主到庙里问吉凶时，总得好签，以为大军得天意相助，遂踊跃交船。

有了船，不等于有了水手。将船工变为敢在炮火中强渡的突击队员，比征船更为艰难。那些教育战士颇有一套的指导员和教导员，凭着自己的热情和经验，分头召集船老大们开会、座谈，忙活开了。

那一天，某部指导员靳虎堂组织船工们开会，他滔滔不绝，大谈“土改翻身”，大讲“渡江意义”“军民合作”，他是经过认真准备的，讲得头头是道，自己都被感动了。看看船工们，有的不知在想什么，有的伸着懒腰，有的干脆蹲在角落里打瞌睡。靳虎堂问道：

“老乡，你们有什么感想？”

“听不懂……”

“坐太久，屁股疼。”

一盆冷水，靳虎堂说不出的沮丧和失望。

地方党委得知此情后，笑道：“你们把搞土改的经验搬到这里来，怎么行？他们都是跑码头的，见识广，吃亏多，疑心大，不轻信。但他们有他们的脾性：讲义气，重交情，你敬他一尺，他敬你一丈，你真心对他好，他拿脑袋换。他们都在‘帮’，就是‘三番子’。在‘帮’的人，都论辈分，‘船老大’一句话，就是圣旨。”

解放军第 15 军军长秦基伟首先出面将一些“船老大”请至帐中喝酒，请他们“参与军机”；师团首长也请“大辈分”的人聚餐同饮，请他们出点子；指导员、教导员都上了船，和船老大聊家常，交朋友；战士们则像徒弟服侍师傅那样，上了船首先集体向船工敬礼，端饭递水，虚心学艺。除此之外，对船工家属的生活一律优待；对于帮助部队有功、有特殊贡献的，颁发记功令，挂光荣旗，领导宴请，记者照相。

那些经常喝几口老酒、衣襟大敞的江湖汉子，把手掌重重地往战士的肩上一拍，另一只手握成拳狠狠砸着自己的胸脯，掏出了心窝子话：

“老弟，一百个放心。有船在，就有我在，有我在，就准保送你们过江。”

“别把我看成糊涂虫，你们大军为哪桩来过江的，我还不明白？人都是娘身上掉下的一块肉，命只有一条，你舍得丢，我留着干什么？！”

“老弟，人穷志不短，俺们都是有血性的，生平恨的就是那些压迫派。从古到今，没见过你们这号好人。要说送你们一船都不干，还算得上是闯江湖的汉子？”

“一句话，不送大军过江，枉为今世人！”

水上练兵开始了。

农历三月天，冬眠的虫子刚刚苏醒不久，战士们甩下棉衣，脱得赤条条只剩下一条短裤。他们一整天一整天泡在冰冷的湖河汊港里，有的抱着一块门板，乱扑腾；有的抱着一根粗毛竹，扎猛子；有的一拱一拱，像狗刨……风里，雨里，这些“旱鸭子”终于初识水性。

晴空下，湖水波涌，泱泱一片，船工们带领着新徒弟，不时发出短促的叫喊：“左舵”“右舵”“半篷”“满篷”……船身笨拙地移动开来，在湖里打转转。新徒弟急得憋红了脸，越使蛮劲，船越转，船工们哈哈大笑。风停了，船像被水吸住似的，再不肯动。小伙子们耐不住性子，仰起脖子，瞅着桅杆顶的小风信旗，吹着新学来的唿哨，结结巴巴，十分蹩脚，全没有老水手的那种悠悠神韵，引得补网的渔家女掩口讪笑。

很快渔家人就发现“大兵”们的聪明，他们那双握枪弄炮的手，不但摆弄顺溜了舵把、橹把、篷索，还把他们祖代相传的一帆、两橹，顺风快、逆风慢的渔船变了样。铁路工人出身的战士樊瑞来，用一块长三尺、宽三尺八寸的木板做水叶子，套成十字架，在船面上装设一个前卡子和一个后卡子，将十字架的轴钳在里面，端头再装一个木柄，人坐在舱里摇，等于加了副橹，既可隐蔽身体，又大大加快了航速。

驻扎在江边的二野 12 军的战士们发明了一种“救生圈”。他们用二十多斤重的稻草拧成把子，围成一个圈，往身上一套，下水去，既可托枪，又能救生。这种救生圈在水里浸泡十几个小时后仍可使用。

二野第 12 军军长王近山来到了 35 师驻地。

上午刘伯承打电话给他，让 12 军搞一次实战演习，一是取得江上作战的经验，二可消除一下北方战士对长江的畏惧心理。王近山选中了 35 师。他们师靠近敌军的江防据点江心洲——铁板洲，洲上有敌第 29 师 87 团 3 营三百余人，筑有地堡工事。

王近山在 35 师布置完任务，就来到湖边看战士们练兵。看到战士们一个个从“登山虎”变成了“浪里白条”，浑身上下晒得黑不溜秋的，他咧嘴笑了。

战士们很喜欢他们这个军长，大声喊道：

“王军长，来一个！”

王近山心里早痒痒了，被这么一喊，帽子一甩，便脱了棉衣。

随行的参谋急了:“军长,着凉会生病的!”

“哪个说的,数九天我还敢在河里扎猛子呢。”王近山说着已经脱得差不多了,“扑通!”一声,跳进湖里。

湖里的战士们一片欢呼。

王近山从小就会水,几十年过去了,功夫居然还在,他或仰或潜,或立或垂,整个一个“浪里白条”,战士们的眼看晕了,掌声一阵接一阵。

王近山的警卫员小孟十分得意,他知道军长有“绝活”,扯着嗓子在岸上喊:

“军长,竖蜻蜓!”

“军长,捞月亮!”

“军长,八仙过海!”

…………

“不来喽,不来喽。”

“军长,再来个‘鲤鱼跳龙门’嘛!”小孟还不肯罢休。

“好喽,好喽,我让你指挥这么半天,腿都抽筋喽。”

湖面上腾起一片笑声。

这时12军副军长肖永银正在枞阳一线江堤附近奔走。交给他指挥的是一个强大的炮群:12军的四个山炮营、3兵团的一个山炮团、野司的一个榴炮团。按二野指挥部的部署,12军将从主要突击方向——安庆以东的枞阳横渡长江,他们的左翼是三野部队,后侧桐城方向是二野刘伯承的指挥部。

两百余门大炮隐蔽在长江大堤茂密的柳树林里,垂柳依依,为渡江部队的大炮掩上了天然的伪装。

肖永银蹲在大堤上的军指挥所里,挑着浓浓的眉毛,注视着烟雾迷蒙的长江对岸。他的那些大炮乌黑的炮口齐刷刷指着长江南岸,不仅大炮全部被编了号,对岸所有的敌工事也都被编了号,“对号入座”时,他的炮群必须进行有效的“发言”。如今不再有那种强渡大渡河时的窘迫了,那时只有少得可怜的三五发炮弹,现在,每门炮有一百至一百五十发炮弹。随着解放战争的发展,解放军的装备真是今非昔比,“鸟枪换炮”了。

大批弹药利用河道运往前线部队

人民解放军正在举行渡江作战的誓师大会

链接：

渡江作战动员口号

1. 坚决勇猛打过长江去，实行光荣大进军！
2. 打过长江去，彻底、干脆歼灭蒋匪军！
3. 打过长江去，解放江南人民！
4. 打过长江去，解放京沪杭！
5. 打过长江去，解放全中国！
6. 不骄傲、不轻敌、不松懈，切实做好一切准备工作！
7. 严守渡江秩序，严密渡江组织！
8. 坚决服从命令听指挥！
9. 勇猛、顽强、沉着，彻底粉碎敌人的抵抗！
10. 团结水手，爱护水手，同心协力打过长江！
11. 树立模范的群众纪律，秋毫无犯，给江南新区人民一个很好的见面礼！
12. 严格执行入城守则，严格遵守约法八章，爱护人民解放军的荣誉！
13. 尊重江南人民的风俗习惯！
14. 随时随地贯彻政策纪律教育！
15. 全军动员起来，争取渡江歼敌的完满胜利！
16. 创造渡江英雄部队！
17. 伟大的人民解放军渡江胜利万岁！

链接：

中央军委统一全军编制及部队番号

中共中央军委1948年11月1日发出通令，对全军的组织编制、番号作了统一的规定。中国人民解放军分为野战部队、地方部队和游击部队。野战部队的纵队改称军，军以上设兵团和野战军两级，军以下各级一般按三三制编组。野战军共四个，即西北、中原、华东和东北野战军。

“解放军”“人民解放军”“中国人民解放军”的称呼，早在1945年、1946年的中共中央、中央军委文件和新华社的报道中就出现过，但各地区部队在使用上长期不统一。通令明确规定，团和军分区以上部队均冠以“中国人民解放军”字样，全军予以统一。

1949年1月15日，中共中央军委又发出指示，随着战争形势的发展，各野战军冠以军区地区已不合适，决定按序数排列，西北野战军改称第一野战军，中原野战军改称第二野战军，华东野战军改称第三野战军，东北野战军改为第四野战军。

链接：

四大野战军领导成员

（1949 年 2 月）

第一野战军	
司令员兼政治委员	彭德怀
第一副司令员	张宗逊
第二副司令员	赵寿山
参谋长	阎揆要
政治部主任	甘泗淇
下辖第 1、第 2 兵团共六个军	
第二野战军	
司令员	刘伯承
政治委员	邓小平
副政治委员兼政治部主任	张际春
参谋长	李　达
下辖第 3、第 4、第 5 兵团共九个军	
第三野战军	
司令员兼政治委员	陈　毅
副司令员兼第二副政治委员	粟　裕
第一副政治委员	谭震林
参谋长	张　震
政治部主任	唐　亮
下辖第 7、第 8、第 9、第 10 兵团共十五个军	
第四野战军	
司令员	林　彪
政治委员	罗荣桓
第一参谋长	萧　克
第二参谋长	赵尔陆
政治部主任	谭　政
下辖第 12、第 13、第 14、第 15 兵团共十二个军	

渡江侦察记

一、木盆记

1949年3月，安徽无为临江坝。人民解放军第三野战军27军正在开军党委会议。

刚刚上任的副军长兼参谋长贺敏学分析了渡江作战的形势，他说："长江自古称天堑，中国历史上渡江作战往往并不顺利。这场即将发起的规模空前的渡江战役，应特别重视对敌情的侦察了解，确切的情报是取得渡江胜利的重要一环。我想建议党委派人渡江先做前期侦察。"但包括军长聂凤智在内的大部分军委委员都不同意此方案，认为此举太冒险。

"不入虎穴，焉得虎子，只要我们准备充分、细致，侦察分队谨慎、机智，就可化险为夷。"性格直爽的贺敏学接着说，"哪怕军党委会上只有我一票，我也要坚持派遣侦察先遣队。27军通不过这个建议，我就以个人名义向兵团建议，向总前委甚至向中央建议。"

贺敏学几经斟酌，拿定主意，在军党委会议上提出派侦察小分队先遣渡江的方案，不料未获通过。任凭他说破嘴皮，意见还是无法统一。大家在这个问题上争得厉害。按常理，作为新上任的第三把手，贺敏学不该坚持与一、二把手意见相左。但对于这一事关指战员们的流血牺牲的重大问题，他不惜据理力争。

这位贺敏学不是别人，正是毛泽东的第二任妻子贺子珍的大哥。贺敏学在贺家排行老大，贺子珍、贺怡是他的胞妹。大革命时期，他们被称为"永新三贺"，远近驰名。

当然，为了27军的团结，贺敏学没有将自己的想法上报兵团和总前委，而是决定采取迂回战术，以事实说服大家。经过缜密考虑和组织，贺敏学派出几名胆大心细的侦察兵尝试着过江侦察。

正是在这种情况下，27 军 79 师师长肖镜海叫来了著名的侦察英雄齐进虎，对他说：“我们的侦察大英雄，这次你立功的机会又到了！”

齐进虎“嘿嘿”一笑，说：“师长，你的葫芦里卖啥药，快告诉我！”

肖镜海说：“贺副军长想叫你到江心的黑沙洲上去侦察敌情，你敢不敢去？”

齐进虎急了起来：“师长，你也忒看不起我，哪有我齐进虎不敢去的地方啊？”

确实，还没有什么侦察任务能难倒这位大名鼎鼎的侦察英雄。1925 年，齐进虎出生在山东省荣成市前密文村一个贫寒的农民家庭。在兄妹五人中，排行老二的齐进虎聪明伶俐，因家境困难，只读了四年小学便辍学务农。当抗日的烽火燃遍齐鲁大地时，村里也成立了各种抗日救国团体，齐进虎的父亲齐福生担任了村农救会长。在父亲的影响下，15 岁的齐进虎不甘人后，也参加了青救会和民兵组织。

齐进虎入伍后，先在县独立营、东海军分区当战士，不久便调到胶东五旅当侦察兵。此后，齐进虎凭着机智和练就的一身过硬本领，在战斗中屡建功勋。齐进虎胆大、心细、点子多，在侦察连是出了名的，许多重要的任务只要交给齐进虎，他总能出色完成。

1947 年 7 月，孟良崮战役前夜，解放军 79 师因情况不明，三打黄雀山都遭失利，在这紧要关头，师部特地把侦察敌情这一关键的任务交给了齐进虎。他带上三名侦察员，连续越过敌人三道封锁线，深入敌人驻地芍药山。当摸到张家桥时，与敌人遭遇，齐进虎他们边回击边转移，并设法绕道登上公路埋伏下来，成功地捕获了国民党军整编 74 师 51 旅旅部的作战股长，从他手中缴获了国民党“五大王牌”之一的整编 74 师兵力部署图和作战计划。这一情报为解放军首长果断下定决心、组织指挥战斗起到了重要作用。为此，齐进虎荣立一等功。

1948 年 9 月 16 日，济南战役打响后，齐进虎奉命带领三名侦察员侦察敌情。在敌人严防死守的情况下，他们第一夜就插入敌人的守备圈内，但敌人巡逻时成群结队，因此根本无从下手。在这种情况下，齐进虎决定冒险一试。第二天夜里，他们在敌人巡逻的必经之路埋伏了下来。不一会儿，巡逻的敌兵便走了过来。待敌兵大队刚走过他们埋伏的地方时，齐进虎猛然跃起，冲上几步，三拳两脚将队尾一个敌军官悄无声息地打倒在地，然后和战友们押着这个“舌头”绕过敌人层层工事和据点，返回了部队。此后，在济南战役的连续侦察中，齐进虎还捕获了敌人一个谍报员、一个司务长、一个班长和两个士兵，从这些俘虏口中获得了大量很有价值的情报。战后，齐进虎所带领的侦察班被上级记集体一等功，并被命名为“齐进虎班”，齐进虎本人也荣立了二等功。

肖镜海交代齐进虎说：“黑沙洲在芜湖以西、荻港以东，是江中的一座孤岛，正是我军渡江的必经之地。要是不按时拿下黑沙洲，部队就很难及时登陆；登陆不成，背后又是滚滚的江水，退都没有地方退。现在，我们还不清楚敌人在黑沙洲究竟布置了多少兵力，还有哪些防御设施。”

齐进虎急忙接过肖镜海的话说：“师长，您不要说了，我马上就把您要的情况给您侦察出来。”

79 师迅速组成了一个七人侦察小分队，由齐进虎任队长。在风雨交加的夜晚，对面一片漆黑，又听不见任何动静，只有大雨“哗哗”的声音，正是偷渡的好时机。齐进虎带着六个战友登上一条小船，一会工夫，就上了黑沙洲，本来想在岸边抓一个敌军作为“舌头”就迅速返回，可岸上一个人影也没有。

齐进虎随即决定了活动方案，两个人看船，两个人放哨，齐进虎带着宋协义和王林芳到洲中去，侦察敌人火力，并伺机抓一个“舌头”回来。

他们前进了两百多米，突然江边响起了枪声。齐进虎以为被敌人发现，赶紧扭头就向江边跑去。

刚跑了几步，齐进虎“咚”的一声将一个人撞倒了，他以为是原来在他身后的宋协义，连忙叫起来：“老宋，快起来！”还伸手去拉跌倒之人。

“混蛋，什么老宋，连你们连长都不认识了？快到江边去，他妈的共军过江了！”跌倒之人大骂道。

原来是遇到守敌的连长了！齐进虎顿时随机应变地应答道：“是！”回头一看，才发现宋协义和王林芳果然还紧紧地跟在他身后，随即故意对他们大声说：“连长的命令，快跑！”

等他们跑到江边，发现敌人的机枪还在向江中扫射。侦察小分队的其他四人被迫把小船开走了！当船开远后，枪声也停了，追击的敌人也撤回了。

齐进虎等三人躺在泥水中，饥寒交迫，待了好长时间，宋协义突然问："敌人怎么还不来追我们？"

齐进虎答道："哎呀，对了！他们不来抓我们，那就一定以为我们的来人都上船逃走了。既然不知道咱们还在洲上，我们就正好在此偷偷侦察！"

他们在黑沙洲的东北角发现一间有微弱亮光的小房子。

王林芳说："队长，前面有一所小房子。"

"会不会有敌人呢？"宋协义警觉地说。

齐进虎仔细观察了一会儿，说："估计不会有敌人，这是一座孤单的小房子，目标很明显，防护能力又很差，敌人肯定不敢住。走，咱们去看看！"

三个人走上前去，轻轻地敲了敲门。

开门的是位老人，他见三人浑身都湿透了，就将他们让进房内。这时，房子的主人——老夫妻俩才发现他们并不是洲上的国民党守军。

于是，老大爷用颤抖的语调问："你们是什么人？"

齐进虎对他们说："我们是解放军，就是当年的新四军，刚才洲边响了一阵枪声，我们就是从那边过来的。"随后，齐进虎又给他们做思想工作，宣传中国共产党和解放军的政策方针。老人终于打消了顾虑，把他们三人藏了起来。

就这样，齐进虎他们三人白天就躲在老人家中，晚上就出去侦察敌情。几天下来，跑遍了整个黑沙洲，基本摸清敌人的火力配备，掌握了大量情报。

可不久，国民党守军为防止解放军混入洲上，把洲上的老百姓全部赶上了长江南岸。老百姓一走，齐进虎他们就没有办法藏身于百姓家中了，只好藏在麦地里。麦子有一尺来高，白天他们只能躺在麦地里，一动不动，只有到了晚上，才能起来活动，肚子饿也只能吃一些油菜苔充饥。

这样几天下来，齐进虎他们脸色蜡黄，嘴唇也干得起了血泡。情报有了，但怎样才能送回去呢？自从部队威逼长江，敌人就把岛上的大小船只全部控制起来，连一块木板都难以找到。而且他们三人都不识水性，想游过长江绝无可能。

一天深夜，齐进虎在一间茅草房里偶然发现了一只当地老百姓采菱角的木盆，齐进虎同战友们商量：就用它过江！他们晚上带着木盆到池塘里一遍遍地练习，白天再回到麦地里隐蔽，连续练了三个晚上，终于能控制住木盆了。

在齐进虎他们来到黑沙洲上的第八个夜晚，江面上吹起了东南风。他们带着木盆到了江边，刚要跨进木盆，洲上突然响起了枪声，一会儿，一队国民党军便向江边冲了过来，但从敌人那漫无目标的射击来看，齐进虎判断敌人并没有发现自己。果然，敌人胡乱打了一阵枪之后，便掉头跑回去了。齐进虎临上木盆时，还没忘记在洲上拔一把韭菜和两棵青菜。齐进虎他们赶忙跨进木盆划动起来，朝江北驶去的小小的木盆在恶浪翻滚的江面上犹如一片树叶，随着浪头忽上忽下，他们三人折腾了大半夜，在天快亮的时候，才隐隐约约看到了江北岸。

终于，他们把黑沙洲的江防情报送到了 27 军指挥机关，为渡江作战做出了重要贡献。当年齐进虎等三人乘坐的木盆，现在仍陈列在北京的中国人民革命军事博物馆内。

繁昌荻港——渡江第一船登陆点纪念碑

二、再做“放牛娃”而产生的决定

正如贺敏学所预料、所希望的那样，侦察英雄齐进虎安全返回，不仅侦探到了有用的情报，还顺手牵羊，从江南的土地上拔了一把韭菜和两棵青菜，作为证据带了回来。

军长聂凤智得知情由，惊喜非同一般。在聂凤智的支持下，贺敏学接连几天都派侦察员过江侦察。其结果是，虽然有的在江中迷了方向，有的碰上大浪翻了船，但成功比率占了八成，登上江岸的侦察人员不但侦察到敌人的许多江防情况，还抓回了三十多名“舌头”。贺敏学据此向聂凤智建议：既然分散的侦察活动能够进行，且成功比率很大，那么，侦察分队的活动也应该可能。

这天，聂凤智穿上当地农民的衣衫，牵着牛，来到长江边侦察了一番敌情。这位放牛娃出身的将军早在 5 岁时就上山拾柴，放牛下地，什么农活都得心应手。他骑在牛背上，哼着小曲，优哉游哉地在江边转来转去。这时，一个重大的决定在他脑海里产生了：要派一支有一定规模的侦察大队前往江南开展侦察活动。

鉴于事关重大，而且军党委会还有不同意见，聂凤智决定向上级请示。中央军委和总前委很快就有了回音，对 27 军这一大胆而胸怀全局的构想极为赞赏，责成妥善实施。

于是，一段惊心动魄的故事就此展开。五年以后，上海电影制片厂以他们的故事为原型，拍摄了中国老百姓家喻户晓的影片《渡江侦察记》，影片里智勇双全的侦察连长李春林以及老班长吴老贵、侦察员小马、周长喜，还有女游击队长刘四姐等，一个个栩栩如生的人物形象给几代中国观众留下了难以忘怀的印象。

渡江侦察方案获中央和总前委同意后，贺敏学马上协助聂凤智实施。贺敏学对调兵遣将做了好一番细心推敲，并经军党委研究同意，从军侦察营抽出 1、2 连，从各师抽调三个侦察班的骨干共三百多人，带上电台，组成渡江先遣大队，由 242 团参谋长亚冰（章尘）、军司令部 2 科（侦察科）科长慕思荣分任正副大队长。这些人全是从各师挑选出来的精干侦察员。队员们个个身怀绝技，有的擅长攀岩，有的擅长“抓舌头”，有的擅长乔装打扮，但是当章尘把他们带到长江边上，一个意外的情况出现了。北方的战士不是在水网地区生长的，所以对长江感到恐惧。章尘做出了一个不得已的决定："十天之内必须学会游泳！"早春的沿江地带，河水冰冷刺骨，每次都是张云鹏第一个跳进水里。张云鹏是电影中老班长吴老贵的原型，是战士们最敬重的老大哥。这些身怀绝技的人果然创造了奇迹，十天之后，"旱鸭子"们全都变成了熟悉水性的"浪里白条"。

聂凤智、贺敏学向章尘和慕思荣面授先遣渡江侦察的任务：摸清敌人的兵力部署、武器装备、工事结构及部队番号，配合大军渡江作战。

章尘是安徽歙县人，他早年深夜越墙出走，投笔从戎，英勇抗日的故事在当地广为流传。

1949年4月4日，在解放军第27军于无为叶家墩召开的渡江誓师大会上，作为先遣侦察大队的主要指挥员，章尘理应在会上做一个鼓舞士气的动员报告，而他却在大会上朗诵自己的新诗——《我们是无敌的铁军》，他把渡江侦察的战略战术、决心、信心、纪律、誓言都化作一句句闪烁着解放军自信光芒的诗句。当他用铿锵有力的声音朗诵完最后一句"让我们欢呼渡江胜利万岁"时，他的诗句打动了在场的所有人，获得了意想不到的鼓动效果，在场的一些战士、船工滴血盟誓，表示坚决完成渡江侦察任务，誓死争当渡江英雄！

三、比电影还精彩的活剧

1949年4月6日晚，先遣渡江大队按预定方案渡江。在电影中，李春林带领八名勇士驾着一条小船几乎是神不知鬼不觉地偷渡到长江南岸。其实这个镜头应该是取自齐进虎小分队去黑沙洲的侦察事实。

6日晚20时，章尘和车仁顺率大队机关及2连共一百八十多人，从无为县石板洲乘二十多条船，分成四队齐渡。战士们全神贯注地环视江面，小心翼翼地划着船桨，离敌岸只有三百米了，敌人的碉堡、铁丝网的轮廓隐约可见。这时，对岸突然响起了密集的枪炮声。这时大家都极度紧张，当时章尘站在船头，就发出命令："全速前进，强行登陆！"战士就拿着铁锹当作木桨划。

王德清带领的船只划在最前面，遭遇到敌人猛烈的阻击。他后来回忆说："我们有个战士叫任陆臣，他打得挺猛，拿着机关枪与敌人交火，最后他牺牲了。他牺牲后王传宝又过来，拿着机关枪又接着射击，我起来拿着竹竿去捅，去撑船。战斗非常激烈。”

经过二十分钟的激战，20 时 50 分，战士们终于在十里厂江堤强行登陆。而老班长张云鹏却第一个落入水中，被江水无情地卷走，他没能踏上江南的土地，就永远地告别了战友。上岸以后清点人数，除了牺牲的战士，另外还有十九名战士失踪，侦察分队中唯一懂得测绘的于建民也失散了。大队长章尘心头不由一沉，他预感到这个任务的完成将面临超乎想象的困难。他一咬牙，命令队员紧急行军六十里，在拂晓前赶到了狮子山，进入了山顶的清凉寺。这里将是他们侦察的重点地带。

慕思荣和刘浩生率一连及各师侦察分队组成的一个排共一百四十余人，以铜陵县的北埂王至金家渡段为预定登陆点，从无为县的江心洲西侧洲头分乘十几条木船，同时从 20 时开始渡江。经过小规模的战斗，他们于 22 时 25 分登陆，后来部队几经周折到达迪龙冲胡家村。

就在这一天深夜，一个神秘人物来到了芜湖，此人就是国民党军统安徽站少将站长唐玉昆。他为什么会在这个时候出现在芜湖呢？1949 年 4 月 8 日国民党中央机关报《中央日报》刊登的一条消息揭示了唐此行的目的，消息说芜湖一带有小股共军活动。显然，敌人已经掌握了侦察分队渡江的情况，而且唐玉昆非常清楚：这支侦察分队的出现，和即将发动的渡江战役有直接的关系。唐玉昆就是电影中那个狡诈的敌情报处长的原型，这个人物曾给观众留下了深刻的印象。

唐玉昆动作很快，他除了布置各县保安团展开地毯式的搜索，还调动了芜湖的特务网搜集情报，这个特务网甚至深入到了各个乡村。章尘带着队员们寻找制高点准备绘制江防图，但他嗅到了空气中这种紧张的气息。敌人的防守明显严密起来了。

情况紧急而危险，所以章尘不得不采取一些非常的手段。凡是上山挖笋的农民，准进不准出，来一个扣一个。清凉寺里有间大房子，就把他们一起安置到那里。

这里果然是一个危机四伏的地区！第一次侦察就发生了意外。中午时分，山下响起了一阵枪声。原来，唐玉昆派出的繁昌县保安团正在搜山。战士们立刻做好了战斗准备。

这时，负责在北边山口处警戒的一位班长，带着一个农民模样的人来找章尘，他是来送信的。

章尘打开一看，是张名片，正面印着“繁昌县保安团少校营长×××”，反面写着一行字：“贵部是何部？往何处去？请奉告。”当时侦察大队临时党委的几个人就紧急磋商，判断了一下，他是地方部队，不是国民党的主力军，他现在还摸不清章尘他们是解放军还是国民党的部队，他摸不清就好办，于是就商量出采取一个拖的办法。

于是，章尘便叫写得一手漂亮行书的测绘员写了回信：“我们是 88 军 149 师师部搜索队，前往某山区执行特别任务，不便奉告。”然后，又在“搜索队队长”的下方，盖上 2 连副指导员徐万里的图章。他那颗图章特别大，刻的是篆书，弯弯曲曲，也看不清楚，倒很像个“官印”。

章尘一面命令负责侦察的人员抓紧行动，一面派出徐万里与来人周旋。徐万里对搜山的敌人大声说：“我们是 88 军的搜索连，你们怎么打枪了？你打伤我们一个兵，我们要扒你们团长的皮。”

保安团虽然将信将疑，但又怕得罪了“正规军”而担待不起，于是不停地在山下打枪。经验丰富的章尘分析，敌人还有可能是想拖住他们，等待援军到来，如果真正的 88 军来了，势将寡不敌众，看来必须尽快撤离。撤往哪里呢？章尘决定，侦察分队冒雨紧急赶往塌里牧村，希望与熟悉地形的地下党取得联系，另外派小分队深入敌人前沿阵地，近距离侦察敌情，绘制地图。队员里跑得最快的高锦堂主动请缨，要求承担这一任务。

长江沿岸地区，芦苇密布。高锦堂率领的小分队日夜兼行，悄悄地潜入了敌人的前沿阵地。虽然离敌人很近了，但由于没找到制高点，无法观测到敌人的炮阵方位。

侦察员们发现，在敌人阵地对面有一个陡峭的山崖，在那里或许能获得更加开阔的视野。浑身本领的侦察兵们搭起了十几个人的人梯，攀上了崖顶。果然，敌人的炮兵阵地尽收眼底。但可惜的是，被巡逻的哨兵发现了，随后大队的敌军蜂拥而来。

小分队赶快撤离，由于人员少，机动灵活，很快摆脱了敌人。但绘制江防图的计划再一次夭折了。而另一头，侦察分队在塌里牧村与地下党接上了头。地下党建议，到张家山去，那里地形有利，便于绘制地图。在张家山，侦察分队仍然使用了在狮子山的老办法，把进山的人员暂时扣押看管起来。

然而一个意想不到的情况发生了。

这个时候村里跑了一个人，他是国民党的村谍报员。当时国民党的地方谍报员每个村都有，这对侦察分队非常不利。他迅速把解放军在此活动的情况向上级作了汇报。这样侦察大队就触及了唐玉昆的谍报网！事不宜迟，章尘下令马上撤离。但是已经来不及了，出山的大路被敌人封死，侦察分队被四面八方的敌人包围了！

章尘迅速把此危急情况发报告告知军部。电报刚发出去，一发炮弹落在了电台附近，电台被炸毁，译电员也牺牲了。这并不是电影的艺术创造，而是残酷战争的真实写照。强行突围等于以卵击石！

怎么办？

章尘想到了一个办法。他派人穿插到村子里，让老百姓家家户户开锅烧水。袅袅炊烟在半山腰上升腾缭绕。敌人被迷惑住了，他们以为侦察分队还滞留在村里。于是敌人开始向村庄方向移动，而侦察分队则早已在向导的引导下，抄小路悄无声息地撤离了。

身在长江南岸的章尘，在焦急地徘徊，连续几天的侦察毫无进展，而发动总攻的日期却近在眼前。这个时候，来了一个突如其来的惊喜，商人打扮的于建民突然出现在他的面前！于建民是队里唯一的测绘队员，在登陆的时候就已经失散，那么于建民是怎么跑回来的呢？于建民失踪这几天的经历完全可以用“惊心动魄”来形容。在侦察分队渡江的那天晚上，于建民所在的班一上岸就被敌人打散了。幸好他没穿军装，干脆化装成一个老百姓，趁着夜色逃避了敌人的追捕，躲到了附近的一个小村子里。

在电影中，化装成民工的侦察员，看到敌军一个连长在研究一份江防图，这个连长在江边钓鱼时,被吴老贵和小马拖入水中,从而夺得了江防图。但实际上这是一个虚构的情节,在百万军队对垒的严峻局面下,敌军的连长是不可能掌握属于高级机密的江防图的,至少师以上军官才有。那么江防图究竟是如何搞到的呢?事情的经过是这样的:

躲在村子里的于建民被国民党军抓了壮丁,他被抓来修工事的地方竟然是敌人最核心的炮兵阵地,给他分派的活是给炮位打桩子!绘图能手于建民此时不可能拿出纸和笔,只能把敌人炮兵方位以及掩体工事都牢牢地记在脑子里。黄昏的时候,趁看守的哨兵戒备松懈,于建民溜进了旁边的芦苇荡里。几经周折,化装成商人的于建民终于找到了大部队。尽管于建民绘制的图纸并不全面,但是与前几次侦察的结果进行汇总后,一幅基本完整的江防图就绘制出来了!然而新问题又来了:国民党特务唐玉昆已经在各个路口设卡严密盘查,侦察员们根本回不去了。而江防图必须万无一失地送到江北,否则将前功尽弃。由谁把江防图送往江北呢?

电影中是战士小马连夜游过长江,把图纸送到江北的。而实际上,这个重大的任务交给了一位年仅 23 岁的女人,她就是地下交通员吴赛兰。因为地下党组织考虑,派妇女去风险相对要小一些。吴赛兰的特长是善于乔装打扮,化了装以后甚至连熟人都认不出来。

《渡江侦察记》连环画书影

电影《渡江侦察记》中有一个机智的女游击队长刘四姐,刘四姐的原型并不只是一个人,而是融合了几个像吴赛兰这样的女游击队员和地下交通员形象。而她们真实的经历比电影中的刘四姐还要惊心动魄。4 月 16 日,地下党组织给吴赛兰布置任务的时候,她的身子正来例假。吴赛兰把江防图慎重地藏在身上,然后摇着一只小木船向江北划去。

行到江心的时候,吴赛兰被敌人的巡逻艇发现了,一炮打过来,将小木船打翻在江中。她就紧抱着一块木板,始终是随着江里的浪升上抛下,一路颠簸,就这样渡到了江北。到江边时,当地的老百姓把她捞了起来。当时,她已经失去知觉,什么都不知道了,但是,藏在她身上的江防图保存完好。

吴赛兰被老乡用担架送到27军军部，把这张珍贵的江防图交到了27军首长手中。

渡江先遣大队在江南一带游击队的配合下，积极开展敌后侦察活动。他们捉“舌头”，审问出相关的兵力部署，并化装成国民党军部队，深入到敌前沿据点和纵深地带进行侦察。渡江十几天来，他们转战多处，很快就摸清了敌人的江边兵力部署、指挥系统、作战能力、炮兵阵地、舰艇停泊位置及其活动规律，以及兵力调动、敌纵深公路桥梁等情况，并把所获情报，或以电报源源不断地报告给27军军部，或绘制成地图，派人送到江北。这些情报，对渡江作战起到了巨大的作用。

人民的战争

一、天才的创造

江北很多渡口的对面国民党部队都设有大炮机枪等防御设施，人民解放军的渡江作战必然要面临着“强渡”的局面。

那么，拿什么工具去“强渡”呢？救生衣、救生袋、橡皮船，这些设备显然是没有的，即便找到，也无法满足众多部队的实际需求。当时所需器材既要求简单，还要适用。当时的解放军报道员芳稷写了《天才的创造》一文，后被收录到华东军区第三野战军政治部于1950年编辑出版的《渡江一日》中，该文写道：

> 面对江防，第一个抬到水里的，是木制的三角架；但最初的三角架只能“救生”，不能携带武器和弹药，更不便于水上战斗；部队的任务却是去进攻，要准备战斗前进。怎样解决这个问题呢？几千副头脑思考把这个问题围绕起来，班、排、连都展开了热烈的讨论。一天，两天，三天之后，十种以上的工具推到河里了。第四天，全团举行了示范演习，各种各样的工具在河水的急流里飞驶。机关枪在“三角芦苇”上张开黝黑的口，汤姆式架在改造过的三角架的尖端。自动枪的水上试射划破了江边的沉寂。战士们按着水上队形，用各种各样的姿势鼓舞前进。
>
> 各种工具有着不同的出生历史。有一种叫作“担架船”，这是三连连长陆苏明同志的创造。“担架船”是用普通的担架改造的，它具备快、稳和射击方便的特点。他从木板的浮力上想起这件事，经过大胆推断试验成功。还有一种叫“独人船”，是用几块木板简单构成的梭形工具。三排长潘良山告诉我：为了发现更好的强渡工具，全排的人脑子都想焦了！一

天，当他们在冰冷的河水里试验某一件工具的时候，房东老大爷被同志们高涨的热情深深感动，悄悄拉着潘良山的衣裳，轻声地问："你们练这东西可要渡江？"

"不是，我们是试验着玩的。"潘良山说。

老人拍拍胸膛对潘良山说："同志，你不要瞒我，你看我不也是穷人吗？你们早过江去一天，我们早一天过好日子！我在江边住了几代了，让我告诉你更好的办法。"接着，这位忠厚的老人，就画出独人小船的图样，走得快，行得稳，他曾用这东西几百几千遍地渡江去砍洲上的芦苇。

第二天，机枪手就蹲在第一只独人船上演习着水上射击了。

主攻营的营长、人民英雄孙玉水同志，还告诉了我关于"三角芦苇"的创造经过："从看地形的那一天起，这个事就在我脑子里转。"孙玉水同志说："当大家看到那条四十米宽、九尺来深的夹江的时候，觉得强渡的任务相当艰难。"因为首先一个问题是没有船，在江洲登陆的时候，船抬不到洲上来，更运不到夹江里去。回来的路上，他就想着在洲上排满的成堆成垛的芦苇，这些江上的天然出产牵动着一个指挥员的智慧：他想起在水网地区作战时用过的芦头桥，就更增强了信心！芦苇是可以担负这个任务的。

当怎样用呢？一个人抱着一个过去吗？不行，芦苇在水里不驯服地翻身打滚，把骑在它身上的战士摔到水里。他带着全营掀起研究的热潮，第一次失败之后又来了第二次，第三次他命令试验的战士们，把两个芦苇捆成一排，增加它的稳力。"战士们是非常机动的！"孙玉水同志得意地说，"他们把两个芦苇的尖端靠拢，把后头微微地分开，这就增加了稳力、浮力，也增加了前进的速度。"当"三角芦苇"的模型在河里运行如飞的时候，他深深地体验到战士天才的伟大。他站在岸边，听取着大家对这个模型的评论，什么"头轻头重""稳不稳""前进速度

渡江前线解放军某部创造的轻便渡江工具

加快”……他默默地记在心里，转动在脑子里，他综合了群众的智慧，把“三角芦苇”从一字形改进到人字形，又改到↑字形，一直发展成“强渡”的利器。

…………

解放军各部队冒着春寒下水训练水上作战

什么困难能阻挠解放军前进的意志呢？在暮春的寒流里，指挥员、战斗员们脱得一丝不挂，赤身跳进水中，驾驶着集体创造出来的工具。起先是工具太少人太多，就有许多人争着下水，偷着下水。虽然岸上的值星干部几次关照：“上岸吧，再在水里面连骨头也会冻酥呀！”但是很少有谁照着他的嘱咐办事，有的在水里问：“要上岸开会吗？”……每当一件新的器材下水，试验的时候常常要经过一番争夺。

…………

亲爱的同胞们，在胜利的日子里也不要忘记吧！人民解放军如何用伟大的智慧和无比的顽强，替每一个胜利创造了前提！

一切敌人所制造的困难，只是更加丰富着人民军队的智慧。人民军队的准备工作做到哪里，哪里的胜利就基本上确定了。让那些冒死顽抗的敌人，在英雄们面前战栗吧！

这篇文章的文字虽然较为粗糙，笔者按原貌抄录于上，就是为了寻找一种渡江前夕的现场感。今天的我们能从中感受到渡江战役前的那种气氛，解放军战士求战心切、军民鱼水之情，还有在那个时代的人们身上散发着的纯朴、坚定的性格特征，以及对于当时渡江作战的看法。

二、渡江小英雄

“马毛姐”的名字，看似平凡，却记录了不平凡的历程。这个名字与伟大的渡江战役紧紧地连在一起。

她是渡江战役中最年轻的女船工，被评为渡江英雄、支前模范，受到毛泽东主席、周恩来总理的接见。她的事迹曾家喻户晓，影响了几代人。

马毛姐，1935 年生，家住安徽无为县马西村，离长江仅五六里。家里兄弟姐妹八个，父母没有耐心给她起名字，她排行老三，大家就随口招呼她“三姐”。1949 年春节前夕，她的家乡一带驻扎了许多准备渡江的解放军。部队纪律严明，经常帮老百姓做事，军民关系融洽，亲如家人。年仅 14 岁的马三姐，十分热爱解放军，指战员也都很喜欢这个纯朴热情、干事麻利的小姑娘。

一天，马三姐去江边打猪草，看到好多人凑在那儿看布告，她也挤了进去。墙上贴着一张大白纸，上面的字她一个也不认识。

“写的是什么？”她伸着脖子问。

“大军要征船渡江，没你小姑娘的事。”

马三姐祖上几代打鱼为生，到了她父亲这一辈，更是穷得揭不开锅，三姐 8 岁时被换了三斗米，做了人家的童养媳。

那日子实在没法活，三姐冒死从“婆家”逃了出来。

她不敢回家，白天要饭，夜晚宿柴草堆，一直流浪了两年。她回到家是 1948 年冬，一个月后她的家乡解放了。国民党军撤退的时候，将她家的船和她、她大哥一起赶到了长江南岸。小小年纪的她，又一次被迫离开了家。

她不知道，一起被国民党军逼过江的，还有化装成渔民的共产党游击队员。一天，她大哥给了她一个篮子，里面装着香烟、洋火、桂花糖。一个陌生人带着大哥和她一起到了国民党的岗楼，让她叫卖、望风，他们混进了修路的民工里。后来她才知道那陌生人是游击队的人。

后来她多次提着那个篮子，送情报，进出碉堡、岗楼。她并不明白自己做的是什么事情，但知道游击队是打国民党的，是国民党军把她和乡亲们逼到江南来的，她恨他们。1949 年 1 月，那个游击队的人带领渔民驾着十六条船偷渡过江，回到了江北。

一进家门，全家抱头痛哭。她对母亲说："是游击队把我和大哥救出来的！"

3 月底解放军到了马家坝，大哥说他们是穿军装的游击队，是好人。

马三姐背着猪草回到家，对大哥说："哥，大军要用船，咱们去报名吧。"

大哥已经看过布告，正在琢磨这事。船是全家的命，他怕父亲不同意。想了一会儿，大哥悄悄对三姐说："三姐，咱们到远处报名，这事不能让家里知道。"

"别处也要用船？"马三姐问。

"要用好些好些船，你没见来了多少队伍吗？凤凰井也贴了布告，咱去那儿报名。"

大哥对父亲说："大（当地人对父亲的称呼），有一笔生意，我和我妹去看看，合适，咱就做。"

父亲说："兵荒马乱的，啥生意？"

"听说是运沙的，去看看才能知道嘛。"

三姐和大哥从十几里外的凤凰井报名回来，父亲看看他们，说：

"看着欢欢喜喜的，报的是头一名吧？"

他们确实是第一个报名的船主，船只管理委员会的解放军同志还夸奖了他们。但是，父亲怎么知道的？

母亲说："这是好事，不该瞒着你大，没有游击队、解放军，哪有咱团团圆圆一家人？还说有生意，一听就是瞎话。"

大哥红了脸。

几天过去了，三姐听说坝子里报名的才有四五家。她对大哥说："哥，咱们帮助大军动员吧，谁家有船咱知道。"

有不少人家的船藏在芦苇荡里，有的埋在大坑里，上面盖上芦苇，三姐都晓得。

她和大哥分头动员，这家那家地串门说服。有的人家不耐烦了，对三姐她母亲说：

"你家三姐自己要送死，还要我家作陪！"

"我家的船给不给别人用，不用你家儿子管！"

三姐的母亲说："我们家女儿、儿子做的是好事，你们仔细想想就想开啦。"

三姐和她大哥并不灰心，照样做他们觉得应该做的事。十天后，他们动员了二百十六只民船。

人民解放军的指挥员正向参战船工进行作战动员

4月中旬的一天，大军召集船工开战前动员大会，一船去一个人，大哥去了。那时征集的船只都集中到了一处，为了便于船主有事使用，看管权还归各家自己。三姐也很想去开会，就对紧靠她家船的另一家船主说：

"梅大妈，你想不想听会呀？你帮我看船，我去听会，回来给你讲，好不好？"

三姐尾随着大哥进了小树林。飞机常来轰炸，动员大会被安排在小树林里召开。会场上挺热烈，解放军的首长做了作战动员，大伙儿又是拍手，又是喊口号，表示一定把大军送过江。

大会开到高潮，首长说，要组织渡江突击队，什么叫突击队呢？就是先过江的船，一共十六只，四只一组，分四个组，希望大家踊跃报名。会场顿时冷了下来，谁也不举手报名。

谁都知道江的对面有国民党的军队、岗楼、碉堡，那些都不是吃素的，过江本来就够危险了，先头过江那是危险加危险。

大哥马胜洪坐在最前排，原来三姐还怕大哥发现她，现在真盼他回头，看到她气呼呼瞪着的大眼睛。

"我家船报名参加突击队！"三姐实在忍不住了，"嚯"地站起来。

这稚嫩的声音一下子震动了会场，几百双眼睛一齐投向三姐。解放军首长带头鼓掌，很激动地说：

“小妹妹，感谢你！我代表所有的解放军感谢你！”

三姐红着脸看着她大哥。大哥的脸比她还红，有些难为情地站起身说：“三姐替我家的船报了名，我同意。再补充一句，我家船报名参加突击队第一船！”

掌声更加热烈。掌声中报名参加突击队的手臂一个一个地举了起来。

民船集中后，指战员和船工在一个叫凤凰颈的内河训练，船工教解放军游泳、划船。而解放军除对船工进行思想政治教育，还传授战斗技能，教他们打枪、投掷手榴弹，教会他们包扎伤口、急救伤员等知识。每天训练的时间很长，工作量大，但大家都情绪高昂，不怕苦不怕累。经过一个多月的严格训练，军民进步很快，指战员掌握了驾船和游泳本领，为胜利渡江做好了准备。

由人民群众组成的支前大军全力以赴

4月20日下午4点来钟，根据部队通知，在内河训练的军民一起把船运到长江边，指战员和船工都进行了渡江誓师动员，人人憋足了劲，摩拳擦掌，等待上级命令上船出发。

当晚江边停了数不清的船。可运送解放军突击队员的船只有四条，马三姐和哥哥马胜洪的船是其中之一。天黑以后，大约9点钟，解放军奉命上船，马三姐忙

船工们举行渡江誓师大会

着拢船、搭跳，部队首长见了马三姐就问：“大军马上就要过江了，你这小姑娘在这里干什么?”

马三姐答道：“送你们过江嘛!”

“在大江中打仗，小孩怎么行！到了江心哭起来就麻烦了，岂不误了大事!”部队首长说。

可马三姐坚决要送大军过江。首长着急地说：“你要不走，我们就换船!”没有办法，马三姐被哥哥拉下了船。她站在水边，靠着船沿，急得直掉眼泪，眼巴巴地望着解放军一个个雄赳赳、气昂昂地上了船。当数到三十人时，部队命令开船。只见马三姐的哥哥用力点篙，就在船即将离岸、船尾甩到靠近岸边的一刹那，马三姐趁着夜幕轻轻一纵身，悄悄跳上船尾，迅速躲进后舱，不敢露面。待船进入激流，需要用人时，马三姐突然出现在船尾，抢过双桨奋勇划船。说时迟，那时快，冲在最前面的突击船在敌人的探照灯、照明弹强光下已被发现，双方激烈交火，霎时江面枪炮声大作，弹片如雨，天空映红了一大片。这时她只顾使劲划船摇橹，毫不畏惧，心想一定要早点把大军送过江。指战员看了都很佩服。

正当船如飞箭，迅猛向前时，突然一颗子弹打中了马三姐的右肘，鲜血直流，好在未伤筋骨，她赶忙自救包扎，忍着伤痛继续划船。马三姐兄妹的船第一个靠上了

我送亲人过大江

南岸——铜陵金家渡。熟悉南岸地形的马三姐迅速带着解放军登岸后，立即返回船上，在江中她又救起了几名落水的解放军战士。当晚他们这条船就不停地来回接送渡江大军。以后的七天七夜，她都忙着运军队、运物资装备过江，直到渡江战役胜利结束。战后，这位机智勇敢、不怕流血牺牲的 14 岁渔家姑娘，被评为渡江英雄、支前模范。

1949 年开国大典前夕，中共中央得知在渡江战役中有一个年龄最小的女英雄，就发来由毛泽东署名的请柬，邀请她到北京参加开国大典。可马三姐收到请柬后，父母担心她年龄小，就没有让她去北京。

1951 年 9 月 20 日，她又收到毛泽东发来的请柬。这次她父母同意她去北京。她高兴地登上了去北京的火车。9 月 29 日晚，毛泽东主席在中南海怀仁堂设宴欢迎进京参加国庆庆典的各省代表团成员。宴会上，马三姐被安徽代表团选为代表向毛主席敬酒，她激动得流下了幸福的泪水。

10 月 3 日，在怀仁堂，毛泽东主席和中央领导与各地代表一起看戏。马三姐幸福地坐在毛主席和周总理中间，开戏前，总理指着马三姐，低声向毛主席说："主席，她就是您邀请的渡江小英雄。"

毛泽东听后，高兴地拉着她的手，亲切地问她叫什么名字，马三姐结结巴巴地说："我姓马，在家排行老三，别人都叫我'马三姐'，我没有正式名字。"在一旁的华东军区司令员陈毅诙谐地说："原来你还是一位无名英雄呢！"周围的人都被逗笑了。

第二天，毛泽东又派车把她接到中南海家中，设四菜一汤的家宴招待她。吃饭时，主席说："今天请你来，是想给你起个名字，你姓马，我姓毛，就叫马毛姐吧，同意吗？"马三姐乐得连连点头，眼中滚动着晶莹的泪花。从这一天起，这个从小受苦受难的渔家女儿，终于有了正式的名字。席间，毛泽东主席还不时为她夹菜，叫她多吃点，并问她识不识字，想不想在北京读书。可那时她因年小想家，不愿留在北京。临别，毛主席将一本精致的笔记本赠给她，在扉页上写下："毛姐：好好学习，天天向上。毛泽东 1951.10.4。"

三、争当渡江第一船

准备渡江作战的部队集结待命

1949 年 4 月 20 日晚。

中国人民解放军第三野战军的 24 军、25 军和 27 军，集结在安徽省无为县长江北岸，准备立即横渡长江天险。

二野参谋长李达在解放军某部的南下誓师大会上作动员报告

接到渡江作战的命令后，隐蔽在小港湾里、芦苇荡里、柳树荫里的几千条木船，翻过了长江大堤，滑到了江滩上，一字排开，等待上级下达命令。

“济南第一团”提前抢渡，他们乘的都是十吨以下的小木船，在江流的冲击下，左右摇摆，直打旋旋。船工们冒着枪林弹雨划船掌舵，像解放军战士一样镇定自若。为了加快航速，船上的战士们用铁锹、木棍等简易工具奋力划着。船被打漏了，就把水舀出去；船被炸翻了，就利用简易渡河器材游过去；人负伤了，仍然坚持在自己的岗位上。还没等船只靠上南岸，突击队员就跳下水向岸上冲去，这支英雄的部队只用了二十多分钟就踏上了江南的土地。

“济南第一团”的行动，牵动了所有渡江的一线部队。他们都想争当渡江第一船，所以纷纷命令各自部队中的突击船队开始突击渡江。

在姚沟、北埂一带的解放军某部所有渡江船只中，有一条船的编号是9，是条半新的独桅杆小渔船，头尖尾巴翘。在渡江战役准备阶段，这条小渔船刚被桐油漆过一次，因而看起来油亮亮的。乘这条船的，是某部第9连连长刘刚、他的号兵小顾、通讯员小余和一个步兵战斗班。在这条船上掌舵的，是船主人王东诚。

夜深之时，所有的攻击队伍都陆陆续续地上了船。指战员们都静悄悄地蹲伏在船上的工事后面，焦急地等候着行动命令。

作战命令下达后，夜幕中的百里江面上，数千只木船竞渡。

船老大王东诚坐在船艄，抱住舵杆，仿佛是在养神。

接到命令后，站在船艄上的刘刚低声喊道：“同志们！打过长江去！争当渡江第一船！行动！”

于是，船上的人一齐行动，起锚，划桨。刘刚把竹篙朝泥滩上用力一撑，王东诚把舵杆一推，小船便像箭一样向长江江心冲了过去。

在广阔的江面上，千百条满载着解放军的木船迅速离岸，在黑夜的长江中、在滚滚的波涛里向长江南岸驶去。

刘刚急促地指挥着船上的人："加油！快！"小顾、小余跟着跳到前舱，替换划桨的战士们。

平日里觉得长江很狭窄，一眼能望到对岸，在望远镜里，对岸的人在江堤上打架、走动等都能看得清楚。而现在，似乎路途很遥远。小渔船费了好大力气，还未到达江心。战士们急得满身出汗，一心要争得渡江第一船的第9连连长刘刚，则急得胸口出火，牙根咬得紧紧，只是拼命地摇呀、划呀，简直有点儿上气不接下气了。

突然，一阵巨浪打来，小船剧烈地颠簸起来。

在出发以前，刘刚曾经作过多番思考，设想过可能遇到的各种情况，做了多种应急预案。上级也反反复复地指点过他，在战前，他是胸有成竹的。可是，小船接近江心，中流的浪涛凶猛，单凭划桨的力量，船身顶不上去，是他预先没有想到的。他更没想到，在巢湖里演习了多次，还渡过黄河的三个战士，现在竟然呕吐不止，晕倒在船舱里。他抬头看看周围，刚才他这条9号船一直领先于别的船，现在，不到一刻钟就落在人家后头了。

就在这时，又是一个巨浪打来，刘刚怕船头的一挺机关枪落水，赶紧跳到船头，紧紧把住机关枪。船舱里的水已经好几寸深了，船身渐渐下沉，速度更迟缓了。

大家忙着用小瓷碗、钢盔帽儿刮着水，把舱里的积水泼到江里去。这时候，船上所有人，从头到脚，连衣带帽，都浑身湿透，就像从水里捞起来似的。好几个战士都冻得发抖。

刘刚愣了一阵，思考到底该怎么办。再看看船老大，船老大却是不慌不忙，两只手稳稳地扶着舵杆，眯着眼睛，望着前方。

"老大，怎么办?"刘刚凑到王东诚耳边，问道。

"怎么办？什么怎么办?"王东诚大声反问道。

"老大，江中心，过不去，怎么办?"

王东诚把舵杆交给刘刚，坐下来，弯着腰，眼睛盯着水面，仔细地观察着江面和波浪的情况。

“过得去！要碰得巧，打浪头底下钻过去。”

“这伸手不见五指的夜里，又看不清楚，怎么钻法？”刘刚焦急地问。

“是呀！哪怕有点星光也省劲得多。”

刘刚看到好几条船越过了江心，驶近了南岸，更加焦急了，说：“老大！快！人家的船过去了！”

船上的人开始埋怨起船老大，看来争做渡江第一船是无望了。船老大不声不响，站起身来，仰头看看天，又低头看看水。他把舵杆一拍，扬起手来说：“拉篷！”

“拉篷？”刘刚惊问道。

船老大把手臂向东边一指，说：“秘密不了啦！月亮上来了，连长，要穿过江心，第一船上岸到江南，只有拉篷！”刘刚看到东边果然有点发白，月牙儿露了出来，看看表，已经下半夜4点来钟，而别的船又越来越接近南岸，战斗马上就会打响，便打了一个唿哨，发出了命令：“同志们！拉篷！由偷渡变为强渡。”

渡江突击部队冒着炮火奋勇强渡

一眨眼，小船上扬起了高大的白帆。白帆装满了东北风，挺起肚子，带着船身，推波拥浪地直扑滚滚中流。在浪涛猛打过来的时候，船头傲然地高高昂起，像一匹脱缰的野马迎头冲击过去，中流一过，便像马踏平川一般，直向南岸疾驶。

而此刻，南岸的国民党守军发现了渡江的解放军，探照灯打在朦胧的江面上，惨白的光柱像长蛇一样游来窜去。紧接着，国民党军开火了，炮弹骤雨般倾泻下来，落在水里，落在船群里，江上腾起了高大的水柱，飞起了冲天浪花。

长江北岸的人民解放军炮兵阵地上无数门大炮，开始向南岸的国民党军阵地猛烈轰击，压制着敌人的火力。

炮弹的呼啸声、轰炸声，在宽阔的、漫长的、波浪滔滔的长江上空，激起了巨大的气浪和绵延不断的回响。

刘刚所在的9号船，像燕子似的掠着江面，飞速前进，迎着枪林弹雨，扑向面前不到一百米远的长江南岸。24岁的年轻共产党员刘刚被战斗的激情所鼓舞，忘情地划船。在淮海战役里，他曾跳上过敌人的坦克车，把手榴弹塞进坦克的气孔里；在泰兴宣家堡战役里，他曾冒死攀上云梯，率领一个班首先打进泰兴城。

快接近岸边的时候，他突然地站起身来，举起手里闪着亮光的驳壳枪，用他那粗壮的嗓子吼叫道："准备！共产党员带头！杀上去！争当渡江第一船！"

渡江突击部队跃出船头，迅猛登陆

小船中了枪弹，江水浸到舱里，接着桅杆断了，篷帆滑落下来。船身下沉，疾速地抖动、颠簸，东倒西歪，战士们有点慌张。船老大大腿一跨，骑住舵杆，稳住舵，同时拿起篙子，拼力地把船身撑向前去。

小船靠近了岸边，机枪、步枪猛烈扫射着滩头敌人的地堡群，追击着在烟火里奔窜着的敌人。这时，船老大王东诚的左腿中弹了，但是，他又立即爬起身来，紧抱着舵杆，在小顾给他包扎的时候，他的眼睛仍旧毫不松懈地盯着江岸。

小船快靠岸了，船老大瞥了一眼江面，抖动着胡须，叫喊着说："连长！上岸！"

9 号木船如 9 连连长刘刚和船老大王东诚所愿，第一个靠上了长江南岸。

刘刚下了登陆攻击的命令，战士们就跳下船去，涉着浅水，踩着淤滩，一边射击，一边朝着江堤奔跑上去。

通讯员小余站立在江滩上，向着顶空，射出了三颗红色的信号弹，向上级指挥部发出了胜利登陆的信号。

链接：

人民解放军百万大军横渡长江

毛泽东

（1949 年 4 月 22 日）

【新华社长江前线 22 日 22 时电】人民解放军百万大军，从一千余华里的战线上，冲破敌阵，横渡长江。西起九江（不含），东至江阴，均是人民解放军的渡江区域。20 日夜起，长江北岸人民解放军中路军首先突破安庆、芜湖线，渡至繁昌、铜陵、青阳、荻港、鲁港地区，24 小时内即已渡过 30 万人。21 日下午 5 时起，我西路军开始渡江，地点在九江、安庆段。至发电时止，该路 35 万人民解放军已渡过三分之二，余部 23 日可渡完。这一路现已占领贵池、殷家汇、东流、至德、彭泽之线的广大南岸阵地，正向南扩展中。和中路军所遇敌情一样，我西路军当面之敌亦纷纷溃退，毫无斗志，我军所遇之抵抗，甚为微弱。此种情况，一方面由于人民解放军英勇善战，锐不可当；另一方面，这和国民党反动派拒绝签订和平协定，有很大关系。国民党的广大官兵一致希望和平，不想再打了，听见南京拒绝和平，都很泄气。战犯汤恩伯 21 日到芜湖督战，不起丝毫作用。汤恩伯认为南京、江阴段防线是很巩固的，弱点只存在于南京、九江一线。不料正是汤恩伯到芜湖的那一天，东面防线又被我军突破了。我东路 35 万大军与西路同日同时发起渡江作战。所有预定计划，都已实现。至发电时止，我东路各军已大部渡过南岸，余部 23 日可以渡完。此处敌军抵抗较为顽强，然在 21 日下午至 22 日下午的整天激战中，我已歼灭及击溃一切抵抗之敌，占领扬中、镇江、江阴诸县的广大地区，并控制江阴要塞，封锁长江。我军前锋，业已切断镇江、无锡段铁路线。

链接：

国民党政府发言人关于“撤离”首都之声明

（1949年4月23日）

【中央社上海电】共产党此次乘政府对争取和平、要求停战作最后呼吁之际，发动总攻，大举渡江南犯，致荻港、江阴、扬中等地相继弃守，首都陷入钳形攻势之中。我驻守首都大军一时处于被动地位，无法发挥高度之战斗力量。我统帅估计军事形势，当前尚非适宜之决战阶段，不能不自动从首都作战略之撤退。且政府原早迁广州，部署停当，政府各机关留京办事处自宜一律结束，重回我革命策源地，为国家之独立、人民之自由继续奋斗。共党之所以以暴力结束和谈，扩大战祸，原由其出卖国家民族、奴役全国人民，具有一贯之国际阴谋。默察全世界人心之向背，争取民主自由之伟大斗争终必胜利，绝非共党一时一地之军事冒险所能挽回其最后之命运，政府确信全国同胞及全体将士缅怀中华民国缔造之艰难，痛心国父陵园重罹浩劫，必将由沉重之心情、大无畏之精神，忠勇奋发，为国家人民作最艰苦之奋斗，为我革命民众与革命军人争取人格，最后之胜利必属于爱国者，而不属于卖国者，必属于民主自由主义者，而不属于独裁暴力主义者，可断言也。

稳渡长江遣粟郎

一、“第二个没想到的就是我毛泽东”

1949 年 1 月 10 日，历时两个月的淮海战役终于画上了句号。杜聿明部被全歼，国民党军中最为著名的军事指挥家杜聿明被生俘，而他的得力干将邱清泉也落得个暴尸荒野的下场。

作为华东野战军的代司令员和代政委的粟裕，此时正盘腿端坐在巨大的军事地图前，思索着下一步该干什么。他那敏锐的目光落到了长江上。

渡江作战已经提到议事日程上了。

其实早在 1948 年三四月间，中共中央就电令粟裕率领三个纵队渡江南进，开拓对国民党作战的新区域。对此问题，粟裕作了战略上的思考，他认为：从全局来看，为了改变中原战局，进而协同全国其他战场彻底打败蒋介石，中原和华东解放军势必还要同国民党进行几次大的较量，打几个大歼灭战，尽可能多地把敌人主力消灭在长江以北。从当时的情况看，要打大的歼灭战，三个纵队渡江南进是做不到的。

这些实际情况摆在粟裕面前：三个纵队，加上地方干部，接近十万人，渡江后要转战敌占区多个省份，行程几千甚至上万里。而国民党的部队正好可以利用其大后方的各种有利条件，对解放军进行围追堵截。而解放军则远离其大后方根据地，在没有后方支持的情况下，连续作战，会在兵员补充、粮弹和其他物资补给、伤病员的安置和治疗等问题上遇到极大的困难。渡江后，部队还不得不在过往之地留下一些部队，以建立游击区，用来收容伤病员和处理多余的武器。在这种情况下，解放军是无力攻取大城市的。

粟裕经过深思熟虑之后，把这个想法报告给了中共中央军委，认为此举可能损失较大却达不到预想的效果；与其付出这样的代价，还不如留主力在中原打大仗。

1948年4月，粟裕赶到河北省城南庄，系统地阐述了自己对上述问题的看法。

于是，毛泽东对粟裕说："粟裕，你的集中两个野战军在中原淮海地区打歼灭战的想法，很好，很好，再具体说说。"

粟裕接着说："在中原地区，可以大面积穿插，大量歼敌，同时诱使敌军与我军决战，这样就可以在适当的时机消灭敌人主力，为以后的渡江南进创造条件。"

中共中央的五大书记毛泽东、刘少奇、周恩来、朱德和任弼时听了粟裕的报告后，当即进行了细致深入的战略研究，最后完全同意粟裕的作战方案。

毛泽东为了给粟裕更大的指挥空间，在此次会议结束时对粟裕说："陈毅同志不再回华野了，今后华野就由你来全权负责。"

粟裕听了此话，大为吃惊，连忙请求道："主席，华野没有陈老总不行啊，我们一直在他的领导下工作，您还是让陈老总回华野吧！"

毛泽东摆了摆手，说："中央已经决定了，陈毅同志和邓子恢同志到中原军区、中原局工作。"

当时陈毅也在场，粟裕就恳求他说："陈老总，您还是回华野吧！"

而陈毅则干脆地说："我把一切交给党了，党叫我干啥就干啥。"

粟裕一再请求，而毛泽东就是不松口。最后，粟裕又说："主席，陈老总人可以走，但要保留他在华野的司令员兼政委的职务。"

毛泽东沉思了一会儿后，终于点头同意："那就这样，陈毅同志仍然任华野司令员兼政委，但是中原局那边也很需要他，现在必须马上前去。陈毅走后，你粟裕就任华野的代司令员兼代政委。"

此后，粟裕领导华野，他指挥了豫东战役、济南战役等经典战役，取得了辉煌的战果。在中原野战军的密切配合下，华野把国民党的一百多万主力部队都消灭在长江以北。

毛泽东对粟裕的欣赏由来已久。

1947年1月，山东野战军和华中野战军正式合编为华东野战军，陈毅被任命为司令员，粟裕被任命为副司令员，下辖十一个步兵纵队和一个特种兵纵队，总兵力约为三十万人。

在华东野战军组建前夕，毛泽东便明确表示："华野在陈毅的领导下，大政方针由陈粟两人共同决定，战役指挥交由粟裕负责。"

接着，粟裕指挥了莱芜战役，创造了解放军三天歼敌三个师的新纪录。

1947 年 5 月，粟裕提出了歼灭国民党军 74 师的作战方案。国民党的整编 74 师，是蒋介石最为倚重的部队之一，号称国民党军的"王牌军"，是国民党军队的五大主力之一。而师长张灵甫也曾在抗战中立下赫赫战功，在此前连下解放区的淮安、淮阴、涟水等地，气势正旺。

指挥孟良崮战役时的粟裕(左二)

对付这样的精锐之师，可谓"虎口拔牙"，但粟裕还是做到了，不仅全歼了国民党的整编 74 师，还击毙了师长张灵甫，在国民党的军政界产生了巨大的震动。

事后，毛泽东赞誉说："你们那样果敢、迅猛地消灭 74 师，在中国这块土地上，有两个人没想到：一个是……"

不等毛泽东说完，粟裕脱口而出："蒋介石。"

毛泽东说："那还有一个人呢?"

粟裕说："陈诚?"

毛泽东回答道："不足挂齿。"

粟裕又猜测道："何应钦?"

毛泽东又回答道："何足道哉!"

粟裕只好说："主席，那么他是谁呢?"

毛泽东哈哈大笑起来，说道："第二个没想到的就是我毛泽东。"

毛泽东的赞誉之情溢于言表。

二、粟裕简历：从战士到将军

在人民解放军的第一代将帅中，粟裕资历并不老，也没有上过正规的军事院校，但其辉煌战果让人折服。

粟裕1907年出生于湖南会同县的一个地主家庭，侗族，6岁时上私塾。后来，随全家迁入县城。在他的回忆录中，粟裕说，他的父亲一心要把他培养成封建地主式的接班人。当时，父亲叫他在家管账，并定了亲。为了反对封建习俗，粟裕愤然离家出走到常德，先入平民中学，后来考入省立第二师范。

在学校，他积极从事学生运动，并在1926年加入中国共产主义青年团。后遭反动当局通缉，他逃出学校到武昌，参加叶挺的第24师，在教导队当战士。

1927年8月，粟裕随军参加了南昌起义，后随朱德、陈毅上了井冈山。从当班长开始，他负过伤，流过血。粟裕任军参谋长时，在江西硝石的一次战斗中，他率部冲锋，遭遇敌人从后面包抄，他带警卫人员去堵截。这时，敌人近距离打中了他左臂，鲜血一下子喷出一米多远。他被送到后方医院，当时的医生用盐水消毒后给他开刀，用麻绳把他绑在凳子上，他硬咬牙挺了过来。

1929年后，因屡立战功，粟裕升任红12军的连长、营长、团长、师长。

1934年7月，粟裕率红七军团组成北上抗日先遣队赴闽浙赣根据地，成立红十军团，任参谋长，后又赴皖浙赣边区创建革命根据地。由于敌人重兵围攻、堵截，红十军团损失惨重。1935年1月，组建红军挺进师，他任师长。同年10月，中共闽浙边临时省委、临时省军区相继成立，粟裕任省委组织部长兼军区司令员，开创了浙南革命根据地，打退敌人多次“围剿”，坚持三年游击战争。

抗日战争爆发后，粟裕任新四军第二支队副司令员，挺进江南敌后。1938年6月17日，他率部在卫岗伏击敌人，歼灭日军少佐土井手下官兵三十多人，击毁汽车五辆，缴获枪支二十余支。这次战役首战告捷，打破了日军不可战胜的神话，开辟了江南抗战的新局面。

1940年7月，陈毅、粟裕率新四军七千多人，挺进苏北。9月，创建了以黄桥为中心的苏北抗日根据地，粟裕任副总指挥。10月4日，黄桥战役打响，虽敌众我寡，但粟裕以其卓越的胆识和智慧排兵布阵，采取诱敌深入、分割包围、突然袭击的战法，在运动中歼敌，以极少的兵力取得辉煌战绩，歼敌一万一千多人，缴获大批军需物资、枪支弹药。黄桥决战的胜利完成了开辟苏北的战略任务，打开了华中抗战的新局面。

1941 年 1 月“皖南事变”后，粟裕任新四军第一师师长（后兼政治委员），苏中军区司令员兼政治委员。1942 年 3 月，兼苏中区党委书记，他十分重视建设地方武装。1943 年 3 月，在他指挥的车桥战役中，我军歼灭日军三泽大佐手下官兵四百六十余人，摧毁敌碉堡五十座。1945 年 2 月，粟裕率一师主力渡江南下，任苏浙军区司令员兼政委，指挥浙西三次反顽战役，歼敌一万三千人。1945 年 6 月，在中共的“七大”上，当选为中央候补委员。

抗战胜利后，他于 1945 年 10 月任华中军区副司令员、华中野战军司令员。1945 年 10 月初，粟裕奉命率苏浙主力由江南撤至江北。8 日，中共中央同意华中局建议，决定粟裕留华中任司令。10 月 27 日，华中局转达中央命令，任命粟裕、张鼎丞为苏皖军区正副司令，邓子恢、谭震林为正副政治委员。粟裕于当天电呈中央，请求改任副职。其电文如下：

请求改任华中军区司令副职

（1945 年 10 月 27 日）

我在华中局阅悉中央以职及张鼎丞同志分任正副司令之电示，不胜惶恐。以职之能力，实不能负此重任。鼎丞同志不论在才德资各方面，均远较职为高超。抗战以前为长辈；抗战初期，为职之上级；近数年来，又在中央直接领导下，成绩卓著，且对于执行与掌握党的政策，均远非职所能及。为此，曾再三请求华中局，以鼎丞同志任司令，职副之，未蒙允许。为慎重并更有利今后工作起见，特再电呈，请求中央以鼎丞为司令，职当尽力协助，以完成中央给予之光荣任务。

中共中央于 10 月 29 日电示华中局，同意粟裕的请求，改任张鼎丞为华中军区（不称苏皖军区）司令，粟裕为副司令兼华中野战军司令。

随即，粟裕又指挥高邮战役和陇海线徐（州）海（州）段战役，歼灭拒降日伪军两万余人，为痛击国民党军的进攻所计划实施的内线作战创造了有利条件，使华中、山东解放区连成一片。1946年6月蒋介石发动全面内战后，中共中央采纳粟裕的建议，改变太行、山东、华中三支大军同时出击外线的计划，同意华中野战军主力先在苏中内线作战。1946年7月起，指挥华中野战军主力三万余人，与十二万美械装备的国民党军作战，七战七捷，每战均集中绝对优势兵力歼敌一部，一个半月中歼敌五万三千余人，鼓舞了解放区军民敢打必胜的信心，为解放战争初期的作战指挥提供了实践经验。中央军委将苏中作战经验通报全军，要求各区"仿照办理"。1946年10月，山东、华中野战军会师后，根据中共中央决定，粟裕负责战役指挥。

1947年1月粟裕任华东野战军副司令员，仍负责战役指挥。在战略上仍处于内线的条件下，他先后指挥了宿北、鲁南、莱芜、泰蒙、孟良崮等战役，共歼敌七个军（整编师）和一个快速纵队，其中就有号称国民党"王牌军"的整编第74师。人民解放军转入战略进攻后，他同陈毅一起率华东野战军主力挺进鲁西南，掩护晋冀鲁豫野战军主力南下大别山，指挥沙土集战役，歼敌一个整编师，迫使敌从山东和大别山区抽调四个整编师前来增援，实现了华东战区由内线向外线、从战略防御到战略进攻的转变，随即挺进豫皖苏边区。他体察军事政治形势的发展，于1948年1月、4月提出三个纵队暂缓渡江南进，集中兵力在黄淮地区打大歼灭战的建议，为中共中央采纳。1948年5月陈毅奉调到中原工作，粟裕任华东野战军代司令员兼代政治委员，6月兼任豫皖苏军区司令员。六七月间，指挥华东野战军八个纵队、中原野战军两个纵队进行豫东战役，歼敌九万余人，取得了大规模攻城打援作战的胜利，改变了中原、华东战场的战略态势，打乱了国民党军防御体系，为尔后进行更大规模的歼灭战创造了有利条件。9月指挥济南战役，攻克设防坚固的大城市济南，歼敌十万余人。9月24日提出进行淮海战役的建议，经中央军委批准，中原、华东野战军并肩作战，于11月6日发起淮海战役。11月8日与华东野战军副参谋长张震联名提出将南线国民党军主力阻滞于徐州及其周围逐步歼灭的重要建议，为中央军委采纳，对扩大淮海战役规模，使其发展成为南线的战略决战起到了积极作用。在战役中，作为中共淮海战役总前委成员，他直接指挥了华东野战军十七个纵队作战，以其杰出的军事家的战略眼光和胆识，为淮海战役的胜利做出了巨大贡献。淮海战役共歼灭国民党军五十五万余人，粟裕指挥的华东野战军歼敌四十四万人。毛泽东曾说过：“淮海战役，粟裕立了第一功！”现在一般的军史研究者都认为淮海战役的实质进程是由粟裕推动的。

粟裕在军事上的指挥才能可谓“有口皆碑”。陈毅说：“粟裕同志可算为理论和实际兼优的人，战役指挥很高明。”刘伯承称赞说：“粟裕将军百战百胜，是解放军最优秀的将军之一。”苏中有民谣说：“主席当家家家旺，粟司令打仗仗仗胜。”

有人用“一”到“十”概括粟裕的一生：一心为民，两让司令，三次先遣，四过长江，五人总前委之一，六次负伤，七战七捷，八省征程，九死一生，十大将之首。

华东局及华野领导：饶漱石、陈毅、谭震林、刘瑞龙、粟裕

三、三过长江

在1949年的渡江战役之前，粟裕曾经三过长江。两次由南向北，一次由北向南。向南渡江，主要是使战略上取得主动，实现发展。向北渡江，主要原因则是军事力量处于劣势，为了保存实力。

1940年6月，粟裕率部第一次渡江。当时，粟裕与陈毅一起在苏南领导新四军同日军进行浴血奋战，国民党极为忌惮新四军这支深入国统区核心区的共产党武装力量，运用各种手段限制它的发展和壮大。蒋介石的想法就是把新四军赶过长江，赶到敌占区，好借助日军的军事力量，消灭皖南、苏南的新四军。

毛泽东很清楚蒋介石"借刀杀人"的用意，命令江南新四军各部迅速深入敌后，与人民群众相结合，亦军亦民，坚持抗日，同时不断发展壮大地方武装力量。

江南的新四军分两支：一支是由叶挺为军长、项英为政委的新四军军部指挥；另一支是由陈毅、粟裕领导的新四军江南指挥部指挥。

1940年3月，蒋介石命顾祝同率国民党军五个师、一个旅，加上地方保安部队约十八个团的兵力，切断了新四军两支部队的联系，造成了围歼皖南、威逼苏南之势。蒋介石不无得意地对顾祝同说："叶、项在皖南，如瓮中之鳖，手到擒来；陈、粟在苏南，如海滨之鱼，稍纵即逝。"

但是，作为政委的项英并未意识到危险就在身边，他拒不执行中央军委"皖南军部应速移苏南为宜"的指示。在此艰难的状况下，陈、粟见皖南、苏南新四军部队无法集中，而江北的新四军力量更为薄弱，发展受阻，所以他们在1940年6月5日急电中央：决定将苏南的新四军军部移往苏北，保存和发展力量。

中共中央军委同意了陈、粟的意见。陈、粟随即以最快的速度率新四军江南指挥部和两个团的兵力向江北转移。而与此同时，在皖南的新四军军部尚在犹豫不决，顾祝同发起突然袭击，致使新四军军部及所率部队在皖南山区全军覆没，项英牺牲，叶挺被俘，酿成了震惊中外的"皖南事变"。而陈、粟早有准备，打退了国民党军的进攻，还歼灭了敌军两个团的兵力。随后，他们顺利地越过日军构筑的公路、运河、铁路和长江这四道防线。7月8日，陈、粟所率部队渡江到江北，与新四军挺进纵队和苏皖支队会合。

粟裕率部第二次渡江是在1944年12月底。当时，日军因战线吃紧，面临着盟军的强大反攻，准备放弃其占领的太平洋岛屿，固守大陆地区，已有在中国国土上进行长期战争的准备。中共中央分析形势后，估计对日作战的时间可能还要延长，所以急令粟裕首先率三个团渡江南进，随后再由谭震林、叶飞率第二、第三批主力南下，为以后的斗争发展做长期的打算。

日军对长江虽然没有组织起严密的防御体系，但封锁甚严。军舰炮艇在长江中日夜游弋，而且沿江据点林立，戒备森严。粟裕所率的主力部队和机关工作人员有近万人，要保证在同一时间内使这么多人一举偷渡成功，并非易事。如果稍有闪失，后果不堪设想：军事力量可能损失严重，同时也会暴露战略意图。

面对这种局面，粟裕陷入了长考，最后决定将部队分成东西两路，他自己亲率西路冒雪前进。

1944 年 12 月 26 日，大雪已经连续下了几天，还没有停歇的意思，天气异常寒冷。粟裕的部队在此恶劣的气象条件下继续向江边挺进，终于在傍晚赶到了长江北岸，在离江不远的小村庄里宿营。粟裕将偷渡的地点选择在南京龙潭北的一个小码头。龙潭现在属于南京市栖霞区，位于南京与镇江的中间地带，有铁路，且铁路与江岸平行，铁路上到处都是日军的据点。而铁路和江岸之间，地带狭窄，地势相当不利。也正是这些原因，导致日军根本就没有想到，新四军敢从他们的眼皮底下溜过去。

12 月 27 日晚，粟裕率数千人乘坐小木船渡江，由于人多船少，未来得及运送第二梯队，天就亮了。所幸的是新四军控制住长江南岸的厂警等一些地方武装，日军并未发觉。28 日晚，后续部队利用这一渡点偷渡成功。

粟裕第三次渡江是在 1945 年 9 月间，当时日军已宣布投降，距他第二次偷渡约有十个多月。

1945 年 8 月 15 日，日军宣布无条件投降。中国共产党的武装总司令朱德命令八路军、新四军接受防区内的日伪军投降。但是，国民党政府却命令不准八路军、新四军受降。在此情况下，中共中央 9 月 19 日提出“向北发展，向南防御”的重大战略方针，命粟裕率苏浙军区部队有计划地渡江北撤。

这次渡江倒是相当顺利。由于日军已经投降，国民党的军队正忙于接管京沪杭等大中城市，所以，粟裕所率六万五千余人安然返回江北。

四、横渡大江

1949 年 4 月 1 日下午，粟裕和张震率领三野的指挥机关东移，经凤阳、临淮关、明光、盱眙、汉涧、天长、扬州、泰州，于 4 月 4 日深夜抵达泰州东南十五华里的白马庙。

人民解放军第三野战军指挥部会议室(泰州白马庙)

4月6日,三野召集第8、第10两兵团军以上干部开会,传达了总前委的作战指示、战役指导思想,明确了东集团渡江作战的部署,并对渡江后战役的发展变化进行了研究。粟裕在会上提出三种可能出现的情况和相应的对策:

1. 敌以南京、芜湖地区的兵力,对付我中集团,阻止其向东发展。集中南京至上海之间的兵力,寻求在京沪之间与我决战。如出现这种情况,要求东集团在渡江成功之后,主力控制在江阴、武进、无锡三角地带,下决心在京沪线上打一场恶战,打上三五天,打出一个好局面来。同时,要求中集团在渡江成功之后,除留足够兵力歼灭沿江当面之敌外,主力迅速向东发展,和东集团打通联系。

2. 南京、镇江等地区之敌,向杭州、衢州撤退,在浙赣线上组织第二道防线;京沪线之敌向上海收缩,固守上海。如出现这种情况,则三野先集中兵力协同二野解决浙赣线上之敌,然后再围攻上海之敌,各个击破。

3. 渡江一举成功并迅速突入敌人纵深防区,把南京、镇江敌人的退路切断,敌人全线溃退,一片混乱。如出现这种情况,要求东集团只用一部兵力监视上海之敌,主力迅速向吴兴急进,配合中集团,将逃敌围歼于郎溪、广德地区。同时,也要求中集团渡江成功后迅猛东进,到达吴兴地区与东集团会师,围歼逃敌。

在这三种可能的情况中，力争第三种情况的出现，同时，也为第一种情况的出现做好准备。通过研究讨论，大家统一了认识，战役预定4月15日发起。

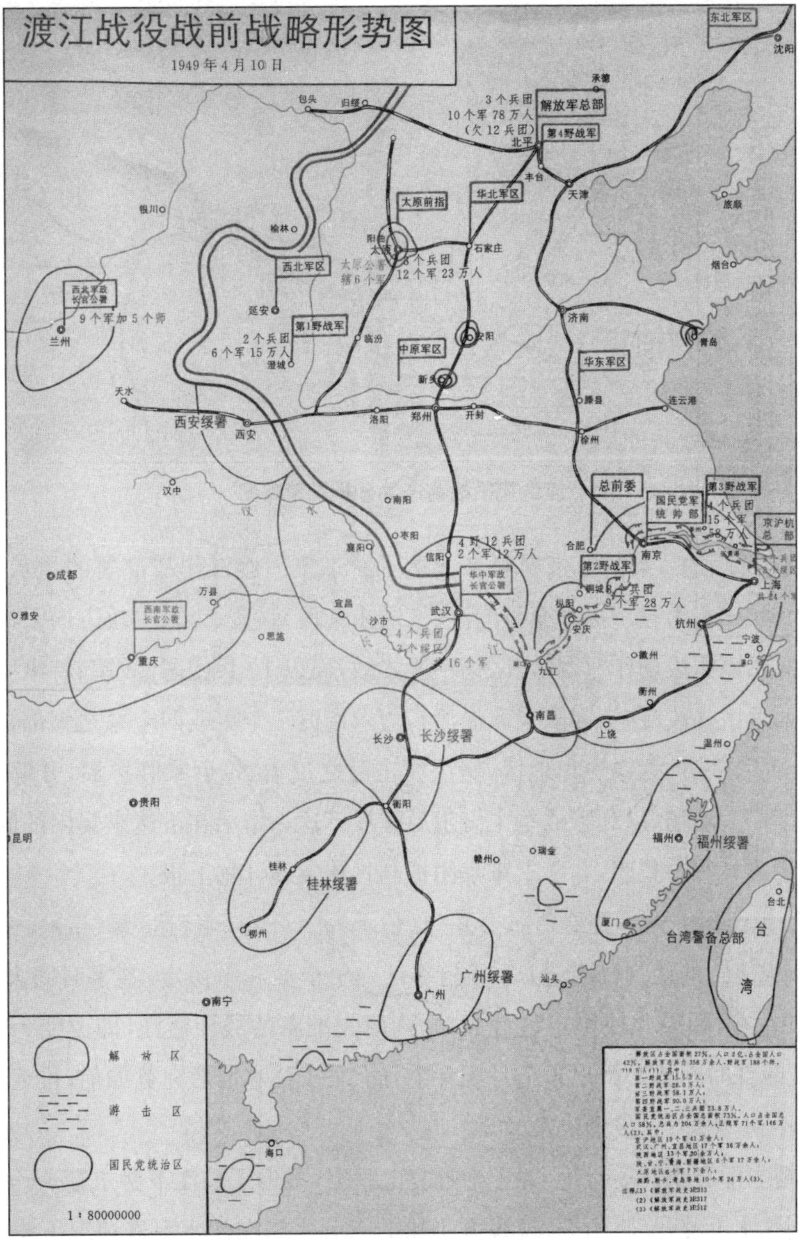

渡江战役战前战略形势图

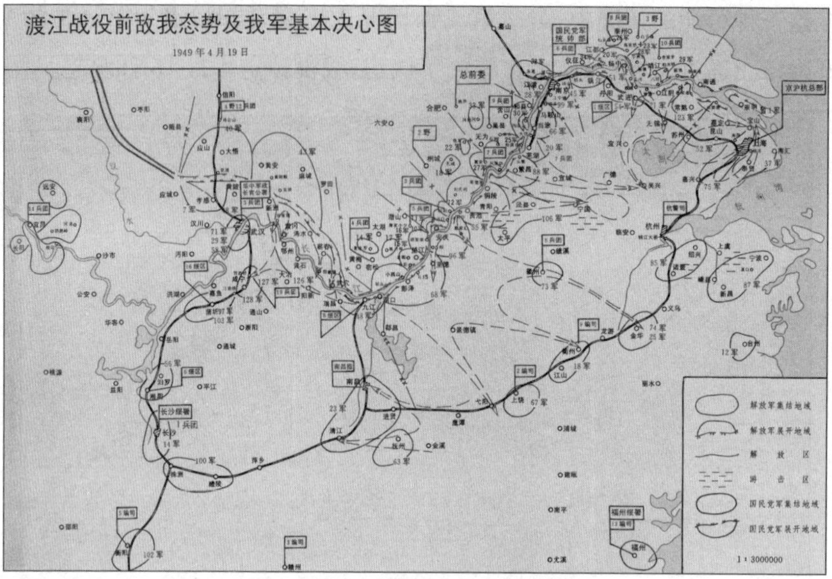

渡江战役战前态势分析及策略图

4月8日下午，粟裕与张震联名下达了对东集团渡江作战部署的指示，规定：“我8、10兵团主力决于扬中至护漕港（江阴东南段）强渡，为求主攻方向强渡顺利，决定8兵团以积极动作钳制镇江、扬中段之敌，而以10兵团附23军、特纵主力，于江阴东西地区强渡（前头部队采取偷渡），力求南渡三个军或四个军之大部，务须当晚控制江阴、武进、无锡三角地区，坚决打击敌之反击，尔后乘胜扩展，开辟镇江段南北地区广大战场，以利野战军主力尔后作战。”这一指示在下达东集团的同时，还通报了谭震林和中集团，并要求东集团拟制具体实施计划上报。

4月10日，中央军委给总前委并刘（伯承）张（际春）李（达）粟（裕）发来电报：“和南京代表团的谈判已有进展，可能签订一个全面和平协定，签字时间大约在4月15日左右，如果此项协定签订成功，则原先准备的战斗渡江，即改变为和平渡江，因此渡江时间势必推迟半个月或一个月。关于江水情形究竟如何，推迟渡江时间有何不利，望即告，以便决策。”

粟裕当即召集前委讨论，并于当日复电军委，报告了长江下游水情——如延长一月，则江水上涨，又临雨季，现我方小船的三分之二在江水上涨情况下难于在江中行驶。总前委提出了他们的看法：“我不知道李（宗仁）签字后能否统率蒋军，其内部会起何种变化。如协定不成再行渡江，则镇江下游较为困难……如仍需强渡，则依原定(时间)为好，或将渡江重点置于安庆、南京段，江阴下游实施佯渡，但由此不易截断敌向沪杭退路。”同日，二野也向军委建议按原定时间渡江为宜。总前委则提出“先打过江，然后争取和平接收”的建议。中央军委在考虑了总前委及二、三野的意见后，根据与国民党谈判的情况，于 11 日复电总前委并告粟、张、刘、李：“决定推迟一星期渡江，即由 15 日渡江推迟至 22 日渡江。”4 月 12 日，粟裕向军委和总前委建议，为渡江便利计，不要再推迟至 22 日以后，“以 20 日前后为最好”。

4 月 18 日，军委指示总前委及二、三野于 4 月 20 日开始攻击，22 日实行总攻。当日总前委发电指示二、三野：“整个战役从 20 日晚开始后一直打下去，能先过江就应该先过江，不必等齐。”总前委还估计，东集团在渡江后可能遇到严重的战斗，因此决定中集团较东、西两集团提前一天渡江，以便能有力地支援东集团作战。

4 月 20 日晚，国民党政府最后拒绝在国内和平协定上签字。当晚 20 时，中集团在枞阳至裕溪口段首先发起突击。第一梯队四个军(第 7 兵团之第 21、第 24 军，第 9 兵团之第 25、第 27 军)在强大炮火掩护下，21 时许攻占了黑沙洲、鲫鱼洲、紫沙洲等江心洲，并逼近南岸，突破敌人长江防线，建立了滩头阵地，继续向纵深发展。敌人在

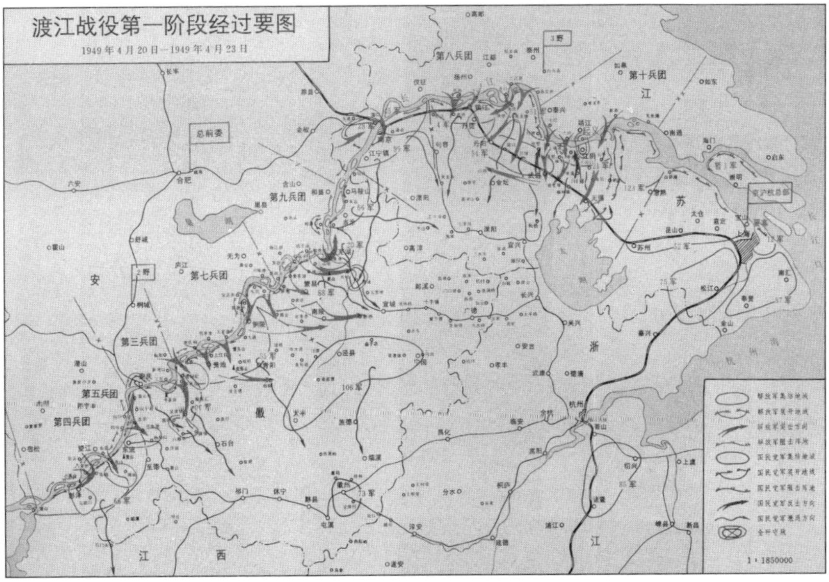

渡江战役第一阶段形势图

一片混乱中仓皇南逃。21 日，解放军攻占了铜陵、顺安、繁昌等城镇。中集团突破江防后，汤恩伯即派机动部队第 99 军前往增援，增援部队刚抵达宣城，江防部队已放弃阵地，第 99 军即向杭州逃窜。22 日中午，中集团突入敌人防御纵深地带已达五十公里。23 日，中集团第二梯队的各军也全部渡到南岸。

21 日夜晚，东集团在三江营至张黄港段，西集团在枞阳至望江段，同时发起了强大的突击攻势。解放军第 10 兵团第一梯队之第 23、第 28、第 29 军首先在天生

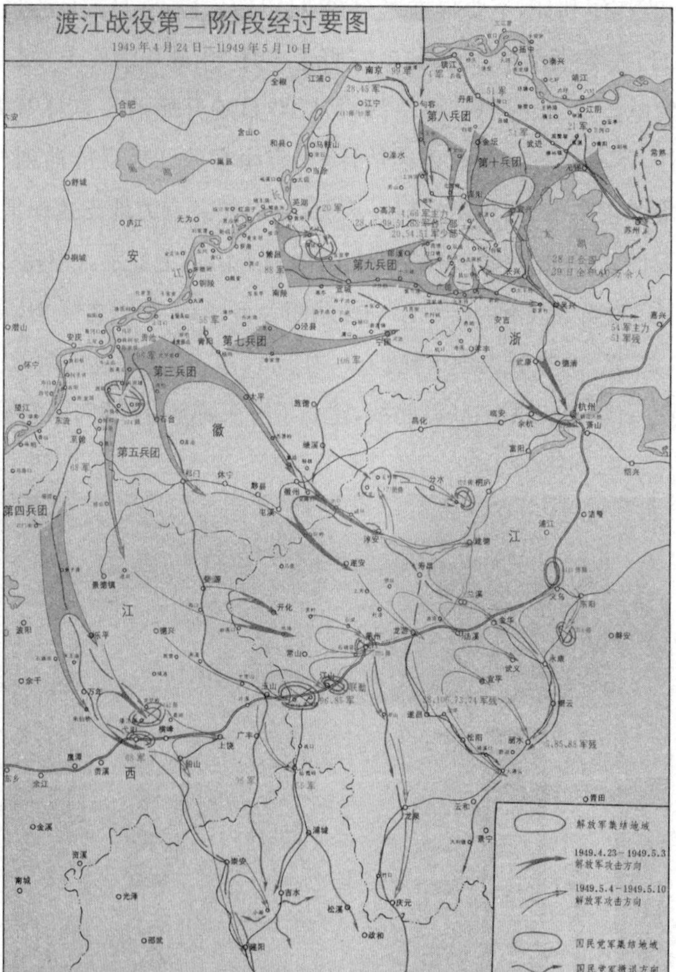

渡江战役第二阶段形势图

港、王师塘、长山等地突破敌人江防阵地，登上南岸，连续打退了敌人多次反击之后，于21日中午进抵百丈镇、南闸镇、秦皇山、香山一线，建立了正面宽五十公里，纵深十公里的滩头阵地，并继续向纵深进击。当日，江阴要塞守敌在中共地下党员内应下宣布起义，第29军占领要塞，控制了所有的炮台。三野特纵炮兵封锁了长江，断绝了敌舰东逃的航道。22日，我军占领常州、丹阳等城，切断了京沪铁路。

第8兵团之第20军，在龙窝口至永安洲段向扬中岛发起突击，22日占领扬中岛，23日渡过夹江，登上南岸，并乘胜向纵深发展。该兵团位于南京、镇江正面的第34、第35两军，于23日晨占领镇江和浦口、浦镇，当晚占领了国民党政府的首都——南京。国民党留在南京的部分政府机构已仓皇撤向广州。

西集团(第二野战军)，由马当至贵池段强渡成功，占领了贵池、彭泽等地，主力直趋浙赣线，迅速割裂汤恩伯、白崇禧两集团的联系。

国民党的海军除第2舰队在南京附近江面起义外，一部分在镇江附近江面向解放军投降，另一部分逃往上海。

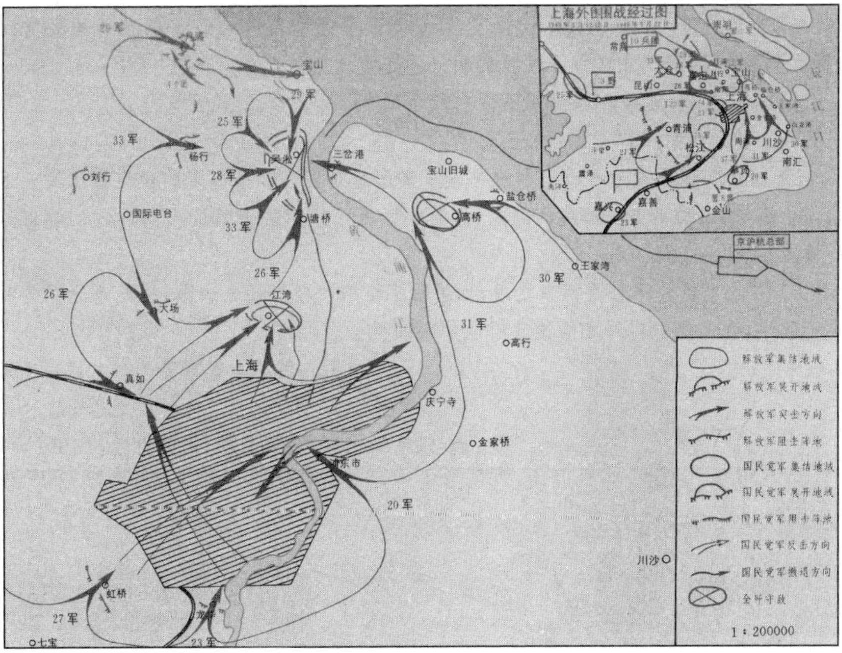

上海战役态势图

链接：

向全国进军的命令

（1949 年 4 月 21 日）

各野战军全体指挥员战斗员同志们，南方各游击区人民解放军同志们：

由中国共产党的代表团和南京国民党政府的代表团经过长时间的谈判所拟定的国内和平协定，已被南京国民党政府所拒绝。南京国民党政府的负责人员之所以拒绝这个国内和平协定，是因为他们仍然服从美国帝国主义和国民党匪首蒋介石的命令，企图阻止中国人民解放事业的推进，阻止用和平方法解决国内问题。经过双方代表团的谈判所拟定的国内和平协定八条二十四款，表示了对于战犯问题的宽大处理，对于国民党军队的官兵和国民党政府的工作人员的宽大处理，对于其他各项问题亦无不是从民族利益和人民利益出发作了适宜的解决。拒绝这个协定，就是表示国民党反动派决心将他们发动的反革命战争打到底。拒绝这个协定，就是表示国民党反动派在今年 1 月 1 日所提议的和平谈判，不过是企图阻止人民解放军向前推进，以便反动派获得喘息时间，然后卷土重来，扑灭革命势力。拒绝这个协定，就是表示南京李宗仁政府所谓承认中共八个和平条件以为谈判基础是完全虚伪的。因为，既然承认惩办战争罪犯，用民主原则改编一切国民党反动军队，接收南京政府及其所属各级政府的一切权力以及其他各项基础条件，就没有理由拒绝根据这些基础条件所拟定的而且是极为宽大的各项具体办法。在此种情况下，我们命令你们：

（一）奋勇前进，坚决、彻底、干净、全部地歼灭中国境内一切敢于抵抗的国民党反动派，解放全国人民，保卫中国领土主权的独立和完整。

（二）奋勇前进，逮捕一切怙恶不悛的战争罪犯。不管他们逃至何处，均须缉拿归案，依法惩办。特别注意缉拿匪首蒋介石。

（三）向任何国民党地方政府和地方军事集团宣布国内和平协定的最后修正案。对于凡愿停止战争、用和平方法解决问题者，你们即可照此最后修正案的大意和他们签订地方性的协定。

（四）在人民解放军包围南京之后，如果南京李宗仁政府尚未逃散，并愿意于国内和平协定上签字，我们愿意再一次给该政府以签字的机会。

中国人民革命军事委员会主席　毛泽东

中国人民解放军总司令　朱德

（选自《毛泽东选集》第四卷，人民出版社 1991 年版）

红旗插上总统府

一、进军南京

1949年4月，渡江战役总前委决定以解放军三野8兵团所属四个军，从正面强攻南京，迅速占领国民党的政治中心。渡江前夕，在前委召开的作战会议上，粟裕副司令员对解放军35军的军长吴化文、政委何克希说：“根据中央指示，二野、三野百万大军南下，全线突破千里江防。现在前委决心：8兵团率三个军从南京东、西过江，向纵深挺进，35军从正面夺取浦口，相机进占南京，以配合整个战役。”

从指挥部开会回来，兄弟部队已开始向两侧移动。为了加强对35军的战术指导，8兵团何以祥参谋长抱病来到35军军部，与35军的军首长一起进行现场勘察，定下战役决心。

两浦地区，丘陵起伏，山头上布满弯弯曲曲的交通沟和坟冢般的地堡群，浦镇通往浦口的公路，在丘陵间蜿蜒伸展。宽阔的路面上，到处堆着成堆的石头，并挖有防御沟。在道岔路口，国民党军还构筑了各式碉堡。浦镇、江浦、浦口互为犄角，构成了一条坚固的防线。两浦的国民党守军试图利用这一带的有利地形，阻挠人民解放军横渡天堑，以拱卫国民党首都南京的安全。

看罢地形，各师指挥员共同研究部署，何以祥参谋长说：“你们准备采用怎样的战术？”

何克希随即说道：“我们不准备与敌人在江北纠缠，要迅速地集中优势兵力，先求歼灭敌人，然后过江直捣南京。我们首先从右翼拿下江浦，从正面夺取浦镇，再取浦口，并争取先机过江。”

何以祥也正是此意。这样作战方案就定了下来。

4月20日，南京国民党政府最后还是拒绝在《国内和平协定》上签字。当晚，解放军渡江各部队接到了毛泽东主席、朱德总司令的命令："打过长江去，解放全中国！"

伟大的渡江战役开始了，35军同时向两浦地区发起攻击，战斗到第二日清晨，首先接到了两个师的捷报："103师占领了江浦县城，全歼敌人，俘获甚大；105师已扫清了浦镇的前进阵地，打垮守敌一个团，予敌重创！"

在攻占江浦县城的同时，军部又接到了兵团总部的通报："从昨夜开始，我军渡江部队三十万大军，已经在中路首先突破了芜湖、安庆一线。"

何克希激动的心情久久不能平静，随后放下了电报，立即以电话通知各师，要部队猛插浦镇、浦口，争取以最快速度，打过长江，解放南京！

21日，35军将部队作了重新部署，以一部分兵力积极地从左侧进攻，威胁敌人侧背；主力坚决攻下浦镇以北山地，这是敌人的重要阵地。这样，浦镇便能唾手而得。22日晨，35军胜利地攻下浦镇。22日夜，两浦敌人害怕被解放军全歼，慌忙渡江南逃。得到这个消息后，吴化文、何克希立即电告各师，迅速猛追。

从浦镇通往浦口的公路上，到处躺着国民党军的尸体；公路拐弯的地方，遍布着地雷；新架的公路桥，正燃着熊熊大火；一堆堆的石头、鹿砦拦阻着道路。但是解放军的追击部队，正像潮水一样，势不可挡，沿着大路小道，拥向浦口。何克希豪情万丈，纵马疾驰，先行到达浦口江边。

隔江眺望，南京城历历在目，紫金色的钟山，雄伟的城墙，汹涌澎湃的大江……而此时的南京城，却冒着冲天火柱，爆炸声不绝。

当35军全军到达浦口一线，国民党军又利用其海、空军的优势，向浦口发动了疯狂的反击，把成批的炮弹抛向江北。35军作为占领浦口的部队，再次研究了强渡长江的部署，准备立即以最快的速度强渡过江！

"早一分钟进南京，早一分钟结束蒋匪的反动统治；早进南京一分钟，早使南京人民少受一分钟的损失！"这已经成为35军全军上下的战斗口号，每个指战员都心急如焚，要迅速进占南京。但是国民党军在溃退的时候，把江北的船只全部掳掠一空，一时间找不到船只，迟滞了解放军进攻的步伐。

35军军部急速发动部队，整整找了一个下午，找遍了浦口，也找不到一只船。

最后经过部队的到处动员，群众捐献出来两只小船，一只可载八个人，一只可载十个人，其中一只还没有橹。

4月23日黄昏，彩色的信号弹刚刚升起，35军向江南国民党军的阵地发射了炮弹。在强大的炮火掩护下，35军派出十八个精悍的侦察兵，每人带着一支汤姆逊冲锋枪、一支手枪和四颗手榴弹，驾着两只小船首先过江。这十八名解放军，横越了两公里左右宽的江面。二十分钟之后，他们就搞来了一只可载三十多人的小汽船；第二批三十多人过江，又搞来了一只可载三百余人的大汽船；第三批三百余人过江……

解放军35军乘“京电号”小火轮驶向南京中山码头

三野8兵团进占南京城（国民政府行政院）

解放军占领国民政府国防部

过江以后，35军迅速地控制了南京周围的狮子山、紫金山等高地，并胜利地进占了南京。

24日上午，35军司令部从浦口渡江。下关码头的墙壁上，贴满了红红绿绿的欢迎解放军的标语，在平坦的柏油马路上也用彩色粉笔写着欢迎标语。码头的里里外外，拥满了欢迎的人群。穿着各式服装的工人与市民，许多大中学校的学生，还有南京治安维持委员会的工作人员，夹道欢迎解放军进城：“欢迎解放军解放南京！”“解放军同志们辛苦了！”“中国共产党万岁！”“毛主席万岁！”

当时在队伍中的冬夏在他写的《进南京二日记》中描绘了当时的情形：

早晨，浦口码头集结了部队、民工，像个大集市。小火轮欢快地尖叫着，把解放军一船一船地渡到对岸。片刻我们也上了船，是一只小火轮拉的两只并在一块的大木船，汽笛一吼，船离开了江岸驶往江心，船把江水划起一道斜沟。……

我们从下关进了南京城，时间约在上午10时左右，这刚解放了几个钟头的南京，已贴满了红红绿绿的标语漫画，墙壁上，门板上，电杆上，来往欢迎解放军的公告汽车上，到处贴的都是……漫画相当生动有力，给人印象最深的是："四一赴难的同学安息吧！为我们复仇的解放军同志，光荣地到来了！"……脚下的柏油马路上，用彩色粉笔写着："解放军同志辛苦了！"真是亲切动人。……

市民像过新年佳节，特别是新街口的人最多，以致把大马路拥塞住了，中间却留下只能通过一个人的道路，让解放军同志从这里通过，好好地看上一看。

南京人民群众欢庆解放

当时任《南京人报》总编辑的著名记者毕群回忆解放军入城的情形时说：

最先入市区的有一个排，我在鼓楼与之相遇，他们的行军速度飞快，我小跑步都紧追不上。这一队人马直奔中山东路的中央饭店才停下来。在门首院内席地而坐。“三大纪律，八项注意”的军歌骤起，歌声雄壮，纪律严明，顿时吸引了一大群老百姓。不多时，他们整队持枪进入左近长江路的伪总统府，红旗冉冉升空，人民欢呼鼓掌。随即进入总统府内部，直入蒋介石、李宗仁的办公室。

军司令部的汽车行列，在不绝的鞭炮声中，通过了雄伟的挹江门，行经宽广的中山北路，转过繁华的新街口广场，直向励志社驶去，沿路两侧的市民，很多人家已打开了店门，热烈地向解放军招呼问候。大街上人山人海，热闹非凡。

1949 年 4 月 24 日，解放军 35 军步入南京挹江门

吉普车开到励志社门前，何克希刚跳下汽车，正巧有几个刚进城的炊事员同志被欢迎的群众围住了。他们挑着箩筐，敞着衣襟，一边用军用毛巾不停地擦着头上的汗水，一边憨直地谢绝着人们给他们的糖果、香烟等慰问品。双方僵持不下，引得群众带着惊奇的口吻说：“你们解放军同志为什么不接受人民的慰问品呢？”

何克希政委在一篇文章中回忆一走进励志社的感觉：“就感到这里的豪华富

丽，对着大门是一排三幢宫殿式的建筑物，迎着四根红色的廊柱。在中楼的二层，是一间华丽的休息室，大幅织花的地毯上，摆着崭新的一圈皮沙发。休息室的两旁、上下，都是卧室。中楼后面是一幢幢的西式楼房，有会议室、大礼堂、运动场……”说起这励志社，还是颇有一些来头的。励志社于1929年1月在南京成立，当时的社长是蒋介石，实际负责人为总干事黄仁霖。该社是以黄埔军人为对象，以振奋“革命精神”，培养“笃信三民主义最忠实之党员，勇敢之信徒”为目的的军事组织。1946年7月励志社接管了军委会战地服务团、美军顾问团联络处及其办事处和招待所等，分别改称为励志分社和励志社招待所。后来励志社的功能就变成了为国民政府首脑及官员提供后勤、日常生活及娱乐服务的场馆，还经常经办蒋介石私人方面的一些事务，例如对蒋介石的公馆进行布置、修缮等。励志社设有多功能的礼堂、剧院、宾馆式客房以及大小高级餐厅等。这里房屋宽敞，设备齐全，35军司令部暂时设在这里。

在休息室里，司令部不断接到部队的报告：

“我军已经占领了蒋介石官邸，标示着淮海战役形势的巨幅地图还完整地挂在墙上……”

“我军已经占领了总统府，总统府的日历只翻到4月22日……”

在这样的情况下，真是说不出来地高兴。记不清当时是哪一位参谋，立即拿起桌上的电话，非常激动地问道：

“能不能给我们接北京？接新华社？我们要把南京解放的消息迅速告诉全国人民！”

电话局清楚地回答：“可以。”

在解放军“约法八章”的影响下，电话局职工严守岗位，加之中共地下党提前做了很多工作，此时的南京电话局已完全掌握在人民的手中。他们迅速地把电话接通了，电话里传来了新华社负责同志的声音：

“南京解放了！我恭喜你们……”

啊！北京来的声音，大家不由得欢呼了起来。

据新华社报道：当南京解放的消息传至当时正在布拉格举行的世界和平代表会议会场时，立即引起了会场的热烈欢呼，我国代表团团长郭沫若即被大家高高地抬了起来。南京解放的消息，振奋了全国人民，同时也振奋了全世界一切爱好和平的人们。

当时渡江战役总前委的首长尚未到达，南京市军事管制委员会还未正式成立，但是根据当时的情况，必须采取措施，立即肃清残敌，同时还得准备应付敌机的骚扰和轰炸。当日下午，35军立即召开了各师干部会议，决定对南京采取分区“包干”的办法，将南京临时划分为三个军事分管区，由三个师各负责一个区，在中共南京地下党和南京治安委员会的配合与帮助下，迅速肃清残敌，使社会秩序转入正常。

南京的城市和郊区范围相当大，没有现代化交通工具很难有效地控制全城，因此军部决定把所有缴获的汽车配给各师，组成了强大的汽车巡逻队，同时还辅以骑兵巡逻队与步兵巡逻队，有效地控制了全城，确保了社会秩序的稳定，制止了敌特和敌人潜伏武装的活动，进而开展了隐蔽战线上的对敌斗争。

二、江宁要塞的溃散

35军渡江进军南京，几乎未费一枪一炮，跟江宁要塞的溃散也颇有关系。

南京城北狮子山在下关的兴中门内，北有幕府山，是面临长江的北大门，是扼守南京城，封锁长江的重要据点，乃历来兵家必争之地。

在清末，南京为江宁府所在地，在狮子山上就设立了江宁炮台。民国建立后，南京是首都，为确保首都安全，国民政府也以狮子山为中心广修炮台。而这里一直称为江宁要塞。

早在抗战初期，淞沪地区沦陷后，日军向南京进攻。日本海军从长江上进犯南京之时，遭到了江宁要塞的狮子山炮台、幕府山炮台和乌龙山炮台的猛力阻击，日舰遭到重创。后来由于日军相继占领了紫金山、幕府山，江宁要塞炮台的后路被切断，最后坚守阵地的二百余名炮台官兵壮烈殉国。

1947年，国民党军国防部任命胡雄为要塞少将司令，宗文占为少将参谋长，黄端为上校总台长。司令部设在挹江门南侧八字山上，总台部设在狮子山下。司令部设有参谋、军需、军械、军医、副官、机要等六个处室。司令部直属于国防部第三厅管辖,但在战斗序列上归属于国民党首都卫戍总司令部指挥,是守卫南京的一个组成部分。

1948年11月间,淮海战役爆发,国民党的主要军事力量即将崩溃。在此情况下,江宁要塞做了如下部署:刚刚调来不久的重炮营奉命开赴上海,恢复了炮兵14团的建制。同时,江宁要塞在上海成立了游动炮兵团,由原来的要塞守备总队长张文龙任游炮团团长。如此部署,实际上暴露了汤恩伯的战略意图:即暗地里放弃南京,保存一部分炮兵力量,固守上海。在兵力减少的情况下,国民党首都卫戍总司令部制定了"保证首都安全的江防计划",江宁要塞进行了如下部署:

1. 守备总队派一个大队驻守镇江象山地区,另一个大队驻守龙潭地区。

2. 把原驻守南京光华门外石门坎的第一台调到兴中门内狮子山,以接替被调往上海的重炮营所担负的任务。

3. 驻守江防的守备总队,自1949年2月起,封锁长江航道,禁止通航,上下船只仅许靠近南岸行驶,停泊在南岸的木排一律在上新河一带冻结,各渡口船只行人都要严格检查。

而当时的中共南京地下党组织为了使解放军能够在南京顺利渡江,开始利用各种关系在江宁要塞内物色人选,扩大中共的力量,伺机起义。

中共南京地下党负责策反工作的沙文威(化名史永)通过南京的地下党员苏漱真认识了江宁要塞第一台上尉台长胡念恭。胡念恭是江宁要塞司令胡雄的胞弟,史永曾要他利用他们之间的兄弟关系,摸一摸胡雄的政治态度。但胡雄一直对中共心存疑虑,为了不暴露胡念恭,中共南京地下党组织决定不再做胡雄的工作。

1949年3月4日,史永与胡念恭秘密地见了面。

"胡念恭同志,组织上已经批准你为中共候补党员,候补期为六个月。"史永对胡念恭说。

胡念恭激动地说:"党要我做什么,我一定万死不辞。"

史永说:"你要带领要塞的第一台做好战斗准备,以便配合其他部队一起起义,具体的行动听我的命令。"

但胡念恭一直没有等到史永的指示命令,所谓配合其他部队,是指配合国民党军 97 师师长王晏清的起义，但由于行事不密，王晏清的起义并没有完全成功，因而胡念恭也没有得到配合起义的指令。

1949 年 4 月 22 日，国民党军 80 师守备的南京北大门——浦镇桥头堡已被解放军占领，师长李西开看到自己的部队可能马上被围歼的形势，立刻命令部队当晚全部撤退，过江后在下关集合。解放军占领南京已迫在眉睫，国民党政府被迫向军队下达了全部撤退的命令。

江宁要塞在 4 月 21 日下午接到撤退命令。22 日全天，要塞所属机关部队就全力准备粮食和行装。22 日晚，在南京城内可以清楚地听到来自下关方向"隆隆"的炮声，这是国民党海军开炮掩护在江北的国民党 80 师向下关撤退。

4 月 23 日凌晨，江宁要塞开始撤退，但根据国民党首都卫戍司令部的指示，要向江北浦口地区的解放军打完炮才准许撤退。为了逃跑得更快，在要塞司令胡雄的直接指挥下，就用在兴中门总台部门口的两门火炮向浦口方向盲目地发射了八枚炮弹后，立刻沿着宁杭公路开始大撤退了。

胡念恭接到了中共南京地下党的指示，要他随江宁要塞的部队一起撤退，途中遇见解放军就下来回南京，并告诉他与解放军联络的暗号。胡念恭在宜兴附近遇到了解放军，接上了头，脱离了国民党部队，单独回到了南京。而江宁要塞的车队和所有的火炮，在司令胡雄的带领下，一路疾驰，4 月 25 日到达了上海，还受到京沪杭警备总司令汤恩伯的奖励。

江宁要塞守备总队的副大队长李祥麟，称病一直留在南京，与中共地下党保持密切联系，并得到指示：时间紧迫，策动部队起义已经不可能了，只要求在部队撤离时，对留下来的粮食、枪支、弹药、被服以及其他的武器装备等进行保护和保管，以免遭破坏，他们到时移交给解放军。

4 月 23 日早晨，撤退开始后，李祥麟到总台部与总台长黄端取得联系。在此之前，黄端已经秘密与江北的解放军取得联系，说要伺机起义。黄端随即发给李祥麟一个红袖章，上面绣着"江南支队"四个大字，并对他说："现在我们是中国人民解放军江南支队。你马上协助我把总台部三十多名官兵的花名册交给解放军，并对原有设备、设施进行造册登记，以后上交解放军。"

4 月 25 日上午，黄端陪同解放军 35 军的一位李科长，对江宁要塞的总台部进行了接收。在兴中门的总台部大操场上，李科长对留下来的官兵说："各位没有随国民党撤退，自愿在南京迎接解放，对于你们这一行动，我们是十分欢迎的。原来江宁要塞的火炮都已经撤走了，没有火炮，要塞也就解散了。现在你们有人愿意留下来参加解放军的，我们表示欢迎，散会后领取表格填写登记，听候通知。有人要回家的，我们马上发给路条和路费……"

黄端还补充说："解放军首长还说了，凡自动脱离反动军队的人，一律与起义人员同等看待。"当时，大部分官兵都选择加入了中国人民解放军。

三、"京电号"小火轮

在35军渡江的过程中，下关电厂的"京电号"小火轮可谓立下了汗马功劳。

"京电号"上的老船工

在渡江战役前夕，1949年2月上旬，南京下关电厂接到中共地下党的指示，需要保留吨位大、性能好的船只在江边，随时准备接应渡江部队。于是，下关电厂工人以运煤发电需要为借口，将一艘刻有"沈宝记·1925"字样的"京电号"钢质蒸汽机动力船，留在了下关码头。这艘船长23.1米，宽4.25米，吨位41.4吨。在之后的两个多月时间里，虽然江防部队多次要"京电号"进入护城河，但均被电厂工人机警地应付了过去。4月中旬，随着和谈破裂可能性的加大，长江两岸的形势更加紧张。这时，国民党守军硬是把"京电号"拖进护城河。下关电厂工人立即将发电用的煤趁夜倒入江中，致无煤发电，使半个南京城停了电，国民党守军不得不让"京电号"回到江中拉煤发电。就这样，直到渡江战役打响，"京电号"还停泊在下关码头。

1949年4月21日16时，中共中央军委命令8兵团35军越过滁水、老山，向江浦、浦镇、浦口进军，直取南京。控制长江北岸"三浦一线"的国民党军李延年主力28军，在35军强大的攻势下，仅抵抗了十多个小时，就弃阵而逃。

4 月 23 日晚，35 军派出的十八名侦察兵中的七人在北岸群众的帮助下，趁夜幕用一艘小船在下关地区偷渡成功，并立即与前来接应的地下党取得联系。一个多小时后，中共南京地下党组织通知“京电号”：开赴北岸迎接渡江部队渡江。已在船上待命一昼夜的黄兴友等九名船工，立即升火，开足马力驶向北岸。

“京电号”在当时参加渡江战役的船只中，吨位、马力都是比较大的，从南岸下关码头到北岸浦口码头，只用了二十多分钟。23 日深夜，35 军 103 师的一百二十名指战员作为解放南京渡江战斗的第一梯队，在“京电号”上架起数挺机枪，劈波斩浪奋勇直前，成功地在下关码头登陆。

“京电号”的船工们把第一批解放军送上南岸后，立即返回，迅速将第二批、第三批送过去。随后，从南岸升火过江的“凌平号”“港平号”拖轮也加入到了渡江战斗中，源源不断地为强攻部队运送预备队，为解放南京的部队赢得了宝贵的战机。战后搜集的史料证明，“京电号”在解放南京的战斗中，总共运送了一千四百名解放军战士过江。

由于南京解放速度之快出乎预料，原计划接管南京的陈赓兵团尚转战在江西湖口到安徽望江一带，因此，接管南京的任务就交给了陈士榘率领的 8 兵团。当陈士榘率 8 兵团取道夹江、姚家桥、镇江赶到南京时，陈毅、邓小平和刘伯承等总前委的首长也分别率总前委和二野机关往南京挺进。

4 月 26 日，邓小平、陈毅一同到达长江北岸，准备从浦口码头渡江，担负送邓、陈首长他们过江任务的就是“京电号”。邓小平听了在场船工的渡江作战汇报后，竖起大拇指说：“了不得，了不得，头一个到达对岸，渡江第一船嘛，那么多解放军坐这条船过江，我也要坐这条船过江。”陈毅、邓小平一同登上了“京电号”。随后赶到的谭启龙、姬鹏飞等军政领导，听说了“京电号”的故事后，也纷纷指定要乘“京电号”过江。

渡江战役在长达千余华里的长江沿线展开，因此解放军渡江各处均有“渡江第一船”，但“京电号”是名副其实的解放南京“渡江第一船”。

南京解放后，“京电号”小火轮回到了原来岗位，仍然往返于中山码头和浦口之间，为电厂运送煤炭。

1954 年夏天，南京地区突降大暴雨，江河水位猛涨，危及濒临江边的下关电厂。这时，“京电号”再次立下大功，一趟又一趟在江面上运送黄泥、草包和砖头，用于加固加高江堤，成为“抗洪英雄”。

该船在“文革”中调拨给淮阴发电厂，牌号为“淮轮 556”。1978 年，为支援苏北地区的水运事业，又转调拨给灌南县交通局，编号为“苏淮 605”。原来船上使用的蒸汽机，后被更换成柴油机。“渡江第一船”成为牵引机船，牵引能力为 1200 吨，可同时挂上十几只货驳执行运输任务，其航行足迹遍及华东地区的江河湖海大小港口码头，二十年间，累计创造运输产值 1200 万元以上。它还为内河破冰疏航、洪泽湖的抗洪救灾做出很大贡献。

1998 年，“京电号”正式退役，停靠在灌南县城新安镇的内河里。笔者前去参观调查时发现，“京电号”内部的部分设施已被更换，船舱改建为一个简易的陈列室，船身已被漆成黑色，船舱被漆成银灰色，整个船只焕然一新。

2009 年，渡江胜利 60 周年之际，“京电号”作为文物被正式征集到南京渡江胜利纪念馆，陈列在纪念馆广场上。“京电号”现已是国家一级文物，接待了一批又一批前来参观学习的人们。

四、红旗插上总统府

4 月 23 日黄昏，解放军第 35 军 104 师 312 团奉命攻打驻浦口的国民党一个团。守敌不堪一击，纷纷逃窜，解放军迅速占领浦口。4 月 23 日夜，312 团 3 营作为解放南京的第一梯队先遣突击营，开始陆续渡江。

104 师副参谋长张绍安与 312 团 3 营一起渡江登陆，312 团团长王魁泉命令 3 营(当时为突击营)首先占领国民党总统府及附近的重要机关。部队立即决定兵分四路，并要通信员徐敏忠马上通知机炮连随营部占领水利部，7 连占领空军司令部，8 连占领住在同一大院的社会部和青年联防部，9 连则由营长管玉泉带领，请一位姓孙的市民带路，跑步去占领总统府。南京城内虽无成建制的守军，但还有些零星的国民党残兵、特务，3 营的参谋王友才就在前进途中被残敌的冷枪击中牺牲。

4 月 23 日午夜，南京长江路 292 号。夜幕下的总统府，三扇大铁门紧闭，前院空空荡荡，早已是人去楼空。整个总统府，从前到后，到处散落着纸张文件、废弃报纸什物，一些地方还不时冒着缕缕青烟。有几个房间闪烁着忽明忽暗的灯光。

管玉泉率部抵达总统府后，发现总统府大门虽然是紧闭着，但只是用插销插着，并没有上锁。当部队到大门口时，里面立即就有了反应，很快出来了两三个人，很配合地将大门插销拔除。六名战士用力推开了沉重的镂花大铁门，大队人马立即涌入，迅速抢占了有利地形，控制了整个总统府大院。进入院内的解放军部队并未遭到残敌抵抗，战士们只当场俘虏了十多名未佩枪械的卫兵。

总统府是一个庞大的建筑群，一进门首先在东墙上看到一幅蒋介石身着军装的画像。通讯班班长王保仁顿时怒从心头起，端起枪朝画像连打了数枪。战士刘学山也来了个点射。随后，在俘虏的引领下，战士们登上了总统府正门的顶楼，只见正中旗杆上，青天白日旗还挂在那里，管玉泉一个箭步冲上去，把这面旗扯下，换上一面他们部队冲锋时用的红旗。

总统府办公楼叫子超楼，解放军战士们挨个房间搜寻。最先到的是蒋介石和李宗仁的办公室。“总统办公室”“副总统办公室”的木牌赫然挂着。蒋介石的一张大办公桌上，还端放着一套《曾文正公家书》，台钟、笔插、毛笔、镇纸等等依次放着。引人注目的是一个台历，上面显示的是：中华民国卅八年 4 月 22 日农历己丑年三月大。

而在同时，3 营的连指导员王树生和其他战士也已顺利分头抢占了总统府附近的国民党中央机关。当时的机枪手陈国旗回忆，他负责掩护部队冲锋，与机炮连的战友在占领水利部后，又在外围包围了总统府，虽然没有遇到任何抵抗，但他们还是驻扎在总统府外留守。

完全控制总统府后，管玉泉即命令通讯班给团部汇报这一喜讯。

管玉泉后来回忆道：“刚通报完相关情况不久，接着，三野 35 军随军摄影记者邹健东，扛着相机奔跑着赶到了。在 3 营战士的积极配合下，邹健东举起了相机，拍下了一组解放总统府的珍贵的历史照片。在拍总统府门楼时，大家都已站好了姿势，由于还押着一个俘虏，我就让他蹲伏在前面暂候，没想到还是给拍着了。”

人民解放军占领总统府

1949 年 4 月 24 日的南京国民政府总统府

当时邹健东是新华社第三野战军前线总分社 8 兵团分社的摄影记者。这个社刚成立就上前线了，摄影记者只有邹健东一个人。据说在四个野战军里也只有这一个专职摄影记者。那时候大军南下，已经是势如破竹了。邹健东带着一台缴获来的莱卡相机，还有一盘从《华东画报》要来的一百英尺胶片，拍摄了像《我送亲人过大江》《百万雄师过大江》《人民解放军占领总统府》等著名的摄影图片，为渡江战役留下了极为宝贵的真实影像。

4 月 24 日上午 10 时左右，团长王魁泉、政委董超和师副参谋长张绍安等同志，都来到总统府看望战士们。当时国民党官员逃跑后的总统府内，一片狼藉。而占领总统府的解放军战士都来自农村，进了这里边有点不知所措，闹出了不少笑话，有的乱扔东西，有的找不到厕所，有的把地毯剪成一条条当背包带，有的战士还在电灯泡上点烟……

几天后，陈毅、刘伯承、邓小平三位首长带着警卫人员来到总统府，他们说：“同志们辛苦了！你们有功呀！希望继续努力！”陈毅司令员还问：“你们是 104 师 312 团吧？”

首长们在表扬他们的同时还指出：“你们搞得乱七八糟的，太不卫生了，不要忘了‘三大纪律，八项注意’，要遵守‘入城守则’！”

送走首长后，战士们立即行动起来，清理了杂物，打扫了卫生，并对总统府中的物品进行清理。除了在各个办公室整理国民党来不及带走的文件、家具外，还在总统府的各个地点清理各类物资。

总统府前院西侧的车库中，停放着崭新的雪佛莱、福特、别克轿车各一辆。后院车库中，发现美式中吉普一辆，基姆西卡车一辆，汽油一百七十加仑。在总统府图书馆中，还清点出全套的《国民政府公报》和《总统府公报》。在餐厅中，有大量珍贵的景德镇青瓷餐具。而令人印象深刻的是，在子超楼蒋介石的总统办公室中，居然还发现了一对曾国藩的鸡血石章，一对翡翠石章，两串清代的朝珠，一套线装雕刻版《曾文正公全集》。

解放军战士白天清点完物品后，晚上都是席地而卧，睡前都要检查各自的口袋，确保一根针线也不入各自的口袋。4 月 30 日，35 军奉命离开南京，312 团 3 营就在营长管玉泉带领下撤出总统府，去浙江执行新的任务了。

链接：

入城三大公约十项守则

1949 年 4 月 1 日，渡江战役实施之前，中国人民解放军第三野战军颁布了"入城三大公约十项守则"，作为全军指战员、工作人员进入城市生活行动的准绳。命令要求各级军政人员人人了解、个个熟记。干部须以身作则，奖励自觉遵守的模范行为，批评与制止违反守则现象，对有意违反或屡教不改者加以纪律制裁。

入城三大公约

一、遵守军管会及人民政府的一切法令和各种规定。

二、遵守城市政策，爱护市政建设。

三、保持革命军人艰苦朴素的传统作风。

入城十项守则

一、无故不得打枪。

二、不住民房店铺，不准打扰戏院及一切娱乐场所。

三、无事不上街，外出要请假。

四、不准车马在街上乱跑。

五、不准在街上吃东西，不得扶肩搭背，不准拥挤街头。

六、买卖要公平。

七、驻地打扫清洁，大小便上厕所。

八、不准卜卦算命，赌博宿娼。

九、不准封建结合，徇私舞弊。

十、不准在墙壁上乱写乱画。

链接：

中共中央贺南京解放电

（1949年5月1日）

中国人民解放军第二野战军刘伯承、邓小平、张际春诸同志，中国人民解放军第三野战军陈毅、饶漱石、粟裕、谭震林诸同志，两大野战军全体指挥员战斗员同志们，其他各野战军地方军及南方各游击部队全体同志们，全国工农商学各界同胞们：

五一偉大節日
中共中央電賀南京解放
南京迅獲解放，國民黨反革命中心從此宣告滅亡。

中共中央电贺南京解放

我人民解放军第二第三两大野战军执行人民解放军总部命令，奋勇前进，横渡长江，敌军望风披靡，南京迅获解放，国民党反动统治从此宣告灭亡，江南千百万人民迅即重见天日，全国欢腾，环球鼓舞。此皆我前线将士英勇善战，后方军民努力支援，江南民众奋起协助，其他野战军地方军一致配合行动所获的结果，当此伟大节日，中国共产党中央委员会特向你们致以热烈的祝贺。以蒋介石为首的国民党反动派，对外勾结帝国主义，对内纠合一切黑暗势力，建立以南京为中心的反民族反人民的血腥的统治，业已二十二年。全国人民，痛心疾首起而反抗者，先后不绝。国民党反动派恶贯满盈，既发动反革命内战于前，又拒绝和平协定于后，自以为长江天堑可以限制人民解放军前进。不意人民解放军渡江三日，南京反革命中心即告覆亡，安庆、芜湖、镇江、无锡、苏州诸名城，相继光复，国民党军第4军，第20军，第28军，第45军，第51军，第66军，第88军，第99军全部，第21军大部，第46军，第54军，第96军各一部，被我聚歼于长江以南，常熟、苏州、长兴、广德、泾县、彭泽之线以北地区，并占领上述地区各县。现在整个形势对于人民和人民解放军极为有利，尚望前线将士继续进攻，后方人民努力生产，各界同胞齐起协力，共同为消灭反革命残余力量，解放全国人民，建立统一的民主的新中国而奋斗。

中国共产党中央委员会

战上海

一、“瓷器店里打老鼠”

解放军进驻上海市区

人民解放军骑兵进驻上海市区

1949 年 5 月初，粟裕率领解放军第三野战军机关，从常州向东移驻苏州，准备指挥进攻上海。

各军的军长纷纷来电，询问何时进攻上海。而粟裕则说：“中央军委和总前委考虑，接管上海的准备工作尚未完成，我们暂时还不能进攻上海，甚至不靠近上海，以不惊动敌人。”

事实上，防守上海的国民党军战斗力并不强，大部分也是残兵游勇，八个军中有四个是从长江防线上溃败下来的，士气相当低落。上海的经济状况也相当糟糕，财力枯竭，物价飞涨，从 1948 年 8 月到 1949 年 3 月，物价荒诞地涨了 8.3 万倍，那些金圆券几乎形同废纸。

粟裕和张震分析了三种战上海的办法：

第一是围困之法。进入解放战争后期，解放军曾对很多内地的城市采取这样的战法。但上海情况特殊，有五百多万市民，生活物资基本上靠从外面运入，如果长期围困，人们连自来水可能都喝不上，人民生活将陷入绝境。另外，解放军要迅速解放全中国，长期围困是耗不起的。所以，此法并不可取。

第二，从薄弱处突击。这种办法要选择敌人防御的薄弱地点——苏州河以南实施突破，虽然避开了敌人的重点设防区吴淞，伤亡不会很大，但主战场一定会在市区，上海这座大都市很可能被打烂。因而，这一战法也并不高明。

第三，把进攻的重点置于吴淞，钳击吴淞口，暂不攻击市区。这样可以在一定程度上封锁住敌人的海上退路，并切断敌人抢运上海物资的通道。如果敌人要坚守的话，必然要为保护其唯一的海上退路而集中兵力在吴淞口周围与解放军决战。如果出现这种情况，正是解放军求之不得的局面，就可以避免在市区与敌人展开大规模的战斗，可以使城市受到的损害降至最低，实现完整接管上海的初衷。但此法必将付出一定的代价。

权衡再三，粟裕、张震决定采用第三种战法。

5月6日，中共中央军委同意粟、张的战法，电报说：

> 请粟裕、张震即行部署于5月10日以后，5月15日以前数日内先行占领吴淞、嘉兴两点，封锁吴淞口及乍浦海口，断绝上海敌人的逃路，使上海物资不致大批从海上运走，并迫使使用和平解决上海问题成为可能。

解放军第三野战军有7、8、9、10共四个兵团，此时第7兵团控制杭州、余杭、萧山地区，休整后将继续南进；第8兵团正在担任南京、镇江等地的警备任务，并在溧水、郎溪、广德等地继续肃清残敌。因而，可用于进攻上海的只有第9、10兵团。

随即，粟裕命令第9、10兵团由太湖南北走廊出发，从浦东和浦西两翼迂回，以吴淞、高桥为目标，钳击吴淞，切断国民党军的海上逃路，迫使上海守军投降，争取和平解决上海问题，或者吸引守军聚集于一地而歼之。

上海是中国最大的城市，当时人口有五百万，也是全国经济文化的中心。为了保全这座城市，三野根据中共中央、中央军委对上海战役的总要求，"既要打军事仗，也要打政治仗，尽量做到军政全胜，完整地解放上海"，规定市区内不准开炮，不准用炸药包，这好比在瓷器店内打老鼠，既要打死老鼠，又要保全瓷器。

二、血战

叶飞将军在部署吴淞战斗

三野第10兵团司令员叶飞于5月10日接到了对上海作战的命令，命令他率领10兵团的第28、29军为西路军，5月12日从常熟出发，限14日拂晓前到达吴淞口。而10兵团所属的第31军，暂时调归担任东路军的9兵团指挥。

叶飞对此命令颇有意见，常熟离吴淞口有一百二十多公里，即便每天急行军六七十公里，也只能勉强赶到，但中途还要经过太仓，渡过浏河，经过嘉定、月浦、杨行、刘行等敌人永久性设防区。这个任务不一定能如期完成。他打电话给野司："西路军只有两个军，既然没有什么仗打，不必要我去指挥，指定28军军长统一指挥就好了！"

粟裕知道叶飞有不同意见，就要他到野司面谈。

叶飞一见到粟裕就大声地说："粟司令，我对先占领吴淞、高桥，切断敌人海上逃路，然后再攻占上海市区的总体战略部署没有任何意见。但是，攻占吴淞口，必须首先占领浏河、月浦、国际电台等区域，这些地方都是敌人重点防范地区，都有要塞设防。要限定10兵团两个军两天内完成此任务。对此，我是有意见的。"

粟裕并没有指责叶飞，反而和蔼地对他说："我明白你的意思。你先按计划行动，遇到特殊情况再作决定。此次战役虽然没有什么大问题，但是上海是国际大都市，要是美帝国主义介入的话，会发生意外情况，还是你去指挥比较好。"

粟裕这样说了，叶飞也只好执行命令了。

5月12日上午8时，29军从苏州出发，第二日凌晨顺利渡过浏河，攻下嘉定。

叶飞有些纳闷：过浏河，一枪一炮都未放，就顺利渡过。国民党军对于浏河应该派兵把守的呀，这毕竟是上海外围的第一道防线。有情报说，防守上海的守军可能起义，但是到目前为止没有任何人前来联络。看来事情颇有蹊跷！

只用了一天时间，叶飞就率部进入了嘉定城。13日，29军投入两个师加一个团的兵力，进攻刘行、月浦。在这里，29军遇到敌人猛烈的抵抗。月浦镇与南面的杨行据点、北面的狮子林炮台，连为一体，互成犄角，若遇到攻击，随时可以同时支援。因此，汤恩伯视这处工事为吴淞、宝山防御阵地的西大门。如果要歼灭吴淞、宝山的守敌，就必须剪除此处火力据点，攻占月浦。

黄昏时分，29军军长胡炳云指挥部队向月浦沿街阵地冲锋。这时，国民党军陆上、舰上的所有火炮一起开火，封锁了解放军前进的道路；国民党空军也派飞机轮番轰炸；隐蔽在树丛、草堆和坟地中的所有碉堡也喷射出密集的子弹。一时间，国民党军的火力相当占优。在此情况下，29军的伤亡不小。有一个团打得只剩下几百个人，最后团长吴文杰、政治部主任王里率领战士们向敌军发起最后的冲锋，不幸的是，他们俩也牺牲在密集的炮火中。

解放军发起一轮又一轮的进攻，趁着夜色，占领了月浦的前沿阵地。敌我双方都付出极其惨重的代价。第二天，双方继续僵持。

14日傍晚，29军继续组织进攻，晚10时许，终于占领了月浦。

15日，敌人开始反扑。一早，停泊在江面上的十多艘国民党海军军舰向月浦阵地进行了猛烈的炮击，飞机也不停地进行轰炸和扫射。之后，国民党两个连的兵力在四辆坦克的掩护下，向月浦冲了过来。就这样，从早晨到黄昏，国民党军向月浦冲击了五次，解放军打退了敌人的五次进攻。小小的月浦镇在战火硝烟中，房屋倒塌，砖瓦横飞，几成废墟。

在此后几天的战斗中，解放军每争夺一个据点，都要付出血的代价，往往还要反复争夺。

与此同时，28军军长朱绍清也率部投入战斗。他们向杨行和刘行一带的国民党军阵地发起进攻。这一带也是汤恩伯重点设防的地带，工事非常坚固。解放军的许多攻击部队对敌人坚固的地堡和各种复杂的障碍设施并不了解，有的甚至把地堡误认为是土堆，盲目地发起攻击，伤亡相当惨重，且进展不大。

上海的防御工事并非一朝一夕形成的，而是经过长期精心构筑的。日军在二次侵略上海的过程中，也都是在刘行、杨行和月浦一线的永久性设防地带受阻，甚至不得不临时换将，改换策略，后来从侧翼包抄方才得手。在日本人占领的后期，为了防止美军的登陆，日军又改造和修筑了原有的工事。1949 年 1 月起，汤恩伯又在此地带修筑了钢筋水泥的碉堡群。

经过 13 日、14 日对月浦、杨行的彻夜激战，解放军的部队不但在正面攻击中受阻，而且从侧翼也无法穿插进去。叶飞的担心不无道理。粟裕、张震也认识到，解放军已经进入敌人永久性设防的要塞工事地带，由月浦、杨行、刘行和狮子林到吴淞口相距六七十公里，要在一天之内攻克这一带的所有堡垒而跃进吴淞口，是完全不可能的。

从两天的战斗情况来看，守卫上海的敌军恰恰是国民党最后的守军中最有战斗力的一部，加上各种复杂坚固的工事，解放军每歼敌一个营，要付出一千人左右的代价。这也是京沪杭作战以来，解放军遭遇最大伤亡的战场。

国民党军将防御区域内的所有树木都砍光，一幢幢房屋也全都被推平，以扫清射界。地堡前设置竹木钉、地雷、外壕等三到六道障碍。同时，防御阵地的火力配备也相当强，每一子母堡群设有一个排或者两个班守备，轻重机枪配合。而且，这部分的国民党守军也训练有素，解放军不进入火力网点内，他们并不急于射击。

针对以上这些情况，粟裕、张震研究后，在 5 月 16 日向作战部队下达了新的战术指示：

> (1) 肃清外敌后，对主阵地攻击，应周密侦察，选择敌人突出部位、结合部或者薄弱部进行攻击，楔入阵地纵深，然后从敌军的侧翼或背后攻击，以撕破敌军的防御体系。
>
> (2) 集中兵力与火力，尤其是小型发射筒，以炸药来软化敌人的水泥工事，进行轮番不停的攻击，这样可以使敌军无法重新组织防御。
>
> (3) 交通壕沟作业迫近前敌，力求歼灭敌军于阵地内。
>
> (4) 发挥孤胆作战和守备精神，发挥爆破威力，纠正集团攻击和集团守备方式，减少不必要的伤亡。
>
> (5) 指定部队对空射击。

这些指示下达后，各参战部队改变作战战术，取得了相当好的效果。

17日，解放军28军肃清刘行残敌，19日攻下国际电台，向吴淞推进。

三、聂凤智第一次说话不算数

扫清上海外围以后，解放军三野9兵团第27军占领了上海西郊的虹桥机场，随后攻入市区，攻到苏州河边。北岸的敌人居高临下实施火力压制，部队伤亡增加，27军军长聂凤智接到电话，请示动用炮火攻击。

此前，中共中央要求“军政全胜”，尽可能地保全上海，尽可能地保护好人民的生命财产。聂凤智根据自己的理解，命令部队不打一炮，不用一个炸药包。也许是扫清外围战斗不是很激烈，前面的战略部署都没有什么障碍，可一到市区矛盾就出来了，甚至还有些尖锐。

聂凤智赶到苏州河边。苏州河虽然只有三十多米宽，但是在北岸，敌人利用岸边的高楼大厦，部署了强大的交叉火力，桥头、路口筑有坚固的碉堡，坦克和装甲巡逻车不时开过，把河面、桥面、道路封锁得滴水不漏。南岸，却是一条空旷的大马路，部队进攻通道暴露在敌人密集的火力下。由于禁止用炮，无法有效地摧毁敌人的火力点，无法有效地压制对方，进攻的部队几乎成了敌人的活靶子。特别是外白渡桥边，敌人的轻重机枪从对面高耸的百老汇大厦上疯狂地扫射过来，正在攻击的部队就一批接一批地倒下了……

聂凤智来到前沿，部队早已被打得哇哇叫了；有的干部把山炮、野炮、榴弹炮、九二式步兵炮，一股脑儿地都搬到前面来，几十门大炮炮口齐刷刷地对着百老汇大厦。

“军长，下令开炮吧，保证一炮一个火力点，几炮就把对岸的敌人火力点全干掉!”

“军长，三包炸药一拉，保管把他娘的那幢大楼炸飞上天!”

“军长……”

27军的许多将士纷纷向聂凤智请命，要求开炮压制敌人火力。

看着大家的激动情绪，聂凤智反倒冷静下来了。多少年后，聂凤智回忆说，当时干部战士都打红了眼，只要我一句话，苏州河北岸顿时就是一片火海，对面的上海就可能在我们的炮火中夷为平地，无数平民百姓就不可避免地会在炮火中丧生……上海如果在人民解放军的炮火中遭受损坏，历史又将怎样记下这一笔？

考虑再三，聂凤智含着眼泪做出决定："禁令仍然不能解除，绝对禁止打炮！谁敢擅放一炮，军法处置！"

在这种情况下，军党委临时会议上也发生了激烈争论。批评的矛头都指向他，意见极其尖锐刺耳："请问聂凤智同志，我们现在是不是在打仗？"

"上级要求'军政全胜'，也没有说不准用炮！"

"下面的干部战士反映说，我们的军长到底是爱什么？是爱官僚资产阶级的楼房，还是爱我们干部战士的生命和鲜血？"

听着听着，汗水湿透了聂凤智的衣服，他简直无法相信自己的耳朵。他压了压自己的火气，尽量用平和的口气说："谁说我爱官僚资产阶级的楼房，不爱干部战士的生命和鲜血？上海的楼房现在是资产阶级的，解放后，楼房就是无产阶级的了。像上海这样的大城市，如果破坏了，就会影响整个新中国的建设，花多少钱才能建设一个新上海？这个钱，还不照样是人民群众的血汗？蒋介石就希望我们把上海打烂。如果开炮，不正中了他们的意！我们现在忍受一些痛苦，再做一些牺牲，正是爱我们的战士，爱我们的部队，爱我们的事业，我们只有把上海完完整整地从敌人手里夺回来交还给上海人民，那才是真正的爱！"

"这些道理谁不懂？批准打一两炮就有那么严重？"聂凤智麾下的军官也都敢作敢为，这样带有"火药味"的话也直接对军长说，"牺牲苏州河北岸这个局部来保全上海这个整体，也不能说有什么不当。"

会议开了一夜，还是争论不休。最后，聂凤智以军长的身份再次严令："我再说一次！已经有令在先，谁要打一炮，我就要这个人的脑袋；谁要用一次炸药，我就要这个人的脑袋！这是个大是大非的原则问题，错了我个人负责！"

事后，聂凤智回忆说，我当时横下一条心，说我"独断专行"也好，说我"个人英雄主义"也罢，我当军长就得执行我的命令。

临时党委会的精神传达下去后，部队仍有抵触情绪，炮团的一位战士就是不买账，哇哇叫着："妈的，我就要放它一炮。"

副团长说："别乱来，打了要枪毙!"话音没有落，"轰"的一声，炮弹飞出去了。这一炮，把百老汇大厦打了个大窟窿，副团长吓呆了。在27军，聂军长的厉害尽人皆知。说"要脑袋"，就是真"要脑袋"，他一面准备逮捕那名战士，一面打电话报告聂凤智。

聂凤智接到报告，不由哑然失笑。从内心说，他十分理解甚至喜欢这样的战士，喜欢他"抗命"，喜欢他敢骂自己，敢与自己唱对台戏，这样的战士只要调教好了，绝对是个好兵!

聂凤智破天荒地心软了一回，他交代副团长道："行了，就不要逮捕了，战士嘛，敌人把他打火了，伤亡那么大，有股子气，干出一两件傻事也是难免的，教育教育就是了。倒是你们，作为干部，应该好好地认真掌握部队。你们没有掌握好部队，战士错了，又怪他，不就是错上加错了吗？以后要绝对注意不能再出事!"

聂军长说话不算数，这在27军历史上也许是绝无仅有的。在战上海的过程中，他说话第一次不算数。

四、兵临城下，刘昌义起义

上海战役是1949年5月12日开始打响的。解放军第三野战军以两个兵团十个军三十个师及特种兵纵队，总兵力近四十万人，从四面八方围攻上海，很快占领了郊区的南翔、安亭、南汇、金山卫、南桥、青浦、松江等地。

到23日，除吴淞口外，上海市区的周围已经全部解放，汤恩伯、陈大庆之流在匆忙中带领嫡系部队五万余人从吴淞口撤退，准备登舰逃跑。但留在上海市区的这些残兵败将怎么办呢？总得要有一个人出来统领才好，于是有人想到杂牌部队的将领刘昌义。

国民党第51军，原为东北军。1949年4月在安徽境内的郎溪、广德战役中被解放军歼灭大半，军长王秉钺率领残部逃来上海重建。5月14日汤恩伯令其开往浦东，守备川沙地区。5月16日该部在白龙港地区再次被歼，军长王秉钺被俘。

由白龙港逃回上海市区的败兵乱哄哄的，群龙无首，刘昌义认为这是一个取得

解放军进驻上海后，露宿于街头

兵权的好机会，就到蒲柏路去找汤恩伯，对汤说："51 军没有军长，部队很乱，应该有人管啊！"

汤恩伯沉思了一会儿，对刘昌义说："我任命你兼任 51 军军长。你对抗日是有功的，很能打仗，你帮维开好好干。"他说的维开乃是淞沪防卫司令部司令石觉的字。

刘昌义当然也就答应了下来，再到石觉家，在那里碰见了装甲兵司令部副司令兼参谋长蒋纬国。蒋纬国诚恳地对刘昌义说："副座，我当连长时就认识你了，你是西北军的名将。现在我父亲有困难，你要多多帮忙啊！"

5 月 23 日下午，陈大庆在家里召集留在上海的一些将领举行会议，与会者个个垂头丧气，刘昌义也去参加了。在会上，陈大庆任命刘昌义为淞沪警备副司令兼北兵团司令。陈大庆说："奉汤总司令命令，决定于今晚将苏州河以南的 75 军、54 军和浦东的 37 军全部撤至苏州河以北。大家以苏州河为屏障，一定可以固守一段时间，以待后援。"

会后，陈大庆对刘昌义说："我们把上海战场全部交给你了。我明天要到吴淞口去，协同指挥，汤总司令和石觉司令已经在那里了。"

有了兵权，起义就有了资本。刘昌义随即到北四川路赫林里刘云昭家，想请他

解放军"济南第一团"于5月20日夜，在外滩与敌人作战

与李明扬一起赴第三野战军司令部会晤司令员陈毅，请示怎样起义才好。但刘云昭年老力衰，不能前往，说："联络的事情很简单，你叫个副官或参谋去找中共地下党员田云樵就可以了。"于是刘昌义派副官刘凤德过苏州河去找共产党的关系，但没有联系上。

5月24日清晨，刘昌义把准备起义的行动告诉了51军军部的高级军官，并叫参谋长王震潭打电话通知所属各军首长前来开会。但到会者为数寥寥，123军来了一个参谋长，21军来了一个参谋，37军一个人也没有来。后来才知道，123军军长顾希九、21军军长王克俊早已逃之夭夭了。

24日，人民解放军进攻上海市区的战斗开始了。第20军攻占浦东市区，当晚该军主力即渡过黄浦江进入浦西市区。第27军占领了虹桥镇、龙华镇和龙华飞机场，又于晚间占领了梵皇渡车站及以南的铁路沿线。至25日凌晨，解放军占领了真如车站、真如国际电台、大场飞机场，并分别解放了苏州河以南的上海市区。

此时，刘昌义虽已派人在找寻共产党的关系，但国民党部队和交通警察总队仍然在苏州河北岸沿河一线，以百老汇大楼、邮政大楼、四行仓库等高大建筑物为据点，对南岸解放军打枪开炮，顽固抵抗。一道苏州河阻挡了前进的步伐，并使解放军受到不小的伤亡损失。

正在紧急关头，中共地下党员、上海策反委员会委员田云樵来到驻在江宁路第二劳工医院的解放军 81 师师部，会见了师长孙端夫和政治委员罗维道。

田云樵是做地下工作的，对上海的情况比较熟悉，各方面的关系又多。他马上想到策反委员会联系人王仲民。他是东北人，毕业于讲武学堂，在南京国民党国防部做过少将部员，来沪后任海关税警大队长，但暗中与中共地下党有联系。当时，田云樵尚未知道国民党 51 军军长王秉钺已经被俘，军长也换了人。他知道王仲民与王秉钺同过事，比较熟悉。王秉钺是东北军出身，从前田云樵曾经派人策动过他，劝他率部起义，但他态度不够坚决，没有成功。今天兵临城下，情况大不相同，要他投诚是有可能的。

田云樵将此事告诉了罗维道政委，罗向前线指挥部聂凤智军长打电话请示，得到了同意。

田云樵马上把王仲民找来，对他说："我们的胜利是完全肯定的了，但为了保全大上海，不使之成为一片瓦砾，想以和平方式解决苏州河以北的国民党军队问题。你是王秉钺的老朋友，请你过桥去劝他放下武器，停止抵抗。对你来说，也是一次立功的机会。"

王仲民起初有些疑虑，不敢前去冒险，一则怕被王秉钺的部属干掉，二则怕桥上枪弹密集，还没有过完桥，即有被流弹打死的可能。

田云樵耐心地说："51 军已经身陷重围，四面楚歌，你去帮助他们摆脱困境，怎么会与你为难呢？关于流弹问题，那好办。我们可以下令自己的部队先行停止开枪，让你平安过桥。"

王仲民思索一会儿，最后终于同意了，并说："万一我牺牲了，我的妻子和三个孩子请你们照顾。"

田云樵对他说："你愿意去，那就很好。你是历史上做过不少错事的人，今天能为人民立大功，人民会谅解你。你的家庭，我们一定好好照顾，你放心去吧！"

上午 10 时 30 分，解放军 81 师派两个参谋送王仲民至前沿阵地，沿苏州河西段的造币厂桥过河，因为 51 军军部设在该桥之北。在桥南的解放军连部立即打军旗，通知对方停止射击，但国民党部队仍然拼命开枪，行人无法过桥。王仲民急中生智，买了一张大白纸，写上"和平使者"四个大字，然后双手举起，缓步从桥上向北岸走去。国民党军队见是和平使者，就停止射击。他安全地到达苏州河北岸，说明来意后被逐级送到了51军军部。

到了军部，出来会见王仲民的，却不是王秉钺，而是刘昌义。王仲民大吃一惊，说："王秉钺军长人呢？"

刘昌义老实地回答道："他已经在浦东被俘，现在51军军长由我接替。"

王仲民与刘昌义也是西北军中的老同事，说："好，咱们都是熟人，那么跟你谈，也是一样的。老兄，你们已被解放军重重包围，成为瓮中之鳖，你为什么不为自己的前途考虑，找寻一条出路呢？"

刘昌义颓丧地说："事实确是这样，说得一点不错。我已经派副官去找共产党的关系了。"

王仲民坦率地说明了自己的身份："告诉你，我就是共产党派来的。"

刘昌义仍不能相信："你不是共产党员，怎么能代表解放军？"

王仲民随即说："你不信，可以打电话去问。"

他即刻与驻在劳工医院的解放军接通了线，叫刘昌义与田云樵直接讲话。

田云樵在电话中对刘昌义说："王仲民是我们共产党派去的。现在形势已经很明朗，你唯一的出路是率部投诚，放下武器。"

刘昌义说："我早就想起义，但具体办法有待面谈。"

田云樵即表示："我们同意你过河来面谈，谈得好，当然好；谈得不好，保证你安全回去。"双方约定在当天下午刘昌义前往解放军防区，进行停战商谈。

5月25日下午，刘昌义偕王仲民、军法处长魏震亚和一名参谋，乘坐两辆坦克和一辆吉普车，通过造币厂桥向解放军阵地驰去。临走前，刘昌义招呼参谋长王震潭留在军部说："如果汤恩伯、石觉有电话来，就说我到前线去了。"

到了解放军81师师部，以罗维道为解放军代表、刘昌义为国民党军代表，双方进行了商谈。

刘昌义说："我早就同情共产党了，我要求起义，希望保留部队的建制和番号。"

罗维道语气和缓地说："只要停止抵抗，你说要起义，就算起义，不过你要保留部队编制和番号，万万不可能。"

刘见罗的态度坚决，也就不再坚持，双方在协议书上签了字。签字后，刘昌义打电话给51军，命令立即停止抵抗，接受人民解放军的改编。他还以国民党淞沪警备副司令的名义，给其他分散在各地的部队和交通警察总队写了十多封信，要他们放下武器，停止战斗。交警总队是国民党军事委员会调查统计局的基本武装力量，原名“忠义救国军”，1946 年 4 月改编为交警总队，直属交通部警察总局，其指挥官为马志超，此刻已划归淞沪警备司令部管辖。同时，解放军 81 师派人运用广播将协议书公布出去，使国民党官兵尽人皆知。

此时，刘昌义要求会见第三野战军司令员陈毅，罗维道说：“我们也找不到司令员，你可以同聂凤智军长谈谈。”于是罗维道偕同刘昌义到了驻在虹桥路的解放军 27 军军部，受到聂凤智的接待。

刘昌义讲他早就想起义了，此时又来到解放军防地，就是表示有起义的决心。聂凤智和蔼地说：“我听罗政委在电话里谈起，已向陈毅司令员作了汇报。”并说，对刘昌义本人的安全，解放军绝对予以保证。至于待遇问题，对于刘军长和一些贡献较大的国民党人都将给予特别优待，请放心。刘昌义听了，喜形于色，连说：“谢谢，谢谢！”

为了贯彻协议书，双方商定具体内容如下：

（1）刘昌义命令 51 军于 25 日夜 12 时前，将苏州河造币厂桥以西（包括大场）的防地交给解放军，51 军集中到江湾体育场，配合解放军打击继续顽抗的部队（刘昌义表示时间上来不及，后来同意推迟四个小时）。

（2）命令国民党 21 军、123 军向大场集结，把苏州河以北所有防地、仓库、物资移交给解放军。

（3）命令国民党所属部队在撤离中，要确保交通、通讯、水电各项设施完整无损，不得破坏。

刘昌义离开解放军驻地北返时，将同来的魏震亚作为刘的代表留在解放军 81 师师部，负责双方的联络工作。刘昌义回到国民党 51 军军部，认真执行了解放军的命令，将部队撤至江湾体育场。到达体育场南面时，刘部遭到了原在该地驻防的国民党 54 军和 37 军从北面和侧翼的围攻。解放军支援了刘昌义部队，将敌歼灭。

5 月 26 日清晨，解放军接管了刘昌义所属 51 军布防的各道桥梁，从造币厂桥和永安桥等处浩浩荡荡开过了苏州河，顺利接防了苏州河以北市区国民党原有阵地。来不及撤走的国民党 51 军少数官兵，经解放军收编后，立即掉转枪口，参加了

三野某部在上海的苏州河以北地区围歼国民党军

解放军的行列。

刘昌义名为国民党淞沪警备副司令，统率在上海作战的全部军队和交警总队，实际上，他所能直接指挥的只有51军。所以汤恩伯逃跑后，陈大庆劝他住在北四川路的淞沪警备司令部，而他没有去，始终住在苏州河北面的51军军部。

因为有些国民党部队不听刘昌义的命令，所以刘宣布起义后，仍有一些国民党军顽固抵抗。5月26日上午10时左右，罗维道政委派魏震亚到江湾体育场去找刘昌义，叫他立即到解放军81师师部。罗对刘说："守卫国民党警备司令部的万泽仁师还在负隅顽抗，你下命令给他们，叫他们放下武器，停止战斗。"

刘昌义说："我下的命令恐怕不中用，只能试试看。"果然不出所料，万泽仁部对刘的命令置之不理，仍然继续抵抗。解放军不得已，开枪还击。直至晚10时，才把万部彻底消灭。

到了5月27日凌晨，上海市区和吴淞口方向的枪声渐渐沉寂，上海全部解放了，完整地回到了人民的怀抱。6月16日，刘昌义写信给在北平的中国国民党革命委员会主席李济深，信中说："去年11月间经刘汉川先生介绍，在沪永川医院曾与王卓山先生秘密谈妥，职部待机起义，响应解放军渡江南进。正拟行动之际，不料卓山先生被捕，联络中断，未敢轻举，直延在上海解放时方向解放军前线指挥官面洽妥当，并集中指定地点正式投诚。”

上海人民欢庆解放

上海市民热烈欢迎解放军

抗战初期，刘昌义在河北家乡组织抗日义勇军，从事抗日游击活动。1940年被日军团团围住，被迫“诈降”。不久，刘昌义率部反戈，歼灭日伪军六百余人，并抓住日伪头目，押送重庆政府处理。蒋介石为此接见了刘昌义，并授予勋章，晋升他为15军军长。但蒋介石并不信任他，因为他是杂牌部队，不是中央嫡系，更不是黄埔系的。后来刘昌义虽有副司令名义，但仅仅是个空头中将，没有实权，每月领领薪水而已。

刘昌义不满蒋介石由来已久。他在回忆录中说：“抗战胜利以后，我对蒋介石的独裁十分憎恨，希望李济深、冯玉祥来代替蒋介石。”1946年初，他与立法委员刘云昭一起，由徐州来到上海，对外说是来找汤恩伯，实际是为了会晤李济深。李住在愚园路，两人见了面，谈得很投机。李济深指出，要打倒蒋介石，必须联合一切杂牌部队，如东北军、西北军、桂系和所有被排挤的人。凡是能够联合和团结的人，都要联合和团结，以壮大反蒋的力量。

上海战役结束后，刘昌义先到华东军官训练团学习，后被任命为上海市救济委员会顾问。他原先的部下大部改编为解放军，南下作战。解放后，刘昌义历任上海市人民代表、上海市政协委员、全国政协委员、民革中央委员、民革上海市委常务委员、民革中央监察委员、民革上海市委会顾问。1985年8月19日，上海市人民政府给刘昌义颁发了起义证书。

链接：

中共中央贺上海解放电

（1949年5月30日）

中国人民解放军第三野战军陈毅、饶漱石、粟裕、谭震林诸同志和全体指挥员、战斗员同志们，全上海的共产党员、工人、学生、各阶层的民主人士和爱国同胞们，全国人民解放军和全国爱国同胞们：

中国和亚洲最大的城市，中国最重要的工商业中心上海，已于27日解放。我人民解放军在此作战中俘敌十余万众，纪律良好。上海各界人民积极与我军合作，使蒋匪破坏计划大部失败，全市秩序迅速恢复。中国共产党中央委员会特向上海前线人民解放军、上海的中国共产党地方组织和上海全市的人民致热烈的祝贺，向全国人民解放军和全国的人民致热烈的祝贺。上海解放以后，上海的共产党员、工人和革命知识分子的首要任务，就是团结一致，与进步的产业界和一切爱国民主人士通力合作，克服困难，恢复生产，恢复城乡联系和内外贸易，并与反动势力的残余作继续斗争而取得胜利。我们相信，有长久革命传统和高度政治觉悟的上海人民，在全国人民的援助之下，一定能完成这个光荣的任务。

新上海万岁！

独立自由的新中国万岁！

为上海的解放而牺牲的烈士们永垂不朽！

中国共产党中央委员会

第三部分

风起云涌

对1949年元旦《中央日报》的解读

在1949年1月1日出版的《中央日报·儿童周刊》中，出现了这样一首小诗：

元旦到，姆妈抱了宝宝
元旦到，看影戏
宝宝出来吃糕糕，爸爸抱了宝宝
糖年糕，油炒炒，坐飞机
还有许多红纸包，宝宝真适意
送给宝宝买鞭炮，张开小嘴笑嘻嘻

这首小诗天真无邪，充满童趣，署名是“杭州小朋友黄乃仓”。而在同一张报纸上，大人们的世界就迥然不同，他们在谈政治，讨论国家大事，纵论世界风云。

民国三十八年(1949年)的元旦显然不同于其他任何一个元旦，它是20世纪40年代的最后一个元旦。这个元旦是中国近代史上的最后一个元旦，历史的轨迹在这里将要出现重大的改变。对于那些尘封的往事，人们在当时定然是“惘然”的。今天，我们愿意在这里冷静地解读这张报纸，回首那个特别的日子，也许更能看清历史的脉络。

第一版

第一版的内容，主要也就是报头、启事和公告。报头显示，当时《中央日报》的办公社址是南京市中央路39号，还有报社电话，电报挂号，发行站的地址和电话，以及“建国六信条”。其时，《中央日报》总主笔是陶希圣，是国民党的权威理论家，他本人是一个对历史有着很深研究的学者，后来从政，是非颇多。顺便在此提一下，陶希圣位列1948年12月25日新华社公布的国民党四十三名战犯中的第四十一位。

元旦是个好日子，很多人家选择这一天结婚或订婚，这类启事共三十一则。其中一则结婚启事如下：

杨长治 柏德华 结婚启事：我俩承吕绍虞、刘毓清两先生介绍并征得双方家长同意，谨詹于民国卅八年元旦下午3时在京结婚，假座洪武路介寿堂招待亲友，此致。

当时，富绅和家底殷实的人家都选择在介寿堂举办婚礼。说起来，这介寿堂是一个有面子的地方。1945年抗战胜利后，蒋介石借机为自己造势，规定从民国三十五年(1946年)10月30日起至民国三十六年(1947年)10月30日止，在全国掀起"兴学祝寿"运动。这一方面可给当时陷入困境的教育注入活力，另一方面也为蒋介石提高了自己作为领袖的声威。全国各地纷纷献金献产，江苏省当时的献金就将近5亿元。许多县市将献金的百分之七十五留下设立"中正小学"，其余汇交"省庆祝元首寿辰筹备委员会为筹建中正堂之用"。"中正堂"就是以后的"介寿堂"。堂址在洪武路，这里装潢得富丽堂皇，解放后改作南京工人文化宫。

除去这些结婚、订婚启事，《中央日报》的第一版主要是公告及启事：

联勤部第一被服总库变售非军用物资公告
交通部第一交通警察总局换发职员证章启事
联合勤务总司令部换发职员证章来宾证章及士兵符号公告
总统府第六局人事处为本府换发证章符号启事
国防部公告
总统府战略委员会换发证章通告
标售物资启事

这些公告启事是政府各机关在新年伊始加强戒备的表示，以防共党情报人员轻易混入这些机关。

还有一则买卖房地产的声明，房产是汉中路上一幢二层小楼，卖方是农商银行，买方是一个叫李公义的人，就是说公产就要变成私产了，这显然也反映了国民政府金融秩序崩溃的情况，银行也面临着倒闭的命运。还有两则死人的公告，一则是简单的《讣告》，另一则名为《茅宅报丧》，是说一个名叫茅珏双的先生于民国三十七年(1948 年)12 月 31 日子时寿终正寝，将于元月 2 日下午 3 时在中国殡仪馆(后为位于南京石子岗的南京殡仪馆)大殓。

而当时的《申报》则并非如此，它的第一版就跟我们今天的报纸差不多，有最重要的新闻就放在头版，没有广告。

第二版

第二版，才是我们今天意义上的头版。这里真正体现了《中央日报》作为中国国民党机关报的主要特色，有相当浓厚的意识形态色彩。头版头条就是《蒋总统发表元旦文告》，该文的副题还分两句，一句是“惟有坚持自卫战争 始能争取真正和平”，一句是“举国一体军民一致团结奋斗 保障自由生活竭尽卫国天职”。这也被称为蒋介石的“求和”文告。接下来是《和战关键不在政府 只要共党有和平诚意 政府必愿与商讨停战》，继续对蒋介石的元旦文告作一些立场上的表态，而且未用“共匪”，用了“共党”，难得地在姿态上服软了。在该版的中间有李宗仁副总统的题辞：“更始日新”。当然还有一些政界要闻：

> 总统今晨领导谒陵　除夕邀宴阁员及中长委
> 阎锡山昨日回拜美军顾问团团长巴大维将军
> 我政府元旦接待外使　美顾问团招待我首长
> 行政院孙科院长今播讲　军中电台举办对匪广播
> 国防部长徐永昌元旦广播　慰问海陆空将士
> 贵州省主席谷正伦晋京述职
> 迎接新年　海军司令桂永清书勉海军官兵

新闻《奖励戡乱有功 总统元旦授勋》说的是给予阎锡山、傅作义一等宝鼎勋章的内容。我们知道，宝鼎勋章是南京国民政府陆海空军勋章的一种，共分为九等。根据规定，凡于“镇摄内乱”、安定国家时立有特殊战功者，分别按等级授予。具体颁发等级对应关系是：

一至四等，授将官；

三至六等，授校官；

四至七等，授尉官；

六至九等，授士兵。

一至五等由国民政府明令颁发，六等以下，“得汇案核给之”。此外，非陆海空军人或外籍人员对于战事建有功勋者，也可颁给宝鼎勋章。这些宝鼎勋章数量巨大，并不值钱。当然，最重要的文章就是社论了，题为《迎民国三十八年——和比战难》，全文如下：

今天是中华民国三十八年的元旦。我们在今日展望世界和中国的局势，预测今年这一年是风云变幻层出不穷的一年。论世界局势，去年一年民主国和极权国的冷战已发展到热战的边缘。民主国为避免战争，将要改走迂回一点的路，而极权国家也在民主国的绥靖政策上玩弄其策略。假如我们的看法不错，可以预料国际风云将有各种的花样翻新。但在实际上，每一套花样都会把未来世界大战提早一步。

论中国的局势，总统蒋先生在元旦文告里面提出了和平的呼愿。这是大政治家荡然仁者的表示，我们希望爱国同胞予以支持。但是我们仍然怀抱着无限的忧心。中国共产党是共产国际的支部。正与极权国对待民主国的绥靖政策，只是视为玩弄策略的目标一样，中共对待政府的和平呼愿，百分之九十是视为玩弄策略的目标。我们今天对于和平之恢复，并不怀抱失败主义。我们今天要为读者指出一个真理，就是和比战难。我们预料今年这一年，中国将要在这和战问题上演成风云变幻之局。

“和比战难”是胡适之先生的话。我们今天引征他这一句话，为的是对一般爱国同胞提出警告。大家不要把“和”认为消极的事物。和并不等于不打仗。和是一种积极的设施。正因为这一点，和比战难。战只须有勇就可以战。和必须大政治家大仁者才能和。

极权主义的哲学是暴力哲学。极权主义者只认得力量。这是世界人类的一幕悲剧。但是我们中国人的观念是责任本位的。总统蒋先生的人生观正是责任本位的人生观。今日我们发表总统的元旦文告，其中一贯以责任为出发点。而这一出发点恰好是极权主义共产党所缺如。由这一分歧来说，和比战难是注定的。

我们要告诉读者，今年的世界与中国都是风云变幻层出不穷。但是我们也可以告诉读者：总统蒋先生的态度是朗爽而坚定的。在风云变幻之中，我们坚定的领导者乃是一个大定力。而无论风云变幻是怎样的层出不穷，这一个大定力是一服镇静剂。

我们重复胡适之先生的话“和比战难”以结束此文。

第三版

第三版主要也是一些新闻。最大的一块新闻是《盛传美重建日军备 苏要求美提出报告》，在这个标题下则又说“国务院声明传闻不正确”。接着是《罗各特援华声明 杜鲁门完全赞同》，援华援华，事实上，当时的美国政府已经完全放弃蒋介石的国民党政府，对于蒋的求援不过是敷衍了事而已。

下面有三条关于日本的新闻：一条是《吉田发表新年文告 庆幸国际观感改善》，日本首相吉田茂是个亲英美派，他前后任首相七年，与美国签订《旧金山对日和约》和《日美安全保障条约》，疯狂镇压过日本共产党，中国政府于1951年9月18日和1952年5月5日两次发表声明，拒绝承认《旧金山对日和约》，因为它损害的是中国的利益；一条是《麦帅准日悬挂国旗》，1945年到1951年，麦克阿瑟担任美国驻日本占领军司令，是战后美国驻日本的最高统治者，当然也是当时日本的真正统治者；还有一条是有趣的新闻——《日本和尚组织政党》。

这一版中吴尚鹰的文章《对于解决我国当前土地问题的管见》可以说是专业水准的。吴早年追随孙中山先生参加革命，后受中山先生指派，与德国土地问题专家阿维廉博士研究平均地权实施方案，旋即遍游欧美南洋各国，视察研究第一次世界大战后土地行政实况，并据孙中山的“平均地权”及“耕者有其田”的要义，负责起草《中国土地法》等，著有《中国土地问题与土地法》《平均地权》等书。这些书供全国各法律学校作课本，并为专门研究土地问题的参考资料，吴尚鹰成为当时中国唯一的土地问题专家，后被任命为地政部长。

本版还有一篇名为《一年来之电信事业》，像个年终总结，又像个电信业的行业广告，署名为陈树人。

当然，这一版最有意味的文章则是《风雨凄其度除夕》，文中写道，“太平路上漆黑一片，联欢社里暗无灯光”。太平路连着夫子庙，是当时首都南京最繁华的一条街，大概相当于今天的北京王府井大街了，正逢元旦佳节，这里却是漆黑一片。联欢社，又称国际联欢社，坐落在中山北路 259 号，现为南京饭店。它隶属于国民政府外交部，是一个以各国驻华外交使团成员为主，并有中国外交界人士参加的旨在联络国际人士感情的团体。联欢社立面的柱套、门套选用磨光黑色青岛石贴面，墙面以檐口线和窗腰线等横向线条为主，立面整洁，高低有序，错落有致。该建筑内部装饰豪华，外部别具一格，为当年南京著名的建筑之一。后来，抗日战争爆发，南京沦入日寇之手，国际联欢社被日伪占用。1940 年 3 月 20 日至 22 日，叛国投敌的国民党副总裁汪精卫，在日本政府及军方的授意下，在此召开了“中央政治会议”。一时间，陈公博、周佛海、褚民谊、梅思平、王克敏、梁鸿志等各路汉奸代表三十人云集于此，上演了一幕令人作呕的闹剧。汪伪“中央政治会议”通过了国民政府成立大纲案，确定政府名称仍为“国民政府”，并以“还都”名义定都南京，国旗为青天白日旗，但另附加标志，成立日期定于 3 月 30 日。国际联欢社成为汪伪政权创建的“圣地”。抗日战争胜利后，国民政府还都南京，联欢社又经扩建，成为供当时驻华使馆人员进行娱乐、社交活动的最知名的场所。太平路和国际联欢社漆黑一片，可见当时的商家、民众、在华外国人的态度，政局、经济、心态等从此可见一斑。

另有一些小消息，如《本月配米即可发售》《慰劳荣军运动 今日扩大展开》等。

在第三版的上下中间部分插了两个题词，一个是行政院长孙科题的“坚定信念”，一个是著名大法官、曾任外交部长的王宠惠题写的“万象更新”。

第四版

该版全部是广告，主要包括启事、公告、招生、出售、电影、戏曲演出等。

第五版

该版为《元旦·中央副刊》，发表了几篇如《新年狂欢》《岁首琐谈》这样不痛不痒且才华平庸的小文章。

第六版

该版整版是《民国三十七年大事记》，也就是1948年的大事记。

第七版

是一个整版元旦特刊，全部是漫画。

第八版

全部是广告，主要是鹤鸣鞋帽商店、江南铁路公司、首都汽车公司、南京电信局等向广大顾客致以元旦问候。

第九版

该版为《中央日报·儿童周刊》，文首引用的小朋友的诗就是来自这里。主要有寓言、小朋友写的习作、物理化学的解题辅导等。

链接：

《中央日报》

《中央日报》是中国国民党中央党部机关报。1927年3月22日创刊于汉口，顾孟余任社长，陈启修任总编辑，同年9月15日停刊。1928年2月1日在上海复刊，潘宜之任社长，彭学沛任总编辑。发刊词称："本报为代表本党之言论机关，一切言论，自以本党之主义下策为依归。"1929年2月21日迁南京出版，叶楚伧任社长，严慎予任总编辑。1932年3月程沧波接任社长，采行社长负责制，实行全面改组。抗日战争爆发后，迁长沙、重庆出版，并先后发行湖南、贵阳、昆明、成都等分版，以重庆版为总社。程沧波、陈博生、陶百川、胡健中等先后任总社社长。1945年9月10日在南京恢复出版，马星野任社长，陶希圣任总主笔，同时出版上海、重庆等十二个分版。1946年7月后，各版组建报业股份有限公司，实施企业化经营管理。在解放战争时期，随着国民党在大陆统治的崩溃，各版先后停刊。1949年3月12日南京《中央日报》迁台北发行。

南京“四一”学生运动

一、“我怎么向你们的父母交代啊?”

1949 年元月,蒋介石下野,李宗仁任代理总统。李宗仁是主张和平谈判的,3 月下旬,国民党方面正式决定派张治中等人为和谈代表,赴北平与中共进行和平谈判。

大约在 3 月 27 日、28 日之际,在南京的各大专院校的师生得知了国民党和谈代表即将赴北平谈判的消息,于是决定在 4 月 1 日,国民党和谈代表飞赴北平的那天举行游行示威。他们强烈要求国民党政府接受中国共产党的八项和平条件,尽快结束内战,实现真正的和平。

当时在南京,主要有以下几所有影响的大专院校:

中央大学:分文、理、法、农、工、医和师范七个学院,另外还有一个新生学院。这时的中大分四牌楼本部(现东南大学校址)和丁家桥分院两部分。四牌楼本部住有文、理、法、工、师范各院二年级以上的学生;丁家桥分院,住有农学院、医学院和新生学院的学生。全部的中大学生应该有四千多人,但此时在校的学生仅有两千余人。

金陵大学:该校有文、理、农三个学院和一个农业专修科,现为南京大学校址。全部的金大学生应为一千余人,而此时只有五百人左右。

金陵文理女子学院:通常称为“金女大”,现为南京师范大学的校址。只有文、理两个学院,在校生应为五百多人,而此时只有两百余人。

中国国民党中央政治大学:通常称为“政治大学”,是国民党的党校,设有政治、法律、外交、经济等学科,应有学生数为一千五百余人。由于时局的巨大变化,此时政治大学发生了分裂,一部分愿意继续跟随国民党走的,已经迁校址于杭州,这部分学生大约占三分之二；还有一部分同学反对迁校，就留在了南京。这时的政治大学只有两百多名学生了，因为大部分师生都撤离了。

国立戏剧专科学校：校址在南京的白下路，这时学生也只有两百多人了。原来的校长余上沅已经辞职，由徐伯璞代理校务。

建国法商学院：是一所私立大学，是国民党CC系创办的。原有学生约两千人，但此时也只有五百多人。

安徽大学：原来他们的校址在安徽安庆，但是安庆已经被人民解放军解放了，一部分师生就迁校至南京了，此时也只有两百余名学生。

国立边疆学校：其实该校不是大专院校，而只是一个中专校，但情况特殊，当时组织领导学生运动的组织也把它算作专科学校。它是以蒙藏工作者为培养对象的学校，但学校的少数民族学生并不多。全校约有五百名学生，但当时也只有一两百名而已。

国立音乐学院：校址在现在的南京古林公园附近，平时就只有一百多学生，此时几乎见不到学生了。

国立药学专科学校：校址在丁家桥，现为中国药科大学的校址。正常学生数为四百余人，多数是女学生，此时只有一百余人在校。

国立东方语言专科学校：通常称为“东方语专”，校址也在丁家桥，平时大约有八百人左右。此时大部分学生已经离校，在校的只有八九十人。

南京当时只有这十一所大专院校（包括临时迁校的安徽大学），国立音乐学院和东方语专已无人在校，所以在组织“四一”游行时，共有九所大专院校的学生参加了活动。

1949年3月29日，南京青年学生在中共南京地下党组织的领导下，成立了“争生存联合会”。为了迎接更大更严峻的斗争，还成立了“南京市专科以上学校应变联席会议”，来领导这次示威游行。3月31日，应变联席会议发表了《争生存争和平宣言》，该宣言称：

在中国历史大转变的前夕、人民力量接近胜利的时候，垂死的没落反动势力仍试图作最后的挣扎，用尽了各种方法来企图苟延反动的统治政权。

随着他们的困兽斗，中国人民的生活乃陷入更深的血泪中，我们的生活也陷入了更高度的困窘与饥饿，最起码的生存要求遭受到了空前的严重威胁与迫害。因之我们争生存、要活命的怒吼，不仅是为改善自己的生活、保障自己的福利，而更是要为我们永久的生存取得保障，从而为全中国人民取得永久生存的保障，这种生存是必须在全面的和平下才能获得的。

同时他们还设立了总指挥部，组织了纠察队、宣传组、救济组、联络组，决定了游行线路，规定了游行时的纪律。

国民党当局也看到这种"山雨欲来风满楼"的情形。南京卫戍总司令张耀明得到南京大专院校的学生要游行示威的消息后，惊恐万分，立即命令政治部于3月29日邀请了各高校的负责人，在中央大学南街的蒙藏教育研究所开会。当时，中大的胡小石、药专的管光第、剧专的徐伯璞，以及政治大学、东方语专、音乐学院、金陵大学等院校的代表出席了这次会议。

卫戍司令部政治部主任在会上要求各校无论如何都要说服学生，不要举行请愿和游行活动，以免发生事故。与会代表也都纷纷表示，青年学生们的要求是符合全国人民的意愿的，任他们喊喊跳跳又有什么关系呢？双方僵持不下，一直谈了三天，仍然毫无结果。3月31日，双方勉强接受了一个折中方案：以请愿为主，会后不举行集体游行，各校分路返校，就算游行好了。但是，各校的代表又提出一个条件：无论怎样，都不应发生任何枝节。

当天晚上，南京卫戍司令部就发表了一份充满威胁意味的声明："依据戒严令，绝对禁止任何学校、团体假借任何和平名义，非法集合或聚众游行，违者严办不贷。"这也就给南京的军、警、宪、特一把尚方宝剑，他们可以依据命令阻挠和镇压学生的游行示威。但出乎意料的是，在31日晚11时，卫戍司令部的副司令覃异之接到司令张耀明的电话："李代总统命令，准许学生游行。"从这里也可以看出，李宗仁对和谈还是有诚意的。

会后，各高校的代表大都向学生应变会说明，要发布明天停止游行的通知。当时很多做好准备的同学都很诧异。

4月1日上午7点钟的时候，中大的同学都吃了早饭，突然，学生应变会的杨育平在饭厅前大声地宣讲道："同学们，我们还是要去总统府请愿的。政大和建国法商学院的学生已经到了大操场，我们中大的同学不能失信。我们赶紧集合，到大操场整理队伍。"

当时，有同学就跟杨育平激烈争吵起来，说学校已经下发通知，停止示威游行一事。而杨育平则慷慨陈词："难道我们中大怕死吗？难道我们向政府表达反内战、真和平的意愿也犯罪吗？"就这样，中大四牌楼本部的学生在文昌桥宿舍食堂前进行了半个小时的辩论，最后多数学生坚决主张按计划游行，并且队伍已经陆续集合起来了。中大集合一千多人的队伍，随后到大操场与大队人马汇合。此时，金大、金女大、边疆学校、安徽大学、药专等学校队伍也到了四牌楼的中大操场。剧专由于离中大路途较远，在 31 日晚上，来参加游行的学生都住在了中大。

8 点多钟的时候，中大学生应变会的负责人之一刘敬坤突然接待了一位不速之客。这位来客到文昌桥学生宿舍找到刘敬坤，原来他与刘的一个同乡非常熟悉，与刘也是同乡。

"我是大中桥军官收容总队的，我知道你们今天要游行。我劝你不要去了。"他说话时的态度非常诚恳，他又悄声地对刘敬坤说："我们军官收容总队里收集了好多你们中大贴的标语，有'拥护毛泽东''共产党万岁''打倒国民党'等。那些军官看到后都气死了，说你们中大有共产党，要在你们队伍游行的时候动手打你们。我看到做好的木棍，一头钉上了钉子，外面包着布，他们想用这种工具打你们。我们是老乡，所以偷偷跑出来通知你，你万万不要去参加游行。"

刘敬坤正色对他的这位军官老乡说："谢谢你，但是我要告诉你，他们打人，你万万不要参加。游行的事，大家都去，我是不能不去的。"

中大的同学正在集合队伍之时，胡小石先生派人把中大学生应变会的主要负责人常建宇、杨育平、黄学孝、刘敬坤等人找来。在中大礼堂的台阶前，白发苍苍的胡小石一面不停地挥舞着手中的手杖，一面急切地说："孩子们，今天不能去游行啊！我在办公室接连接到张耀明的几个电话，他说，你们学生有游行的自由，那我就有镇压学生游行的自由。张耀明他们可是拿着枪的人，他们可什么事都做得出来的，他们会屠杀你们的。同学们，这种事，我见多了。北伐时，东南大学的学生为响应北伐军，在校内组织学生游行示威，结果为首的三个同学被孙传芳捉去枪决了，他们的遗骨就埋在前面。”说着，胡小石用手杖指了指校园内的梅庵。

说着说着，胡小石不禁声泪俱下：“看到张耀明杀气腾腾的讲话口气，你们今天要出去游行，一定要流血的，你们都是我的学生，我不忍心看到我教的学生流血，更不忍看到你们在年轻的时候就送掉了性命。你们的奋斗精神，你们救国救民的愿望，我都了解，中国太需要你们这些优秀的孩子了！你们徒手是对付不了那些屠夫的啊！”

胡小石哽咽着，嘴里喃喃地说道：“孩子们，你们万万不能出去游行啊！一旦发生流血事件，我怎么向你们的父母交代啊？”

而陪同胡小石前来的秘书也语重心长地说：“胡先生这样大的年纪，他一听说你们要游行，一起床连早饭都没有吃就到了办公室。你们听听胡先生的话吧！张耀明的电话是我先接的，他确实是那样讲的呀！同学们，无论如何我们不能看着你们流血而坐视不管啊！”

这几位同学都被胡小石的话感动了，但是在那种“箭在弦上”的局势下，他们还是回到大操场，检查和整理队伍。当时操场上大约聚集了六千多名高校的学生。

二、“四一惨案”

4月1日9时左右，没有宣传车，也没有标语和布标，只有这些大专院校的校旗迎风招展。南京大专院校的六千多名学生从四牌楼的中大操场出发，经过保泰街到鼓楼与金陵大学的队伍会合后，沿着中山路、新街口、中山东路、大行宫、太平路、三山街、升州路、中山南路返校。

游行进行了三个小时，也没有发生什么镇压的现象。

在散会之后，剧专的同学沿太平南路向学校后撤。他们边走边演活报剧《耍猴记》。《耍猴记》是讲一个戴着星条蓝帽的外国佬，手牵两只活蹦乱跳的猴子，耍来耍去，这两只猴子对这老外做出各种可笑又可怜的姿态，一个像蒋介石，一个像李宗仁，这老外当然是指美国人了。

路边有很多市民围观随行，可谓人山人海，人群中不时爆发出哄堂大笑和雷鸣般的掌声。而学生抵达白下路后，继续向前，从大中桥的路口冲出来一批国民党的军官。他们正是所谓“容总”（即军官收容总队）的人，都是些淮海战役战败回京的残兵游勇，对共产党、对游行的学生恨之入骨。他们动用木棒对剧专的学生上来就是一阵猛打。

剧专的学生手无寸铁，显然不是这些训练有素的军人的对手。

有几个挨了打但受伤不重的同学冲破包围圈，跑到中大和政大报信。中大的杨育平随即在宿舍门前敲打铜盆，要大家到食堂前的空地上集合。这时，剧专张瑞修同学大声说道："同学们，我是剧专的。我是来向你们求援的。剧专在中午游行回校时，走到大光路，突然军官收容总队的人跑出来，手里拿着木棍，看到学生就打。"这时，陪同张瑞修来的政治大学的一位同学义愤填膺地说："同学们，他们终于还是动手了！我们政大已经开了一汽车的人到大光路去援救剧专，但是我们政大的同学太少了，根本打不过那些容总的人。所以，我们要请你们中大的同学同我们一起去援救剧专的同学。"

政治大学的一些学生从学校开着卡车，到达了大中桥出事现场，来营救剧专的同学。

几百名"容总"的暴徒，不问青红皂白，一拥向前，咆哮着，跳嚷着，先把汽车玻璃砸碎，把卡车后的挡板扳开，然后用木棍、铁条和石块乱打乱砸赤手空拳的学生。这些同学中，有的被打得骨折，有的被打昏倒。他们还将其中一些学生横拉着捆到一起，对他们百般羞辱，绑着一些同学的双手，推进"容总"，不停地恐吓他们，说"缴获了你们共产党的电台，今天要把你们送到雨花台去"，还对这些同学进行了非法审讯。

政治大学的司机陈祝三当场被这些暴徒活活打死。

杨育平这时已经把中大的学生队伍集合好了，学生应变会主席董俊松站到台阶上，发表了临时动员讲话。他说："同学们，听说剧专的同学已经被打死了。我们要去大光路开战。我们要不要给他们报仇？"

"要！我们马上到大光路去，为剧专同学报仇！"呼喊声此起彼伏。

这样，中大本部的七八百名同学匆匆集合起来，就沿着成贤街、碑亭巷开始前行。

这时，刘敬坤找到董俊松，对他说："你准备把队伍带到哪里去呢？"

董俊松毫不犹豫地说："带到大光路去打仗。"

"我们现在就七八百人，又都是空手，这样去和容总打仗，这不是无异于把肉送往虎口吗？"

董俊松也觉得可能有些不妥，说："那你看怎么办呢？"

于是游行队伍就停了下来，走到总统府门前请愿。下午三点左右，董俊松和杨育平等人前往总统府交涉营救剧专同学的事宜。学生应变会的几个同学陪同中大“校维会”的胡小石、张江树、刘庆云等教授，欲进入总统府去找代总统李宗仁说理，但看门的警卫既不让学生代表进也不让教授入内，而是故意拖延时间。后来，李宗仁的一位秘书出来应付说：“李代总统不在，兄弟我无权答复。大家请回吧！”在外面围坐着的中大同学，见此情形，齐声高唱国际歌，给那些警察很大的压力。后来，首都卫戍司令部的政工处长罗春波来到现场，威胁大家说：“我劝你们还是回去吧！否则没有什么好结果的。”

1949 年 4 月 1 日，南京学生举行声势浩大的示威游行

这时已经到 5 点钟降旗的时候了，游行的中大同学立即起立行注目礼。刚降完旗，总统府门前就来了一百多名警察，密集地排在总统府门前，双方僵持着。

这时，突然从大行宫方向开来了三部卡车，车上全是手拿棍棒的军人，正是刚刚在大中桥制造了血案的“容总”暴徒。他们争先恐后地下了车，一面冲到请愿的队伍前，一面吼道：“打小共产党，打死这些共产党！”这些“容总”的打手举起手里的棍棒对中大的学生就是一阵猛打。本来站着的队伍一下子被冲散了，学生应变会眼见形势紧急，就立即指挥在场的同学分成两个部分。大部分人朝东跨过大路避开“容总”，西边的两百多人冲向总统府门里。

他们猛力突破宪警设置的人墙，向总统府的大院里奔去。跑在前面的二三十位同学突出侧门，通过巷道，直奔后面李宗仁的办公室。等他们跑到子超楼的楼梯口时，卫兵不让他们进去，反而把他们押往前厅。这时，跑在后面的几十名同学已经被后面追上来的“容总”军官围殴，有的已倒在血泊之中，有的正徒手与暴徒搏斗。在这场发生在总统府的镇压中，中大物理系四年级学生程履绎不幸牺牲，电机系二年级学生成贻宾重伤，4 月 19 日不治身亡。

由于李宗仁有言在先，卫戍司令张耀明觉得还是要出面的。于是，在 4 月 1 日下午惨案接近尾声时，他从司令部坐上吉普车，手里举着手枪，冲到总统府，对正打在兴头上的暴徒高喊：“我是总司令，哪个再敢打，我就立即枪毙他！”张耀明同时带来了一部分军警，那些“容总”的人被威慑住了，悄悄地溜走了。

此次惨案中，南京各高校被打学生共计一百九十五人，其中重伤八十人，轻伤十五人，当场牺牲和重伤致命三人。在这次惨案中，南京人民始终站在学生一边，他们不仅为游行队伍助威呐喊，心系学生的安危，多次劝告学生们要避开危险；还在紧急关头冒险伸出援手，把被打的学生藏在自己的身后，帮助学生伪装成食客，逃脱暴徒搜查。就连总统府的一个卫兵也帮助学生们躲藏，甚至把几个学生拖入警卫室，对“容总”的人高声宣布没有看见人进来。

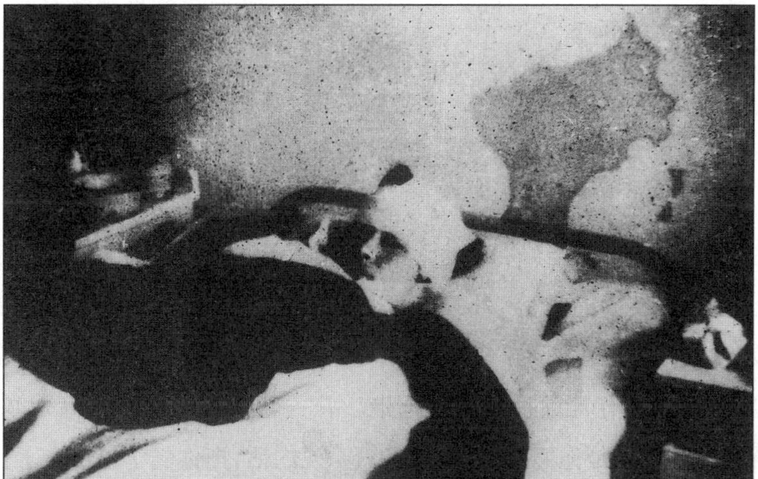

“四一惨案”中，被打重伤的大学生

1949 年 4 月 2 日，国民党首都警察厅关于解决“四一”学生运动致教育部的电

文中,这样叙述了当时发生的状况:

……边疆、政大两校学生六人于大光路军官收容总队门前举行反动宣传时,因激起军人公愤被打耳光,遂于下午3时许邀集同学百余人,在金大散会后分乘卡车三辆前往大光路,意图报复,并在白下路,向大中桥方向行驶,沿途高呼"反饥饿、反迫害、反征粮、反美援、打倒反动军队"等口号时,大中桥附近军官收容总队官兵二十余人更激起愤慨,上前质询:"谁是反动军队?"学生答:"戡乱军队就是反动军队。"随即触怒在场官兵,相互混打。……

大中桥发生混打后,边校学生当即分向中大、金大等校求援,至下午4时许,复有中大、金大等校学生五百余人再向总统府请愿。……下午5时许,突有军官收容总队官兵百余人分乘卡车两辆到达东海路北口下车,分执木棍,蜂拥向总统府方向前来。……瞬间军人已冲到,军人、学生双方且打且退,退入总统府大门内。……下午6时25分,总统府警卫队鸣枪,军人始行退去。事后即协同卫戍总部派卡车,分将受伤学生送鼓楼等医院救治。本厅薛局长当时会同总统府卫戍总队在现场逮捕肇事军人七名,解送卫戍总部办理。

三、善后与斗争

惨案发生后,国民党当局召开记者招待会,发表声明,歪曲事实,说"学生与军官互殴"。更令人发指的是,4月1日晚,"容总"的暴徒到南京剧专洗劫四次。暴徒打了校长徐伯璞,还对他说:"你们办的是共产党的学校!"他们跑到教员和学生宿舍翻箱倒柜,把所有贵重物品全部抢走。有一名暴徒搜出一张高尔基的照片,说:"这就是马克思!是你们谁藏的?快说,不说的话,把你们学校给点了!"

4月2日清晨,校长徐伯璞找到教育部长杭立武,一起到卫戍司令部会见张耀明,要求立即释放学生,并说明学生们的爱国行动是不应该被殴击和逮捕的。张耀明沉默多时,才慢吞吞地说:"你们回去吧,下午听电话,估计有办法!"下午,接到通知，徐伯璞到鼓楼医院把剧专的学生接了出来。

4 月 2 日，南京的“争生存联合会”主席团在中大召开紧急会议，成立了南京大专院校“四一血案”善后处理委员会，作出了继续坚持向国民党当局斗争和处理“四一惨案”善后事宜的决议。善后处理委员会连夜秘密印发了《告全国同胞书》《告全国同学书》《致北平国共两党和谈代表快邮代电》，揭露国民党当局反对真和平、制造“四一血案”的真相。

“四一惨案”追思会

“四一血案”发生后，全国学生界和社会各界人士极为震动，纷纷来信来电，或发表宣言文告，抗议国民党当局的暴行，或慰问受伤的学生，对南京大专院校的学生表示坚决支持。还有一些教授和名流寄来捐款，如 4 月 3 日，杨村彬教授从上海赶赴南京，代表在沪的戏剧界、电影界人士慰问剧专师生，并带来捐款四百大洋。上海的各大学举行追悼会并致电李宗仁要求惩办凶犯，复旦大学的师生于 4 月 7 日停课一天，发表宣言，开复仇大会。武汉、重庆、台湾等地的大专院校的学生或罢课，或游行，以各种形式支持南京的学生。

随后，“四一血案”善后处理委员会决定开一个追悼会，以追思“四一血案”遇难的烈士，控诉当局罪行，鼓舞和激励大家斗争的勇气。追悼会发出如下讣告：

哀启者：

国立中央大学物理系四年级学生程履绎君、国立政治大学交通司机陈祝三君，于本月 1 日，争生存、争真和平、反征兵、反征粮、反发行大钞、要求释放被捕同学的大游行后，在总统府内及大中桥畔被首都卫戍司令部军官收容总队痛殴伤重致死。程君湖北应城人，享年 28 岁。陈君江苏海门人，享年 58 岁。二君为民请命，不意遭兹惨祸，十校师生员工痛哭失声，悲愤莫名，爰定于 11 日上午，分别在国立中央大学、国立政治大学、私立金陵大学三校礼堂，举行追悼会。

谨此讣告。

发讣告时，并没有中央大学电机系学生成贻宾的名字，因为当时他尚在医院进行抢救，4月19日医治无效牺牲。

4月2日，代表中共声音的新华社即发表专电，一针见血地指出“南京反动政府在和平谈判开始的第一天对要求真和平的学生的屠杀，说明了国民党反动派政府所谓和平是怎么一回事”。4月3日，新华社又发表题为《南京惨案与和平谈判》的社论。

4月4日，中共毛泽东主席发表了《南京政府向何处去》，文中极为犀利地指出：

> 4月1日发生于南京的惨案，不是什么偶然的事件。这是李宗仁何应钦政府保护蒋介石、保护蒋介石死党、保护美国侵略势力的必然结果。这是李宗仁何应钦政府和蒋介石死党一同荒谬地鼓吹所谓“平等的光荣的和平”，借以抵抗中共八项和平条件，特别是抵抗惩办战争罪犯的结果。李宗仁何应钦政府既然派出和谈代表团前来北平同中国共产党谈判和平，并表示愿意接受中国共产党的八项条件以为谈判的基础，那么，如果这个政府是有最低限度的诚意，就应当以处理南京惨案为起点，逮捕并严惩主凶蒋介石、汤恩伯、张耀明，逮捕并严惩在南京上海的特务暴徒，逮捕并严惩那些坚决反对和平、积极破坏和谈、积极准备抵抗人民解放军向长江以南推进的反革命首要。庆父不死，鲁难未已。战犯不除，国无宁日。这个真理，难道现在还不明白吗？

4月11日，南京各大专院校的学生在中央大学、政治大学、金陵大学为陈祝三、程履绎二烈士举行了追悼会。中大的主大会场由胡小石先生主持，整个会场挂满了挽联、挽幛。程履绎的父亲是湖北天门县的一个士绅，他不顾年事已高，不顾旅途劳顿，前来南京参加追悼会。他是一位老国民党党员，他在追悼会上沉痛地说：“国家的事情弄到今天这个地步，我们怎么对得住总理的在天之灵啊？”

掉转炮口的江阴要塞

一、“情况不明”之下接受任务

1948年底的一天，吴铭接到通知，要他马上去接受一个特殊的任务。

吴铭在指定的时间到达了中共华中公安处，公安处处长宋学武和负责敌区工作的侦察科长江华正在等他。

“吴铭同志，我们将委派一个重要的任务给你。”宋学武直接对吴铭说。

吴铭回答道：“宋处长，有什么任务，赶快交给我吧！我正觉得在党校工作没劲，看到你们的工作，我十分羡慕呢！”原来吴铭也是个老地下党，长期做政工干部，在原来的中共九地委联络部工作，后来调到华中党校工作。这次，由于有特殊任务，宋学武又把他调了出来。

宋学武接着说：“我们想派你到江阴要塞去做策反工作。这个工作相当危险，同时也相当紧急！这里主要有一个状况，我必须告诉你。我们的组织早就在江阴城里和要塞中建立了联络点。我们派唐建华作为政治交通员，但不幸的是，唐建华准备回来汇报工作时，路经苏北敌据点时遭国民党特务逮捕，久押不放，情况不明。”

江华接着宋学武没说完的话，表情极其严肃地说：“你是搞地下工作的，所谓情况不明，你应该理解。”

吴铭没有说什么，根据搞地下工作的原则，上面不说的，下面的人是不便再问的。其实，吴铭心里清楚，“情况不明”有几种可能：一是已经牺牲了；一是被捕被拷打，但没有吐露任何与策反工作相关的信息；一是顶不住拷打，已经招了，向敌人吐露了有关的工作内容。当然，他们最不愿意看到的“情况”就是第三种，要是那样的话，前面几年的工作都白做了，而且很可能没有办法继续开展江阴要塞的策反工作。

江华对吴铭耳语了一番，告诉他预先约定的接头地点和办法。

随后，江华又对吴铭说："当然，我们也有有利条件。江阴要塞已经有三位地下工作的同志，即唐秉琳、唐秉煜和吴文广。唐秉琳现在已担任要塞炮台的总台长，唐秉煜先是在国防部三厅担任负责士兵和要塞业务的上尉参谋，现在任要塞的工兵营营长。吴文广担任要塞守备队总队长。江阴城内也已经建立了联络点，由唐仲衡负责，他的全家都住在联络点里。你按照约定的口号到联络点再接上关系，唐建华被捕后情况不明，对江阴要塞的工作有无影响我们也不了解，因此急需你去接上关系，了解最近的情况，伺机开展工作。"

原来，在 1948 年 6 月，政治交通员唐建华要回去汇报工作，和爱人仇英乔扮成商人，装了一船棉花返回江南。船至泰州时，一帮地方特务登船搜查，指着棉花对唐建华说："棉花是从共区来的，你们肯定是共产党。"当他们从唐建华身上搜出金戒指和金砖（地下党的活动经费）后，为了私吞这些黄金，就以"缴获共区棉花船，捕获共产党嫌疑犯"上报，将唐建华夫妇送交镇江中统江苏省室。中统特务对唐建华刑讯逼供，企图找到共产党的蛛丝马迹。但被拷打的唐建华坚持说，自己的名字叫方天觉，父亲是盐城县的地主。他们逃亡出来做生意，黄金是做生意的本钱。当时打入中统的地下党员徐冠芝（化名"水芝"）目睹了案件的审理，猜测这对夫妇可能是中共地下党的派出人员，立即通过镇江的地下交通员聂姐报告给华中公安处。唐建华也通过被释放的人给宋学武带回密信。具体负责这项工作的江华科长外出多时，宋学武得知唐建华被捕的消息，非常焦急，就派居策到草埝口，把原新四军敌工部干部，现在家中的唐路同志找来（他是唐秉煜、唐秉琳的堂兄弟，知道江阴二唐的情况和住址），让他立即去江阴恢复联系，告知唐建华夫妇被捕和未暴露身份的情况，准备对策。幸好，要塞地下党安然无事。

江华最后又对吴铭明确指出："江阴要塞地下工作同志的情况，接关系的办法，以及今后的联系等，由华中公安处领导。而策反的军事任务，将直接由华中军区管文蔚司令负责。"

接着，江华带吴铭去司令部见了管文蔚，管司令与他们进行了一次秘密谈话。管文蔚对吴铭说："你这次去江阴的任务很明确，就是要在江阴要塞进行策反，任务很重要,也很艰巨,要做好迎接大军渡江的准备。你先去联系,了解情况,回来汇报后再制定下一步工作计划。你的工作以后由我直接领导。”

和管文蔚谈话结束后,吴铭又去了盐城华中行政学院找唐君照了解一些情况。因为唐君照是唐秉琳和唐秉煜的哥哥,又是吴文广的同学,所以由唐君照来介绍三人的情况非常合适。

准备工作结束后,吴铭即刻过江,他先到了南京,找到他的哥哥吴志清。其时,吴志清在国民政府考试院院长办公室做收发文书工作,当然也是吴铭在九地委联络部时的联络对象,曾经为解放军提供过一些关于国民党的情报。

“你怎么才来呀?吴铭,我最近又收集了一些材料,你赶紧拿回去吧!”吴志清把一些准备好的材料交给了吴铭。

吴铭对吴志清说:“大哥,这些资料今后有机会再来拿!我现在有要紧的公务要办,这次我要去无锡、苏州、常熟、江阴等地办点事。你给我写一个考试院的证明,以方便走动。”

由于职务之便,吴志清很快就把证明办好了,当然还盖了考试院的大印。证明内容如下:“兹有我院工作人员吴铭奉派去无锡、苏州、江阴等地有重要任务,希望沿途军警予以便利及保护。”

像吴铭这样的敌工干部还有很多,因为中共一直就注重地下秘密工作。

抗战胜利后,苏北就成立了一个领导隐蔽斗争的组织机构。因斗争形势需要,名称和隶属关系几经改变,但一直是以原新四军敌工干部为骨干的那套班子。1946年,该组织名为盐阜地委(五地委)社会部。从延安社会部来的宋学武同志任地委副书记兼社会部长。1946年秋,地委社会部改为苏北区党委社会部,仍由宋学武任部长。1947年,苏北区党委和苏中区党委合并,成立了中共华中工委。社会部分成了两个部门,一是华中行政办事处公安处,一是华中工委联络部。宋学武任联络部副部长(无部长)兼公安处长。地委社会部一些从事敌区隐蔽斗争的原新四军敌工干部,到了华中工委仍任本职本行,如原情报科(一科)科长江华任侦察科科长,原治安保卫科(二科)科长宋若侠任治安科科长,原地委社会部内勤居策任华中联络部秘书(后来成了公安处秘书)。

这些原新四军的敌工干部，大多经过专门训练。在 1941 年日寇大扫荡后至 1943 年日寇再次扫荡前这段时间，新四军敌工部在阜宁县陈集附近连续办了几期敌工干部训练班，敌工部长刘贯一亲自授课，讲内线工作和派遣打入相关问题，调研科长高原讲情报调研。日本投降后，国民党军进攻解放区前，华中分局社会部在淮阴举办社会部干部训练班，由搞隐蔽斗争的老将——联络部副部长杨凡、陈同生讲情报侦察工作。社会部部长谭震林、副部长李士英和苏皖边区政府公安局局长黄赤波也亲自授课。

在斗争中，中共培养和发展了一大批有斗争经验的敌工干部。

二、要塞往事

国民党陆军总部少将、军械处处长戴戎光即将到江阴要塞担任总司令。蒋介石对江阴要塞非常重视，在新将赴任之前，他将亲自接见戴戎光，以鼓舞士气。

听说总统要接见他，戴戎光到处找人打听，知道蒋不喜欢部下戴金挂银，镶金牙也不行。刚好戴戎光嘴里有一颗大金牙，他马上到医院把金牙拔去，专门到理发店剃了个光头，又找了一身旧军装穿上去见蒋介石。

蒋介石一看戴戎光，便先有了几分好感，便问道："你是哪里的人啊？"

"学生是江苏阜宁人。"

凡是黄埔军校毕业的学生都喜欢称蒋为校长，自称学生。蒋介石一听戴戎光称自己是学生，脸色马上和气了不少，问："你是哪一期的？"

"报告校长，学生是黄埔六期的。"

蒋介石点了点头："形势紧急，事到如今，重任已经落到了你们黄埔生的肩上，要发扬黄埔精神，为党国效忠！"

戴戎光一个劲地点头，连声说："学生一定不辜负校长的栽培，为党国扼守住江阴要塞！"

江阴要塞地理位置特殊，历来是兵家必争之地。

由长江边的君山、黄山、肖山、长山组成的江阴要塞，控制着仅有一千五百米宽的江面，享有"江河门户""镇航要塞"之称，自古为军事要地。据史书记载，春秋时，吴国已在席帽山筑烽火台；南宋时，韩世忠、辛弃疾等名将曾在此驻防御敌。清康熙年间始筑炮台。经道光、同治至光绪，炮台已初具规模。辛亥革命后，改土炮为洋炮，增筑堡垒。黄山炮台遗址现尚存十二座钢筋水泥炮台，是一组完整的要塞炮台群。在黄山，还出土了一尊万斤古炮，身铸“耀武大将军”字样。

此处山峰虽不高，海拔只有九十一米，但风景绮丽。登高山之巅，北望靖江，与孤山对峙；周围山峰，绵延三十余公里，阅不尽大江南北两岸风光。

抗战期间，这里曾发生过极其惨烈的江阴要塞保卫战。

1937 年 11 月，中国军队全部撤离淞沪地区，日军占领上海。上海派遣军司令官松井石根即兵分三路向南京进犯。左路沿太湖以南经泗安、广德向芜湖进攻，以截断陆路交通；中路沿京杭国道沿宜兴、溧阳、句容向南京进攻；右路沿京沪铁路攻占无锡、江阴、镇江等地，进攻南京；同时，海军拟沿江西上，突破江上封锁线，进攻南京，并截断水上交通。所以，江阴要塞是日军必争之地。

当时，江阴要塞是海陆军共同防守，要塞司令许康，江防司令欧阳格，均归江防总司令刘兴指挥。要塞的修建是由参谋本部城塞局派出的工程处负责的，计划由德国顾问指导设计施工。以君山、黄山炮台锁住江面，东面的狼山、福山为屏障，构成东南扇形阵地，筑有永久国防工事。整个要塞装备一百多门火炮。1937 年 7 月下旬，军政部兵工署又赶运到八门德制 8.8 厘米高平两用炮，弹药、观测、通讯设备齐全，四门装在东山，四门配置肖山。这种火炮被命名为“甲炮”，射高 6000 米，射程 9000 米，平射最大射程 14500 米，在当时两用炮中算是较先进的。不久，又运来四门 15 厘米口径的加农炮，命名为“丙炮”，配置在西山，为丙一台。丙炮弹重 50 公斤，有穿甲、爆炸两种，最大射程 2200 米。这几组先进的炮，由陆军炮兵学校要塞科负责组织训练，德国顾问指导，海军炮队协力防守要塞。除了守备部队外，还调来陆军 103、104、112、113 师归刘兴指挥。

无锡、常州陷落后，日军向江阴进逼，要塞处于孤立境地。海军赶工装置巫山炮位，配 12 厘米舰炮四尊，配备炮队兵力七十七人，令其死守。11 月 30 日上午 8 时 30 分，五艘敌舰向六助港接近，队长陈秉清下令开炮，击中敌舰一艘。其余敌舰立即向海军炮台开炮，巫山台第三炮位被击毁，第一炮位受伤。双方炮战相持到 11 时，两艘敌舰撤退，其余三艘正在巡游之际，中国海军炮队抓住战机连续发炮，重创日舰。

12月1日，日本陆军进抵江阴县城，巫山下也发现敌便衣队，日军轻型坦克已出现在前沿阵地。下午6时，刘兴召集各师长、司令研究战局。因固守和撤离的意见不统一，刘兴向南京请示，南京决定撤防。

海军炮队接到命令后，以猛烈的炮火支援陆军突围，一直坚持到了3日晚10时，在大部分守军撤离后，各区海军炮兵才毁坏炮台，依次后撤。5日，要塞全部陷落。欧阳格、徐师丹等人从江阴突围过江，步行到达南京。

抗战胜利后，国民党军又重新修建江阴要塞。

江阴要塞炮台

到1949年1月，其建制和装备为：一个炮兵总台（相当于一个重炮团），配备德国、美国生产的重炮四十余门和小口径直射火炮十八门；一个守备总队（相当于一个加强的步兵团）；一个游动炮兵团，配备“五七”战防炮三十六门；一个工兵营。另外，司令部下面还有直属分队和探照灯队等，共有官兵七千余人。

要塞担负着黄田港—黄山—尖山—张家港以东包括双山沙岛（江中小岛）约二十五公里长江的正面的守备任务，可以用重炮火力支援江北八圩港国民党21军守备的桥头堡，控制江面，防止解放军偷渡，同时检查往来可疑船只。

由于该处江面狭窄，地势险要，被国民党军视为保卫首都南京的首要屏障。因而，江阴要塞的建制直属国防部领导，同时也因是京沪间重要防卫作战力量，又归第一绥靖区司令兼江苏省主席丁治磐指挥。

三、争分夺秒

在江阴城内一条偏僻冷清的街道上，吴铭找到了接头地点。这是一座老式大院，有三幢房屋，联络点就在中间的那幢房屋内。

吴铭轻轻地敲了几下门，与开门的唐仲衡对上了暗号。唐仲衡原来在苏北做中学教师，因为他是唐秉琳、唐秉煜的亲戚，联系起来也不会使人生疑，所以中共地下党组织就派他在江阴建立联络点。为了更好地掩护他的身份，唐仲衡的一家人，包括他的母亲、妻子和女儿都搬到了这里。

吴铭在此住下后，详细地了解要塞的有关情况，所幸的是江阴要塞的策反工作并没有因唐建华的被捕而受到影响。吴铭随即返回苏北汇报情况。由于战局的变化，中共已决定由解放军10兵团的司令员叶飞和政委韦国清直接负责江阴要塞的策反工作。

根据做敌工的惯例，叶飞与韦国清在一间单独的房间里，听取了吴铭的汇报。

叶飞最后指示道："大军渡江的时间不会太久了，江阴要塞策反的同志要抓紧时间，做好各种准备，切实完成迎接解放军胜利渡江的任务。你今后的工作由我们二人亲自领导，不得向其他任何人谈及。"

渡江在即，为了加强中共在江阴要塞的军事力量，叶飞又从所属的解放军29军中抽调了四名团营职干部打入要塞。他们是李干、徐以逊、陆德荣和王刚。在出发之前，由华东局社会部的王征明科长对他们进行了专业培训，他介绍了国民党军队内部的特点，以及如何随机应变应付关卡检查，如何争取中下级军官和士兵的支持等。

李干等四人先被带到江阴城里的联络站。江阴要塞的军官唐秉琳、唐秉煜、吴广文、王德容等地下党的核心成员常常到这里碰头。唐秉琳等人见他们后，确定了他们在军中的工作岗位，商量用什么办法使局外人不生疑。最后决定到总台台长办公室演一场"双簧"，让副台长或其他人当"挡风的墙"，不让司令戴戎光产生怀疑。

李干和王刚一起走进要塞炮台的台长办公室。

李干一进去就大喊："报告唐长官，你的老勤务兵李干来见你了！"

李干随即行了一个标准军礼。

唐秉琳故作惊异地说："哟！你怎么来了？怎么找到我的？"

李干装着羞愧难当的样子说："实在对不起，老上司。当年在长沙，你当营长，我当勤务兵，承蒙关照。台儿庄战役之后，部队从徐州撤退时，被打散了，我就先回去结婚。哪晓得结过婚后，老婆拖后腿，死活不让我出来。"

唐秉琳又反问道:"那你现在怎么又出来了?"

李干大声地说:"报告长官,我在苏北做生意又亏了本,混不下去了。最近战事吃紧,到处拉夫抓壮丁,我想与其被拉到别的部队去还不如投靠老上司。"

唐秉琳故作无奈地说:"哦,是这样啊!既然你都来了,我只好收下你了。"他又对坐在旁边的副台长说:"你说对不对?是兄弟,总要给口饭吃的嘛!"被蒙在鼓里的副台长还点点头,表示支持。

唐秉琳又对李干说:"你这个老勤务兵,还是跟着我干吧!"

接着,唐秉琳转过身来问王刚:"你是哪里人?怎么来的呀?"

王刚装作不懂军礼的人,呆头呆脑地来了个九十度鞠躬礼:"报告长官,我是南通人,共产党来了,把我家的田地分了。阿爸让我去上海避避风头。在上海碰上招兵的,他们就把我招来了。"

唐秉琳装着一脸同情,说:"那你就在我这里好好干,我们一起打回家乡去。"

接着,唐秉琳让文书把勤务连的花名册拿来。

唐秉琳问文书:"你看看花名册上还有什么空缺?"

文书说:"只有一个下士的空缺。"

"先给他补上个下士吧!"

接着,他又把勤务连连长叫来说:"这个年轻人蛮好的。家里被'共产'了,他跑到我这里来,你就把他放在卫士一班吧!"

连长说:"放在什么地方好呢?"

"你看呢?"

"一班有机枪手,缺个弹药手。"

"你就让他扛弹药、扛机枪!"

随后,徐以逊、陆德荣也由唐秉琳导演双簧剧,分别当上了王德容的"副官"和"卫士"。这一切,为关键时刻掌握指挥权奠定了基础。

四、出没烟波里

中共地下党员共有九人在江阴要塞内从事策反工作,积极稳妥且富有成效。

在上层，他们利用要塞司令戴戎光与江苏省主席丁治磐以及国民党江阴县党部、自卫队之间的利益冲突，在语言上都力挺戴戎光，博得了戴戎光的极大信任。至1949年4月初，中共地下党已初步掌握了炮台台长、守备总队长、游动炮团及国防部作战部等部门，同时还积极争取了要塞参谋长梅含章。

在刺探机要秘密上，通过唐仲衡把其同学的女儿何漪调到要塞担任政工室上尉秘书，经过争取教育，何漪及时地把她得到的有关情况告诉唐秉琳等人。

在中下层方面，他们在国民党军官队伍中物色一些与唐秉琳、唐秉煜比较熟悉、关系比较好的对象，通过关系调到要塞来工作，如炮台大台长孟怀高、游动炮团一营营长杨明光、工兵营副营长龙潜等。

眼看着渡江日益临近，而叶飞、韦国清并不清楚要塞的策反工作到底进展如何，他们焦急万分。通过研究决定，吴铭必须重回江北汇报目前情况，同时要建立一条快速交通线，能够及时地传递江南江北之间的情报和信息。

此时，长江已被封锁。

想尽办法，唐仲衡才在张家港找到一艘被查封的货船。吴铭走过去，跟船老大商量，说他是走私商人，要搭船去江北的新港，并说所有军方事务由他全权处理，保证安全。他们正在讨价还价之时，要塞的中共地下党吴文广安排了一个连长带着四个士兵，说要强行征用这条船，用以装粮草。说着，这五个人也上了船，强行把船开出了张家港。

等货船开到距南岸只有一百多米的双山沙岛边时，要塞上的五名官兵离船上岸，边走边嚷嚷“快来搬运粮草”，为首的连长还在不经意间给吴铭递了个眼色。吴铭心领神会，立即叫船老大拉起大篷帆，向新港驶去。在双山沙上的士兵还朝空中稀稀落落地打了几枪。

吴铭上岸后，新港的群众和解放军都以惊讶的眼光看着他，因为在数十天前，这里就封江了，十天半个月都看不到一只船。吴铭即刻询问解放军站岗士兵，立即去了10兵团的司令部，找到叶飞司令员时已到深夜。吴铭连夜把江阴要塞的策反工作向叶飞做了汇报。

在这里住了几天后，司令部安排吴铭与中共江南工委领导、江阴县委书记焦康寿见了面，并与他商量以后的接头地点和时间。

吴铭要马上回到要塞去，司令部安排了一条小木船。除吴铭外，船上只有一名船工和一名交通员。小船迅速驶向长江南岸，很快就到了芦苇荡，其实就到了双山沙。交通员带着吴铭上了岸，从容地沿着芦苇荡间的一条小道向南走去。

这时，忽然听到碉堡里喊了一声："口令。"

交通员回答道："我。"

"你是谁？"

"捉鱼的。"

经过碉堡时，交通员还与碉堡里的敌人打招呼。交通员的家就在碉堡附近，当晚，吴铭就住在这里。第二天，天还没亮，吴铭就和那位交通员到张家港东面的凉亭里查看了一下地形，并约定每隔一天就在这里接头，风雨无阻。从此，吴铭把要塞里的情况和重要情报都写下来，隔一天来到凉亭把情报交给交通员。

交通员隔天把情报送到新港，而王征明此时已带电台驻扎在新港，及时把情报汇报给10兵团司令部。

五、炮向哪里打？

4月19日，为了便于指挥，王征明渡江来到了江阴要塞。把王征明派到江阴要塞来领导要塞的起义工作，是解放军三野副司令员粟裕亲自点的名。王征明原是新四军一师的侦察参谋，经常被派到上海、南京，是做社会工作、策反工作的高手。济南战役时，国民党军吴化文率部起义，就是王征明配合地下党工作的成果。

当晚，要塞地下党召开紧急会议，王征明传达10兵团首长交代的任务："叶飞司令给我们的基本任务就是要保持六十里防区，要控制三到四个港口，见到解放军部队不打枪、不发炮，迎接解放军登陆。完成这项任务，就是渡江第一功。"

王征明又说："迎接大军渡江的具体办法如下：一、江北发动渡江炮击后，江南燃三堆大火作为接应信号，具体由徐以逊负责；二、联络记号是左臂束一条白毛巾；三、当天的口令是'上海部队'；四、我们所有的地下党员要紧急行动起来，唐秉琳、唐秉煜和王德容等人要分头向自己掌握的武装人员打招呼，对中间力量进行服从命令、听从指挥的教育。"

会上对各人工作进行了明确分工:唐秉琳和李干负责控制炮台总台,并负责全面工作,王刚和李容有控制对内对外的通信联系,陆德荣、徐以逊负责接应渡江先头部队,李云葵总队长负责控制守备总队,唐秉煜、吴铭机动,担任内部联络,王征明和王德容掌握流动炮团。

4 月 20 日白天,大家分头做精心的准备。

下午,京沪杭警备司令部总司令汤恩伯打电话给江阴要塞司令戴戎光,要他到炮台坐镇指挥。但戴戎光接到命令后犹豫不决。在天黑的时候,戴戎光坐着吉普车来到位于黄山山顶的总指挥所,他一到总指挥所就对大家说:"根据绥靖区情报,今夜共军可能有行动,你们要做好准备。"

于是,唐秉琳和李干就积极准备起来了,不过这个准备是针对他戴司令的:李干带着一个警卫班,每人都佩戴双枪,封锁了总指挥所四周的所有通道,并把戴戎光的警卫队悄悄地隔离开来。

这时,总台指挥所里一片忙乱,报话机、电话机都在频繁使用之中。不久,长江北岸申港方向就响了炮声。

国民党军 21 军 145 师参谋长打来电话:"江阴炮台唐台长,我们师受到共军袭击,请求你们炮火支援。共军快打过来了!"

唐秉琳搪塞说:"现在情况不明,夜间观察有困难,什么都看不到。炮向哪里打?要是出现误差,打到自己人身上,小弟不好交代啊!"

过了一会儿,21 军又打来电话说:"即使目前不明确,打几炮助助威也好啊!"

看来,再不开炮,可就推脱不了了。唐秉琳就说:"好吧,请指示目标。"

对方就报了几个目标,唐秉琳将计就计,命令全炮台火炮在原目标距离的基础上减少 400 米齐射。由于在目标距离上做了手脚,炮弹大都落在该师的阵地上。

不一会儿,21 军的电话又来了:"江阴要塞,为什么打到我们 21 军头上来了?"

唐秉琳干脆地回答道:"我们早就说情况不明,目标不清,不能开炮,你们一定要开炮助威。可不能错怪我部啊!"

那头的电话连说:"不要再打了,不要打了!我们暂时不要你们援助!"

这时,在总指挥所里,戴戎光接到了国防部总参谋长顾祝同的电话,顾把他狠狠地训了一番，说他指挥不力。接着，戴戎光叹了口气，对唐秉琳说："丁治磐真狠毒啊！他在总长那里告状，说我不听他指挥。总长在电话里说：再不听指挥，就要枪毙。丁治磐是要我的脑袋啊！"

过了一会儿，戴戎光有气无力地说："总长命令：立功重赏，歼敌一个班、一个连、一个营、一个团赏……军官可以连升三级。"

夜里12时，唐秉煜立即命令已参加地下工作的通信连副连长李容有，把指挥所与外界联络的电话全部切断。不到五分钟，戴戎光与上下联系的通讯线路都被切断了。

在黄山的指挥所里，戴戎光在床上躺了片刻，突然翻起身走向指挥台，向江面望去。突然，他狂叫起来："船！船！共军过江了！开炮，快开炮！唐秉琳哪里去了？再不开炮我毙了他。"

站在他身边的唐秉煜答道："司令，现在还看不清楚，到底是船还是水波的影子，摸不准，空放炮，还浪费炮弹。"

这时，解放军的先遣部队已在炮台附近布防。有人上来向唐秉琳报告，说山下发现了共军，要唐下令抵抗。唐秉琳大声说："弟兄们，都给我听好了。不要随便乱开枪，都是自己人，不可误会！"

21日凌晨3点多钟时，唐秉煜、李干和吴铭临时开了个小会，商量下一步行动。过了一会儿，唐秉煜就派人用两挺机枪封锁住指挥所的进出口，四个手提冲锋枪的士兵跟着他进入了指挥所，控制通往掩体的通道。

唐秉煜把吴铭带到戴戎光面前，对他说："这是吴铭同志，是解放军驻江阴要塞的代表。"

吴铭又对戴戎光说："戴司令，我对你的安全负有责任，现在我要送你到安全的地方去。"

戴戎光感到很突然，颤抖着说："我跟贵军从来没有交战过，我对贵军是友好的。"

吴铭大气凛然地说："当然，你的情况，我们了如指掌。"

戴戎光小声地说："听说江阴城还没有解决。"

吴铭很严肃地正言道："这你就不用担心了！我军早已直插京沪线，江阴城不在话下，城内的国民党部队如不投降，将被全部消灭！”

戴戎光于是颓然地说：“事已至此，我就缴械投降吧！”说完，他当即把自己所佩戴的左轮手机和子弹带交了出来。唐秉煜和吴铭把他押到了解放军29军军部。

黎明时分，唐秉琳召集江阴要塞的所有人员在射击场宣布：国民党江阴要塞所有官兵正式起义，加入中国人民解放军！随后，解放军29军和要塞部队胜利会师，会场上一片欢腾。

要塞总台长唐秉琳(右一)等部分领导起义人员合影

当日(4月22日)，粟裕、张震即致电中央军委和总前委，汇报了江阴要塞为解放军占领的情形，电文称：“江阴要塞已于上午11时为我占领，炮台已为我控制，并使特纵加派炮兵，封锁长江，不让敌舰东逃。泊于江阴江面之逸仙等三只匪舰，经江阴炮台总台长(我党员)劝告，已先派代表接洽投降。”

第二舰队起义

一、黑灯瞎火的海军总部

1949年4月22日下午，国民党军第七绥靖区司令、京沪杭警备司令部副总司令张世希突然紧急召见国民党海军第二舰队的司令林遵。

林遵一进门，张世希就有气无力地对他说："林司令，共军已于今日拂晓在安庆附近渡过了长江，国民政府今天上午也已经撤离南京了，整个部队立即转移到沪杭浙赣一带。我部现在已经开始转移。"

林遵情绪低落，叹了口气说："司令，大局如此，你有什么指示？"

张世希说："桂总电话，着你迅速将安庆、芜湖等地的舰艇带到南京，你本人务必于明日拂晓之前赶到南京，他在海军总部等你。"说完后，他哭丧着脸哀叹道："完了，一切都完了！我们这些不肖子孙，怎么对得起总理的在天之灵啊！"毕竟他张世

第二舰队(中间为林遵)

希并不是一个草包，也是国民党军中的一员悍将。他是黄埔军校第一期的学员，参加过两次东征和北伐。在“一·二八”淞沪会战中，他担任第87师317团团长，作战勇猛，最后为掩护友军撤退，他带领战士冲在第一线，该团伤亡大半，英勇地阻击了日军的进攻，粉碎了日军围歼国民党抗战部队的企图，使参战的大部分部队撤出重围。这位在抗战中立下汗马功劳的国民党中将军官此时已完全精神崩溃，在人民解放军的强大攻势下，不得不夺路而逃。

而22日下午同一时间，负责芜湖地区江面防务的“太原”舰舰长陈务笃接到国民党海军军部命令：命他率芜湖的舰艇到南京集结待命。他命令几艘炮艇先驶向南京，随后找来“安东”“楚同”二舰的负责人，开会决定了撤离方案：1. 晚上7时离开芜湖下驶，序列次第是“太原”“安东”和“楚同”，目的地是南京下关北的草鞋峡；2. 各舰实行灯火管制，不准对任何目标开炮；3. 在通过共军渡江地段时，要慢行绕过，不准冲撞任何渡江船筏。晚上7时整，三艘军舰按既定计划下驶。过了安徽和县的东西梁山江面后，陈务笃松了口气，通过报话机告知“安东”“楚同”二舰：“以后就没事了。各舰加快速度，到草鞋峡抛锚待命。”22日深夜，三舰安全抵达南京草鞋峡江面。

而在此之前的两日，即4月20日，林遵根据国民党海军司令桂永清的命令前往芜湖安庆一带，用炮舰来执行“阻击在该地大规模渡江的共军”的任务。当他在芜湖码头等候“永嘉”“永修”二舰时，临时执行芜湖地区江面防务的“太原”舰舰长陈务笃进来汇报。

“报告林司令，目前战况吃紧。江北的所有桥头堡均已被共军吃光，江南沿江守军驻点也都收缩到繁昌和芜湖，准备逃跑。芜湖地区能够大批渡江的地方，有十多处，小部可渡江之处，不计其数。从15日起，通过观察，我们就发现共军就以陆续小股部队渡江了。侦察排、尖刀连、突击营等不时渡江，时有所闻。渡过江的部队就站稳脚跟准备迎接大部队渡江。”

林遵接过陈务笃的话说：“这样看来，共军大面积渡江作战马上就要开始了！”

陈务笃连说：“是啊，所谓‘长江防线，固若金汤’完全是句空话。”

林遵笑了笑，说：“这是‘乌龟战术’的必然结果。都躲起来，真正成了缩头乌龟了！我看总裁蒋某人是个‘嗡养’，打又不能打，和又不能和，只有逃跑一条路而已。”林遵是福建人，“嗡养”是句骂人的土话，大意是傻瓜、白痴。

陈务笃似乎思考了一会儿，又对林说：“现在看来，国民党大势已去，蒋总裁早就派陈诚去经营台湾了，看来他是要跑到台湾去啊？”最后一句，陈务笃是故意用一种试探的口气说出来的。

“差不多吧！”

“司令，共军一旦渡江，我们怎么办呢？是不是也要退到台湾去？”陈务笃又一次小心翼翼地试探林遵的口风。

“大概是这样吧！”林遵迟疑地说。

“我们就不能……”陈务笃吞吞吐吐，想说投诚，但又不敢直截了当地说，说了一半，把下半截话咽了下去。毕竟此事非同小可，弄不好是要掉脑袋的。

“我们也只有看大局的变化，相机行事。我们要有各种准备，一旦时机成熟就……”林遵也很小心，把下半截子的话也咽了下去。

他们都不敢言明自己的态度，因为他们两人在海军中并不是一个派系的，彼此都存有戒心，保持着适当的距离。

陈务笃在半夜三更(23 日凌晨)到达了位于南京挹江门外的国民党海军总部。总部大院里一片混乱，狼藉不堪，前后几进院落冷冷清清，几乎看不到一个人影。电灯也灭了，漆黑一片。陈务笃走进了海军总参谋长周宪章的办公室，发现桌上点着两支散发出微弱光亮的蜡烛，阴惨地照在斜挂在墙上的蒋介石像上，作战地图已被全部扯下，电话已被拆下，抽屉全都抽了出来，满地是废纸与废弃文件。

周宪章正急忙地收拾文件。看到陈务笃后，周宪章停下手中的活，伸出手与陈亲切地握起手来：“哦，陈舰长，辛苦了，什么时候到的？”陈务笃就简单地把芜湖安庆一带的情况向周宪章作了汇报，并说他率领的三艘军舰和一些炮艇已经到达草鞋峡抛锚待命。

周宪章一边埋头收拾文件，一边用急速的语气对陈务笃说：“现在的形势真是糟透了，江阴的炮台已易手，原来在那里的‘营口’‘威海’二舰情况不明，国府、国防部早已经撤走，总部也已经全部撤走。你们三舰等林司令到达后再向他汇报情况。

林司令从黑沙洲来，估计马上就能到总部。整个舰队和南京的舰艇一起将由林司令带领赴上海。走，我们到总司令那里汇报一下情况。”

当周宪章和陈务笃到达海军总司令桂永清的办公室时，林遵已经到达。桂永清的办公室也是凌乱不堪，天已大亮，可办公室里两支蜡烛还没有熄。桂永清背着手，耷拉着脑袋，在室内踱来踱去。

桂永清用虚假的热情腔调说道：“你们可来了，我等你们好久了！”

随后他走到林遵面前，大声地说：“国民政府已经迁往了广州，海军总部今天也要迁往广州。本人马上将飞赴上海，现在已将在京的舰艇集中在笆斗山，交给你指挥。林司令，请你务必于今日傍晚驶离南京，将舰队带到上海。这是党国和总裁交给你的光荣任务。请你完成任务！”

其实，在此之前，林遵已与中国共产党的地下党有过接触，此时已有投诚起义之心。因此，为了不使桂永清起疑，故意面带难色地推辞说：“卑职才疏学浅，不堪担当如此重任，还是请总座亲临坐镇指挥为宜。南京的舰艇庞杂，有些还不是第2舰队的，这个任务……”

桂永清已准备乘飞机逃跑，他知道整个江面已完全被解放军的炮火所控制，如乘军舰去上海真是生死未卜。何况他还是1948年12月25日中共所列的四十三名国民党头等战犯之一，显然他是不肯冒此风险的。于是他连声对林遵说：“大可不必，有你林司令一人足矣，请不要再推辞了！”

接着，桂永清又对林遵说：“林司令，我想把所有舰艇带到上海，保存实力，可以等待时局的转机。只要你把舰艇带到上海，哪怕只剩下一艘，我也不会责怪你的。我还要请总裁升你任海军副总司令，授给你青天白日勋章。当然啦，一些性能老旧的、负伤严重的和实战价值不高的舰艇，我授权你断然处置，可根据情况给予毁沉。今天晚上离宁时，我将电请空军掩护你们冲过江阴。”

林遵未置可否，说：“那么我想请参谋长坐镇指挥，可否？”

站在一旁的周宪章则连忙说：“我今天要与总司令把总部搬往广州，杂务很多，走不开身，我看林司令完全可担此大任，不必忧虑！”

林遵又说：“那么作战署王署长呢？他能否跟我前往呢？”

当然，他的要求又一次遭到桂永清的断然拒绝。

二、是去是留？无记名投票

4月23日，天已大亮。在南京下关北的笆斗山江面上，密密麻麻地停泊着十二艘军舰和一批炮艇，蔚为壮观。林遵通知各舰舰长和两个炮艇队长在“永嘉”舰开会。会议由“惠安”舰舰长吴建安主持。

林遵首先介绍了他面见京沪杭警备司令部副总司令张世希和海军总司令桂永清的情况：“张世希痛苦绝望，大有凄然落泪之势，悲哀地表示：长江天堑都守不住了，无险可守的沪杭一线，更是无可阻挡。总司令命我带领大家前往上海。总司令说只要我能把大家带到上海，哪怕只剩下一条船，就向总裁保荐，提升我为海军中将副总司令，并要授我青天白日勋章。”后来，他还说请参谋长周宪章、作战署长王天池前来坐镇均被断然拒绝的情况。

他停顿了一下，继续说：“目前的形势是：江阴炮台已易手，三江营和仪征一带，共军有重炮扼守，这里驻守了共军一个强大的炮兵阵地。现在，我们的总司令桂永清已经乘飞机跑了，我们该怎么办呢？我们这么多舰艇，性能有好有坏，情况各异，事关大家切身安危，全体官兵的前途和命运。所以我特邀大家来共商前程，请各位慎重考虑，我将聆听大家意见后再做出决定。”

林遵的一番话，使大家陷入了思考之中，会议室里一片寂静。一阵沉寂之后，大家便七嘴八舌地议论起来。起初，大家的出发点都是讨论如何逃走，如何冲过被共军控制的“三关”。有的人主张把陈旧且航速过慢的“楚同”“永绩”舰毁沉，可使舰队轻装上阵，快速前进；有的人主张快慢军舰并靠航行可提高舰队的航速和缩短序列长度；有的人说过“三关”并不困难，江阴炮台当年是防止敌舰上驶而设计的，炮口是对准下游的，舰队顺流而下，威胁并不大，至于三江营、仪征的炮兵阵地，舰队可用优势炮火一边压制一边通过。这时，又有一位舰长说：“如果要开火，势必造成岸边的百姓大量伤亡。为了打日本鬼子，造成一定伤亡是不可避免的，但现在如果打内战使老百姓伤亡则大不应该。”接着，更有一位舰长说：“海军应该退出党派之争，把军舰交出去，战场起义，接受共产党提出的局部和平。”

在这种情况下，在场的舰长、队长纷争顿起。会场上围绕是走是留的问题，激烈地辩论起来，争执不休。大概有三分之一的人要走，三分之一的人要留，还有三分之一的人犹豫不决，没有明确表态。

林遵面无表情，静静地坐在那里，听着大家的议论，却一言不发。会已开到9点多钟了，这时当值的值更官报告：“来自安庆的‘江犀’‘吉安’‘永定’和‘联光’四舰已到达锚地。”

这时，会议室的气氛变得祥和起来，大家都很开心，脸上露出了罕见的笑容。林遵立即命人把这四舰的舰长也请来开会。等四位舰长来到会议室后，林遵又把刚才讲过的话重复了一遍。这时的会议室里有十六位军舰舰长和两位炮艇队长。

“惠安”舰舰长吴建安紧接着说：“我们应该退出党争，接受中共提出的和平协定条款，和平统一救中国……”

接着“永定”舰舰长刘德凯腾地站起来，义愤填膺地说：“背离国民党在良心上说不过去，可是国民党贪污腐化，确实使人痛心。我的军舰从安庆下驶，挨了好几炮，一炮打在驾驶台上，有好几个人受伤，没有医护人员抢救，又没有止痛药。”说着就坐了下去，伤心地大哭起来。

见此情形，“联光”舰的舰长郭秉衡也激动起来，边愤怒地大哭边说：“国民党那些高官真是岂有此理，把我们几条舰丢在安庆，不管我们的死活，还要我们和当地驻军联系后再说，而他们都带着姨太太逃跑了。我家在南京，老婆孩子还不知走没走。不管旁人走不走，我是决定不走了。”

其后又有几个人发言，但态度都不甚明朗。随后就没有人公开发言了，会议此时出现了冷场。

舰队的参谋戴熙愉并不是此次会议的正式参会成员，但他一直在会场做服务工作，里里外外忙个不停，在这冷场的时刻，他突然插话说：“我建议来搞一个民意测验，用无记名投票的方式来测验一下大家的意愿，以决定去留，大家看好不好？”

这时，林遵也点了点头，大家都同意这个办法。这时，戴熙愉就给十六位舰长发了票，而两位炮艇队长没有得到票。办法很简单，凡是同意留下来的，就在票上写“1”，要走的写“2”。

投过票后，在计票的空隙宣布大家暂时休息。

这时，很多人都走出会议室，在甲板上活动活动。林遵也走了出来，询问了一些人的意见。他走到“太原”舰舰长陈务笃面前，问他说：“你投的是什么票?”陈务笃老老实实地回答说：“空白票。”

这有些出乎林遵的意料，他诧异地问陈务笃：“你在会上多次发言都要留下，为什么又要投空白票呢?”

陈务笃回答道：“司令，大家这样激烈地争论，你却一直没有表态。你的葫芦里卖什么药，我还不清楚，我不愿意在白纸上落黑字，所以就投了空白票。再说投票主要是测验那些还没有发表意见的人的意愿的，我投不投票，没啥关系。”

林遵接着就问他：“那你还是愿意留下来起义的了?”

陈务笃很聪明地反问了一句：“林司令是不是愿意领导大家起义呢?”

这时，林遵很干脆地说：“当然。”

陈务笃也就接着说：“那我当然也留下来起义。那么，司令，你的中将副总司令就不要啦？青天白日勋章也不要了?”

林遵哈哈大笑起来，说道：“那不过是桂永清的一面之词，哪能相信呢?”

随后，宣布复会，投票的结果出来了：8票“1”字，2票“2”字，6票是空白票。林遵这时发言说：“经过大家充分发表意见，进行了激烈的辩论，又进行了投票测验，事情可以定下来了。参加投票的16位舰长，赞成留下来起义的8票，反对起义的2票，弃权的6票。这说明大多数人是愿意留下来起义的。刚才，我又向个别人征询了一下意见，弃权的6人中，有的是愿意留下的，有的则随大多数人行动。两位投反对票的人也表示：假如绝大多数人都要留下来，他们也不会固执己见。”

林遵早年在英国和德国都学习过，作为受过国外高等教育的军官，他尊重所有人的权利，他还说：“起义与否，是关系到在座各位和全体官兵前途的大事，一定要自愿，绝不能勉强。如果哪一位现在还想走，那还可以走，绝不勉强。个人的命运由个人决定嘛!”林遵再次征求了大家的意见，无异议后，他宣布了三件事：

1. 请吴建安和张家宝两位舰长商量拟稿，写信和解放军联系；吴建安和戴熙愉商量派人到浦镇送信。

2. 各舰电台暂不与总部断掉联系，在未与解放军取得联系之前，不让总部知道会议内容。

3. 各舰锚泊太密集了，今晚需调整疏散，以防不测。

既然已经决定起义，林遵就立即派人到浦口与解放军35军接洽。35军委派联络部张普生部长前来会见。一见面，张普生就紧握住林遵派来的代表戴熙愉和王熙华的手，热情地说："我们接到陈毅司令员的指示，知道你们就要起义，可到处找不到你们。你们来了，我们热烈欢迎。"随后，张普生应邀乘炮艇上了"惠安"旗舰会见了林遵。他向第二舰队全体官兵表示热烈的欢迎和慰问。

人民日報
國民黨第二艦隊
起義參加解放軍

《人民日报》刊发
第二舰队起义的新闻

张普生还带来了35军军部写给林遵的回信：

林司令鉴：

来函敬悉。展阅之后，甚为兴奋，我们以万分热诚，向你们表示欢迎。贵舰队所走的这条路，是完全正确的，必须为建设人民的新海军而努力前进。

为圆满解决此项问题，请你今夜12时到南京励志社来找我们，一切问题面商解决。

顺祝

胜利！

军　长　吴化文
政治委员　何克希
副政治委员　张　雄
政治部主任　孔繁彬
1949年4月24口

当晚，林遵带领随员到励志社35军临时军部与吴化文军长、何克希政委简单商谈接收的一些具体细节。

4月27日清晨，参加起义的各舰和炮艇纷纷升起了红旗。除去中途临时脱离舰队向上海方向逃走的七艘军舰外，九艘军舰和十六艘炮艇驶向了下关的海军码头。8时整，中国人民解放军第三野战军第8兵团司令陈士榘乘吉普车来到下关海军码头，前来检阅和接收舰队。林遵以及舰长艇长们都在此等候，他快步走到码头上，与大家一一握手。林遵简短地向他介绍了情况，他点头微笑说："好，好啊！我们上船去看看！"林遵引导陈士榘一行到各舰参观。当他走上"安东"舰驾驶室时，看到钟表、罗经、舵轮等仪器被擦得锃亮可鉴，且保存完好，深为赞赏。随后，在会议室里，陈士榘对起义的主要官员进行了勉励和慰问，在最后，他说："当前最重要的问题是保存我们的舰艇和人，而且主要是人，敌人的飞机已侦察过，后一步必定是轰炸。敌人不让我们有海军，但我们却一定要建设强大的海军。我们必须与之斗争。因此，我看过了就算接收了，细节以后再说。现在舰队须尽快疏散隐蔽。船上大部分人，先下来集中学习，少部分人，把兵舰开离码头，按预定计划疏散隐蔽。"

陈士榘和林遵在军舰上

28日、29日，以及随后一段时间，国民党军空军的轰炸机连续轰炸江面上的起义舰艇，由于防空高射炮的射程均打不到飞机，所以舰队损失惨重，除去"美盛"和"联光"舰幸免外，其他各舰先后被炸沉。但是这些起义的海军官兵却成为中共领导下第一支海军——解放军华东军区海军的主要骨干力量。

4月30日，起义的官兵向中共的毛泽东主席、朱德总司令发去了致敬电。5月

18日，毛泽东、朱德电复第二舰队的起义官兵，该电文如下：

林遵将军、邵仑舰长、李宝英舰长、吴建安舰长、张家宝舰长、宋继宏舰长、易元方舰长、郭秉衡舰长、韩廷枫舰长、陈务笃舰长、杜濈琛队长、张如櫄队长和第二舰队的全体员兵们：

庆祝你们在南京江面上的壮举。你们率领二十五艘舰艇，毅然脱离反动阵营，参加到中国人民解放军的大家庭来，这是值得全国人民热烈欢迎的行动。在巡洋舰“重庆”号于2月间起义并被国民党反动派于3月间炸毁以后，4月间又有你们的大规模起义，可见中国爱国人民建设自己的海军和海防的伟大意志，不是任何反动残余所能阻止的。希望你们团结一致，学习人民解放军的建军思想和工作制度，并继续学习海军技术，为中国人民海军的光明前途而奋斗。

毛泽东

朱　德

1949年5月18日

三、“好，就这样拍板决定！”

林遵所领导的第二舰队的起义难道真的是各舰长投票起决定性作用的吗？

其实不然，这里有一个复杂的过程，一方面林遵寻找中共接洽，另一方面中共地下党做了大量策反工作。

1947年，国民党海防第二舰队成立，桂永清任命林遵为舰队司令。

林遵与舰队的机轮长阙晓钟关系很好，阙是他的同学和老乡，又长期在一起工作。林遵是林则徐的侄孙，一贯忧国忧民，他那时就感觉到国家民族没有什么希望。林遵有一次对阙晓钟说：“我们最好能和中共联系一下，最好能找到他们的中央联系。你先联系一下看看，一定要小心。”

于是，阙晓钟开始活动起来。正好，阙晓钟的三弟阙巍观在江苏大学时有一个要好的同学叫吴平，吴是中共党员。吴平得知此消息后，辗转把第二舰队想起义的消息报告给中共华东局。后来华东局就派吴平、曹一飞夫妇进行联络和策反第二舰队的起义工作。

1948年10月,周恩来指示,通过上海的中共地下党组织,派吴克坚、林亨元找郭寿生与林遵进行联络。郭寿生是《海军》月刊社的编辑,与林遵是烟台海校的同学。当时,第二舰队的司令部在镇江。11月,郭寿生从上海来镇江,随后与林遵、阙晓钟一起去金山寺游览。

郭寿生对林遵小声地说:“上海地下党组织根据周恩来的指示,派我来策动第二舰队起义。”

林遵当时就表态:“我早有此意。我想请机轮长阙晓钟负责与中共上海方面具体商谈。”

就这样,阙晓钟作为代表到了上海,通过郭寿生与上海的地下党进行接触。他与中共上海地下党代表林亨元见了面,他向林亨元明确了林遵司令率领第二舰队起义的诚意。

在一次会谈中,阙晓钟转达了林遵的意见:1. 军舰上人员复杂,军舰行动,非二三人可以掌握;2. 蒋、桂派系的舰艇不好掌握;3. 桂永清和周宪章坐镇南京海军总部,对第二舰队直接指挥、监视和控制。因而,起义的时机应在解放军渡江时比较合适。林亨元也向阙晓钟提出,要林遵、阙晓钟他们给中共方面提供军事情报,大致范围为:海军军事情报;二舰队从长江各渡口撤防集中至镇江、南京、芜湖、安庆等地的情报;各项建议及起义时的联络信号。

随后,双方代表一直进行着私下的交流,商讨起义的各项细节。林亨元在一次与阙晓钟的见面中直截了当地提出来:“我们党没有同林遵见面,这个事情就还没有具体化。虽然在联络过程中,我们都有代表,但是到了决定的时候,党要跟林遵直接接头。”

1948年底,经过安排,林遵、林亨元和阙晓钟在镇江郊区的一家小吃部里接上了头。

林亨元首先说:“党中央已经同意你们选择在大军渡江的时机举行起义。中央希望你们能协助配合解放军渡江,以后还要以你们舰队为基础建立华东海军。”

林遵接过话茬说:“公开配合解放军渡江,难免遭到国民党飞机轰炸,造成渡江部队和舰艇的严重损失。配合渡江可以做到不向北岸和渡江船只开炮，如果军舰在长江上开炮，极容易误伤百姓。”

林亨元点了点头，表示同意林遵的意见。

林遵接着又说：“我已把所有长江舰艇由各渡口撤防集中到各大港口镇江、南京、芜湖、安庆，以便于解放军渡江。”

林亨元满意地微笑着，说：“你们起义，我们表示欢迎。至于能否掉转炮口打国民党军队，就请你根据具体情况自己决定吧！今天就这样拍板决定了！”

林遵站了起来，握住林亨元的手说：“好，就这样拍板决定！”

自从决定起义后，林遵就利用自己的亲信在舰队开展广泛的活动，做了大量的思想工作，所以才有 1949 年 4 月 23 日，国民党第二舰队通过投票决定是去是留的那一幕。

张轸倒戈

一、虎口脱险

1949年5月14日，白崇禧由广州坐飞机回到武汉，立即打电话叫张轸（字翼三）到武昌见面。

白崇禧

张轸赴会的决定一宣布，部属又来相劝，他一一拒绝。因为张轸要起义的风声肯定已经传了出去，白崇禧此时也正准备从武汉撤退到贵州，此时张轸去会见白崇禧无异于是赴"鸿门宴"，生死未卜。

就在5月14日早晨，张轸临行时，他的得力干将128军军长辛少亭还在劝他取消此行。

在劝说无果的情况下，辛少亭最后说："司令，看来你是一定要去了。千万要小心，多带些警卫。你走后，我的部队就向武昌靠拢，万一发生不测，我就指挥部队打进去，一定救司令脱险。"

张轸感慨地说："疾风知劲草，危难见真情。你对我的关心，我是铭感的。但是千万不能乱动。"

张轸又说："凭我与白健生的多年交往，想来他不至于翻脸不认人的。"

辛少亭提醒说："司令。有道是害人之心不可有，防人之心不可无呀！在这关键时刻，不能不防。"

"最坏的可能当然不能排除。一旦我真的不能回来，你不要为了我一人而误了大家的事。你就代我指挥部队，带领大家起义。家乡父老交给我们这支部队，我们义不容辞要把他们带上正路。”

张轸这样一说，辛少亭不由得泪盈满眶，说：“请司令放心，您对我如此重托，我岂能辜负钧座厚爱。此事有关我部将士的前途和身家性命，我当全力以赴，即使肝脑涂地，也在所不辞。”说到这里，辛少亭声调颤抖，不禁泪流满面。

武昌，红楼大院，华中军政长官公署。这里三步一岗，五步一哨，加上路上行人寥寥，商店早已关门闭户，显得极为萧条凄凉。

张轸

张轸一踏进门就与 58 军军长鲁道源迎面相逢。鲁道源慌慌张张地从房间里出来，见到张轸神情尴尬，连个招呼也未打就匆匆走了。

鲁道源原是张轸的部下，由他一手提拔，渐次升到军长。张轸对他推心置腹，在信阳时，张轸曾把起义的打算告诉他，劝他一同起义。鲁道源表示有难处，说他的部队将退到云南去，反劝张轸也去云南。后来鲁道源的 58 军被白崇禧调到武汉，又任他为武汉守备司令。几天前，张轸又亲自秘密来到武昌，再次做鲁道源的工作，对他晓以利害，说明国民党的败亡已成定局，及早起义就能有一条光明的道路。

这时，白崇禧进来了。

白崇禧颇客气地说：“翼三兄，劳你久等了。抱歉，抱歉！”

“不，不，我刚来。健公日理万机，自然是忙。翼三稍等是应当的嘛！”

白崇禧与张轸在一对沙发上坐下，又寒暄了一阵。

白崇禧忽然冷冷地说：“国防部来了一份电报，请你先过目。副官，把电报拿来！”

白崇禧一声喊，持公文夹的副官匆匆从邻室跑来，在公文夹里拿出一份电报，双手递到白崇禧跟前。白崇禧用手一指，说：“请张副长官司令先看！”

张轸接过电报，不看犹可，一看惊呆了。那上面的内容是：据密报，张轸勾结共匪，图谋叛变，请将其师长以上军官扣押送广，严厉法办，所部就地解散。

这是在广州的国防部顾祝同发来的密电。

张轸紧张至极，浑身发冷，电报上的字模糊成一片。悔不该不听辛少亭的劝告，自投罗网，不仅自己不能脱身，而且属下的师长一个个都要被扣押，更可悲的是自己费尽心血拉起来的部队一下子又要风吹云散了。

张轸毕竟是见过世面的人物，他对白崇禧说："总座，既然国防部要扣押翼三，翼三今日上门来了，就请总座依法行事。只不过，翼三心里有几句话要说。"张轸显得不慌不忙。

白崇禧眼看着他，说："你有话就说。"

"说我勾结共匪，这个罪名似乎不能安在我头上。德公（即李宗仁）派代表团去北平，和共方对话，这又怎样？所谓'五省联盟'与中共划江而治，这是德公与总座的共同安排，这对党国的统一又产生怎样的影响？去年翼三听健公的话，以个人和河南参议会的名义发出通电逼蒋下野；近几个月我派人和中共联系也是按健公指示而办。翼三生平不作诳语，到时只能有啥说啥了。"

这些话都是事实，那些事确实也是白崇禧亲自或参与或示意的，并无多少虚假。

当初白崇禧让张轸与中共联系，是个缓兵之计，原指望中共停止沿平汉线进攻，以保存桂系实力，并非真要张轸投共。岂料张轸弄假成真，决心起义，白崇禧岂能答应！因此他去了广州与顾祝同密谋，让顾以国防部名义发个电报，企图逼张轸就范。同时，白从广州回来后即令他的嫡系第7军开进张轸防区，一头包围贺胜桥的张轸所管的19兵团司令部，一头包围金口的128军。几个方面并进，非让张轸听他摆布不可。

白崇禧听了张轸的回答后也不好多说，一时颇为尴尬。他思索一下后，说："好吧，你在这里坐一刻，等一会我再和你谈。"随后，他便出去了。

会客室里只剩下张轸一个人。他从沙发上站了起来，走到窗口，看外面是否有人监视，发现并无一人。他索性走出门外，也同样没有哨兵。当机立断，他跑去找王和华探听虚实。王和华是他在日本士官学校时的同学，现任华中军政长官公署的副参谋长，平时相处尚算不错。

张轸来到王和华办公室的门外，透过窗户看到他正和副司令夏威在低声地谈话。

张轸敲着门，干咳了两声，故意大声说："和华兄，翼三来看你了。"

王和华脸上带着惊异的神色出来开门。就在王和华开门之际，夏威从室内走出，见到张轸略一点头就走开了。

张轸一进门就开门见山地说："伙计，我恐怕要出事了，你要照护照护。看在老同学分上，你可不能坐视旁观呀！"

王和华压低声调对张轸说："现在谣言是有的，好在你同总司令关系很好，你可以同他彻底谈谈。"

张轸从他的办公室退出，匆匆回到原先的会客室。这时他倒镇静了。他想：反正现在已身陷牢笼，急也没有用。在过去数十年生涯中，一次次难关都已闯过，难道真有过不去的火焰山？想到这里他坦然自若，等着白崇禧。

白崇禧推门进来，神态与前不同，他微笑着说："翼三兄，广州的电报不必介意，有我呢。不过，你和北边的联系希望如实告诉我，上面再来查问，我可以有个说法。不然，我也落个失察之罪。"

"健公，看来你不相信我。我同北边的联系哪次也没有瞒过你，事前事后都向你禀报，和北边打交道也都是用你我两人的名字。"张轸回答得干净利落。

"好了，不说这个。有件要事和你商量一下，还请你鼎力相助。"白崇禧说得很恳切。

张轸道："健公您也太客气了，有事就给翼三下命令，您的命令我无有不服从的。"

"那好。"白崇禧清了清嗓子说，"实不相瞒，我的部队就要撤退了。两湖之地不能就此让给共军。这就仰赖翼三兄了。我想，自你撤出信阳，河南沦于共军之手后，你就不再是河南省主席。我考虑，除请你兼湖北省主席外，湖南省主席的位置还虚悬着。有些事情需要布置一下，明天上午10点钟开会，你立即打电话叫你部师长以上军官都来，你也不用回去了，就住在这个屋子里，我们作长夜之谈。"

张轸明白白崇禧要下手了，要按顾祝同所言来个一网打尽。

张轸一边站起来，在室内走了几步，慢悠悠地说："健公，您怎么改变主意了？您不是要我们撤退吗？现在两湖都将不守，省府政权将依托何地？再说我已部署了撤退,共军旦夕就将渡江,师长以上军官,此时此刻是脱不了身的。”

白崇禧把脸一沉,说:“一定要他们来开会。你就在这里给我打电话回去,就叫师以上军官立即来开会。这是我的命令!你也不要回去了。今晚就住在这里,我们做一次夜谈。”

张轸立即正言道:“一切服从命令。部队一两天就要出发了,我部驻汉办事处的人都知道我今天上午来武昌,许多负责人在等待我解决一些重要问题,我一定要到办事处一趟。那里有直通电话线,打电话很方便,我叫军师长们明天都来开会。办事处已迁到武昌,离这里不远,至多一个钟头就转回来。我很想和你再作长夜之谈。”

白崇禧似乎为他的话所打动,迟疑了一会儿。

张轸乘机又说:“我回去一趟,最多一个小时,立刻就回来。健公您总不会怕我跑掉吧?要是信不过,您可以派人跟我一起去!”

白崇禧又犹豫了几分钟,手一挥,说:“你先去吧!”

白崇禧一松口,张轸就立刻告辞。像鸟儿出笼,鱼儿脱钩,他命令司机开足马力,赶快离开武昌。

轿车在马路上走了没多久,就拐入小巷。走了几条弯弯曲曲的小巷后,来到武昌城边,张轸机警地看看后面有没有盯梢的车子。司机把方向盘往左一打,就上了公路。

张轸命令:“回贺胜桥兵团司令部!”

公路的几个路口又出现了新情况,许多士兵都在忙着架铁丝网,增设鹿砦、路障,还有一些士兵在路边的掩体里架起了机枪。

张轸感到事情不妙,又吩咐司机:“不去贺胜桥了,给我去金口128军军部,越快越好!”

轿车转向西,开足马力,飞速前进。

为了躲过设在武泰闸上的汽车检查站的特务们,张轸提前下了车,嘱咐副官和卫士乘车先行,在过桥三里处江边等他。张轸只身坐小船渡过鲇鱼套小河,步行三里多,找到吉普车,顺着长江大堤,急驶金口鲍汝澧师部。

这样,张轸总算虎口脱险了。

二、金口倒戈

到金口后，张轸立即以电话通知辛少亭、张继烈、张玉龙，要他们到金口商讨大计。

不久，即有参谋来报告："驻贺胜桥的兵团司令部及五个直属营，都被第7军包围缴械，公私财物抢劫一空。"

张轸听了非常气愤，随即在电话里同白崇禧对骂了一场。这时，128军军部尚在山坡，128军副军长兼参谋长裴毓华来电话说："山坡驻地已遭第7军监视。"

张轸当即命令裴毓华将128军军部立即撤到金口；命令张继烈和张玉龙两师星夜撤离原驻地，向金口集中，并在马鞍山等处占领地势，构筑工事，如第7军向他们进攻的话，即坚决阻击。随后，张轸又给127军军长赵子立挂电话，但电话已经不通，电台也接不上了。

等各师长到齐，张轸声泪俱下，将顾祝同的电报内容和他脱险的经过向大家述说了一遍，听者无不义愤填膺。大家当即决定提前行动，宣布起义。涂建堂在铁路以东，未能到会，通过电台把会议内容告诉了他。张旭东师属128军建制，辛少亭军长通知张，军部已移金口，要他到金口来，目的在于逼他随同起义。

参加这次会议后，张旭东要回驻地解洲。辛少亭对张轸说："决不能让张旭东走。"

张旭东见了张轸就哭着说："我随总座多年，应该跟着总座效力。但我在商城一带杀共产党太多，我不能不走。我的老母和妻子都在贵州，我只身到贵州去，决不带走部队。"

张轸问他部队交给谁，他说交给刘团长。张轸当时碍于情面，心一软，就放他走了。

金口会后，张继烈、张玉龙两师都在5月15日拂晓前到达了指定地点。上午7时，白崇禧的第7军约两个团的兵力，向贺胜桥西北马鞍山张轸部的张继烈师阵地进攻；其后续部队第7军约一个师、国民党湖北省保安旅约两个团，齐向金口方向急进。裴毓华、张继烈指挥所部奋勇阻击。

这时，张轸的大女婿、派出去接洽中共的联系人张尹人已从中共所属的江汉军区返回金口，向张轸做了汇报。

于是，张轸一面按约定的代号和标志向起义各师布置，一面派人过江向江汉军区报告已提前起义的情况。兵团的起义代号为“55555”部队。起义后，张轸部的全部官兵摘除国民党的帽徽，右臂缠白毛巾为标记，由江汉军区独立旅迎接。

随即，张轸命令各师：“如敌人继续进犯金口，即同他决一死战。”

其时，进军武汉的中国人民解放军第四野战军已于5月14日在武汉下游的团风渡江，从金牛直向贺胜桥插去。白崇禧于15日下午4时坐飞机仓皇逃命，他哪里还有时间来同张轸周旋。入夜，白崇禧残部及向张轸部进攻之敌均纷纷向南逃窜。而张继烈和张玉龙两师趁势截击，颇有收获。涂建堂师在铁路以东湖泗桥一带截击由安徽向湖南逃窜之敌，也缴获不少枪支，俘虏了一些逃敌。

张尹人从江汉军区返回金口，途经汉阳县山羊头，这里有湖北省保安旅独立支队陈必祥部千余人，在这一带驻扎，正无所适从。张尹人动员陈必祥参加张轸兵团一同起义，陈欣然同意。张轸即刻令鲍汝澧派人过江欢迎，并将陈部编为一团，归鲍师建制，即日移驻金口附近。

张轸兵团于5月15日提前起义，打乱了白崇禧在武汉撤退时大破坏的行动步骤。16日汉口《大刚报》发表张轸部起义的消息，武汉市民闻讯，无不兴高采烈。

16日下午，解放军四野12兵团先头部队进入武汉。张轸派人通过地下党的介绍，由刘梦夕陪同，向四野师长李伯秋汇报了张轸起义的情况。

17日，武昌解放。18日，张轸亲自到汉口，见到了四野12兵团的司令员萧劲光和政委唐天际。唐政委在抗战初期同张轸就有过接触，熟人相见，格外亲切。萧、唐两位首长对张轸率部起义表示热烈欢迎。不久，邓子恢（这时已调任四野副政委）也来电慰问。

5月25日，毛泽东代表中共中央军委发来电报，对张轸本人和部队作了安排，题为《对张轸部按起义待遇加以改编》。电文如下：

华中局，并告萧陈：

（一）萧陈22日电、林萧23日电均悉。（二）张轸部应照曾泽生、吴化文那样，以起义部队待遇。(三) 目前如金口、嘉鱼一带适宜，即可就地整训听候改编；如金口、嘉鱼一带无粮，请你们考虑是否可令其开至江汉军区就粮，并便利争取及改编。(四) 张轸和我们接洽已久，其部队是河南保安部队编成的，是否还有一部分湖北地方武装在内不明，此种部队集中归我改编是对我有利的，故应对张轸及其部属采取欢迎态度。此点请通知湖北地方。(五) 张部目前短期暂用原来名义，由你们召集李先念、王宏坤、王树声诸同志会商，由 10 纵、12 纵抽出一两个师与张轸合编为一个军，张轸为军长，以我们一人为副军长，按照改造曾泽生、吴化文等部的方法加以改造。(六) 张部粮食、经费照我军待遇。(七) 以上各点由华中局考虑决定实行。(八) 请萧陈告知张轸，他给中央电报已收到，他的行动我们认为满意，希望他告诫部属坚决站在人民方面，将所部改造为人民解放军。并问张轸他与程潜是否有电台联系，或有其他通讯方法叫程潜率部起义，配合我军行动。

军委　辰　有[1]

5 月底，起义部队开赴武汉附近的汉川县整编。

1949 年 8 月 1 日，张轸部经中共中央军委决定，正式改编为中国人民解放军第 51 军，任命张轸和辛少亭为正副军长，涂建堂、张玉龙、鲍汝澧、张继烈为 211 师和 212 师正副师长，斐毓华为军司令部副参谋长，张了且、张尹人为军政治部正副秘书长。

三、识时务者

张轸，字翼三，河南罗山河口寨人。宣统元年(1909 年)夏考入开封陆军小学第四期。辛亥革命爆发后赴武昌，为李烈钧部文书。不久被保送入武昌学生新军，参加阳夏保卫战。1912 年夏重返开封陆小，参加毕业考试。1913 年夏入南京陆军第三中学，适逢“二次革命”，遂参加讨袁之役。失败后遭袁世凯政府通缉，亡命于

---

① 辰有，电码月、日代字，即 5 月有 25 日。

秦洛之间。袁世凯死后，进入北京清河陆军第一中学。1918年升入保定陆军军官学校第九期。1919年保送日本陆军士官学校第十四期。1923年夏毕业回国。回国后，他先后在陕西刘镇华的镇嵩军、冯玉祥的西北军中任职。1925年赴广州，任黄埔军校战术教官。次年，32岁的张轸在程潜任军长的国民革命军第6军任56团团长，参加了北伐战争。由于他骁勇善战，屡建奇功，很快就升任第6军18师师长。抗日战争时期，张轸任豫北师管区司令、110师师长，在台儿庄战役中，又建功勋，升任13军军长。随后率部参加了武汉保卫战、随枣战役，后入缅作战。

张轸是在不断的战事中成长起来的国民党军将领。

但是同解放军打内战以来，他连战皆北，成了“常败将军”。

1947年8月，张轸奉蒋介石之命，指挥两个整编师和一个独立旅在汝河南岸防守，但是没有阻住刘邓大军的南下。蒋介石为此对他严加训斥，令他穷追围剿，然而随后刘邓、陈粟、陈谢三支大军已互为犄角，使张轸等许多国民党军队连吃败仗。

1948年张轸所率的五万余人被解放军团团包围，东闯西撞，部队被拦腰斩成数段，才交战两个小时其主力即被击溃，张轸四面楚歌，陷入绝境。幸亏白崇禧派飞机把他接到武汉，才幸免于难。

同年6月，粟裕领导解放军华东野战军开始豫东作战。在打开封时，蒋介石令刘汝明、张轸、区寿年、邱清泉四个兵团驰援。面对粟裕的口袋阵，邱清泉乘隙北逃，刘汝明按兵不动，张轸也顾虑重重，且看且行，只有区寿年兵团一步步进入到口袋里，不到几天的工夫，五万四千人被歼，众人解救不及，让大惊失色的张轸又一次领略到解放军的厉害。

1948年夏季，蒋介石为了挽回中原战局的颓势以及加紧对华中地区的统治，决定改组武汉指挥系统。程潜由武汉行辕主任改任长沙行辕主任，迁往湖南。另设华中“剿匪”总司令部于武汉，任命白崇禧为总司令，张轸和宋希濂为副总司令。随着武汉指挥系统的改组，前进指挥所退到信阳，改为第五绥靖区司令部，张轸兼任司令官。

开封第一次解放后，蒋介石免去刘茂恩的河南省主席的职务，改由张轸接替。他于9月间到开封接任后，即将省政府迁到信阳办公。至此，从形式上看，张轸总揽河南的军政大权，但实际上，所谓河南省，其管辖的范围不过信阳附近十几个县城而已。

在国民党的高级将领中，张轸被公认为有头脑、会打仗的人；但是，由于他不是蒋介石的嫡系，三番五次地被蒋介石贬职，受尽了屈辱。张轸曾填词发泄自己对蒋介石的愤怒：“数理本难凭，似有夙因。阳明却也困邮亭。回忆当年莫须有，何恨不平？”由于张轸不是蒋介石的嫡系，而且有过一段反蒋经历，他当时指挥的部队，没有一个师是张轸自己的队伍。第五绥靖区司令部所在的信阳，已成大别山北的孤立据点。此时此地，此情此景，何去何从，是他考虑得最多的一个问题。对蒋介石不满的张轸，却对中共颇有良好的印象，在抗日战争中，多次和共产党合作，与共产党的领袖林伯渠、朱瑞、刘少奇有过交往。

在此情形下，张轸认为：大势所趋，人心所向，瞻前顾后，唯有起义一途。

作为高级将领的张轸，自然也有一定的政治头脑。他在他的自述中称：

> 但是我又想，起义不能空着手，光杆司令的起义，对战局也不会有什么大的影响。最好有十个师，至少也要有五个师，这才是对革命送的一份像样的礼物。这也就是我当时认为的“政治资本”。回想大革命时，我在第6军当团长、师长，党代表林伯渠对我很好，我要是起义了，他一定会关照我。但林老的关照，也必须有大的“政治资本”作基础。“资本”大一些，起义后的地位也会高一些。因此，我便开始积极为筹集起义“资本”而耗费苦心。

最初张轸判断：吴绍周的85军是原13军的底子，在抗战时，他任过13军军长，应该说有一定威信，可以利用旧部联络感情，说不准还能随张轸起义。张轸还想当然地认为鲁道源的58军也可跟他一道行动。有了这两个军，再加上一些河南省属的保安旅、保安团，本钱也就像样了。不料，淮海战役开始，黄维奉命成立第12兵团，蒋介石把当时正由张轸指挥的吴绍周、胡琏等三个军拨给了黄维。为此，张轸向白崇禧力请把吴绍周军留下，以鲁道源军替换，但蒋介石不答应。当吴军业已开拔之时，张轸还做最后的努力，使该军在新蔡滞留十天之久，但最后未能如愿。

吴绍周走后，鲁道源便成了张轸谋取一起起义的主要对象。鲁道源是云南人，不是蒋介石的嫡系，同张轸的交情也比较好，可能问题不大。但密商了三次，鲁道源都不同意。

在这种情况下，张轸也明白其实他真是一个“光杆司令”。于是便打消了从正规部队找“资本”的念头，只好另起炉灶，以省主席和绥靖区司令官的名义，改编地方团队。

河南地处中州，在军阀混战时期，战乱频仍，兵多、枪多为历史遗留问题。各县均有地方保安团队，张轸认为这是筹集“资本”的好条件。于是，张轸通过顾祝同向蒋介石建议，由张轸在当地成立几个绥靖旅，将来拨补蒋的正规军，以解决当时兵源不足的困难。

蒋介石同意此举。这样一来，张轸就取得了在河南一带扩军的合法地位。随后，张轸就派了十几个亲信旧部去潢川、确山、桐柏、泌阳、遂平、正阳、罗山、光山、信阳、息县等地当专员或县长。张轸给他们的主要任务就是收编地方保安团队，组成绥靖旅或保安旅，同时收容失学青年，编为各旅政工队或宣传队。在短短几个月的时间里，就拼凑了十个旅。旅长分别是：辛少亭、涂建堂、鲍汝澧、阮勋、张继烈、张玉龙、程晓沧、郭心波、刘子仁和张旭东。后来几经整顿，把十个旅编成两个军，127军军长赵子立，128军军长辛少亭。原来的旅长大都升了师长。蒋介石又给了个第19兵团的番号，此时张轸就摇身一变成了兵团司令官。至此，张轸梦寐以求的起义“资本”便初具规模了。

据张轸自己说，他之所以产生起义的念头，并不是偶然的。他说：“第一次国内革命战争时期，共产党对我就有一些影响。特别是林老（伯渠）对我思想的进步帮助更大。抗日战争初期，我在豫北任师管区司令，曾先后邀请八路军驻第一战区长官部的代表朱瑞和唐天际两同志，到新乡讲过游击战术和群众工作。后来在重庆又和周恩来、叶剑英、林伯渠、邓颖超等领导人有过接触，均受到一定的影响。”

1948年淮海战役开始以前，张轸主动请民主人士李世璋代表他，通过华东地区的中共党组织，向中共中央反映他的基本思想动态和打算。与此同时，解放军也派出工作人员加紧对张轸进行策反争取。1947年底，通过中共开封地下党组织的介绍，冀鲁豫军区的方敬之同张轸的大女婿张尹人（潢川中学校长）建立了工作关系。1948年5月起，方敬之多次到信阳，都住在张轸大女儿张世佛家里，并在他的家属和亲友之间开展了宣传、酝酿和争取的工作。加上张轸自己对亲信旧部的秘密动员，逐渐在他的身边形成一股支持张轸走起义道路的力量。这股进步力量，包括五绥区政工处处长张了且，军需处处长张鉴古，军长辛少亭，师长涂建堂、张玉龙、鲍汝澧、张继烈，办公室秘书吴高明等。他们及其所领导的部队，正是张轸兵团起义的积极支持者和骨干力量。

张轸是起义的主要领导人，但他的参谋长朱其平、秘书长范效纯，都是起义的坚决反对派。朱是日本士官生，跟张十几年，张轸对他信任不疑，人权和财权都交他掌握，但他思想顽固，坚决反共。关于起义的问题，张轸同他争论过好多次，他始终反对。

朱其平总是说："国民党虽然暂时失败，但将来会取得胜利。共产党的后台是苏联，国民党的后台是美国。战争主要是经济战和技术战，这两方面，美国都比苏联强得多，一旦美苏战争爆发，美国必胜。"

而范效纯曾是张轸的学生，后来投靠CC系，当过开封反省院院长，迫害过许多中共党员和进步人士。他害怕共产党，死心塌地反共，但他不像朱其平那样敢于和张轸当面顶撞，却经常给朱烧底火，他俩狼狈为奸。然而，他们两人除了有共同的顽固立场外，还有一个共同的旧观念，重视私人交情，好聚好散。在张轸说服不了他们，他们也影响不了张轸起义的情况下，他俩都表示愿意离开部队。张轸知其不可挽留，就给每人送了一些路费，让他们各奔东西了。

此外，在起义酝酿过程中，军统、中统特务对张轸也没有放松监视。以沈希为处长的五绥区司令部第二处，就是国民党国防部第二厅的派出机构。他们不仅控制了军事情报，也过问地方政情变化。还有蒋介石侍从室派来的联络组（军以上的单位才有），既要审阅下面的报告，又要过目张轸发出的命令。他们自带电台，每晚与侍从室直接通报联系。河南省军统的站长岳烛远，被派到19兵团当联络组长，一直住在兵团司令部，对张轸实行监视。他经常对张轸指名某某是共产党，某某有嫌疑，某某部队靠不住，要严肃整顿……颐指气使，十分猖狂。19兵团成立时，领导机构由原第五绥靖区司令部改组而成，张轸事先保荐张了且为兵团政工处长，就是针对国民党国防部第二厅再派人来的一项抵制措施。

由于起义酝酿时间较久，除骨干力量心中有底外，其他高级军官亦多有所闻。至于其他高级人员和一般特务，因为张轸当时利用追随李宗仁、白崇禧逼蒋下台的所谓"和平运动"作掩护，使人真假难辨，起义活动才得以向前推进。但也有人看出真相。如蒋介石侍从室派驻华中“剿总”的联络组长刘伯龙，他就曾多次公开对人说：“委员长对张轸推心置腹，给以军政大权，他还想造反，我非杀他不可。”斗争之尖锐复杂，可以想见。

1949年元月初，张轸派张尹人随方敬之到解放区，二野副政委邓子恢在开封接见了他。他指示说：“解放战争形势发展很快，比原来预计的快得多，今后发展将要更快，愿意依靠人民，共产党表示欢迎，希望早下决心；起义地点和时机，最好在解放武汉时，影响要大些。”邓子恢还告诉张尹人，决定派丁一处长到信阳去联系。

正当这时，淮海战役胜利结束，国民党政府大厦将倾，李宗仁和白崇禧为首联合程潜秘密策划了所谓“五省联盟”的活动，目的在于逼蒋介石下台，由副总统李宗仁取而代之。白崇禧极力拉拢张轸，利用张轸派人去与解放军接洽起义，用作缓兵之计，迟滞解放军南下。他还对张轸说：“再派人去解放区时，就说是代表我们两人的。”白崇禧的如意算盘是：李宗仁代替蒋介石之后，外取美国的信任，内与共产党分庭抗礼，划江而治，造成南北朝的局面。

丁一到信阳后，先住在张尹人家中，后来就住在涂建堂旅部，换上军服，经常随涂出入。丁一来张轸的部队对官兵宣传了中共的政策，坚定了起义的信心，从而扩大了影响。

2月下旬，张了且和张尹人送丁一回解放区。在漯河，陈赓兵团的周希汉军长接见了他们两人。周希汉军长让他俩向张轸转达两点：一、形势发展很快，解放大军向江南进军为时不会很长了；二、希望他早下决心，随时派人来联系。

张了且和张尹人还多次去解放区，带回了许多书刊报纸。其中有毛泽东的《论联合政府》《新民主主义论》《土地法大纲》《将革命进行到底》以及新华社的一些评论，给张轸看了，使得张轸对当时的时局有了清醒的认识，也就坚定了他起义的决心。

正是由于张轸的长期准备和中共的积极响应，双方不间断接洽，才有前文张轸率两万余人起义的一幕。1950年到1957年，张轸历任湖北省军区副司令员、中南军政委员会委员、国家体育运动委员会委员，并兼全国民族形式体育运动委员会主任。1956年当选为河南省副省长。为第一届全国人民代表大会代表，中国人民政治协商会议第一、二、五届委员，中国国民党革命委员会中央委员会委员。1979年被选为河南省政协第四届副主席。1981年病逝。

京畿兵变

一、校长器重

1948 年 8 月中旬，驻军北平郊区的国民党 87 军军部接到南京国防部的一份急电："令王晏清克日赴京，蒋总统召见。"

接到命令后，87 军副军长王晏清即刻南下，应召来到黄埔路总统官邸。

王晏清进门后，侍从武官和颜悦色地接待了他，引他到蒋介石的会客室。不一会儿，蒋介石从里屋缓步踱到客厅，面容憔悴，忧形于色。王晏清即刻站了起来，向蒋介石行礼致敬。

蒋介石问道："你从哪里来?"

王晏清颇为紧张，简单地回答道："报告校长，我从北平来。"

蒋介石又问："最近，你的部队在干什么?"

王晏清如实作答："部队新招到一些北方失学失业青年，正在整训。"

蒋介石一边询问一些情况，一边对王晏清仔细地打量一番，然后又查看了送上来的王晏清的履历表。他一边看着履历表，一边点着头，口中还念念有词："嗯，嗯！不错，不错!"王晏清踌躇地站在那里，也搞不清楚蒋是何用意。

这时，蒋介石突然问："你没有当过师长?"

确实如此，王晏清 1910 年 3 月出生于湖南省永兴县，黄埔军校第六期毕业。其后长期在蒋介石嫡系部队第 18 军中任职，曾参加军阀混战，对江西苏区的第三次围剿和抗日战争中的淞沪、南京、宜昌诸役。抗战末期开始任国民党青年军 208 师副师长，驻防北平近郊。1948 年，208 师改编为第 87 军，王即升为副军长。

王晏清小心翼翼地说："报告校长，是的。"

然后，蒋介石就说："你回去吧！ 听我的命令!"就这样，蒋介石对王晏清的召见，从头到尾不过五分钟就结束了。

当王晏清离开客厅来到门口时，蒋经国正站在门口，他是代他父亲送客的。王晏清随即对他寒暄道："蒋主任，好久没见了，一切可好？"蒋经国原来做过国民党青年军政治部主任，王晏清做过国民党青年军 208 师副师长，既是蒋的下属，也算是同僚。

蒋经国点了点头，说："王晏清，调你来京任第 45 军 97 师少将师长。希望你把兵带好吧！再见！"

几天后，王晏清回到北平军部，就收到了国防部的调令。

国民革命军第 45 军 97 师，原是蒋介石及其高级官员的内卫部队。该师第 289 团，前身是国民党军事委员会警卫团，直接负责蒋介石本人的警卫工作；第 290 团是陈诚任第六战区司令长官和军政部长时的警卫团；第 291 团是顾祝同任第三战区司令长官时的警卫团。三个团共一万三千余人，是一支地地道道的"御林军"。1948 年，战事吃紧，国民党频频失利，兵源枯竭，首都防守空虚，国防部不得不将 97 师与 102 师合编为第 45 军，名义上是野战部队，实际上仍然负责南京城内的警备任务，归首都卫戍总司令张耀明指挥，45 军的军长为赵霞。

蒋介石任命王晏清为 97 师师长，还是有所考虑的，作为"御林军"的师长人选必须要慎重。这主要跟王晏清的履历有关。他一直在蒋介石的嫡系部队 18 军工作，后来又在青年军工作，当过三年多副师长，其中还有两年是整编师的副师长，在副师职军队干部中还是比较资深的。王晏清到任后，军长赵霞私下里对他说："97 师师长一职，国防部一厅签呈了好几个人，总统都没有批，单单选中了你，这可不容易啊！只要你好好干，不愁没有前程。"

二、密码：葡萄美酒夜光杯

王晏清调任南京后，随后就在东门街 17 号安了家。他的舅舅邓昊明住在城佐营 6 号，两家相去不远，他经常到邓家，谈天说地，发表对时局的看法。

邓昊明曾任国民党安徽省政府专员，早年还参加过"五四运动"和朱德领导的湘南起义。1947 年，他曾秘密串连了上层社会的一部分力量，组成"孙文主义革命同盟”，自任军事部长，进行反蒋活动。后来，该组织并入邓演达领导的第三党，邓昊明也就成为第三党的骨干之一。其夫人也就是王晏清的舅妈李君素也是第三党的成员。邓昊明是一位思想进步的民主人士，他的进步思想对王晏清有着深刻的影响。两人一致认为，当今潮流是向着民主发展的，每个国人顺应历史潮流而动势在必行。

王晏清神情严肃地说：“今天的潮流是全国被压迫的人民求解放，这是不可抗拒的。顺之者昌，逆之者亡。”

邓昊明接着说：“你说得好。支持人民解放运动的就是正义的，也是革命的；反对人民解放运动的就是非正义的，也是反革命的。”

王晏清叹了口气，说：“舅舅，对这样大是大非的问题，我认为我不能不有所表示，我决定不再犹豫了，总要做点什么事。”

其实，王晏清在北平工作期间就经常收听中共广播，得知解放区已实行了土改，贫苦农民分得了土地，孙中山先生提出的“耕者有其田”的理想已在解放区得以实现。共产党的政策取得了广大人民群众的拥护。从过去在国民党军内漫长的工作经历中，王晏清对国民党统治集团的本质有了新的认识，感到国民党内部贪污腐败成风，忽视人民群众的利益，已成为“三民主义”的叛徒，因而对国民党产生了怀疑，他认为国民党已是日薄西山，朝不保夕；共产党则是旭日东升，前途无量。

王晏清深知舅父的为人，当即提出请求，要寻觅一位引路人，以早日摆脱当时的窘境。在邓昊明的引见下，中共地下党员、《大刚报》记者陆平根据中共南京地下党的指示，来到了邓家，同王晏清正面接触，以试探虚实。

陆平经常来邓家串门，王晏清也经常来。他们经常在一起谈心，谈当时中国的前途和命运，谈内战的形势，谈国民党的内幕，谈共产党的政策。

几次谈话之后，有一天，陆平就问王晏清：“王师长，你是怎么考虑你自己的事的呢？不妨跟我说说看。”

王晏清即正言道：“老陆，我清楚地告诉你，国民党的确已经无可救药了，我对它已经完全丧失信心了，它完全违背了先总理孙先生的宗旨。我现在愿意辞去师长职务，不贪恋这什么荣华富贵，到解放区去，为人民的解放事业能做点什么就做点什么。”

陆平迟疑了一会儿，并未对王晏清的想法作出回应，而仅仅是淡淡地说："这个问题关系重大，应该从长计议，方才妥当。你认为呢？"

王晏清点了点头。

陆平接着说："我们既然以国家前途和人民的利益为重，关心国家民族的生死存亡，在重要的关键时刻，就应该将个人的恩恩怨怨完全抛开。现在就是一个关键时刻。"

王晏清随即站了起来，热血沸腾，激动地说："老陆，你放心。我既然已经认识到弃暗投明就是人生的大义，在大义面前，古人尚可以灭亲，我既然决心投向人民一边，对离开蒋介石就应该义无反顾。"

而陆平似乎并不怎么激动，而是缓缓地说："你一个人投往解放区，我们肯定是欢迎的。但是人民需要你发挥更大的作用，为人民做出更大的贡献。"

王晏清明白陆平的意思，是要他率部起义。

王晏清有些犹豫，过了一会儿，说："我是蒋介石的学生，当上97师师长又是蒋介石亲自点的将。我个人与蒋介石政见不合，离他而去，正大光明。但如果带了部队起义，就是对蒋介石忘恩负义，难免会被天下人耻笑。"

陆平又耐心地对王晏清做工作，使他认识到国家民族大义、人民利益是超越个人情感的。其后，陆平又与他进行了几次长谈，并动员邓昊明夫妇做了不少工作，才打破了王晏清这种"道义"上的顾虑，同意起义。

在最后的一次谈话中，陆平又对王晏清说："你要注意工作的方法，不可急躁。要尽量摸清下面人的底细，做好思想工作，但不可走漏消息，否则反误大事。你可以先找几个比较知心的可靠的干部试探试探，面不要宽。"

回到部队后，王晏清就开始做工作。1948年11月中旬，97师奉命调往沿江一线布防。三个团分别在板桥、江宁和铜井三镇设有团部，师司令部位于三镇之中的江宁，毗邻289团。因此，王晏清同该团团长杨镇洲、副团长邓建中有比较多的见面机会。从不断的接触中，王晏清发现杨镇洲粗犷豪爽，邓建中沉毅稳健，但都为人正直，思想进步，且很有正义感。一天傍晚，三人在游览南京中山陵无梁殿北伐烈士祠时，王晏清对他们两人进行了一次试探。杨、邓两位团长对国民党倒行逆施的行为有着强烈的不满情绪，对国民党发动内战更是义愤填膺。对此，王晏清便将起义的打算透露出来，征求他们的意见。两人不仅完全赞成，还建议歃血为盟，同生共死。杨、邓两位团长的积极态度给了王晏清很大鼓舞。

在此期间，中共南京地下党负责策反工作的沙文威（化名史永）又会见了王晏清。他当即表示："王师长，我们对你决心起义表示热烈欢迎，我希望你能为人民的解放事业做出贡献。为人民做过好事的人，人民是不会忘记他的。你准备起义的事，我们已经报告给党中央，中央对此非常重视。你还有什么要求吗？"

王晏清以军人的说话方式坚决地说："起义是要准备抛头颅、洒热血的事，只要对人民有利，我个人的得失可以置之度外，我个人没有任何要求。"

1949 年 1 月，王晏清试图努力为起义做一些思想准备，在全师连以上干部会议上，他就说了几句真心话："抗战打了八年，接着又打内战，真是毫无意义，老百姓不愿打仗，纵然有长江天险，打下去也无必胜把握。"

3 月中旬，王晏清突然接到舅妈的通知，要他到她家吃饭。一到舅舅家，陆平已经在那里等候了，他一把把王晏清拉到后房，顺手把门关了起来。气氛顿时严肃起来。

陆平开门见山地说："从现在起，你以后的行动就直接归我解放军三野陈毅司令员指挥。"

王晏清精神为之一振，说："老陆，那我们如何联系呢？"

陆平说："到时候，陈司令会通过电台命令你如何行动。你现在将师部电台呼号告诉我，随后我将密码告诉你。"

王晏清便把 97 师的师部电台呼号告诉了陆平。

陆平顿了顿，又说："在唐诗里，你哪一首最熟悉？"

王晏清不假思索地说："葡萄美酒夜光杯。"

"好，就用这首诗作为密码。今天定下来，我们立即电告三野司令部。"陆平接着把这首诗当作密码的使用方法详细地告诉了王晏清。他还代表中共向王晏清提出 97 师起义的行动计划要点四条：

1. 解放军开始渡江时，97 师开放江防正面三十千米，迎接解放军渡江。

2. 以一个团占领下关，阻止浦口的第 28 军向江南撤退，以便在江北歼灭该军。

3. 以一个团占领飞机场，截断国民党的空运，相机捕捉一些战犯。

4. 师直属部队和另一个团开进南京城维持治安，并保护重要仓库和军需物资，以免被焚毁。

在与陆平确定了三野同师部的电台联系方法后，王晏清返回师部后才发觉自己还不知道向三野呼叫的信号，随手抓起电话问陆平："你们电台的呼号是什么?"陆平是个地下工作经验丰富的同志，一听电话吓坏了，未吱声就挂断了。师部的电话是军线，拨接外线的电话一定有人监听。这下可急坏了陆平，他立马向史永和陈修良作了汇报。陈修良判断这个电话肯定坏了事，立即决定将邓昊明、李君素、陆平撤到香港。

三、司令部惊魂

1949 年 3 月 23 日，事态发生了急剧变化。上午，首都卫戍司令张耀明召集 45 军营长以上军官开了一个紧急会议。一开始，张耀明就突然宣布撤销军长赵霞的职务，遗缺由首都卫戍副司令陈沛兼任。在会上张耀明不点名地对王晏清进行了指责，他说："我们卫戍部队中有人意志消沉，在军官集会中散布失败情绪，瓦解军心，这实际上是灭我之威风、长'共匪'之志气。如果他不愿意为党国效忠，他可以立即滚蛋！我决不允许有人在内部搞鬼!"

当时王晏清的心一下子缩紧了，他已经意识到张耀明的话中所指。散会时，张耀明恶声恶气地对王晏清说："王师长，你今晚到我家里去，我有话同你谈。"

事情来得如此突然，究竟意味着什么，王晏清始料未及，百思不解。中午会餐时，王晏清还与陈沛、赵霞同桌吃饭，赵霞在席间痛哭流泪，诉说他过去的汗马功劳，今日忠于职守却被无故撤职，感到万分痛心。王晏清不停地安慰他，对他的遭遇忿忿不平。后来，赵霞像找到同病相怜人一样，私下告诉王晏清："王师长，你的参谋赵昌然在外面乱说，你要注意!"

王晏清心里这时才总算有了一点底，回想张耀明所说的"谈话"二字，以及谈话的地点是在他家里，王晏清觉得事情尚未发展到最坏的地步。谁知下午他又接到张耀明的通知，原本约定晚上的"谈话"，改在 24 日上午 8 时在卫戍司令部进行。这时的王晏清预感到要出事了，他原本想让家属转移，同中共地下党组织取得联系，和杨、邓二位团长见面，商量对策，但又担心有特务跟踪，也不敢贸然行事。

24日上午8时，王晏清按时来到长江路上的首都卫戍司令部，只见门口卫兵荷枪实弹，戒备森严。事已如此，走回头路已是不可能了。在办公室，张耀明一见到王晏清就骂道："我过去把你当作小老弟看，现在看来，你不是人！"

王晏清心里有数，并非起义之事，就故作茫然地说："司令，我究竟做了什么错事？"

张耀明朝王晏清瞪了一眼，愤然说："你做的好事，你自己看看！"一边说着一边把一张纸条拿给他看，纸条上写道："王匪晏清被共匪用金条收买，拉拢部下，密谋叛变，该匪在军中散布流言，扰乱军心。并派参谋长赵昌然发动宪兵队参加叛乱，欲占领机场，拦捕我高级将领。"

纸条上的内容大都是事实。王晏清此时心里明白，眼下需要沉着、冷静，稍有不慎，必将招致大祸。突然间他情急生智，以强硬的语气对张耀明说："如果上面写的都是事实，共产党的确用金条收买了我，那就请拿出证据，我请求立刻派人到我家搜查。如果搜出金条，我甘受军法制裁！"

张耀明见王晏清语气很硬，也想抓住一条理由试图制服王晏清，于是他缓缓地说："你集合全师连长以上军官讲话，说这个仗打得没有意义，这也是冤枉你吗？你当师长的能对部下讲这种混账话吗？"

王晏清对此并没有否认："这确有此事，那次讲话我心情不好，发了几句牢骚。事后懊悔了好几天。司令，您想一想，如果我真的图谋不轨，会集合大家公开宣传吗？我会蠢到这个地步吗？"

张耀明听了他这几句貌似有理的话后，愣住了，火气也消了不少。

张耀明便又让王晏清打电话给赵昌然，让其速来司令部，明知张耀明要对质，王晏清索性坦然地打了个电话。

随后，他将王晏清软禁在了司令部办公室里，派专人看守，自己则离开了。就在王晏清苦于无法摆脱困境的时候，首都卫戍副司令覃异之突然来了。覃异之曾在国民党青年军24师任过师长，为人持重。王晏清便抓紧机会向他述说苦衷："覃副司令，您是知道我的。我在18军工作多年，又是军校和陆大毕业，历史清白，希望您能为我主持公道。"

覃异之听后和颜悦色，似有同情之感，但却笑而不语。正在这时，赵昌然也来了，王晏清对覃以目示意，并蹙了蹙眉，暗示自己已不自由，情况十分严重。在一旁的覃异之似乎也领会到了其中的意思，他立即领着赵昌然到隔壁房间询问。不一会儿，覃异之回到办公室，对王晏清说："你回家去等着，随传随到，快走吧！"

四、由南向北的渡江行动

王晏清怀着如释重负的心情离开了卫戍司令部。而他的参谋赵昌然未能离开，后来也没有随王晏清起义离开南京，而被军统关押到羊皮巷看守所内，直到南京解放时才获释。

王晏清考虑到起义的企图已经暴露，自己随时都可能再次被扣，开放江防正面迎接解放军渡江的计划已不可能实现。现在只有当机立断，提前起义，渡江奔向解放区。

这时已经是下午5点了，时间紧迫，事不宜迟，他匆匆回家停留了五分钟，交代司机加足了汽油，就上车急驰往江宁镇的97师师部。临行前，王晏清本想给爱人交代点什么，但又怕引起她的恐慌，因此连一个暗示也没有留就走了。

几十分钟后，就在张耀明责怪覃异之不该"放虎归山"的时候，王晏清已经在召集骨干力量，商量起义的事情了。他们知道，在这紧迫的形势下，同地下党联系或等解放军渡江战役开始时再开放江面迎接大军都是不可能了，这等于俯首待毙。与其如此，不如孤注一掷。但在起义的行动方案上，大家意见不统一。

警卫营长叶宏昌认为江防控制严密，不宜过江，如果仓促举事，即使到达解放区，共产党也不一定会相信他们，他提议把部队带到太湖一带去打游击，创建一个"独立的局面"。

参谋主任黄克栗觉得所有大船均已强行集中在下关，几只小船根本无法抵挡封江的第二舰队的炮火，而且总部早有明文：凡未经批准夜间过江的船只，一律击沉勿论。这时渡江是非常危险的。

军需官王道一主张等明天(25日)部队领取到薪饷和调拨了粮食后再行渡江。而政治部主任肖汉杰一听说要起义，吓得面无人色，手足无措，一再劝告他们要郑重考虑，以免“一失足成千古恨”。王晏清和肖汉杰是军校同学，深知他的为人，肖一向胆小怕事，但对起义之事也并无大碍。

由此可看出，大家对起义是表面赞成，内心犹豫。王晏清在最后谈了自己的看法，他说：“我们起义投向人民一边是一件正义的事，是件大好事。我不是在走投无路时才决定渡江起义的，我是18军的老人，就是去了台湾也会有安排的。之所以不愿意这样做，是因为我不想继续与人民为敌，不愿在内战中继续站在国民党一边。我拿起义的事和大家商量，目的是想带大家走上一条光明的道路。目前情势极为紧迫，必须立即渡江，多拖一分钟就多一分钟的危险，希望大家抛弃犹豫和幻想，唯一正确的出路就是立即渡江起义，参加中国人民解放军。”

至此，大家的思想在表面上取得了一致。王晏清随即命令各自分工行动起来：杨镇洲回团部掌握部队；邓建中负责搜集江边渔民隐蔽的船只；自己则与其他人员在作战地图前冷静地分析了形势。根据他们所知道的国民党沿江兵力部署情况，在芜湖以东丹阳以西沿江地区，国民党不可能在短时间内抽调一个师以上的兵力来进攻起义部队，即使勉强纠集一些部队，最快也要在明天(25日)拂晓以后才能到达97师防区。因此只要今晚渡江，形势对起义部队是最有利的。

而这一切部署，实际上只解决了289团和师直属部队的起义问题，其余两个团又该如何办？王晏清不能不做一番缜密的思索。290团一个营驻在江北七坝，离起义渡江的地方较近，部队过江之后，立即让这个营随师部行动。该团团长黄子安，率另两个营和团直属部队在江南板桥镇，若明说渡江起义，他必不从。王晏清决定以“扫荡”为名，亲自打电话给黄子安，命令他立即率部渡江到七坝与主力会合，逼迫其就范。至于291团，一来距离师部较远，二来团长王义鸾政治上保守，即使把他骗过江，也不易取得一致行动，反而可能招来一些麻烦，所以决定对该团先放一放，等渡江后再看情况。

为了保证起义的顺利进行，考虑到肖汉杰过于胆小，在起义中也发挥不了什么作用，王晏清就让肖汉杰先回南京，通知参加起义的各位军官的家属尽快转移。

1949年3月24日晚上8点30分，起义前的准备工作正在紧张地进行着，突然一阵急促的电话铃声打破了97师司令部的宁静。首都卫戍副总司令陈沛来电：“喂，王师长吗？刚才张总司令通知我，明天他请你吃早饭，你一定要来啊！”

对于这个绝妙的“邀请”，王晏清自然心中有数，显然是醉翁之意不在酒。王晏清连忙说：“我来！我来！张总司令这样看得起我，我一定赶早来！”

放下电话，王晏清立即率部向江边移动。晚上9时30分，王晏清率师部起义人员和师直属部队抵达江宁镇河口。邓建中这时已找到二十多条渔船集结在江边待命。王晏清怀着无比激动的心情，立即命令起义部队井然有序，肃静而迅速地上船。每条船坐三十人，船一离岸，就拉起风帆，凭借着东南风向江北开航。在渡江过程中，船只曾一度被在江上巡弋的第二舰队用探照灯发现，但军舰上的舰炮始终并未开炮。

就这样，25日凌晨2时，王晏清率97师(无291团)起义部队顺利到达江北。在江浦的桥林镇集结完毕后，王晏清派出副官主任李南先及四个联络组直奔新店庙方向寻找解放军。王晏清取出自己的名片，在上面写下了如下便函：

> 人民解放军同志：我是国民党第97师师长，我师于今天渡江起义，参加人民解放事业，你们收到此信后请即派人到桥林镇联系。并通知前方解放军部队，万勿发生误会。

凌晨4时许，起义部队继续北进，规定行军序列为：289团—师部和师直属部队—290团。部队离开桥林镇走出几里路，天已微明。这时，几架美式战斗机在部队上空盘旋扫射，散发传单。部队见状就地隐蔽，但并无伤亡。

只见传单上写道：“97师官兵们：你们师长王晏清勾结共匪，背叛党国。该师官兵在我军中有悠久之历史，一向深明大义，盼即携械归来，决予重赏。有击毙王匪者赏银三万元，击毙次要匪首者赏银一万元，并连升三级。”

国民党这一手果然击中了起义部队的要害。紧接着，一阵混乱首先在后面的290团出现了。该团团长黄子安是被王晏清逼迫过江的，根本没有起义的打算，他趁飞机在290团上空盘旋扫射、散发传单之际，乘机煽动士兵叛逃，顿时全团大乱，大部分人跟着黄子安往回跑，其余的丢下枪支四处落荒而去。

王晏清用望远镜看去，焦急万分，种种疑虑一齐涌上心头。他担心289团难保不发生哗变，但令他更焦虑的还是先前派出的副官主任李南先及其联络组，至今竟无一人回报。是没有执行命令，还是没有找到解放军？大家此时不得而知。

在此十分紧迫的情况下，王晏清又同杨镇洲、邓建中等骨干商量，要大家研究现在是否可以不顾一切地将部队开进解放区。但大家都认为在没有取得联系的情况下，这样做势必会与解放军发生误会，造成不必要的伤亡，应竭力避免这种可以预见的无意义的损失，否则他们在政治上或道义上都有不可逃避的责任。

在将各方的利害得失作过仔细权衡之后，王晏清认为情况紧急，绝不能在原地久等，随即作出决定：由杨镇洲严密掌握 289 团，由叶宏昌掌握师直属部队，原地待命；自己和邓建中带领参谋人员、警卫人员及 289 团一个排，共一百多人，先行一步，由参谋主任黄克栗打头站同解放军取得联系。

小部队轻装前进，直奔新店庙而去。可是就在王晏清他们离开后不久，留在桥林镇的部队中就出现了"师长不管我们了，后边部队追上来了"的谣言。士兵开始三三两两地往南跑，到后来就成群结队开始溃散，终于成了一支无法控制的乱军。杨镇洲拼命阻拦，但无济于事，有人甚至把他绑架回逃，他用力挣脱了绑架后，只身赶往新店庙与主力会合。而叶宏昌则早已不知去向。

25 日中午，黄克栗已在新店庙与解放军第三野战军第 8 军团第 25 军取得了联系。随后解放军代表接见了王晏清等一行人，高度赞扬了他们的起义行动。97 师官兵随王晏清到达解放区的有：289 团团长杨镇洲，副团长邓建中，参谋主任黄克栗，副官主任李南先，副官王缉之，军需官王道一，加上师部警卫人员和 289 团一部分官兵，共一百余人。

关于副官主任李南先的去向，王晏清到解放区后才了解到，原来他已于 25 日上午 7 时与解放区取得了联系，因第一线部队不便处理这样的大问题，就层层转呈上级，故未能及时赶回师部。

王晏清率部起义的消息是由 291 团团长王义鸾向 45 军军部报告的。军部立即报告了首都卫戍司令部。张耀明得知 97 师"叛变"，不禁大惊失色，又连夜报告了在溪口的蒋介石和在上海的京沪杭警备总司令汤恩伯。

一时间，首都卫戍司令部如临大敌，南京全市宣布戒严。军统特务奉命出动捉拿王晏清家属，其妻子、儿女一直被关押到 4 月 24 日，南京解放后才得与王晏清团聚。引退溪口的蒋介石亲自打电话给张耀明，命令他连夜赶印传单，悬赏通缉王晏清及其他起义人员，天亮后派飞机跟踪散发。

国民党中央社、《中央日报》为安定人心，不得不在3月28日公开承认南京近郊某部队“不稳”，但捏造说：“该师长已由卫戍司令部拿获审讯”，并将王晏清的名字改为“王彦昌”，以隐瞒“不稳”的部队就是原来首都警卫师这一严酷的事实。4月出刊的南京《新闻天地》，又以《江宁镇兵变》为题，对97师起义作了耸人听闻的歪曲报道，并将此事与“重庆号”军舰起义相比。显然，“御林军”首都警卫97师的起义，是国民党政府行将全面崩溃的明显标志。

97师起义是从国民党心脏里杀出来的，是对蒋介石众叛亲离的最好诠释。因此使国民党朝野上下的震动十分强烈，对国民党军心理上的影响更为深刻。

起义后的97师余部被编入到了第三野战军第8兵团直属部队。起义军官于1949年7月被送往南京华东军政大学学习。建国后，王晏清任华东军政大学战术研究室主任、南京军事学院情报处副主任、教授会副主任、军事史料研究处副处长，1955年被授予大校军衔和二级解放勋章。20世纪80年代离休后担任南京政协委员、常委、全国政协委员、江苏省政府参事室副主任、江苏省黄埔军校同学会理事。

参加全国政协会议时的王晏清

“紫石英”号事件

一、“坚船利炮”和“小米加步枪”的交火

1949年4月20日上午10时，中国人民解放军第三野战军特种兵纵队炮3团炮7连观测员急匆匆地赶到团部，气喘吁吁地说：

“报告团长、政委，我们发现：早晨9点左右在焦山下游五百米处，在薄雾中有一个庞然大物在江中移动，正接近我团防区。经焦山北岸我军观测所用望远镜仔细观察，发现是一艘军舰，我们立刻鸣炮警告。”

团长李安邦急切地说：“你们看清楚没有，是不是国民党的军舰？”

观测员回答说：“我们没看清楚是什么军舰。但它强行溯江而上，驶过我军三江营左边的炮位。我们连长就向他们发了几炮，他们也向我们的阵地发起了炮轰，双方展开了猛烈的炮战。”

最后的结果是军舰中弹三十余发，悬挂白旗驶向了南岸。

下午1时30分，在三江营方向又传来了隆隆的炮声。另外一艘军舰从上游急速增援上午被解放军炮兵击中的军舰，同北岸的炮3团展开了激烈的对攻。该舰连续被五枚炮弹击中后，全速逃离了解放军的火网，随即又掉转舰头沿北岸向上游行驶，利用岸上野战炮阵的死角，击毁了解放军炮7连的两门野炮。该舰继续上行时，解放军的炮弹像流星一样倾泻而下，舰身又连续中弹数次，被迫回头向下游驶去。

炮3团的团长李安邦、政委康矛召在现场指挥了第二次炮击，通过望远镜，他们这时才发现被击的军舰并不是国民党军的海军，而是悬挂“米”字旗的英国军舰，但看不清船名，只看到了编号“F116”。

20日傍晚，外电报道，被解放军炮击的是英国军舰“紫石英”号和“伴侣”号。

康矛召这时才知道他们炮打了外国军舰。这就是英舰“紫石英”号事件的开端。

受重伤后的“紫石英”号升起浓浓的硝烟，降下了白旗，停靠在长江南岸国民党军炮兵阵地的防区内。英国远东舰队收到“紫石英”号和“伴侣”号在长江被击受伤的报告后，立即就作出了强烈的反应，要报复解放军的炮兵。该舰队的副总司令梅登海军中将连夜乘坐旗舰“伦敦”号并率驱逐舰“黑天鹅”号全速驰援。4 月 21 日凌晨，英国舰队驶过江阴的江面，继续向解放军控制的江面上驶来。等快接近解放军炮兵阵地时，英舰的炮头一起指向北岸。李安邦命令向江面空中开炮，以警示英舰不要轻举妄动。但一向自恃是世界上最强大海上力量的英国舰队显然不会示弱，他们的坚船利炮早在一百多年前就打开了古老中国的大门。梅登下令舰队一起向北岸解放军炮兵阵地进行炮击，这时李安邦也下令与英舰展开对攻。经过一阵狂轰滥炸之后，英舰纷纷中弹，解放军的炮兵阵地也有损伤。“伦敦”号带着累累弹孔和伤痕灰溜溜地溃败而去，驶回了上海方向。

据后来英国海军当局的情报称，“紫石英”号船员死亡十七人，重伤二十人，六十人泅水登岸；“伴侣”号则带回死者十人，伤者十二人，前炮两门被摧毁；“伦敦”号死亡十五人，伤者十三人；“黑天鹅”号上有七人负重伤。

事实上，直到人民解放军渡江前夕，英国军舰还要进入长江，说明 1949 年的英国政府对中国形势是持观望态度的。国民党政府的大溃败，使英国政府不得不重新考虑其对华政策。在国民党政府 1949 年 2 月南迁广州后，英国驻华大使馆并未随之迁移，而是留在了南京，等待政局的稳定。

那么，英国政府为什么会在这个特定的时期派军舰出入长江呢？

据英国有关解密的档案称：当时为了能在出现紧急情况时救助大使馆及英联邦国家侨民，在取得国民党政府的同意后，1948 年 11 月，英国驻华大使施谛文请求英国远东舰队派一艘军舰停泊在南京附近的水面上。军舰每月轮换一次。解放军渡江前夕停泊在南京的英舰是“伴侣”号。施谛文的这一行为显然极为冒险，在国民党溃败、解放军过江已成定局的情况下，在没有取得长江北岸军事力量占绝对优势的中共的同意下，便派军舰停泊在长江水面，这是极不明智的举动。后来被中共发言人指责此为挑衅行为也不足为怪了。在此时，连美国政府都已经明智地撤离了停泊在南京江面上的所有军舰。而且如此重要的决定，施谛文事先并没有告知本国政府。“紫石英”号事件发生的当天，英国政府才致电其驻华使馆询问为何在此时派“紫石英”号前往南京，并对大使施谛文表现出了明显的不满情绪。

施谛文很清楚长江水域国共军队即将发生大规模战役。他已隐约感到了些许不安。4月7日，他致电英国远东舰队副总司令梅登，请他不要在这个危险的时刻派军舰来南京轮换“伴侣”号。但梅登不以为然。梅登当然也知道长江是有危险的，可在这位大英帝国的海军将军眼中，中共领导的解放军炮兵不过是人们说的“小米加步枪”——顶多是一些设备落后的土炮而已，他们是不会主动对英舰开炮的，即使开炮也不会对英舰的强大火力构成威胁。16日，梅登决定仍旧派遣“紫石英”号前往南京，并向国民党政府提出了航行申请。优柔寡断的施谛文18日竟然同意了梅登的计划。19日早上8时，“紫石英”号从上海前往南京。20日遭遇炮击。“紫石英”号搁浅后，梅登派军舰前往救援，但未成功，冲突有升级的危险。此时的施谛文与梅登，才意识到事件的棘手。

二、“炮舰”观念似乎太过时了！

在中国人民解放军百万雄师横渡长江的1949年4月20日与21日，号称世界上最强大的海上强国——英国的四艘军舰连续与待命渡江的中共所领导的解放军发生猛烈的对攻炮击。这有特殊背景的作战双方立即引起了全世界媒体的强烈关注，成为当时炙手可热的头条国际新闻。

在英国本土，刚刚经历了二战洗礼的英国公众对政府进行了强烈的批评和质问，反对党和执政党更是唇枪舌剑，纷争不休。

英国官方对“英舰长江事件”的反应和处理是迟疑而复杂的。最初，英政府只是小心翼翼地说英国军舰“紫石英”号被不明的“敌对”炮火所击伤，并未说明炮火是来自江南还是来自江北，当然也只字未提中共和人民解放军。4月21日，英国驻南京的大使更是“羞涩”地连声否认他已经向北平中共当局提出抗议的事实。4月26日，英国首相艾德礼发表了一份并不明智的声明，声明称“英国军舰有合法权利开进长江执行和平使命”。英国前首相丘吉尔更是声称要政府“派一两艘航空母舰到远东去实行报复”。

5月5日，伦敦，在英国下议院就“长江事件”的辩论中，海军中将、国会议员泰勒感慨地说道：“你不能走到那些已经摆脱腐朽和帝国主义枷锁而正在奋勇前进的人们面前说，‘……我们将派遣一个使者与你们建立联系，他将会通知你，我们要你们做什么’。”显然，他说的“奋勇前进的人们”就是指中国共产党所领导的人民解放军和全中国的人民大众。

反对党领袖麦克米伦指出：“英国军舰在中国内河航行的权力已为1943年条约所废除。现在看来，‘炮舰’观念似乎太过时了。”

英舰被炮击的事情发生后，英国驻南京大使施谛文于4月23日就派大使馆的三等秘书尤德去了浦口，因为当时解放军陈兵南京江北浦口但尚未进军南京。他试图与解放军接洽商谈救助“紫石英”号有关事宜。但由于浦口并非解放军的主攻方向，没有高级指挥机关，级别最高的解放军官员也就是解放军35军的军长和政委，还没有足够的权力来处理此事。

大战在即，中共的决策层本不会在意一两艘前来捣蛋的军舰，但考虑到要处理好中外关系，中共中央军委以及三野的首长对此还是非常小心谨慎的。第三野战军副司令员粟裕、参谋长张震于4月21日，连续发给中央军委和总前委两份请示电，一为《关于外舰进入战区请示如何处理》，二为《关于外舰向我军挑衅及处理意见》。中共中央军委即刻电令三野查清事实真相、弄清事件的来龙去脉。4月23日，粟裕、张震电告中央军委《关于炮击英舰经过》。4月24日，中共军委指示：因炮击英舰已震惊世界，着令有关部队迅速查明“紫石英”号军舰的现状（当时尚停泊在长江中），并报告有关部队与英舰作战的详情。

1949年4月30日，中国人民解放军总部发言人李涛将军（时为中央军委作战部部长）受中共中央毛泽东主席的委托，就“紫石英”号事件发表声明，强烈谴责丘吉尔要求英国政府派两艘航空母舰去远东“实行武力的报复”的狂言；驳斥英国首相艾德礼在英国议会中宣称“英国军舰有权进入中国长江”的谬论，申明中国人民解放军有理由要求英国政府承认错误，并进行道歉和赔偿；表示中国人民革命军事委员会和人民政府愿意保护从事正常业务的在华外国侨民，并愿意考虑同各国在平等、互利、互相尊重主权和领土完整的基础上建立外交关系；强调中国人民革命军事委员会和人民政府不愿接受任何外国政府所给予的任何带威胁性的行动；外国政府如果考虑同我们建立外交关系，就必须断绝同国民党残余力量的关系，并且把它们在中国的武装力量撤回去。声明中，把英国前首相丘吉尔称为“战争贩子”。

处于解放军监控之下的“紫石英”号成了卡在英国政府喉咙里的一根鱼刺，吐不出、咽不下，令其感到十分难受。渡江战役总前委得到中央军委的同意，认为需要就地解决冲突双方有关问题。总前委命令曾炮击英舰的解放军三野特种兵纵队炮3团政委康矛召(临时授予上校军衔)致函“紫石英”号舰长克仁斯少校：中国人民解放军镇江前线司令部对于英国海军军舰于4月20日侵犯中国人民解放军阵地之暴行及其所应负的责任，决定经谈判解决，并告之康矛召为前线司令部的派出代表，要求英方派出代表举行会谈。

5月13日，中国人民解放军渡江战役镇江前线指挥部，英舰“紫石英”号舰长克仁斯少校向解放军三野第8兵团政委袁仲贤将军转交了一封信，并对袁仲贤说道：“尊敬的袁将军，这封信是英国远东舰队总司令布朗特写给您的!”信中言：

(1)“紫石英偶然事件”的讨论已由英国大使在南京开始，此事属于高级外交范畴，他本人无权与解放军进行责任讨论。

(2)不予“紫石英”号安全航行的唯一理由可能是它的行动影响到军事行动。

(3)他请求准许“紫石英”号安全通过中国人民解放军所控制的地域，向下游驶去。

(4)他授权克仁斯少校解释有关问题。

袁仲贤看了布朗特的信之后，脸色平静，用极其严肃的口气说：“英国军舰侵犯中国内河以及闯入中国人民解放军阵地的行为，是中国人民所不能原谅的。在英舰未履行其应负的责任之前，我不准备讨论‘紫石英’号安全驶离问题。”他随即指了指坐在他右侧的康矛召，对克仁斯说：“关于英舰应履行的责任问题，你们可与我的代表康矛召上校谈谈。”

康矛召随即就向克仁斯递交了一份备忘录。该备忘录说明“紫石英”号及其他英舰武装侵犯中国内河及中国人民解放军阵地，造成了解放军二百五十二人伤亡及人民的巨大损失，要求英方履行下述责任：

(1) 承认英国军舰的行为是错误的，并向中国人民解放军道歉；

(2) 赔偿中国人民解放军及肇事地点人民所受的损失；

(3) 在英方履行上述责任后，双方即讨论英舰及其人员移出长江的办法；

(4) 以上内容迅速转报英国远东舰队总司令。

此次谈判的中心问题是要英方承认错误并道歉。但英方始终采取推诿的办法，回避主要问题。

5月31日，康矛召再次约见了克仁斯少校。他郑重地对克仁斯说："在英方未履行责任之前，袁将军不再讨论你们撤离长江的问题。"

克仁斯耸了耸肩，对此表示遗憾。而康矛召继续义正词严地对他说："请问克仁斯少校，贵方海军上将先生在函中提到所谓的'国际上的严重后果'和'最不幸的纠纷'作何解释？"

"这个，这个，我无权解释。"克仁斯被问得结结巴巴。

康矛召提高嗓门说："你无权解释，还来跟我谈什么判。我们中国人民经历多年的艰苦作战，即将赢得最终胜利，中国人民是有力量不为任何威胁所屈服的。"

"上校先生，我向贵方保证，该函决无威胁之意。我们英国方面决无逃避责任之意。布朗特上将认为，无论4月20日长江上事件的最终决定如何，他对此事中造成中国军民和英国水手的伤亡，深感遗憾。"克仁斯反复表示遗憾，又拒绝承认错误。

"克仁斯少校，我再次明确地告诉你，本人受命为镇江前线司令的代表已经近一个月了，而布朗特上将至今还未派出他的全权代表，这从何表示他的诚意呢？"康矛召随即又指出英方并无谈判诚意，"如果英方想躲避责任，我方将拒绝与贵方讨论'紫石英'号安全驶离的问题。"

三、如“紫石英”号逃走，部队不予拦截

虽然康矛召和克仁斯经过几次会谈，但都没有取得实质性的结果。握有主动权的中共中央并不愿意在这一事件上陷入没完没了的纠纷。中央军委作出了让步，决定将认错、道歉、赔偿等问题与“紫石英”号开走修理问题分开处理。中央军委随后电告袁仲贤，作出适当让步，但英方必须认错。

6月20日，袁仲贤会见了英方克仁斯少校，将中方的态度告知了英方。克仁斯注意到，在提到“紫石英”号时，中方并没有用“侵入”二字，而是用了“擅自闯入”一词。对此，克仁斯与施谛文非常兴奋。首相艾德礼与海军部都准备接受这一妥协方案。解决“紫石英”号事件的时机似乎已经成熟了。

6月23日，英内阁对这件事进行了讨论。但内阁争论后并没有得出结论，只是授权外交大臣霍尔与海军大臣贝文协商后做出决定。霍尔与贝文研究后基本达成了一致，即尽量使中方代表同意使用“不幸进入”的字样，作为底线，可以接受“擅自闯入”，尽可能不使协议流产，并将这一意思电告布朗特。但当布朗特将这一底线告诉克仁斯时，为时已晚。在7月5日的新一轮谈判中，根据中央的决策，中方代表康矛召坚持英方必须在换文中写上“未经允许”“侵入中国内河”并明确承认“基本错误”。

英国内阁对此坚决反对，不承认“紫石英”号等军舰沿江行驶是一个“基本错误”。内阁倾向于由布朗特本人亲自出马，替代克仁斯，直接与中共方面的袁仲贤将军会谈。布朗特也愿前往，由克仁斯做递信人。但由于双方立场相去甚远，谈判陷入了僵局。

由于谈判毫无成效，逃跑就成为布朗特开始考虑的一个选择。7月下旬，长江中下游地区将有一次大的台风经过，布朗特认为这是逃跑的极佳时机。他 面让克仁斯与中方代表继续谈判以作掩护，另一方面积极准备逃跑事宜。

而另一方——中共方面对“紫石英”号的逃跑，也持默许态度。在无法获得英国政府的认错和道歉的情况下，中共中央不愿因此耗费过多的精力，下令说如果“紫石英”号逃走，沿江部队不予拦截，而在事后发表声明谴责。这一命令只限沿江

解放军各高级指挥员知悉。随后,“紫石英”号从南京获得了六十吨油料的补充,其时,南京已早被解放军完全控制,这可以清楚地表明中共方面是任由其驶离的。中共中央后来命令,如果英舰接应“紫石英”号或“紫石英”号逃跑,则给予坚决打击,但在打击“紫石英”号时不要将其击沉,“如果英舰受伤停驶,我方即可停火,命其驶回原停泊处,以便继续谈判”。

7月30日夜,未经英国政府许可,事先也未向布朗特及施谛文请示,“紫石英”号舰长克仁斯利用不期而遇的有利时机,临时决定率舰潜逃。“紫石英”号强行靠近此时正好驶过镇江水面的中国“江陵解放”号客轮,以此作为掩护。当解放军发炮警告命令其停驶时,“紫石英”号竟然又开炮并撞沉多艘木船,逃出长江。

事后,英国外交部对“紫石英”号未经政府批准擅自行动极为不满,但布朗特决心替克仁斯承担责任。在布朗特的努力下,英国海军部发表声明,指出此次逃跑事件是“远东舰队总司令授权”。“紫石英”号逃跑后,中方反应平静,除了予以谴责,此外再无进一步反应。

在渡江战役中,这场引人注目的国际纠纷,最终以英舰“紫石英”号逃逸而结束。

第四部分

谍影重重

传奇女性陈修良

一、她会是第九个吗?

1949年4月24日下午,人民解放军的先头部队第35军已占领南京。35军的军部就设立在中山东路的励志社里。

这时一辆吉普车驶到门口,走下一位装束时髦的年轻女士,她告诉哨兵,她要去见35军的何克希政委。一个战士拦住了她,另一个进去通报。

这位女士气质优雅,穿着旗袍,还戴着墨镜。哨兵满腹狐疑,他不知道她凭什么资格要见军首长。可是,当他把这位妇女通报的姓名转报值班室后,政委何克希却立即跑了出来,紧紧握住她的手,爽朗地笑了起来,大声说:“陈修良同志,我正在到处找你!我正在到处找你!好啊,我们胜利会师了!”

陈修良

原来这位女士不是别人,正是中共南京地下党市委书记陈修良。

陈修良一边跟着何克希走进军部,一边说:“老何,可把你们给盼来了。从今天起啊,我就不再是地下党了!”

何克希把陈修良领到一位身材魁梧的军人面前,说:“报告陈司令员,这是中共南京地下党市委书记陈修良同志!我们以前都是新四军的,当年在梅岭一带打过游击。后来她被派到南京组建地下党,我们已经好多年没见面了!”

原来,人民解放军第8兵团司令员陈士榘正在励志社听取35军军长吴化文、政委何克希汇报占领南京的工作情况。

陈士榘立即与陈修良握手致意,大声地说:“真没想到,帮助我大军渡江解放南京的地下党负责人，原来是一个温文尔雅的小女子呀！”

陈修良不好意思地笑了，说：“陈司令员，我久闻您的大名，知道您率领大军来解放南京，我们这些天都没有睡好觉，就盼这一天到来呢！”

陈士榘说：“没有南京地下党的协助，我们不可能这样快这样干净利索地解放这座古城。特别是那些接送解放军的小火轮，没有它们没准到现在我们还在跟南京守敌作战呢！”

陈修良微笑着谦逊地说：“陈司令员过奖了，我们只做了我们应该做的工作，离党的要求还差得远哩！”

陈修良担任中共南京地下市委书记还得从1946年说起。

1946年春节刚过，中共华中分局副书记谭震林在淮安召见华中分局城工部南京工作部部长陈修良。谭震林先传达了中共中央《关于大城市交通要道的工作方针的指示》，然后说：“国民党军队已开始进攻华中地区，南京工作部不能隔江领导南京工作，因此分局决定撤销南京工作部，成立南京市委，分局决定由你——陈修良同志担任地下党市委书记。”

陈修良有一点吃惊，对于当前形势她有充分的认识，但她对组织上派她担任南京市委书记这一决定还没有充分的思想准备。她的脸上有一丝犹豫，刚想开口讲话，谭震林又语重心长地对她说：“你不要有什么顾虑。分局考虑到你过去长期从事白区工作，有丰富的工作经验，在任南京工作部长期间对南京地下党以及各方面的情况都有所了解。你去是最合适的。另外，南京是国民党首都，在政治上比上海更重要。陈修良同志，我在此宣布一条铁的纪律，请你务必执行。”

陈修良点头说：“首长，请指示！”

谭震林接着说：“南京市委仍旧归分局城工部领导，但不能与在南京梅园新村的中共代表团发生任何关系。中共代表团驻南京办事处是代表中央的对外公开的机关，做上层工作，而南京市委主要是做秘密工作。你们城工部要先派一批干部进去，你去后统一领导，你们的任务是反对内战，反对独裁，要求和平，建设新中国。”

就这样，这位39岁的莫斯科中山大学毕业生、曾担任向警予和张太雷秘书的年轻女子，担任了中共南京市委书记。这是中共历史上第一位女市委书记。

南京，曾被蒋介石称为是国民政府用刺刀大炮围箍而成的“铁桶一般的城市”。当年南京市共有九十六万人口，而国民党党、政、军、宪的机关工作人员却占了十一万，光南京警察厅的警察系统的在册警察就有九千七百多人。自 1927 年国民党“清党”以来，中共南京地下党连续遭到八次毁灭性破坏。尤其是在 1930 年 7 月的第六次大破坏中绝大部分中共地下党员都被捕被杀，原来两百多人的地下党队伍只剩下了四十七人。1932 年在王明路线危害下造成的第七次大破坏，更使得三百多人被捕、一百多人被杀，致使 1934 年 2 月之后，南京已经没有中共的党组织了。1937 年 11 月南京被日军攻陷之后，整个城市连一个中共党员也没能剩下。直到抗战胜利，南京的地下党组织才有一些发展，但人员不多，力量分散。

在临行之前，陈修良的丈夫、中共华中分局城工部长沙文汉(化名张登)对他的爱妻说：“南京城非比寻常，乃虎狼之穴，特务众多，关键是 30 年代那些老叛徒都分布在各种特务机关里，他们都认识你，万一落入他们之手，后果不堪设想……”

陈修良反而笑了起来，接着说：“后果当然是绝无生还的可能。南京的市委组织已经经历了八次劫难，市委领导大都牺牲在雨花台上。侯绍裘、谢文锦是在 1927 年‘四一〇’反革命政变中被捕，后来被塞进麻袋扔进九龙桥河下的；1928 年，市委书记孙津川被特务用棉花塞住嘴，绑在黄包车上拖到雨花台杀害；市委书记黄瑞生接着遇难；恽雨棠，和我是莫斯科中山大学的同班同学，1930 年任南京市委书记，后在上海开会被捕，在龙华遇难……”

陈修良接着又凛然地说：“风萧萧兮易水寒，壮士一去兮不复还。”

沙文汉轻轻握住陈修良的手，情深意长地说：“阿福，我为你作了一首诗，给你壮行！”陈修良的小名叫阿福，沙文汉一直这么称呼她。

随即，沙文汉缓缓地吟咏道：“男儿一世当横行，巾帼岂无翻海鲸？欲得虎儿须入穴，如今虎穴是金陵！”

二、居无定所的搬家客

陈修良来到南京，先住在市委委员朱启銮家中。她考虑单独居住，就想租两间房，一间自住，一间给会计居住。但立刻遭到朱启銮等地下党员的反对：“国民党要查户口，两个女的，居住在一起，来历不明，必然起疑。稳妥的办法还是有人家掩护才好。”

经过研究，陈修良就住进中共地下党员柏焱和柯秀珍夫妇家中，地址为中正路武学园3号楼上。柏焱在一家化工厂做工程师，柯秀珍是中学教师，他们才生下孩子。在名义上，陈修良是他们的姑妈，对外称张太太。

1946年4月下旬，陈修良穿着旗袍，戴着墨镜，走小街，穿小巷，拐弯抹角绕了几个圈子，来到了磨盘街42号的一座花园洋房内。中共南京地下党市委在陈修良上任后召开了第一次市委会议。

陈修良首先宣布了市委领导的分工。她自己负责全面工作，并领导情报系统；副书记刘峰协助她工作，并领导工人工作；王明远领导学生工作；朱启銮领导公务员工作；方休领导店员和大中小学教师工作。

陈修良传达了华中分局城工部的工作指示，又说：“我们的工作方式要根据毛泽东、刘少奇确立的‘隐蔽精干、长期埋伏、积蓄力量、等待时机’的白区工作‘十六字方针’展开。我们要有准备，地下市委组织必须严密，市委不设机关，干部全部职业化、社会化，立足于群众之中。党组织不发生任何横向联系。地下市委任何同志严禁进入梅园新村，这是一条铁的纪律。谭震林副书记一再叮嘱我务必遵守此项规定。”

会议还研究决定，情报部门同市委各系统不发生任何关系，由陈修良单独联系，所得情报送上海中共办事处刘少文或华中分局城工部。

陈修良特别强调说：“国民党的党政军机关有数十万公务人员，这是一个巨大的空白，我们市委要立刻开辟这条重要的战线。国民党党政军警机关是我们情报的最主要来源。南京是国民党政治军事中心，军事情报、政治动态对我党工作会发挥重要作用。情报部门人数要少，要精干，我们不能学国民党那样采取收买引诱等手段，我们关键要做好统战工作。”

这时市委副书记刘峰发言道：“只有隐蔽好自己，才能谈得上战斗。这是我们工作的立足点，否则一切都谈不上。”刘峰已在虎穴中隐身四年多，有着丰富的对敌斗争经验。众人对他的发言要点表示赞同，纷纷把目光落在陈修良身上。

陈修良感觉到了其他市委委员的关注，明白这种关注包含着这样的意思：市委书记能否安全地隐身敌穴，将成为市委能否站稳脚跟的关键。过去的历届市委，都是由于书记的被捕而使整个市委机关受到破坏。陈修良明白，自己要在南京安稳藏身，有着比别人更大的困难：她过去留学的莫斯科中山大学的几十个同学当中，有好几个人叛变后在国民党军统、中统任职，有的还当上了处长、专员。这些叛徒对地下党的活动规律和工作方式，自然非常熟悉，是比其他高级特务还要凶险的对手。他们就在南京，一旦遇上就能认出自己。

尽管想到了这一点，陈修良仍以平静的语气对众人说道："隐蔽自己和展开斗争，是既尖锐对立又不相互排斥的矛盾，要有很好的处理艺术。对于这种艺术，我会掌握好的。"

市委委员方休当时的公开职业是小学教师，与陈修良单线联系。其时，蒋介石已发动了全面的内战，向解放区进攻。有一天，方休向陈修良汇报说："国民党军向我解放区进攻，战场北移，有的党员思想动摇，有的要求退党，有的要求离开南京。"

陈修良立即说："动摇分子要求退党就让他退，不必强留，立即切断关系。这种人留下来反而不好，环境一旦变化，会酿成大祸。"

方休一开始对陈修良尚有保留，与她接触一段时间后，他发现陈修良有宽阔的胸怀，不像有些小肚鸡肠的男人。有一天下午，她戴着一副墨镜，来到方休的家中。一见面，方休立即悄悄地告诉她："我一个妻弟是国民党的军统特务，他刚从重庆回到南京，暂住我家，我们说话小心点儿。"出于职业习惯，陈修良当即询问了那特务的具体工作情况。方休告诉她，妻弟好像是电台机要人员，并且提出想把房子挪一挪，与一个特务长住一起总不大行，万一出个破绽可不是闹着玩的。

陈修良毫不犹豫就否定了方休的提议。几天之后，陈修良再次造访方休。见面伊始，方休就迫不及待地说："妻弟出差去了，留下一个手提包，妻子打开一看，里面有一包军事密码，这事该怎么办？"

陈修良当即郑重地说："能不能拿出来给我看看？"方休自然允诺，让妻子把提包拎了出来，一看，正是中共中央极其需要的国民党军事密码！

"方休同志，这份东西我需要借用一下，让情报部门的同志抄一抄，你看行吗？"

“可以。不过只能用半天，下午他就要回来。”

她紧紧地握了握方休的手，她知道方休做出这个允诺需要多大的勇气。

南京市委负责情报工作的卢伯明在妻子和助手的帮助下，连续抄了三个小时才把密码抄完。下午陈修良将密码“完璧归赵”的同时，卢伯明也跨上了南下上海的火车。

几个月之后，中共中央给陈修良发来嘉奖令，中央高度评价这份密码对掌握国民党军队调动情况所起的重大作用。

1948 年 1 月的一天，南京地下市委工委书记陈慎言急匆匆地向陈修良汇报：“工委委员彭原同志被捕了！”

陈修良一惊，即刻问道：“快说说，他是怎么被捕的？”因为她清楚彭原被捕的严重性，彭原知道她的住处，同时还清楚南京地下市委的有些情况。

陈慎言汇报了彭原的被捕经过。

原来是有人叛变，下关站党支部委员李长荣已投靠军统。李长荣原来是京沪铁路工人，1946 年参加同心会，有段时间据说到上海另谋职业了。1947 年 7 月，他回到南京，与车间的支部委员张家元联系，说想重新接上关系，继续从事革命活动。而工委下关支部的人警惕性并不高，彭原就与他联络了。第三次会面时，李长荣带人逮捕了彭原，随即迅速逮捕下关车站党员张家元、孔罗礼、马继善等五人。下关支部全军覆没，活动也随之完全停顿。

陈修良即刻果断地下令说：“立即切断下关车站和彭原与党的一切联系，我立即转移，其他市委委员也要立即转移。你们工委同志也要迅速转移。彭原被捕对我们市委的威胁非常大，因为他与市委负责同志都很熟，万一情况泄露，其后果不堪设想，我们南京市委甚至无法在南京立足。”

陈慎言说：“后来，我们得知，李长荣秘密投敌，到上海去就是接受军统训练的。幸亏他只知道下关支部的情况。”

陈修良对陈慎言说：“根据内线提供情况，彭原同志表现非常坚强，虽受酷刑，但拒绝承认同党有任何关系，所以组织没有暴露。但由于这次李长荣的叛变，我们的损失还是很大。”随后，陈修良决定在全市地下党组织中加强形势和革命气节教育，对党员和外围的审查也更加严格，凡事都要把来龙去脉弄清楚。

陈修良立即转移到湖南路 223 号另一户地下党员林征的家中。与地下党员林征夫妇组成新的“家庭”，陈修良的角色依旧是姑妈。林征夫妇原先也是新四军派到南京一个大型工厂进行地下活动的，此时只有放弃原有的工作，成了陈修良的秘书和交通员。

1949 年 1 月，由于工委委员叶再生因叛徒告密不幸被捕，为了安全起见，陈修良不得不再次搬家。

这次陈修良搬到了离中华门很近的中华路 85 弄的一幢民房中。此事由地下党员鲍浙潮一手操办。鲍的公开职业是华德电料行的经理。

华德电料行是 1947 年由中共上海局开办的。经理鲍浙潮是一位大革命时期入党的老同志。电料行四个股东之中，有真正的资本家，也有中共地下党的同志，他就是上海局的副书记刘长胜。随着地下南京市委谍报工作量越来越大，陈修良认为没有正常的职业和固定住址，特别是没有电话，工作和联络上极不方便，因此向中共上海局报告，要求把刘长胜的股份让给自己。这样一来，陈修良就成了电料行的经理、老板娘。鲍浙潮的党员关系也从上海转到了南京，由陈修良单线联系。鲍浙潮的妻子邱嵋林掩护陈修良和鲍浙潮的工作。鲍浙潮一方面掩护陈修良的工作，另一方面还担任秘密电台的联络员工作。中共上海局在南京设立了一个秘密电台，派庄沛霖、张月娥两人做译电员，住在玄武湖一带，由鲍浙潮单独联系。

不过，这位人称“张太太”的老板娘，在别人眼里一点也不引人注目。她身材清瘦，性格沉静，衣着虽然华贵，但举止言行，无不显示出是一个安分守己的妇道人家形象。她很少到营业柜台上，即使来了，也不问经营情况。柜台上的账单、报表和报纸，一概不瞧，只与女店员拉家常。而店员们都知道，老板娘从来不谈政治，不议国事，最大的爱好是打麻将，有事没事总是邀别人在楼上搓牌，有时候还要别人到她的住处通宵夜战。

从 1946 年 3 月到 1949 年 4 月的三年多时间里，陈修良在南京先后搬迁了六次，一直安然无恙，在虎穴中稳稳地站住了脚跟。

三、情报与策反工作

随后，陈修良就根据华中局的指示，在市委专门设立了以卢伯明为负责人的情报系统;1948 年又专门设立了以沙文威为首的策反系统。顺便提一下,沙文威是陈修良丈夫沙文汉的四弟,其大哥是著名的书法家沙孟海,二哥沙文求是广州黄花岗起义的烈士。所以,也有人说沙文汉、陈修良一家是“满门忠烈”。这两个系统都由陈修良单线联络,由她直接向上海局报告。换言之,市委书记亲自领导这两项生死攸关的要害工作。当然,沙文威还直接接受中共社会工作部部长李克农的领导。

陈修良时刻牢记自己的使命,与地下党的各个方面保持着密切的联系,指挥市委各部门见缝插针地与敌人展开战斗。

一个偶然的机会,陈修良从中共诸暨县委的旧名册上,看到了“组织部长汪维恒”的名字,不由得想起了最近因祸得福而调往国民党军政部联勤总部技术委员会任副署长的人也叫汪维恒,这两个名字是不是同一个人呢?她将这件事告诉沙文威,要沙核实清楚。不几天,沙文威回告说:“这两个名字是同一个人,他就是 1929 年‘诸暨暴动’失败后,奉命自找出路的县委组织部长汪维恒。”汪维恒后来混进了国民党军队,而且当上了胡宗南部 34 集团军的军需处长,最近又阴差阳错地升迁为副署长。他与共产党失去联系已经十二年了。更为凑巧的是,当年曾是宁波市学联主席的沙文威,与汪维恒有一面之缘。陈修良听后大为振奋,指示沙文威亲自与汪会面,争取重新接上关系。沙文威得知汪维恒经常到下关的一家餐馆就餐,便和他在那儿“巧遇”上了。

两人密谈了一个多小时,当沙文威婉转地问道:“汪先生还愿不愿为‘家里’做些事?”

汪维恒动情地回道:“愿意,怎么不愿意?”

由于身处军政部联勤总部,汪维恒的抽屉里、柜子里,到处是人民解放军急需的各种绝密情报。他向沙文威提供的第一份情报材料,是国民党军各师以上的部队番号、长官姓名、实际兵员、武器配备的综合表册。当这份厚厚的绝密材料由中共上海局派人转送到延安,放在毛泽东、朱德的案头上时,两人看后同声叫好,随即指示李克农发电报嘉奖地下南京市委。其后,汪维恒将国民党军队的调动情况及其兵员数目、司令部驻地、军需集中地等大量情报,陆续抄好后交给沙文威,由沙转往中共上海局地下电台,发报给延安中央军委和社会部。汪维恒提供的情报属于国民党的最高军事机密，十分准确，与后来战场上的情况完全吻合。在国防部与参谋部的一次联席会议上，顾祝同大惑不解地问陈诚："怎么搞的？延安掌握我军的番号人数，为何比我们还要翔实！"

策反系统通知南京各情报人员，凡是在国民党军事机关有起义线索的，一律集中到策反系统。一个个策反对象被筛选出来，而首先纳入陈修良视野的，正是被人称为"天之骄子"的国民党空军轰炸机八大队的一个飞行员俞渤。

首先注意俞渤，并成为俞渤好朋友的是沙文威领导下的地下党员林诚。

林诚是国民党空军第四医院中尉航空医官。作为航空医官，为驻守南京的空军军官们提供医疗保健服务，与飞行员谈话聊家常，自然成为他的职责范围。经过一段时间接触，他发现轰炸机八大队飞行员俞渤有可能成为策反对象。

俞渤是广西人，少年时代是在桂林度过的，当时的桂林汇集了许多"左"倾的文化人，俞渤所在的中学就有好几个，在这些进步文化人的影响下，俞渤对于国家和民族产生了强烈的责任感。18岁时，俞渤考入中山大学，只读了一年便因家庭经济困难而辍学，这时他闻知国民党招收空军飞行员的消息，便毅然远去重庆考上国民党空军。1945年春又奉命前往美国训练，归国后便担任了轰炸机八大队的飞行员。当时的内战战场上，国民党陆军哗变者已屡见不鲜，但空军系统驾机起义还不曾有过先例，如果策反成功，对于瓦解国民党军士气定会产生巨大影响。几经接触，当林诚试探着把谈话引向实质时，俞渤毫不犹豫地表示答应，并且告诉林诚，他这个机组共五个人，其他人平常都与他友好，完全可以争取他们一起起义。林诚的喜悦可想而知。可是，当俞渤提出驾机起义前入党的要求时，林诚没有这个思想准备，也没有这个权力。

问题提给了陈修良、沙文威。陈修良有点儿犹豫，不管怎么说，考验的时间到底是短了一点儿。但是，陈修良稍经思考，说道："人家同意起义，就是已经用实际行动证明经受了考验，有什么不能入党的？我特别批准他入党，满足他的要求。"陈修良的一番话，让俞渤等人吃下了定心丸。陈修良又对沙文威指示说："国民党空军驾机起义迄今没有过，这架轰炸机起义的政治价值抵得上一两个师！一定要保证它的成功！"

不久，刚入党的俞渤又发展飞行员郝桂桥、轰炸员周作舟参加了共产党。同一大队的飞行员陈九英、领航员张祖礼平日就与俞渤关系密切，紧要关头自然表态：跟着大哥一块干！

在起义计划得到批准后，俞渤于1948年12月16日晚，与已是中共党员的同机组郝桂桥、周作舟等五人，向停机坪走去。谁也没有阻挡俞渤他们，谁也没有询问什么，因为当时各大队都有人在机场工作，都有可能“出任务”。不远处，整齐地排列着一列B24轰炸机，一个机务人员也没有。显然，他们的工作都已经结束了。俞渤向514号飞机走去，心情颇有一些紧张，不由得加快了脚步。

“口令！”从黑暗中突然冒出一个哨兵，询问他们口令。

俞渤并不知道口令，随机应变道：“出任务的。”

“口令，不许动。”哨兵端起了枪。

俞渤装着发怒的样子，开始训起哨兵：“什么口令不口令的！告诉你，我们下午刚从前线飞回来，又有紧急任务。”哨兵被吓住了，俞渤他们迅速行动，钻进了机舱。B24终于徐徐地滑向跑道，在跑道尽头腾空而起。俞渤修正了航路，南京城越来越小了。按预定方案，机上的五颗重达千磅的炸弹，四颗炸机场，一颗留给蒋介石的总统府。由于有机械故障，炸弹是扔出去了，但没有扔到预定目标上，却落在燕子矶上了！

由于机上携带的汽油并不多，他们打算在石家庄降落。深夜12点多钟时，俞渤开始降低高度，但下面的灯光突然全灭了，实行了灯光管制。

这时，俞渤焦急地说：“怎么办？上级联系我们本来要降落安东机场的，下面还不知道我们是自己人！”

B24尽量降低高度，寻找机场，在石家庄的上空盘旋了几圈，仍找不到地方降落。后来发现了跑道，但这时，并不知情的地面上的解放军打起了枪炮，为了表示是自己人，俞渤把航行灯、落地灯一起打开，可地面的枪炮并未停止射击。飞机又在空中盘旋了一会儿，俞渤突然看到跑道上有零星的火花闪耀了起来，枪炮也停止了射击，就是说解放军知道了是自己人！

凌晨2点15分，靠跑道上火把的引导，俞渤驾驶的B24安全着陆了！解放军战士从四面八方跑过来，把俞渤他们举了起来！这时，俞渤他们的眼眶湿润了！

不到天亮，中共中央社会部副部长罗青长，按中央军委指令赶到石家庄，慰问第一批驾机起义的俞渤等五人。罗青长在交谈中告诉俞渤他们：“由于夜间难以判断，加上坐标误差，三颗巨型炸弹落在了南京的燕子矶，虽然没有炸中总统府，但把蒋介石、何应钦等人吓得不轻，舆论一片哗然。”

俞渤等人驾机起义后，接着国民党其他空军部队先后又有四架最先进的B24轰炸机飞往河北解放区。

策反空军起义成功后，陈修良、沙文威相信策动国民党海军起义的时机也已经成熟。经过研究，他们决定把策反目标锁定为国民党军最先进的巡洋舰“重庆号”，同时，中共中央南方局、上海局等领导也介入策反工作。

“重庆号”巡洋舰原是第二次世界大战时英国在地中海的旗舰，它是国民党海军中装备最精良的军舰，拥有各种先进的炮火装置、无线电通讯设备及精密的航海仪器。“重庆号”舰长邓兆祥为人正派，在士兵中颇有威信。在人民解放战争胜利发展的形势下，中共中央上海局以及南京市委等情报策反部门多渠道积极工作。舰上的南京地下党员毕重远于1946年进入国民党舰艇士兵训练班。1948年8月“重庆号”回国后，南京的党组织就派人与他联系，要他团结士兵，相机行事，策动起义。1949年2月17日，“重庆号”奉命离开上海，在吴淞口外停泊。当获悉敌人要该舰逆江而上，到江阴与海军第二舰队配合，阻止解放军渡江的消息后，舰上的“士兵解放委员会”主要成员决定拒航，把起义地点改在吴淞口。

1949年2月25日凌晨1时，“士兵解放委员会”拘禁了包括邓兆祥在内的所有在舰军官。邓兆祥原有起义思想基础，但不知下层士兵已在酝酿哗变，当他得知这是在中共南京市委、上海地下党领导下进行的行动时，毅然参加起义，下令开航，使军舰顺利驶向解放区。

在陈修良的领导下，1949年3月，中共南京市委委员朱启銮和情报系统干部白沙化装成商人，冒着生命危险过江到达合肥人民解放军渡江战役总前委司令部，送去国民党京沪杭警备总司令汤恩伯的《京沪、京杭沿线军事布置图》《长江北岩桥头堡封港情况》《江宁要塞弹药数量表》等重要敌情资料，为配合解放军解放南京做出了贡献。

当陈修良与陈士榘等人会谈结束后，35 军又立即派两个警卫员护送陈修良到寓所搬取行李。当军用吉普停在一间普通的民居前时，人们怎么也不相信这位平时喜欢戴墨镜、穿旗袍、搓麻将的“张太太”竟然是中共南京地下市委书记陈修良！

潜伏下来的“左联”作家

一、李林是谁?

1949年,淮海战役之后,当时的局势已经相当明朗了。国民党大势已去,共产党节节胜利。国民党中虽然有些人还有凭借长江天险划江而治的幻想,但他们都清楚作为首都的南京即将易手,因而当时政府各部门,大都在暗地里做撤离的准备。

国防部保密局,也就是军统,作为蒋介石直接领导的特务机构,在此时也作出了撤出南京并在南京部署潜伏特务组织的准备。

1月中旬,在南京三元巷附近的洪公祠1号(现为南京市公安局),保密局本部召开了一个紧急“应变”会议,参加会议的是各工作站、各处室的负责人以及部署潜伏力量的有关机要人员。在会上,局长毛人凤表情严肃,说:“目前是特殊时期,我们必须万分警惕,精心工作,应对时局之变。下面,我宣布两项决定。第一,撤退计划:1. 在广州、福州建立准备据点,所有在南京各部门的档案、要件,各负责人立即派人运往上述两据点;2. 在必要时,南京本部撤离后,在上海设立办事处,领导京沪一带的情报活动;3. 在台湾设立无线电总台,时刻保持与潜伏人员的联系,必要时,在浙江设立分台,以便就近联系;4. 所有在京工作人员的眷属,先行集中撤退到江西玉山。”

与会人员都面无表情,其实内心相当复杂。他们清楚,把家属安排到江西,表面上是统一安排撤退的计划,但实际上不过是为了对保密局所属工作人员进行控制,押作人质而已。

毛人凤接着说:“第二,潜伏部署。由局本部部署组会同各主管部门,在所有人员中挑选出有潜伏条件的人,在京潜伏下来,继续从事情报和其他活动。选拔的条件是:特务身份从未暴露过;与革命民主阵营有一定的人事关系,可以打入以后的共产党军事部门;或有一技之长有社会职业能够潜伏下来的。一旦选定之后,经过谈话,即作潜伏计划,计划批准后,就进行具体的潜伏部署。这些人员就不再与一般人员联系,也不再公开露面,其家属可以不去江西。”

南京站的潜伏计划即由站长张美扬负责,还有一个具体办事人员就是张美扬的助手第一科科长李光尧。一个叫李林的人成为首选,而且此人也深得毛人凤的赏识。

在南京洪武路寓所内,李林的同居情人方华在灯下阅读荆有麟的长篇小说《间谍夫人》。该小说写一位间谍的夫人,知道丈夫牺牲后,要求参加间谍工作,为丈夫报仇。她在重庆先后侦破了几起汉奸特务的活动,后又到上海,混进日伪上层官场,不惜失身,获取了重要情报,最后打死了日本专使及与她同居的汉奸,她自己最后也被日本特务队所杀。

用今天的眼光看,小说所歌颂的是国民党特务,内容是写抗日的,艺术性较差,故事编得断断续续,结构松散。这部作品从字里行间透出一股晦暗的情绪,就像此时此刻方华的心境一样,灰蒙蒙的。

夜深人静的时候,李林悄悄回到寓所,并带给方华一个阴沉沉的消息:要做好长期潜伏的准备,根据毛人凤批准的潜伏计划,他被任命为保密局“潜京一组”组长,军衔为少将。为了掩护身份,毛人凤下令将俗称“蹦蹦剧团”的艳云评剧社和新华剧团一起交给李林负责,并委派其担任经理。下一步计划是解放军一旦进城,就将剧社改组为秧歌舞蹈剧团,打入北平文艺界。

李林从保密局领取了二百零五块银圆、八万三千元金圆券、四十一担大米,作为潜伏经费。他先用二十一担大米预付了夫子庙钞库街40号房屋的半年租金,秘密架设好电台,然后让演员们陆续搬进去居住,以掩人耳目。除组长外,“潜京一组”还配备有交通员、报务员、译电员和勤务员。同时,这位叫李林的特工还兼任前身为中统的内政部调查局南京实验区专员,接受了该组织的二线潜伏任务。

这个李林到底是谁呢?

当时保密局南京站潜伏人员关堃垕是“潜京二组”的组长,李林是“潜京一组”的组长,但这个叫李林的人到底是谁呢?关堃垕也是百思不得其解。

一次偶然的机会，关堃垕侦探得知了此人的秘密。有一天，蒋介石召见国防部保密局处长、站长时，特意从保密局所属的特务中，选取了十名优秀分子一同召见。当时的南京站有三人参加：一个是在“下关血案”中殴打马叙伦的带头人，下关组组长刘某；一个是李林；还有一个便是关堃垕。在召见时，大家排队站在总统府的小礼堂里，所谓十名“优秀分子”站在最前排。蒋介石站在与召见人员两步远的地方，毛人凤在旁侍立，并一一向蒋介绍人员姓名。

蒋介石很和蔼地与召见人员点头示意，也个别地说几句话。可是点到第二名“优秀分子”李林时，并没有人应声。这时，毛人凤向蒋介石小声地说：“这个人叫荆有麟，因保密没来。”关堃垕就站在他们对面，相距又近，听得一清二楚。李林原来就是荆有麟，就是那个曾经打入“左联”并写了一部叫《间谍夫人》的长篇小说的作家。

那么，这个荆有麟到底是一个怎样的人呢?

《鲁迅回忆》书影，荆有麟著

对中国现代文学有相当研究的人几乎都知道荆有麟写过一本叫《鲁迅回忆》的书，内容比较翔实，提供了不少鲁迅的第一手资料。1924 年，荆有麟在北京世界语专门学校求学时，因向鲁迅请教写作、翻译问题开始与鲁迅交往。1925 年该校停办，经鲁迅介绍，他在京报馆任校对，并参加《莽原》周刊的出版。当年他经常出入鲁迅家，鲁迅南下后，他仍去鲁迅在北平的住所，对鲁迅母亲时有关照，与鲁迅保持密切的通信联系。从 1924 年 11 月 16 日起至 1931 年 7 月 16 日间，《鲁迅日记》记到他的地方达三百二十多处，内容多为荆有麟来访、送稿、书信往来等；1936 年 4 月 18 日，鲁迅还收到过他的信。鲁迅写给他大批信件，大都没有能保存下来，现《鲁迅全集》只收有一封。鲁迅在文章中和给他人的书信中，有四处提到了他。鲁迅在 1927 年 12 月 6 日致函蔡元培，介绍荆有麟参加收编北洋军散兵的工作。鲁迅在此信中称荆有麟为“旧日学生”。

据《鲁迅全集》注释称：荆有麟“1927 年 5 月开始投靠国民党反动派，先在南京办《市民日报》，后任国民党中央党部工人部干事。1928年任国民党军第22独立师秘书长。1930年至1931年先后在河北怀远及江苏萧县任教员。1936年时为国民党中央考选委员会科员。1939年加入国民党中统、军统特务组织，混迹于进步文艺界，进行反革命活动”。

荆有麟著的《鲁迅回忆》，在此前先以《鲁迅回忆断片》为书名，1943年11月由上海杂志公司在桂林出版。1947年4月，同一公司将书名改为《鲁迅回忆》，在上海重排出版；1949年3月又重印。他的长篇小说《间谍夫人》完稿于1943年12月，1944年3月由作家书屋在重庆出版，同年10月再版。荆有麟还有一本随笔、杂文集《流星》，1942年10月由文献出版社在桂林出版。该书收随笔、杂文三十六篇，都是在报刊上发表过的。可以说在当时，荆有麟也是小有名气的作家。

关埅㕓在1949年4月向我公安机关自首后，迅速把荆有麟是“潜京一组”组长的情况报告给南京市公安局侦讯处。

二、作为文化特工的荆有麟

一天深夜，南京城南的一座幽深的大院里，一架大功率的SMC电台正在工作。

“李光明，李光明……我是张起昇，现在我向你报告情况……向你报告情况……”

密码、情报随着“嗒嗒嗒”的电键敲击声，和着报务员的呼号一起发向天空，发向另一台神秘的电台。“张起昇”不是别人，正是保密局“潜京一组”的代号；“李光明”则是已搬迁至台湾的国民党保密局的呼号之一。

在台湾保密局局长办公室，局长毛人凤正在看文件。这时，机要秘书推门进来了。

“有重要情报吗?”毛人凤发问道。

机要秘书立即说:“报告局座，刚收到南京来的密电，是‘潜京一组’发来的。”

“快念!”毛人凤急切地命令道。

“是。”机要秘书念了起来，“共军进城后，市面萧条，人心恐慌……进驻南京之城防部队是共军三野第 8 兵团第 35 军……苏俄驻北平总领事已率苏俄顾问团六人抵达南京，与中共负责人直接联系……”

“好，好。”毛人凤兴奋地说，“给张起昇回电，说：吾弟工作卓有成效，特发奖金美钞一千元，望勉励努力。”

上述情形的发生，还得追溯到 1949 年 2 月初的一个夜晚，那晚毛人凤秘密会见了荆有麟。

一见面，毛人凤就对他说：“现在的局势，我不说你也清楚。按照总裁的训示，去年底局本部就开始布置地下工作，但具体人选一直定不下来，现在看来不定不行了。”

荆有麟一本正经地说：“局座有什么指教，请明示。”

毛人凤接着说：“我反复考虑，潜伏一事还非请老兄担当不可。你是党国的栋梁之材，有着二十多年地下工作的丰富经验，还得到过总裁的亲自奖掖。现在是党国危难之际，只好委屈老兄你了。”

可荆有麟心里明白，在这样的时期潜伏是相当危险的，脑袋随时都可能不是自己的。潜伏虽说有危险，好在他的身份尚未暴露，他有个作家的头衔，不如先答应下来，即应道：“我同共产党打交道也不是一天两天了，请局座放心。”

毛人凤对他的回答很满意。随后，他们商量接受二线潜伏的具体方法，决定将保密局南京站文化组改为保密局“潜京一组”，由荆有麟任组长，下配美式 SMC 电台和报务员、译员若干人，并将蹦蹦戏剧团和新华话剧团作为荆的掩护，任命荆有麟为剧团经理。

其实，早在 1927 年，荆有麟担任国民党中央党部上海宣传委员会秘书兼训练总干事时，就开始从事特务活动了。

1939 年 8 月，他被重庆考选委员会派往国民党军事委员会“防奸防谍”训练班受训。1940 年，受军统组织派遣，荆有麟利用自己的文学才能，以“左翼”作家身份为掩护，打入了郭沫若在重庆所主持的文化工作委员会，受命监视郭沫若，在文工会的公开身份是上校秘书。后来，他打入中华全国文艺协会，利用工作的便利条件，秘密调查“左翼”文化名人的言行，专门刺探文化界的情报。在当时特殊的工作环境中，荆有麟深得中统、军统的重视。平时荆有麟将在文化界的所见所闻，收集上报特务机关。每个星期天，特务机关派专人到荆有麟家取情报，每月发给他数十元的津贴。荆有麟的老朋友中共办事处的何成湘、《新华日报》办事处的鲁明，都成为他收取情报的对象。文化工作委员会中的知名人士及进步人士，如沈钧儒、章伯钧、邹韬奋、茅盾、老舍、田汉、洪深、史良、翦伯赞、侯外庐、冯玉祥、邓初民、马寅初、陈铭枢、欧阳予倩、曹靖华等，中国共产党驻渝代表周恩来、董必武、邓颖超、徐冰、陈家康、廖梦醒、廖沫沙、欧阳凡海、胡绳、戈宝权等，均在他的监视范围内。他长期跟随在郭沫若左右，白天监视郭沫若，晚上到特务机关去写汇报。

荆有麟有个文化人的面具，他有“左翼”作家的身份。他是中苏文化协会理事、文艺协会驻京（南京）成员之一，因此能渗透到文化界各个领域，常与文化名人接触。他平时还从事文学创作，曾写过一本名为《国共之间》的书稿，其主题是宣传国共一致抗日，颇符合民意。他考虑到此书出版后政治影响比较大，想征求周恩来的意见。1942 年 10 月，重庆市文艺协会邀请各界人士联欢，荆有麟也随郭沫若被邀请。晚上 8 时，神采奕奕的周恩来来到现场，顿时全场沸腾。荆有麟抽空找到周恩来，把写此书的目的及出版的难处诉说了一通。周恩来当即表扬了荆有麟，表示可以看一看，要荆有麟把书稿交给中共驻渝代表徐冰（当时周恩来不知道荆是特务）。不久，因荆有麟写的小说《间谍夫人》有颓废色彩，受到舆论批驳，他才未敢将《国共之间》的书稿送到徐冰处。

有一次，周恩来在重庆借用文化工作委员会的名义，一连数天邀请重庆各界进步人士，征询对国共合作的意见。荆有麟将此情况报告了特务机关。蒋介石知道后，一怒之下将文化工作委员会撤销了，使得文艺界人士失去了一个可以依靠的组织，同时也使中国共产党失去了一个统战工作的阵地。

抗战后期，荆有麟更神气了。他同时向中统重庆区三科和军统送情报，领取双份薪水，加上津贴与奖金，生活阔绰得让一般穷作家望尘莫及。文化工作委员会被撤销后，该会城乡两处的房屋被收回，工作人员被解散，荆有麟的情报工作中断，中统将他的津贴取消，只以一个干事的名义发给补助，并要求其另谋公开职业。荆有麟再三考虑，决定搞投机情报，即根据报纸上的通讯稿件和平时了解到的消息，编成情报送给重庆特检处第二科情报科，并编造假情报。他凭空捏造了一年多的情报，未被特务机关发觉。

国民党政府还都南京后，荆有麟因为屡建“奇功”，被一下子从上尉晋升为少将，这在军统内部是绝无仅有的一例。戴笠甚至夸奖他为“军统灵魂人物”。

1949 年 4 月 24 日，解放军进驻南京后，荆有麟还在疯狂活动。根据特务生涯的丰富经验，他虽然自信并未暴露身份，但从文化界对自己的突然冷淡中感觉到一丝不祥之兆。解放军进城后，他立刻撤离原住地，又连续搬迁好几次，并与剧团中断了直接联系。在解放军进城之初，荆有麟利用自己的中苏友协理事和治安维持会机要秘书身份，来往于苏联大使馆和军管会之间。他还安排部属、上尉通讯员阎杰打入南京市文工团，勤务兵考入解放军二野军政大学，交通员、其女敖特华混入解放军三野 69 师文工团，其情妇、已成为其电台译电员的方华被举荐为维持会监印。

“潜京一组”天天向台湾保密局发出解放军的政治、军事、经济情报。为此，远在台湾的毛人凤对“潜京一组”的工作非常满意。

三、原形毕露

得知荆有麟就是“潜京一组”组长，南京市军管会公安处（1949 年 5 月 15 日改为南京市公安局）立刻开始调查和寻找荆有麟。

同时，公安局侦察科的干警也注意到一个可疑的电台讯号，经常与台湾联系，具体内容由于尚未掌握密码，还没有破译出来。发报的手法相当熟练，是受过专业特务技术训练的，而且经常向国民党保密局呼叫。

经过测向发现，发报地点就在城南夫子庙一带，而荆有麟的蹦蹦戏剧团就在夫子庙秦淮河东岸的钞库街。

不久，侦讯处接到密报，即有人反映在南京解放时，荆有麟担任过南京治安维持会的秘书。可是，南京市军管会成立后，治安维持会随即宣告解散，他也随之无影无踪了。就在调查工作受阻之际，侦讯处通过启用逆用电台侦查到一个可疑的电台讯号，引起了刘伯承市长的高度重视，他立刻指示市公安局全力以赴，“先捉大鱼”。市委副书记、军管会副主任宋任穷也批示：荆有麟在特务组织中很有影响，抓住荆有麟，对其他特务可以起到“敲山震虎”的作用。根据秘密自首人员提供的两个地址——钞库街40号和莫干路21号，上门侦查后也是查无此人。荆有麟已几次搬迁。

南京市公安局领导考虑，周一凡在地下工作期间比较了解敌特机关的活动规律，对荆有麟的情况掌握较多，而且熟悉城市环境下的侦察工作，于是决定派周一凡协同侦破荆案。

周一凡从市委宣传部文艺处和统战部分别了解到，荆有麟仍在以搞剧团为掩护进行活动，正在积极参加地方剧调演，争取被优选进入全国首届文代会汇演。他从南京市文工团还了解到一个有价值的线索，该团团员阎杰，解放前参加过军统组织，持有手枪，现在与荆有麟有来往。

经过跟踪调查，办案人员发现阎杰行动诡秘，而且很有一套反跟踪技术，往往在大马路上摆脱盯梢后，不知去向。1949年6月11日晚，阎杰回到文工团请假，要于次日去北平。文工团领导一边同意他请假，一边将情况密报公安局。侦讯处当机立断，下令立即逮捕阎杰。12日早晨7时许，阎杰被秘密捕获。据阎杰交代说：荆有麟最近想向北平方向发展，想趁北平即将召开全国文代会的机会，率团去北平演出，以便再次混入北平文化界刺探情报。原来，为了迎接第一次全国文代会的召开，也为了庆祝南京解放，市政府决定举办文艺汇演，从各剧团演出的节目中挑选优秀剧作，到北平演出。荆有麟想借此机会到北平实施更重要的潜伏计划，通过阎杰让剧团重新整理上演了传统戏《乾坤福寿镜》，并于12日演出，接受市文化部门领导的审查。

这一口供使专案组兴奋不已。经过反复研究，专案组制定了一个“守株待兔”的方案，等候荆有麟的到来。

6月12日上午9时整，双鬓微白、戴着一副金丝眼镜的荆有麟终于露面了。他西装革履，一副文人学者的儒雅风度，挽着他的情妇、“潜京一组”电台译电员方华，走进剧场。此刻他低头看了一下表，发现已经过了10点，按事先的约定，阎杰早该到了。他朝四周环视了一下，猛然发觉剧场的情况有点异常：每个出口处都站着两个陌生的年轻人。多年特务生涯养成的职业敏感使他意识到：阎杰出了问题。于是他向方华使了个眼色，起身向后台走去，准备从后台的边门溜走。

刚进后台演员化妆间，南京市公安局的工作人员突然出现在他的面前，他的身后也同时出现了两个年轻人，他们都身着便衣。侦讯处的张若千对荆有麟说：

“你就是新华话剧团的荆经理，荆有麟先生吧？”

荆有麟仍把头一昂，故作高傲地问：“我就是。你们有什么事？”

“你在等人？”张若千又问。

“不，下一个节目就是我团演出，因为是新戏，我不放心，特意到后台来看看。”荆有麟控制住自己的恐慌情绪，故作镇定地说。

“我们是公安局的，你被捕了。”

荆有麟的脸色“刷”地变白了。他晃了晃脑袋，用质问的口气说：“小同志，你们恐怕弄错了吧？我们搞戏剧汇演，马上到北平向毛主席汇报演出。”

“不要再装了，李林先生，难道非要让毛人凤站在面前，你才肯承认吗？”

一听到他在国民党保密局的化名“李林”，荆有麟知道事情暴露了，不由得沮丧地低下了头。这时，公安局的人押着阎杰出现在他面前。

在荆有麟的新住处侯家桥 32 号，公安人员搜出了电台、伪造的证件以及密码本等，又从已经转移到中华路友安里 5 号的报务员陈天锡家中，搜出电台一部。随后“潜京一组”的特务成员被捕的被捕，自首的自首，无一漏网。

1949 年 10 月 11 日的《大公报》出现了这样一则新闻，标题是《彻底扑灭特务匪徒！》，副题则是《文化界大特务荆有麟　宁人民政府决予严惩　他伪装进步人士混进民主阵营　解放后潜伏南京进行破坏工作》，全文如下：

【南京通信】南京新民报本月 9 日载：据新华社讯，南京人民政府公安局近破获怙恶不悛、作恶到底的特务匪徒案三起，其中一起为过去曾在文化界活动的荆有麟所主持，经过情形如下：

“双料”特务头子荆有麟，是伪军统南京组少将文化组组长，兼中统南京区专员。

解放前，受军统特务大头子毛人凤之命，为南京第一分组少将组长，决定潜伏南京进行破坏工作。他在解放前重庆时代即伪装进步文化人士的面目出现，混入文艺协会，中苏文化协会，专门盯梢文化界知名人士，尤其是对郭沫若、茅盾、夏衍、戈宝权、胡绳、乔木、阳翰笙、胡风、侯外庐、孔罗荪、宋之的、翦伯赞等。经常密告他们的行动言论,连同国际文化界友人的起居,他都用“报甲”情报直接送给蒋匪介石;同时也从蒋介石那里收到过不少的“报甲”奖金。(特务的情报分甲、乙、丙、丁四级,甲级由蒋匪亲阅,乙级由特务头子亲阅,丙级转卫戍部,丁级送军队。)他同时也曾跟踪周恩来、董必武、徐冰、陈家康、潘梓年等。荆匪为每一个进步的知名的文化界人士作过“报甲传”,把他们的家庭生活、思想情况等详尽地密报给蒋匪,伪国民党军委会政治部文化工作委员会就是根据荆匪的密告而被蒋匪手令解散的。特务机关根据荆匪这些报告而行动导致失踪的、死亡的、被关到集中营的进步文化人士,难以计算,因此荆匪成为军统特务“最优秀”的人员之一。国民党匪帮自南京溃败时,由保密局在钞库街替他租好一所房子(名义是胜利剧团的宿舍,另外以唱蹦蹦戏的“胜利剧团”为掩护,荆自任经理),把报务员陈天锡安置在那里任售票员,密设电台,密报我军情。在他指挥下的还有译电员岳薇(化名岳华),通讯员杜艳香、白云楼(都是胜利剧团的负责人),及勤务徐继等,由保密局拨大米五千斤,伪金圆券七万多元为应变费,并且答应按月送钱接济。与荆匪发生横的关系的还有不少特务,都借各种身份混进我各部门,受荆匪指挥,在我各部门进行挑拨、离间、分化等颠覆性的活动。

荆本人并企图在文化界利用其文协会员的身份进行活动,到处散布谣言。初解放时,荆匪任维持会机要秘书,胜利剧团也在新街口大鸿楼出演作进一步的掩护。荆本人更伪造了军管会“〇二八九一”号通行证,并且在莫干路21号住处门口贴上了盖有伪造的军管会印信的条子:“此处系民主人士住宅,任何机关部队不得进驻!”人民政府当场在其住处搜出物证:SMC特工发报机两座(20 W、10 W,皆可用),密码本八本;治安维持会职员名册,及伪造证件二十余种。人民政府对于荆匪决将予以严厉惩处。

新闻报道中所言“胜利剧团”当为笔误,应为“新华剧团”。至于说“莫干路21

号”原来是女作家郁风的住处，但当时她已去上海，荆有麟就搬了进去，还煞有介事地伪造了军管会的封条，不可谓不狡猾。

文中所谓“将予以严厉惩处”，就是后来对荆有麟执行了枪决。

链接：

在南京的国民党特务组织

在国民政府首都南京，国民党的特务组织众多，派系不一，有“军统”“中统”、原属于“军统”后又独立成派的“国防部二厅”等。抗战胜利，国民政府还都南京后，他们竞相扩大势力范围，各自均有自己的外围组织和公开机关，机构相当复杂。“军统”头目戴笠失事后，由毛人凤继任，军统局改为保密局，下设七个处、三个室，又在全国设立了四十六个情报站，其中南京站就有四百六十多人。此外，该组织还控制着许多公开的特务机关，例如全国警察总署、交通部全国交通警察总局、各地的稽查处和兵工稽查处等。“中统”组织也相当庞大，到后期改名为“内政部调查局”，派遣特务到各省市成立“调查室”，还在南京成立“首都实验区”，有特工数百人，渗透到党、政、工、学、商等许多行业。国防部二厅把持军事情报，成立了十六个情报站，派出两百多个谍报组，成立了谍报机构中最大的外勤机构，另外还成立八千多人的“绥靖总队”，仅在南京市区周围就设立十四个谍报组、侦察组，会同宪兵在车站、码头等交通要津检查、侦察，进行跟踪逮捕等各种特务活动。据不完全统计，在南京解放前夕，在南京活动的各派系的职业特务有八千人之多。

一辆神秘的黑漆马车

一、一封暗藏玄机的信件

1949年8月的一天，一份神秘的信件出现在南京市公安局侦讯处处长林浩然的手上。该信收件地址是“香港九龙界限街41号大光明电影公司”，收件人是“华延胜”，发件人是“王有智”，没有发信地址的落款。

引起林浩然注意的是，这封信是明、暗两文。

明文是说南京解放后，市民生活安定，中国共产党的政策英明伟大，人民解放军纪律严明，情况一天比一天好，以及自己欢庆解放的喜悦心情，等等。

经过化学处理后，暗文也显示了出来，看起来似乎也相当平常：

华兄：

自三十八年四月灰（十日）最后一次晤面，迄今已四月有余。临别情景，犹在眼前。兄之恩泽及训教，当不敢忘。弟现已在京找到职业，收奉尚好。闲暇之时，常与同事三四人小酌，亦怡然乐也。想兄今身在港，亦时刻思恋故土。姑特备金陵之土特产若干奉上。但因雷嫂不久前突然病故，无法送去，心中甚为焦急，望兄见信后速想办法，以解心中之急……

经过刑侦人员的破译，这是一份南京“潜京”特务组织与在香港的国民党特务机关联络的信件。“香港九龙界限街41号大光明电影公司”是军统保密局的一个秘密联络点，“华延胜”也是保密局常用来联络的化名之一，“雷嫂”就是指电台，那么“王有智”呢？可以推断，显然是“潜京”特务组织的化名。这封信的主要内容就是向保密局汇报这个潜伏的特务组织已经建立，他们的成员也都取得了合法的职业身份掩护，站稳了脚跟，并展开了活动，刺探了中共的党、政、军和民主党派的大量情报，但由于潜伏的电台出事，失去联系，情报发不出去，请求保密局指示。

林浩然不禁紧锁眉头，陷入深深的思考之中：这个发信的“潜京”特务组织究竟隐藏在何处？它有哪些成员？又分别以什么职业作为身份掩护？他们又是怎样获取我方大量机密情报的呢？如果这些敌特就潜伏在我们周围，甚至已经打入我们的队伍之中的话，其后果不堪设想。

“王有智”这个名字，林浩然倒还是有一些印象的。在南京解放的第三天，南京市军管会公安处（1949 年 5 月 15 日改为南京市公安局）根据向解放军 35 军自首的国民党保密局“潜京”独立电台台长孙思谊的交代，破获了一个保密局的潜伏电台，捕获罪犯方叔、方季。据他们两人交代说，当时接受任务时，保密局秘密人事科科长任鸿倩曾亲口告诉他们，他们潜伏在南京的主要任务就是将化名为“王有智”的小组收集到的情报发出去，联系方法是每周六晚上在白鹭洲（位于夫子庙旁）小火车站前与一个赶着黑漆马车的人接头，其特征是马车的左手灯无灯罩，右手灯是一个弯头的、旧的美国军用手电筒。他们一共联系过七八次，发出十五份情报，直到被捕。那个来接头的人大约四十五六岁，中等个，瘦长脸。虽然每次见面都不大说话，但方叔、方季交代说，从口音上判断，他大概是河南一带的人。他赶马车的动作非常娴熟，显然是久操此业或者以此做掩护的。

从这些情况分析来看，这个“王有智”因为独立电台被破获，久久无法联系上组织而惊恐不安，在无奈的情况下才用密码写信的方法企图与上级取得联系。

经过研究，侦讯处认为要迅速查找出那个赶黑漆马车的接头人，找到他，就能顺藤摸瓜，破获这个潜伏的敌特组织。林浩然决定由侦察科长罗振先行查找。

罗振带领两个侦察员分头行动，他们在车站、码头、旅馆、闹市区等处，凡是有马车集中停放的地方，都进行了仔细查找。但三天过去，仍没有什么线索。

通过对一些马车班的了解，罗振搞清楚了那辆黑漆马车是一个叫朱玉峰的老板的，驾车的叫王开芳，据说这小子已经开溜了。王开芳很可能就是那个送情报的接头人，而朱玉峰跟他关系密切，还在市马车公会工作，是文书。

傍晚时分，罗振带人来到了鼓楼保泰街的市马车公会。他们第一次接触了这个叫朱玉峰的人。朱玉峰 40 多岁，身体颇胖，还戴着一副金丝边眼镜，见到罗振，他笑着说:“先生是来找人,还是办事?”

罗振掏出证件给他看了一眼,说:“我是公安局的。”

“哦,是公安同志,有何公干啊?兄弟一定全力支持。”

“我们向你了解一些情况。”

“好说,好说。只要是我知道的,一定如实相告,绝不隐瞒。”

罗振缓缓地说:“那么,你认识王开芳吗?”

朱玉峰脸色大变,气愤地说:“岂止是认识啊,我正要找这小子呢!找他算账。”

“哦,这到底是怎么一回事啊?”罗振好奇地问道。

“唉,都怪我当初看错了人啊!今年年初,我还在三山街开马车行。有一天,王开芳找到了我,哭哭啼啼地说,他是河南人,家里活不下去了,就想出来混口饭吃。可现在已经走投无路了,看到我这儿有个马车行,说他能赶马车,让我给他口饭吃。我当时同情他,看在他同我是老乡的情分上,就收留了他。开始他还挺勤快的,可后来他就越来越懒了。这不,前些日子,我说了他几句,他竟然不辞而别,还把我的马车给带走了。唉,这个忘恩负义的家伙!”

听朱玉峰这么一说,罗振也明白了事情的大概,但他怀疑朱玉峰早就捏造好这个谎言,以备调查。因而,这更引起了罗振的怀疑。

回到公安局,罗振立即把他掌握的情况向林浩然作了汇报。林浩然随即召开了一个会议,在会上,他说:“我们刚刚又获得一个密函,可能跟此案有关。这个密函是河南开封警备区司令部发来的,通报了一个叫朱宏毅的国民党军统少将专员的情况。朱宏毅,号泉民,黄埔军校毕业,日伪时期在开封任伪绥靖公署宣传处长、交通处长和中村洋行总经理等职务。抗战胜利后,又以远东新闻社社长、盐业公会理事长等身份做掩护,从事特务活动。即便在抗战后,他的行动也从不公开,直属于保密局局长毛人凤单独领导,行动异常诡秘。据在押的特务交代,开封解放时,朱宏毅随国民党军队逃往南京。另据有关情报,朱宏毅住在南京的牵牛巷 24 号,保密局在撤离南京前曾留给他一笔活动经费和数辆马车,让他继续潜伏在南京收集情报。”

林浩然决定让公安四分局二科科长陈乐�武来调查这个朱宏毅的情况。陈乐�武年方三十,自从 1940 年在山东老家参加革命后,当过当地县公安局的侦察科长、局长，对侦察敌特有丰富的实战经验。

接受任务后，陈乐郸就找到当地派出所，在管段民警陪同下，找到了牵牛巷 24 号。这里是南京城南的老式居民住宅，院子并不大，只有三四户人家。陈乐郸和管段民警遇到了一位院里的老人，就问道："大爷，这里有没有姓朱的人家啊，或者以前在这儿住过的，是从河南搬来的？"

老人沉思了一会儿，说："同志，你这么说，还真有个人像是你们要找的人。那还是在南京解放前，大概是 1948 年年底吧，有一户姓朱的人家搬来住过，从哪里来的我倒不知道，听口音确实像河南一带的，还在三山街开了个马车行，好像挺有钱的，但不久又搬走了。不知道什么原因。"

"那您老知道他搬哪里去了吗？"陈乐郸迫不及待地说。

"那就不清楚了。"老人摇了摇头，说，"这个人在这里时，就早出晚归，平时很难见到他的面。"

陈乐郸和管段民警谢过老人，离开了小院。陈乐郸思量：从调查的情况看，牵牛巷 24 号确实住过一个姓朱的，特征也像，这说明开封来的密函并没有错，但这家伙只在此短暂居住就不知去向。问题颇为复杂，也不知下一步如何走。

管段民警说："陈科长，我们何不看看所里的户口档案呢？说不定还能找到点线索呢！"

"好，我们去看看。"说着，他们就回到了派出所，调出了牵牛巷的全部户口档案，仔细地查阅起来。

他们一张一张地翻阅，突然有一张卡片跃入了他们的眼帘。此人住牵牛巷 32 号，男，44 岁，安徽当涂县人，于 1948 年开封解放时迁入南京，以前干过马车行老板，现在在市马车公会做文书。整体情况与密函里所说的朱宏毅的情况相当吻合。但此人不叫朱宏毅，而叫朱玉峰。再看一下他的家庭情况，也相当复杂，有妻妾二人，四个孩子，其中两个还在河南上学，另外还有三个妇女，说是表嫂，都居住在此。

这个朱玉峰是不是那个朱宏毅呢？陈乐郸赶紧回到局里，把调查到的情况汇报给林浩然。

二、黑漆马车现身

罗振一个人正坐在办公室里发愁呢，进一步查找的线索已经断了，下一步该怎么办呢？恰在这时，电话响了起来，原来是公安六分局的同志报告情况："罗科长吗？那辆神秘的黑漆马车又出现了！"

这又是怎么一回事呢？原来，在南京下关龙江桥一带有一个马车班，有十几辆马车，主要在车站、码头、货场等地接送客人和送货。有一个叫杨老四的马车夫，在南京谋生多年，积攒了一些钱，也想买一辆马车自己单干。

一个月前，他在三山街马车班看到一辆黑漆马车，觉得质量还挺好的，就问了问价格，哪知道车主要价非常低，说老板不准备开这个马车班了，他就毫不犹豫地买了下来。

跑了几天之后，今天杨老四刚套车出门，才走了几步。在龙江桥 10 号的早点店前，卖豆浆的倪老板上前拦住了他的车头，把马车仔细地打量了一遍，热情地把他迎进店里去，随即盛上一碗豆浆，趁着端豆浆的工夫，倪老板突然压低声音说："是大哥叫你来的？"

杨老四莫名其妙地摇了摇头。刚刚喝完这碗豆浆，倪老板又盛了一碗豆浆端了过来，又神秘兮兮地问道："大哥情况怎么样？"

杨老四更加莫名其妙了。以前他也经常在这里吃早点，从来也没有出现过这样的怪事情。倪老板肯定是话里有话啊！可能是那辆黑漆马车的原因吧？杨老四颇为警觉地想，这里到底有没有什么见不得人的勾当呢？

想到这里，杨老四就赶紧赶车到公安局的六分局报告了这一情况。

罗振接到电话后，即刻带着两名部下赶到下关。他们仔细地查看了这辆黑漆马车。他们发现这辆马车虽然经过杨老四自己的修饰，但是车子的颜色、质地等特征情况并没有改变，与方叔、方季所交代的王开芳每次去接头时赶的那辆马车，与朱玉峰自称失踪的那辆马车，都是一模一样的。

这很可能是敌特玩的一个障眼法，用移花接木的手段转移侦察人员的视线。他们知道马车接头的事已经败露，干脆就把王开芳暗中支走，使王开芳这条线索中断；同时，他们再把黑漆马车转移给一个跟他们没有任何关系的人，就可以使黑漆马车的线索也中断。这样，就可以转移南京公安局的侦察视线。而这些“潜京”的特务就可以来一个金蝉脱壳，把自己更深地隐藏起来。

但是，在此情况下，他们之间根本不敢联系，也造成了这个“潜京”小组的特务们信息不灵通。头目定下来的事情，下面的小特务并不一定知情，所以才发生早点店老板与黑漆马车赶车人接头的事情。

罗振当机立断，派人暗中严密监视这家早点店，迅速调查店主倪老板的情况。

早点店的倪老板确实是这个“潜京”特务小组的成员之一，他的真名叫朱玉甫，是保密局“潜京”五组的少校组员。而那个曾经赶这黑漆马车的王开芳是这个组织的上尉交通员。

自从“潜京”独立电台被破获后，他们知道黑漆马车接头的事已经暴露，就即刻把王开芳调离南京，又让朱玉甫改头换面，在下关龙江桥 10 号开了早点店，以卖豆浆油条等作为职业掩护，同时暗中收集城北、下关车站、码头一带的重要情报。

由于最近一段时间风声特别紧，朱玉甫也没有敢出来活动，也不知道上面的情况如何。那天早晨，他发现杨老四赶着马车从他的门前通过，一眼就认出来那是他们以前一直使用的接头工具。于是，他以为杨老四也是他们“潜京”五组的人，是上司派他来联络的。但是，当朱玉甫用暗语连问他几遍，杨老四仍毫无反应时，他就明白杨老四并不是他们组织里的人。极其警惕而狡诈的朱玉甫知道，大概是出事了！

在查看过黑漆马车的第二天，罗振就身着便装，来到这家早点店侦察。只见店门口有一个三十出头的人，光着脑袋，扎着围裙，忙里忙外地招呼着顾客。罗振故意放慢脚步，从店门口经过，有意无意地向屋里一望：小店虽然不大，可屋里却有一条长长的通道，对于抓捕工作非常不利。

罗振拐进旁边的小巷，继续监视这家早点店。不料，他刚走了几步，就有一个 20 多岁的大块头年轻人急匆匆地来到店里，并不点什么吃的，直接掀起门帘，走了进去。倪老板见此人来了，生意也不做就跟了进去。

时间不长，那个年轻人走出了早点店，拐进了小巷。罗振觉得此人非常可疑，就加快步伐，跟了上去。

那人忽而钻小巷，忽而走小路，脚步时快时慢，显然是训练有素，具有一定的反侦察能力。越是这样，罗振越使出了浑身解数，一路不紧不慢地跟紧他，但又恰好不让他发现。

直到江边的中山码头，那人左右张望了一番，并没有发现有人跟踪，这才松了一口气，点燃一支烟，坐上了过江的轮渡。罗振一路紧跟，那人到浦口后，又向大厂镇去了。

通过一番仔细的调查，那个年轻人的身份很快被摸清了。他叫康英杰，原名康明文，24 岁，西安人氏。他曾经担任国民党陆军独立第 47 师的无线电排中尉排长，中美合作所特训班上尉译电员，军统河南站站长杨蔚的侍从秘书，保密局南京站少校电讯检查组长，国民党青年军 87 军参谋 2 科中校科长，现在也在鼓楼保泰街的市马车公会任职。

那么，康英杰、朱玉甫、王开芳是不是同属于一个“潜京”特务小组呢？如果都是一个小组，他们分别是什么角色呢？

罗振先派人把朱玉甫和康英杰严密地监视起来。

三、一张民国时期的身份证

而那一边，陈乐郫的工作一刻也没有停止。他接受林浩然处长的命令，对牵牛巷 32 号进行深入调查。

陈乐郫以查户口的名义又来到了牵牛巷，恰好朱玉峰并不在家，家里只有几个女人在。

“你们不要怕，开国大典快要到了，我们来查查户口。”陈乐郫微笑着对她们说。

陈乐郫接过她们递来的户口簿，一一地仔细核对起来。

“哦，这两位是……”陈乐郫故意抬起头，对缩在墙角的两个女人说。

“啊，她们……她们是我的表嫂……”朱玉峰的妻子含含糊糊地说。

“哦，是亲戚！”陈乐郫点了点头，忽然朝那两个女人问道：“你们的丈夫在哪里？叫什么名字？”

“叫……叫……”突然的发问，使那两个女人慌了神，结结巴巴答不出所以然。

显然，这里有问题，哪有女人不知道自己丈夫的名字的？陈乐郇心里有数，为了不打草惊蛇，他没有再问下去。

他接着翻户口簿，翻到最后一页的时候，他眼前一亮，一张国民政府时期的身份证引起了他的注意。从名字上看，正是朱玉峰的，可职业一栏并未填写，却盖了个蓝色图章，上面印有一个“政”字。

有丰富侦察经验的陈乐郇知道，这表明持证人是从政的，而且并不填写具体服务单位，仅盖图章，说明此人的身份是保密的。朱玉峰如果仅仅是马车行的老板，怎么能有这样一张身份证呢？

陈乐郇觉得事情越发复杂化了，他断定这个朱玉峰肯定是隐藏起自己真实身份并负有特殊使命的神秘人物。

随后，他又马不停蹄地来到了市马车公会，来到了会长室，杨宝华副会长接待了他。

陈乐郇直截了当地问：“据你们的观察，朱玉峰这个人怎么样？”

杨宝华摇了摇头，叹了口气，说道：“唉，这可就难说了！他在这里每天愁眉不展的，好像有很重的心思，会有一些陌生人经常来找他，一来就把他的门关起来，一谈就是老半天，谁知道他们在谈些什么呀！从他这个人的工作表现来看，他不过是在公会应付个差事，好像生活来源也并不靠这里的工资收入。”

“那你们怎么不深入地了解一下呢？”陈乐郇问。

杨宝华又叹了口气，说：“陈科长，你不知道啊！我们也不敢问。他私下里说，自己是二十多年的老共产党员，与陈毅、宋任穷等首长都是朋友，我们哪敢轻举妄动啊！另外呢，他在公会里的人际关系也不错，经常给同事们来点小恩小惠的。他还对人说，他过去在开封任过盐业公司理事长、中村洋行总经理、远东新闻社社长等职。还说，你们看我现在不怎么样，以后我有的是办法，我要是到国民党那里去，扮作商人就可以过去了，在那里做事也不成问题。所以呢，他一会儿是老共产党员，一会儿是国民党高官，我们也搞不清楚他到底是什么人。”

陈乐郇细细一想，发现这个朱玉峰的来路确实不明。如真如他本人所言，是老共产党员，又与陈毅等首长关系密切，那么南京解放都快半年了，为什么他根本就没有到任何党组织里参加活动，也没有任何一位领导提起过他呢？倒是他担任的那些伪职，跟开封来的密函所说内容基本相符。

陈乐郇正准备告辞，这时杨宝华又说："对了，陈科长，还有一个情况得向您汇报一下。"

陈乐郇说："杨会长，你还想到什么可疑的事了？"

"听说你们正在调查一辆黑漆马车？"

"是啊，你是怎么知道的？"

"哦，是这样的，前两天，市局的罗科长来过，就是调查马车的事的，还找朱玉峰谈过话。但是，罗科长一走，朱玉峰就到处说，他在公安局也有朋友，他的马车丢了，公安局也派人来帮助寻找了呢！单位里很多人都深信不疑。"

"真是岂有此理，显然他是不怀好意。"

"陈科长，我是想告诉您，有人亲眼看见他把那辆黑漆马车卖给了下关一个马车班的人，根本就不是他所说的那样。"

"什么人看见的呢？"

"是我们这儿一个勤杂工，以前他在三山街马车班干过，他亲眼所见。"

陈乐郇谢过杨宝华，立刻赶回了市公安局，把他调查的结果迅速地汇报给林浩然处长。林浩然分析道："现在，从各方面的情况汇总来看，这个朱玉峰可能是条大鱼。已知的这个潜伏特务组织的三名特务都与他有密切的关系，王开芳是他的车夫，朱玉甫是他的堂弟，康英杰也在马车公会，与他成天在一起。同时，他暗卖黑漆马车还谎称丢失，干扰我们的侦察视线；他还伪装成老共产党员，在群众中散布流言。那份密函也能对得上号，还有他的身份证也是疑点多多……这一切都说明，很可能，朱宏毅就是朱玉峰，也就是这个敌特组织的头目。"

在这种情况下，南京市公安局加强了对朱玉峰的监视。

四、收网捕鱼

根据形势的需要，南京市公安局侦讯处进行了调整，分为政治保卫处和内部单位保卫处。林浩然任内保处处长，而政保处的重任落在年轻的干部马敬铮身上。

马敬铮突然收到公安部的一份来电，电文称："朱光，河南大学学生，坦白其父亲朱玉峰(注:又名朱宏毅,字果民)系军统少校专员。开封解放后,迁至南京。蒋贼曾亲自拨给电台一部、报务员、马车及经费等,令其潜宁。解放后在马车公会。”并随电附来河南大学注册科的公函和朱光的检举信原件。马敬铮心想,收网的时刻该到了。

而在同时,朱玉峰也收到了他的女儿朱光的来信:“我是一名新中国的大学生,青年团员,你的历史身份和现行活动,我都已向组织上报告了,你现在的出路只有赶快向人民政府自首,立功赎罪……”

朱玉峰的额头冒出了一层冷汗。他为了拖延时间,赶紧给他的女儿写了一封回信:“你对家庭坦白不甚详尽,对我不完全了解,兹补充材料如次,望详细向学校补充……我早已参加了共产党,并做地下工作,那些伪职均为掩护……你不要隐瞒组织,要当无产阶级女战士。”

朱玉峰清楚,他的身份和“潜京”五组已经完全暴露了。现在最要紧的就是要保住自己的性命。他手头还有十几份尚未发出去的情报,还有一些价值,只要到了台湾,一切都好说。于是,他紧急召来康英杰,让他马上把写好的所谓“工作报告”“工作计划”和收集来的情报迅速送到香港后转至位于台湾的保密局总部。他自己也准备前往台湾“述职”。

在黑夜来临的时刻,康英杰坐在了下关的火车站候车室里,他坐在靠椅上,深深地倒吸了一口凉气。随即,他点燃一支香烟,心不在焉地东张西望。他刚刚从朱玉峰那里过来,朱玉峰交给他一本书和一张去广州的火车票。他连家也没有回,就急匆匆地赶到火车站,随便买了点洗漱用品和食品后,就来到候车室等车了。一路上,他已如惊弓之鸟,生怕公安人员突然出现在他的面前。

而这时,身着便服的罗振已经带领几个侦察员,严密地控制了他的周围,他的一举一动都逃不过他们锐利的目光。

罗振慢慢地走到康英杰的身旁,嘴上衔着一支烟,又递了一支给康英杰,并对他说:“先生,这是要去哪里啊?”

康英杰低声地说:“去广州。”

“太巧了,我们是同路。”

“是吗?那好啊!”

罗振点点头说:“对,对。”又望了康英杰手中的书说:“看样子,先生是个做学问的人了?等车还在看书。”

“哪里,哪里,随便翻翻。不过是抽空学习毛主席著作而已。”

罗振一看,他的手上正拿着一本毛泽东主席所著的《论人民民主专政》单行本,接着说:“是啊,我最近也在学习毛主席的著作。毛主席说,革命的专政和反革命的专政,性质是相反的……不知先生对这段话如何理解。”

“哦,这个嘛,好,很好。毛主席论述得非常精辟啊!”康英杰心虚地回答道。

“是的,毛主席还说过,对于反动阶级和反动派的人们,在他们的政权被推翻后,只要他们不造反,不破坏,不捣乱,也给土地,给工作,让他们活下去,让他们在劳动中改造自己,成为新人。这段话,先生也一定看过吧?”

霎时,康英杰的脸色变得刷白,声音颤抖地说:“是,看过,我看过。你……你是什么人?”

罗振亮出了他的工作证,说:“想必你也知道了!”随即叫人把康英杰押回了公安局。

经过突击审讯,康英杰慑于强大政策威力,坦白交代了他们这个特务组织是如何按照保密局的指令在南京解放前潜伏下来,如何通过独立电台方叔、方季密发情报,如何在电台被破获后写信联络保密局方面,又如何诡称马车丢失,扰乱侦察视线的。

康英杰还交代说,朱玉峰伪称自己是老共产党员,也是为了掩盖自己的身份,其实他正是这个特务组织的负责人;交通员王开芳已逃往河南,朱玉甫逃往了大连,而他自己准备携带情报前往台湾,朱玉峰也要亲自到台湾的保密局“述职”,等等。

根据情况,马敬铮分析了案情,迅速布置罗振等人对朱玉峰进行抓捕。

马上就要过春节了,南京的大街小巷张灯结彩,异常热闹,市马车公会也不例外。朱玉峰正忙里忙外,正在这时,一辆吉普车停在了马车公会的门口,罗振带着两名侦察员下了车。

朱玉峰一见,忙热情地上前打招呼:“啊,这不是公安局的同志吗?大过年的也不歇歇,真是辛苦了!”

罗振笑了起来，说："是啊，搞我们这一行的，不辛苦不行啊，敌人不让我们歇啊！这不，朱先生不也是没有歇息吗？"

"哦，对，对。你们是来找杨会长的吧？我帮你去叫。"

"不，不用了，我们今天是特意来找你的。"

"找我？"朱玉峰愣住了，"找我有事吗？"

"请你跟我们到公安局去一趟，去了你就明白了。"

"你们这是什么意思？"

"这个就不用我说了，你心里比谁都清楚。"

这时，两名侦察员上前押住了朱玉峰。

朱玉峰大叫道："我抗议！你们诬陷好人，我是个有二十多年党龄的老共产党员，你们不能这样……"

罗振冷冷一笑，说："你的好戏该收场了，还是到公安局去交代吧！"

朱玉峰挣扎着，说道："慢，你们凭什么抓我？你们这样做究竟有什么根据？"

罗振说："好啊！朱宏毅先生。看来，你还不死心啊！那好，我就说点给你听听，看看我们掌握的情况是否属实。你们一伙人是潜伏在大陆的军统特务。你们通过各种途径收集我党、政、军各种情报，然后把它们送给方叔、方季，通过独立电台发往台湾。当这个电台被我们破获后，你又试图通过写联络信的方式，用预先规定的暗语与设在香港的保密局办事处联系，但这封信也被我们截获了。你利用你在市马车公会里任文书的便利，得知我们正在追查你们当初用于联络的黑漆马车后，就命令你的交通员王开芳逃往河南，又偷偷将马车卖给一个不知情的人，企图转移我们的视线，中断我们侦察的线索。你万万没有想到的是，你并未能及时通知你的表弟朱玉甫，他看到马车后，以为是你派人去联系他的，就主动上前接头。没想到，马车夫杨老四觉悟非常高，及时向我公安机关报告了这个情况，这样他也就暴露了。同时，我们并没有被你的鬼话所蒙骗，我们根据各方面的资料，对你的身份、历史紧追不放。而这时，你却沉不住气，非常恐慌，一面派康英杰去通知朱玉甫逃往大连，一面到处散播说你是老共产党员，还说是陈毅、宋任穷的朋友，想把局面搞乱。而这时候呢，你的女儿朱光也写检举信揭发你，你的真实面目彻底暴露了。在这种情况下，你还不甘心失败，诡计又生，你一边写信给你女儿以拖延时间，一边用化学药水在《论人民民主专政》的书中密写情报，派康英杰送往台湾。这样，如果康英杰能把情报送到，自然少不了你这个情报组长的功劳；如果送不到，你也可以自保，乘机潜逃。可惜啊，朱宏毅，你的如意算盘打得叮当响，也没逃出我们的手掌心。我还可以告诉你，你们‘潜京’五组马上就可以团聚了，你派往河南的王开芳、大连的朱玉甫，还有刚到火车站的康英杰，都被我们抓获归案了。看你还有什么要说的，难道我们诬陷你了吗？”

朱玉峰额头上直冒冷汗，低下了头。吉普车带着他开向了公安局。

就这样，国民党保密局“潜京”五组很快就被新生的南京市公安局破获了。

首都地下警察运动

一、一则奇怪的寻人启事

孙先生按照自己的老习惯把《中央日报》翻看了一遍，特别注意广告栏的一些豆腐块大小的小广告。突然，他的目光集中到一个寻人启事上，上面说："福生兄，来京造访不见，请克日至夫子庙阿芳处找我。弟魁。"

这位孙先生看了看报头的日期，默默掐算了一下，又看了看手表。他随即就站了起来，穿上黑呢中山装，戴上礼帽，又换上一双锃亮的黑皮鞋，又在胸前别上一枚青天白日章，走到镜子前，上下打量了一番，颇有国民党中央党部大员的派头。

孙先生叫上一辆黄包车，前往夫子庙奇芳阁茶楼。

还没有到，他就叫车停了下来，走了一段路，前往奇芳阁。这是他的职业习惯，他要凭借自己敏锐的目光，观察奇芳阁周围的环境，直到他感到没有任何异样的状况后，才踱着步走进茶楼。

奇芳阁茶楼是一座古典风格的木结构两层建筑，它背靠夫子庙大成殿，前临秦淮河，风景绝佳，真是品茶清谈的好去处。每天这里总是茶客盈门，人声鼎沸，生意极其兴隆。每天下午三四点钟，这里更是拥挤不堪，各式人等进进出出，喧闹至极。

孙先生刚进门，就看到身着上尉警服的接头人坐在靠近窗口的茶桌边，正在品茗。他用眼睛迅速地扫过在场的所有人，发现在座没有什么可疑的人物，就迈着步走到这位茶客的桌边坐下了。

"哦，孙先生来啦，请坐，请坐。"那位茶客兴奋地站了起来，跟孙先生打招呼。

"哦，是庞先生。"他们两人点头致意，坐下来开始喝茶。

党部大员和警官见面喝茶，这是很自然的事。他们摆出随便拉家常的样子，一边品茶，一边声音忽大忽小地交谈起来。

其实，这位党部大员并不姓孙，而叫陈良，是中共南京市委地下警察运动委员会的书记，是个多年从事地下斗争的老牌中共党员。而这位庞先生则是在国民党内政部人口局任上尉科员的地下党员庞凌魁。

那则《中央日报》上的寻人启事，正是庞凌魁刊登的。那是他上次和陈良分手时，口头约定好的：只要在《中央日报》广告栏刊登这样的启事，就是要在启事刊出的三天内下午3时到夫子庙奇芳阁茶楼相会。当陈良翻看到此报纸时，已经是第三天了，对方必有重要事情商谈。

陈良近来工作极其繁忙，随着人民解放军南进步伐的加快，收集研究国民党的政治、军事和经济情报的任务也就更加迫切了。为了保证解放军在渡江之前和国民党军政部门撤退之后这段“真空”时期的社会安定，地下警运会要求每个中共地下党员迅速查报所在单位的警员，特别是巡官以上人员的来历、身份个性、思想动向和社会关系，同时摸清各区警察局管辖范围内的驻军番号、江防布置、要塞设施、地方武装、特务、会道门、青洪帮等各种情况，整理材料，向组织汇报，以便使地下市委全面掌握情况，做好对南京接管的准备工作，并报告江北的人民解放军。

陈良几乎每天都要和这些地下党接触联系。对于这些特别党员，组织上不需要他们出来公开活动，也不需要集中过组织生活，只要他们提供可能范围内的情报即可。在残酷的环境中，为了保证地下党组织的安全，根据工作纪律，他们不能定期与上级见面，其上级也不能公开自己的身份和居住地，上下级之间是单线联系，而且只能是上级了解下级的相关情况，而下级对上级则一无所知。由于这些地下党员经常处于极其复杂又十分危险的生存环境中，但有时有重要的情报或者有什么险情，需要及时向上级汇报请示，于是，用暗语在发行量最大的《中央日报》上刊登寻人启事就成了他们通常通知接头的方法之一。

陈良一直与首都警察厅东区警察局副局长周春萱联系。从他那儿转送情报、搞各种各样的名单，是他的主要工作。陈良与他的联系，是通过在国民党党政部门工作的地下党张澍、袁有秋联络的。但由于近来形势恶化，为了将更多的特工力量投入到更需要的地方去和避免不必要的牺牲，陈良向地下市委请示并获准后，切断了张澍、袁有秋与周春萱的联系，让与周春萱有干亲家关系的庞凌魁来与他联系。这样，在外人看来，他们之间密切联系也就是相当正常，合情合理的。

为了工作上的方便，陈良特意搞来一枚青天白日章挂在胸前。当时佩戴这种证章的人多为国民党的党务人员。由于党务人员的后台老板是CC系的陈立夫、陈果夫，一般军警宪特决不会找这些人的麻烦。因而，陈良便有此身打扮。

庞凌魁对陈良说："上次你要的东西，已经通过周春萱弄到手了。"

陈良会意地点了点头。上次，他和庞凌魁会面的时候，陈良传达了中共上海局的指示并对他说："上海局要求我们迅速转移工作重心。现在，解放军已开到长江北岸，解放南京指日可待，国民党败局已定，在此情况下，我们地下党的情报工作就更为重要。你要通过周春萱把敌人内部的各种机密，尤其是江防布置、黑名单一类的重要情报搞到手。"庞凌魁说的"你要的东西"，就是指这些。

陈良喝了口茶，说："最近有没有发生什么意外情况啊？"

庞凌魁微微一笑，说："意外倒没有什么。不过有一个小插曲倒挺有趣。"

陈良来了精神，说道："不妨说来听听。"

于是庞凌魁就把他前往周春萱处取情报的情形细细地讲给陈良听：

不久前的一天傍晚，周春萱办公室响起了两声有节奏的敲门声。周春萱放下手中的报纸，起身去开门，他知道这是庞凌魁来取情报了。

庞凌魁闪身进来，顾不得寒暄，直截了当地问："大哥，东西准备好了吗？"

周春萱点点头，从办公桌抽屉里拿出一沓事先准备好的绝密卷宗，里面有"江防图""城防工事布置概况""要人住宅一览表""政府（军人）财产情况""内政部人员政治背景及中统、军统人员情况"……

庞凌魁轻轻地拍着桌子叫起来："好，太好了！"他抬起头对周春萱说："大哥，这些东西对我们解放南京太有用了，我马上转交上级。"

说着，他掏出随身携带的笔记本和自来水笔急速地抄了起来。笔记本一页一页地翻过去……突然，门外走廊里传来一阵急促的脚步声，而且越来越近，在门口停住了。

"笃笃"的敲门声响起。

庞凌魁马上收起纸笔，坐到周春萱对面的沙发上，装作闲聊的样子。

"进来。"周春萱打开门。

进来的是值班警官，他两腿一并说道：“报告局座，刚才接警察厅黄厅长电话，他马上派情报室主任送一份重要材料来，请您等他一下，他马上就到。”

“知道了，你先去吧！”周春萱面无表情地摆摆手。

“是。”值班警官敬了个礼，转身离去。

“这个情报室主任是黄珍吾的心腹，也是个死硬的反共分子、军统特务，你看怎么办？”周春萱问道。庞凌魁沉吟片刻，毅然一摆手：“不管他，这些情报都是组织上急需的，早一刻送到就多一份胜利的把握。而且，就快抄完了，抓紧干吧！”他又急速地抄写起来。

庞凌魁刚刚抄完最后一个字，还没来得及合上笔记本，忽然从门外传来汽车进院的停车声。不好！周春萱、庞凌魁立刻把东西收拾好。

“大哥，我马上离开。”庞凌魁站起身朝门口走。

“不行，你现在出去正好与他撞个正着，反而会引起他的怀疑。”周春萱想了想说，“你就在这儿坐着，咱们接着聊天。”

这时，情报室主任推门进来，边脱大衣边说：“周局长，黄厅长让我送一份‘共产党重要嫌疑人员名单’给你看看，你这里是重点啊！看后，我马上带走。”说着，打开公文包，就要往外拿。

“呃，这位是……”情报室主任一转身，忽然转身看见周春萱身旁的庞凌魁，他不由得停住了动作，脸上出现了疑惑的神情。

“噢，不是外人。”周春萱笑着介绍道，“他是我的干亲家，今晚来找我聊聊家常。”

“哦，幸会，幸会。”情报室主任打着哈哈走过来与庞凌魁握握手，笑着说道，“不知先生在何处供职啊？”

“敝人在内政部人口局。”庞凌魁微笑着答道，又转身对周春萱说：“大哥，你们有公事，我就告辞了。”

“嗯，自己人嘛，没有关系的，我看一下马上就好。”周春萱一见这么一份重要材料，又是急件，所以想让庞凌魁一并带走。

情报室主任见周春萱这么说，也只得顺水推舟，故作大度地对庞凌魁道：“再坐一会儿嘛，咱们随便聊聊，让周局长抓紧看完不就成了？”

“那好吧。”庞凌魁点点头，又坐回去。其实，他心都要跳出来了。这正是地下党组织急切寻找的东西啊，他怎么能放过这个机会呢？尽管他内心很紧张，可表面上还是谈笑风生，与情报室主任海阔天空地闲聊起来。

周春萱一页一页慢慢翻看，他看得很仔细，尽量把材料中的人名、住址记在心里，看完以后，他把卷宗交给情报室主任说：“我没什么意见，请老兄转告黄厅长，命令一到，坚决执行。”

“好，那我先走了。”情报室主任站起身来，收好材料，打了个招呼便驱车离去。

周春萱关上房门，急忙对庞凌魁道：“我说，你记。”他细细回想着刚才看过的名单，嘴里念念有词。又过了十多分钟，他们居然整理出一份完整的名单副本，由庞凌魁带走……

庞凌魁绘声绘色地把那天取情报的情况讲了一遍，又说：“就这样，我搞到这些重要的情报急需交给组织，所以才登了那则寻人启事。”说完，他把一些秘密卷宗小心地递到陈良手上。

喝一会茶，陈良表情严肃地对庞凌魁说：“目前的形势更为紧张，为了保证工作的顺利开展，组织上认为你与周春萱没有直接的工作关系，常去他那里可能会引起敌人怀疑，所以考虑派一个同志以周春萱办公室内勤的身份打进东区警察局，你看怎么样？”

庞凌魁急切地说：“有人选了吗？”

“正在物色。”

庞凌魁说：“现在，我党到处都需要人，你看我推荐一个人，行不行？”

“谁？你说说看。”陈良说。

“我的妻子陈悦兰。”庞凌魁说，“她思想上要求进步，以前也帮我整理过一些材料，人也比较机灵，你看怎么样？”

陈良答道：“我回去与其他负责同志研究一下吧。”说着，陈良和庞凌魁站了起来，先后离开了奇芳阁茶楼。

几天后，陈悦兰正式到东区警察局上班了。周春萱手中掌握的情报便源源不断地通过这一渠道，送到了中共地下党组织手中。

二、准备做点生意

说起周春萱为中共地下党收集情报，还得从 1948 年 10 月的一天清晨说起。这天，天刚蒙蒙亮，玄武湖樱洲的小凉亭里突然来了几个神态不凡的人。他们围坐在凉亭四周的木头围栏上，说说笑笑，显得非常悠闲。

待附近其他游人离去之后，一个 20 多岁、高个子、西装革履的青年人面色严肃地操着一口浙江话压低声音说道："同志们，现在我来宣布市委决定。根据中共上海局指示，为了在敌人心脏里建立战略堡垒，更有效地发动第二条战线作战，支持人民解放战争，市委决定成立南京市警察运动委员会，在国民党警察系统内部展开工作。由我兼任市委警运委员。"他顿了顿，又朝旁边两人看看道："由陈良和马文林同志任警运会的正、副书记。"

这个讲话的人，就是中共南京地下市委委员、工委书记陈慎言，他的公开身份是南京鼓楼闪光水电行的股东兼账房。他所说的陈良和马文林都是具有丰富斗争经验的中共地下工作者。

当时在场的还有一位南京地下党组织的重要人物——中共南京市地下市委书记陈修良。当时她刚从上海华东局书记刘晓处领命而来。

待陈良和马文林分别表过态后，陈修良将话茬接了过来："眼下形势发展很快，配合我军解放南京的任务迫在眉睫。在这样的形势下，我们急需掌握一支自己的武装力量。但国民党的正规军流动性大，不易掌握，我们只能搞地方武装。市党委副书记刘峰同志曾在国民党的首都警察队伍里发展过几个党员，有一定基础，所以我们决定从那儿打开缺口。对他们中的大部分人员，尤其是中下层警官、警士，做分化瓦解工作，争取他们起义，以便在解放军解放南京时起到里应外合的作用；在敌人弃城逃跑之际，组织他们维持社会秩序。因此，他们是一支可以利用的重要力量！"

太阳已经从紫金山东麓冉冉升起，玄武湖面波光粼粼，金光耀眼。南京市地下警察运动委员会就在这一片火红的朝霞中诞生了。几双热乎乎的手无言地、紧紧地握在一起。

下一步工作该怎么干？陈慎言摊开了一张普通的南京市交通图，大家的目光都不约而同地盯在市中心新街口广场东北侧的一条马路上：碑亭巷。

距国民大会堂不远的碑亭巷里，有一幢米黄色的两层楼房，这便是机构庞大、位置重要而又享有特权的首都警察厅东区警察局。当时主持日常事务的副局长叫周春萱，他是高级简任三级（相当于军职少将待遇），同时也是军统的“防奸”“情报”组长。他高高的个子，一身黑色麦尔登将官呢制服，肩上扛着一颗镀金三角星。

要说他担任这个职务，倒是有点偶然。这个受科学救国思想影响颇深的湖南农家子弟，原来的理想是当一名医生，可是，正当他结束了在汉口大同医学院的学习，准备施展一番才华的时候，卢沟桥烽烟骤起。周春萱毅然弃医从戎，报考了杭州市笕桥航空军官学校，不久转入中央警官学校。1940 年毕业后，他被分配到广东第四战区缉私区二科当科长。这个地方是军统头子戴笠的“私人银行”，他也就理所当然成了戴老板的一个“小管家”，以后一路高升。1948 年 11 月，他被蒋介石钦定为东区警察局副局长、代行局长职权。

最近一段时间，他总感到有些心神不定。昨天晚上刚到家，板凳还没坐热，他就被警察厅长黄珍吾一个电话叫去了。黄珍吾故作亲热地拍着他的肩膀说：“老弟，你那个东区局到底怎么样啊？不会出问题吧？万一……总裁的脾气你也清楚的。”

周春萱连忙两腿一并道：“请厅座放心，我局全体官佐员警，思想稳定可靠，誓与首都共存亡！”一副小学生背书的样子。

其实，东区局的情况究竟怎样，周春萱也确实说不上，他不敢保证自己身边没有共产党。周春萱曾想到过解甲归田。他曾对妻子说过：“我何尝没有一点良心，我也恨死了有些人残害善良的行径。这种倒行逆施是搞不长的，迟早要被共产党打败的。可是不管怎样，我是总裁亲自点的将啊，还有军统身份！何况——外面传说得很厉害，共产党最恨的就是特务，捉住特务分子要扒皮、点天灯。哪条路都走不通啊！”

对自己今后的命运的思考，使周春萱想到了一个人。

这个人便是在内政部警察总署任职的编审袁有秋。

瞻园路 122 号，国民党内政部。袁有秋抬腕看看表，离下班时间还有五分钟，他仍像平常一样，有条不紊地将办公桌上的公文收拾好，锁进保险柜，而后整整衣冠，慢慢走下楼，推出自行车，朝新街口方向骑去。

他今天和周春萱约好，要去福昌饭店对面的新都电影院看电影。袁有秋心里有数，在这种时候，周春萱约他去看电影是假，谈谈心里话倒或许是真。他太了解周春萱了，虽不能说就像了解自己一样，可几年来对周的思想、性格、作风、爱好还是了如指掌的。

他认识周春萱是1944年在重庆。那时他们内政部在青木山附近的陈家桥，周在中央迁建区担任警察队长，负责警卫中央机关。一天晚上，他在挑灯夜读时，巡查路过此地的周春萱推门进来，两人一交谈，方知都是警校校友。周春萱是第五期的，便以老大哥自居，处处照应、关心他。然而，将两人的心紧紧拴在一起的还是不久以后发生的一件事。

那是几个月后的一天，袁有秋与几个思想激进、志同道合的警校校友组织了一个"溪边读书会"，专门评论国事，讨论抗日，可是此事不知怎么竟被警察总署副署长邓洛坤知道了，密嘱周春萱暗中侦查。周春萱一听是袁有秋，便立刻设法将此消息通知了他，让他以后注意，同时以年轻人在一起研究学问为由回复上面，把这事搪塞了过去。从此，两人便越发亲密起来。1948年底，袁有秋经过中共地下党组织的帮助教育，认清了形势，毅然脱离了国民党，积极为共产党工作，经过组织上多番考验，终于被接纳为中共地下党员。他不忍心，也不愿意眼看周春萱往泥坑里陷，于是，便把自己准备策反周春萱的想法及对周平时的思想状况的了解，向组织上作了汇报。警运会书记陈良慎重考虑后，同意他去试探一下，但不要暴露自己的身份，一切面谈后再决定。

袁有秋在新都电影院门前刚把自行车放好，周春萱便招着手朝他走来。袁有秋四下看看，说："看电影还早，我们到对面福昌咖啡厅坐坐如何？"

"好吧。"周春萱略一思忖，同意了。

两人并肩缓缓而行，沿着灯红酒绿的中正路边走边谈。

周春萱心事重重地叹了口气问道："形势已经这个样子，你准不准备走？"

袁有秋摇摇头说："我上有年迈老母，下有年幼的妹妹，走不了啊！"

"那你今后准备怎么办呢？"周春萱关切地问。

“我准备做点生意。”袁有秋望望周春萱，意味深长地说，“我看大哥也不要走了，我们一起干吧。”

周春萱敏感地盯住他：“和谁一起搞？”

“一个朋友。”袁有秋轻声说。虽然附近没有行人，他仍保持应有的警惕。

“朋友？”周春萱一怔，“靠得住吗？”

半晌，他又不无关心地说：“有秋，你还年轻，做生意怕没有那么简单吧。”顿了顿又说：“你知道，特务机关现在到处‘放线钓鱼’，你要谨慎些！”说罢挥挥手，一个人消失在夜幕里。袁有秋望着周春萱远去的背影，不禁摇了摇头。

对于周春萱的态度，陈良听完袁有秋的汇报后，沉思片刻，缓缓说道：“从我们掌握的周春萱的情况和他对今后开展警运工作的作用来看，策反周这个目标并没有选错。从他本人目前的情况分析，现在他是急于要找出路的。但由于敌人垂死挣扎，疯狂逮捕想靠拢我党的人，再加上他对我党政策还不太了解，所以，戒心重一点也是自然的。看来，我们首先要打消他的顾虑，这件事要尽量抓紧，但在具体行动过程中却不能操之过急，那样只能适得其反。”

陈良抽了一口烟又说：“既然话已经说到这一步，你就再去与他谈一次，索性向他挑明，必要的时候，我亲自去见他。”

三、“好，我干了！”

1949 年 2 月的一天晚上，城南马道街 6 号一座青砖黑瓦的小院落里，气氛有点不同寻常。这个小小的院落，便是中共南京市委地下警运会活动的一个重要场所。

那天周春萱给袁有秋打电话同意与警运会负责同志见面后，陈良、马文林他们几经斟酌，权衡利弊，设想了各种可能发生的情况和应急措施之后，经市委领导研究同意，在确保安全的前提下，决定由陈良与周春萱接触，对他晓以大义，交代政策，促其起义。约定的见面时间，就在这天晚 7 点。

晚 7 点整，周春萱身穿便服，跟在袁有秋后面走了进来。

“你们来了，快请进！”

周春萱点点头。他只觉得心头一阵猛跳，血往上涌。他不由得张开嘴，深深地吸了一口院中清冷的空气，竭力使自己过分不安的心沉稳下来。

随着一阵爽朗的笑声，身穿黑呢中山装的陈良从沙发上站起来，向他伸出右手。

“噢，我来介绍一下。”张澍对周春萱道，“这位就是我党警运会领导陈良同志，听了你的情况，他很想跟你谈谈。”接着微微一笑，退出了屋子。

寒暄几句之后，陈良开门见山地说：“周先生，对你各方面的情况，我们一直注意着，特别是你近期来思想的彷徨、苦闷和矛盾，我们是非常清楚的。不知周先生对时局有何看法？”

“现实摆在面前，谁胜谁败，这已是历史的必然了。”周春萱说。

“那么，凭周先生现在的身份，即使……又为何……”陈良只说了半截话就不再言语。

周春萱思索了一会儿，激动地挺直身体道：“水往低处流，人往高处走，弃暗投明是大义正道，我决定跟共产党走。”

陈良脸上露出高兴的神色：“周先生能以国家前途、人民利益为重，在这个时候作出明智的抉择，是顺应历史潮流的，对于你的要求，我们非常欢迎。”顿了一下又接着道：“周先生还有什么问题？”

周春萱担心地问道：“我是个有军统身份的人，不知贵党如何看待。”

陈良严肃地说：“周先生，你应该相信共产党的政策。”说着，从怀里掏出一份油印的文件递给周春萱：“喏，这是我党中央最近发出的《中国人民解放军宣言》，你拿去看看吧。”

陈良又点燃一根烟，深深吸了一口，说：“坦率地说，周先生，我们希望你不要跟国民党走，留下来和我们一起控制南京局面，迎接解放。”

周春萱有点茫然：“我一个人……”

“不，”陈良使劲地摇摇头，“不是你一个，而是整个东区警察局。”他的眼里闪着兴奋的光。

“我……行吗？”周春萱有点吃惊。

陈良肯定地点了点头。

周春萱把头埋在双手间，他的大脑开始紧张思考。半晌，他猛地抬起头来说：

“好，我干了！”

陈良悬在半空的心终于放了下来，嘱咐他说：“千万要注意，你那里特务很多。要充分利用你现在的身份，搜集情报，拖住敌人，保护好这座历史名城。这是一个为人民立功的好机会，一定要成功。”

“我一定尽力做到！”周春萱和陈良的手紧紧地握在了一起。

1949 年 4 月 23 日上午 7 时许，上千名原国民党政府所属的首都警察来到了位于碑亭巷的首都警察东区警局。原来，在昨天晚上，陈良命令周春萱以首都警察厅留守处负责人的名义，通知了所有东区警察以及尽可能多的南京警察，叫他们不要跟国民党跑，留下来协助共产党维持社会治安，然后登记造册，重新整编。

在办公楼的广场上，陈良大声地说：“各位兄弟，不要听信谣言，不要跟着敌人逃跑，那是死路一条。我知道你们都上有老，下有小，大家都不想背井离乡。既然这样，就应该留下协助即将进城的解放军维持好社会治安。安心工作，反省自己，共产党是既往不咎的。我在这里宣布，立功者奖，犯罪者罚。我们坚决不会让一个要求为人民服务的人，没有工作的机会。但对那些不愿悔改，继续从事破坏的人，我们绝不手软，一定严惩不贷！”

这次大会在首都的旧警察中引起强烈的反响，有越来越多的警察前来登记，愿意继续维持南京治安。

于是，几千名旧警察都被收编，戴上“南京地下工作团”的臂章，宣布起义。随后，分编队开赴南京城的大街小巷、车站码头、水电设施、粮米仓库等重要警戒目标，进行武装巡逻，有效地维持了“真空”时期的南京治安。

未遂的京沪暴动案

一、密谋

1949年2月5日,南京城南的大中桥外。

大光新村5号主人吴士文正忙里忙外,呼唤一帮牌友在打麻将。房内有一桌麻将局,四个人在聚精会神地打牌。

可这麻将局有些蹊跷,筑起的“长城”始终不见减少,竖在各人面前的一块块方砖,既不见减少,也不见增添,打牌客只是低声说话。

忽然,有人轻轻敲了院子的大门。来人叫秦范五,是吴士文的邻居,而且与吴士文曾是中训团同学,在首都卫戍司令部稽查处工作。

他走到房门口,头往里一探,随口说道:“吴兄,原来你们在打牌。”同时用眼睛迅速地扫了一下这几位牌客。

“哦,是几个朋友,闲着没事,打几圈消遣消遣。”吴士文急切地解释道。

“哈哈,老吴,看你,难道我会来抓赌吗? 你放心!”秦范五说着就离开了吴士文家。

秦范五刚走,房内的牌客就问:“这人靠得住吗?”

“他在卫戍司令部稽查处工作,曾与我同学,同我关系还不错。”吴士文道。

“我们是打牌,又没有给他看出什么!”一个牌客说。

“不,不能散! 如果他进来,我们就走,这不是此地无银三百两嘛!”另一位牌客说。

牌又继续打下去。原来这并非是真的打麻将。

吴士文是中共地下党员,也是民革南京分会的宣传委员,因为他家僻静,民革就把他家定为联络点,常常在这里开会。

事实上，打麻将不过是开会的掩护。来开会的是民革南京分会主任委员孟士衡、组织委员马骏名，以及由中共江淮军区派来的代表王虎臣、委员肖俭魁（在宪兵队工作，他也是中共党员），连吴士文在内共五个人。

一个石破天惊的暴动计划将在这个会上形成！

孟士衡是个急性子，对当时的形势估计极为乐观。这一天，他把酝酿已久的在南京进行大暴动的计划进行讨论、落实。

会上五人认为当时的形势是非常有利于暴动的。

1949 年 1 月 10 日，淮海战役结束，被围在永城陈官庄的杜聿明部二十五万精锐部队全部被歼灭，长江以北，国民党已无兵可守。

1 月 21 日，外对解放军凌厉的攻势，内受桂系等人咄咄逼人的逼宫，蒋介石悄然下野，跑到故乡奉化去了。

1 月 31 日，解放军举行北平入城仪式，平津随着傅作义起义与陈长捷被俘而全部解放。

民革南京分会的同志认为，此时的南京一片混乱，国民党要员如丧家之犬，纷纷南逃，政府机构也大部分南迁，南京解放的日子快到了！

孟士衡被当时的情形所鼓舞，彻夜难眠，他于 2 月 2 日找了几个民革南京临工委的同志，开了个小型会议。当时有副主任委员胡勤业、吴士文和他自己三人。会也是在吴士文家里开的。

孟士衡兴奋地说："情况发展得这样快，是我们没有预料到的，现在该是我们行动的时候了。"

"是啊！我看我们筹划的大暴动要从速完成准备工作，还要进一步分工与落实。"吴士文颇有信心地说。

胡勤业比较谨慎，他慢吞吞地说："我想，还是听一听领导与同志们的意见为好。"

"我的意见是我们先商量一下，然后再和大家商量，至于领导，待我们做出决定再去请示。"孟士衡立即回答。

"我看士衡兄的意见是对的。我们应该立刻召开紧急会议，对暴动作出决定。"听吴士文这样说，胡勤业也同意了。当下决定紧急会议于 2 月 5 日在吴士文家里召开。

对这个开会地点，胡勤业提了不同的意见。

“换一个地方吧，这个联络点使用得太多了，是否会出问题?”

“我看这地方是安全的，这边的邻居不复杂，隔壁的秦范五是东北人，我也认识他。”孟士衡颇为自信地说。

作为主人吴士文也没有异议，就这样做了决定。紧急会议就这样如期召开。本应出席的胡勤业，家里临时有了急事没有到。另一个本应到的妇运委员夏琫瑛也没有到。

夏琫瑛是安徽六安人，1914年生，1943年从成都朝阳大学毕业，先在重庆中兴学校任教务主任，后经许德珩的夫人、名教授劳君展大力推荐，在国民党中央妇女运动委员会妇女福利科担任总干事，抗战胜利后回到南京。1946年蒋介石召开国大会议，她经国民党中央委员、司法院长居正的推荐，并得到安徽籍的立委、议长的支持，当选为国大代表。后来她参加了地下民革，当选为临工委的妇运委员。这天，由于一个安徽籍的流亡学生与军警因看电影而发生冲突被殴打致死，她被安徽同乡会请去办理交涉，所以缺席。

缺席二人，五个人照常开会。

孟士衡首先低声说:“最近一个月的形势演变，大家都知道。现在蒋介石溜到奉化老家，李宗仁接了个烂摊子，府院分裂，他推动不了任何工作。现在南京城防空虚，国民党军队军心不稳，士无斗志，我们可以抓住这机会，发动一次大规模暴动，扰乱蒋军的防卫，威慑他们的心胆，策应人民解放军过长江。大家的意见怎样?”

“我同意孟先生的意见，现在时机成熟了，我们要加快准备工作。如果错过这个机会，将会后悔莫及。”吴士文立刻附和孟的意见。其他三个人也议论起来。

这时，邻居秦范五的突然闯进，使他们一惊，会议暂时停止，几个人像模像样地打起牌来。

不速之客走了，会议又开起来。

“大家的设想不错，只是我们举行暴动依靠的力量是否成熟了?”马骏名问。

“我们的力量还是足够的。以起义的警察、宪兵为骨干力量，再号召大中专学生和市民配合。”孟士衡回答。

“刘海亭和马广运所控制的警察力量没有问题，他们联系的对象情绪都很高，他们都表示，只要一声令下就立即动手。”吴士文说。

“宪兵队方面怎样？”孟士衡看着肖俭魁，示意他说。

肖俭魁，又名肖成玉，当时只有25岁，东北沈阳人，是宪兵第7团通讯连上等兵。他是江淮军分区的联络员，工作非常积极，利用结拜兄弟等形式，已串联三十余名宪兵还有下级军官。看到孟士衡要他说话，他挺了一下身子说：“宪兵方面没有问题，他们都表示，请把最困难的任务交给他们。”

在肖俭魁说完后，孟士衡问道：“大家还有什么意见？”

“没有意见。”其他人都这样说。

“好，那我们就讨论具体的暴动计划与分工。”孟士衡说完后，大家对暴动计划的可行性与具体部署进行了认真讨论。拟定的计划一共六项：

（一）控制南京明故宫机场，防止国民党重要人物搭飞机逃跑。具体的做法是炸毁机场跑道与重要设施。这项工作交给吴士文与王虎臣负责。因为吴士文文武双全，家住大光新村又离明故宫机场不远。会议决定由肖俭魁负责炸毁机场所用的爆炸器材。

（二）策动驻在南京的国民党军警起义，分别切断南京各主要干线的交通，包括京沪铁路、长江航运、京杭公路等重要交通干线，估计可有一百名军警参加。

（三）扣留国民党军政要员，如代总统李宗仁、首都警察厅厅长黄珍吾、南京市市长滕杰等人。（二）（三）两项由民联成员、国民党南京北区警察局局长刘海亭和中区警察局局长马广运两人负责。一旦军警起义，刘、马两人就率领起义的军警把住他们辖区内的李宗仁、何应钦、张群、谷正纲等人，还要将南京市长滕杰、首都警察厅长黄珍吾全都扣留起来。对这项计划，会上强调扣留李宗仁等时不能伤害，要交给解放军。

（四）如果南京出现管理真空，准备在中共地下党领导下，协助成立人民解放委员会，暂时维持社会秩序，保护国家和人民的财产免遭破坏。

（五）必要时，协助中共地下组织，筹设南京人民政府。

（六）接应人民解放军渡江。这项计划，南京临工委已派肖俭魁去过江北，见到解放军指挥员，渡江的具体细节已商订好。

南京大暴动就在这六项计划的指引下进行。

会上还决定由孟士衡去上海，向军事特派员王葆真汇报后做最后决定，同时准备和计划中的上海暴动相呼应。

散会了，五人都异常兴奋，相互握手祝暴动成功！

他们先后消失在茫茫夜色中。孟士衡是最后一个离开吴家的。这时天上已经下雨，潇潇春雨，洒在金陵古城。

二、“二七大逮捕”

这个密谋已久的南京大暴动被吴士文的那位伸头一探的邻居给破坏了！

吴士文搬来大光新村5号之前就和秦范五相识。秦范五在首都卫戍司令部稽查处工作，吴士文是知道的。秦范五常在他面前说：“我在稽查处工作不过是养家糊口，我恨死那些特务了，他们是靠卖人头喝人血过活的。”

而事实上，秦范五本人正是军统特务。

吴士文和秦范五比邻而居一年多，倒也相安无事，故对他放松了警惕。

这样秦范五也就经常不待通报，随便到吴家来了。

当特务的嗅觉是相当灵敏的，他注意到吴家的“客人”很多，他感觉这不寻常。罪恶的眼睛，暗暗地观察着。他一度托病在家，盯着吴家出入的人，并且在他家门边的小窗里安了一架微型相机。他家的门口是吴家“客人”必经之路，于是一个个来客的相貌都被他拍了下来。

秦范五心想，他们必定要有所行动，于是赶紧报告了上级。

首都卫戍司令部稽查处、军统局立即开始行动。一个大逮捕的计划已经形成。

孟士衡在2月7日离开南京去上海。走时，他和肖俭魁见了面，他嘱咐说：“俭魁，炸药和爆破器材你到手没有，一定不能误事呀！”他又嘱咐吴士文、王虎臣，“炸毁机场可是暴动的关键，你们要把技术上的准备工作赶快做好，时机可不等人！”两处都给予了肯定的答复，孟士衡才放心去上海。

这天，孟士衡心情非常舒畅。他在大行宫售票处买了京沪列车的卧铺票，匆匆赶去火车站。

在下关车站里，人们乱成一团，他们大都是机关的公务员与部队的军人，由于预感到人民解放军即将兵临南京城下，都纷纷逃到上海去。

人群里，孟士衡似乎看到一个熟悉的身影。

这人是个军人，穿着黄呢军装，背着斜皮带，从他的肩章判断他是中校。

这是谁？似乎很熟悉，但就是想不起来。他正准备赶去打招呼，可是人流一挤，这人就看不见了。

他登上车，找到卧铺位。车很快就起动了。孟士衡陷入沉思。他在思索着5日紧急会议所制定的暴动计划，为了安全，他没有写在纸上，靠脑子记忆，他要无一遗漏地向民革上海临时工作委员会主任委员王葆真汇报。卧铺车厢的两端，有两双眼睛分别在盯着孟士衡，自然是悄悄地。其中一双眼睛就来自孟士衡在下关车站瞥见的那熟悉的身影。

他是孟士衡的东北同乡、大学同学，首都卫戍司令部的上校职员马志清。他奉命跟踪孟士衡，企图顺藤摸瓜，把上海民革的地下组织也一网打尽。

然而，孟士衡毫无觉察，致使上海的许多同志落入敌人的魔掌。

而在同时，2月7日的午夜，南京的大逮捕开始了！这个夜晚的宁静被呼啸刺耳的警笛声打破……这些警车是奉首都卫戍司令部政工处处长罗春波之命，执行一项紧急任务——搜捕京沪暴动案的全部要犯。

捕人的警车兵分四路，每路都由军统局的特务带领着特、宪、警所组成的三十余人的特遣行动队，配备两辆警车。

罗春波坐镇卫戍司令部用对讲机指挥着全部特遣行动队。

行动队全部出发后，罗春波打了个电话给卫戍司令部副司令覃异之。

“覃副司令，行动队已全部出动！”

“行动前的机密工作做得怎样？”

“请放心，调遣人员、配备警车都是行动前一小时临时进行的。人员报到后就不准外出。保密工作做得很好。”

“京沪暴动可是个大案，溪口都来了电话，要我们全部捕获要犯，不准有一个漏网。你要知道这责任重大啊！”

“副司令,请放心! 这责任重大,卑职是知道的。现在我就坐镇总部,亲自指挥着。”

“好! 行动结束再给我汇报。”

“是! 卑职知道。”

第一路要逮捕的是吴士文、马骏名、王虎臣。这是城南一线。从2月6日晚起,吴士文的行动已在特务秦范五的严密监视中。

吴士文是责任心很强的人。按分工,他与王虎臣负责炸毁明故宫机场,切断国民党要员的逃路。由于他的住处距离明故宫机场不远,他亲自到机场观察了地形。下午,他又去机场外作了详细的观察,绘制了机场的草图。然后他去看马骏名,检查爆破器材的落实情况,还通知王虎臣准备爆破机场,直到傍晚才回到家里。

深夜1点,吴士文被敲门声所惊醒。“老吴,开门呀! 我是隔壁老秦。”这是秦范五的声音。

“半夜三更有什么急事?”吴士文心里狐疑。他披衣起床,走到门口,拔开门闩,刚把一扇门拉开一半,瞥见门外除秦范五外,还有几个人,他心知有异,想把门再关上,可已来不及了! 这些人一拥而进,吴士文束手就擒。

吴士文被押上警车,众特务又去抓马骏名。

马骏名的家,在大行宫大明湖浴室附近的一个小巷里(他在浴室当管事),距离大街较远,又曲折幽深。特务们沿着墙壁,在漆黑的小巷里,慢慢地摸进去,用手电照着找到了门牌。嘭,嘭,嘭! 一阵敲门声。

“马骏名,开开门。”叫门的是秦范五。

睡在楼上的马骏名被叫醒了。“能是谁呀? 半夜三更还来叫门。”他的妻子问。

“这人的声音似乎听到过,让我去看看。”马骏名答道。

马骏名的警惕性很高,当即把民革成员一百多人的名单藏了起来。

他到门口,问:“是谁?”

“马先生,我是吴士文的邻居老秦。老吴生了急病,要我请你去看看。”马骏名开了门。反抗已经来不及了,马骏名也束手就擒,但由于他及时地处理了名单,使其他人免遭逮捕。第二天,他的妻子把名单交给了其他同志。

随后,这些特务又来到了王虎臣的住所。熟睡中的王虎臣也落入军统之手。

逮捕胡勤业、夏琫瑛的特务们却空手而回。

夏琫瑛的警惕性比较高，几天前，她就把孩子和老人送到安徽老家，家里只有她一个人。

她没有参加民革地下组织在2月5日召开的紧急会议，会上决定的六项大暴动计划她并不太清楚。不过，她知道地下组织正在组织一次大的行动。在这样的情况下，应该更加注意防范。这些天来，晚上睡觉夏琫瑛都是和衣而睡，一有动静，她便可以立即起床。对于怎样应付特务，她也有了准备。特务们来到夏琫瑛位于朝天宫的家里时，已是2月8日深夜2点。

夏琫瑛是国大代表，又是女性，特务们知道不能过分无礼。

“夏代表，请开门。”带队的特务轻轻地敲着门。

敲了两下，夏琫瑛就听到了。她走到门口，问道：“你是哪里的，半夜三更来找我？”

“我是国大秘书处的，奉命有要事通知您。”

“什么事，明天还不行？”

“我进来和您说，不能让外人听到。”夏琫瑛开了门，进来两个特务。

夏琫瑛没好气地说：“究竟什么事，快说！”

“奉中央命令，凡是国大代表，一律随国府南迁广州。现在就请夏代表动身。”其中一个特务一本正经地说。

“这样的事，我怎么事前一点都不知道？等我问清楚再说。”

特务露出狰狞的笑容：“夏代表，这样的事我们敢做假吗？上面可有话交代我们的。”

“交代你们什么？”

“上峰说，凡是不肯走的国大代表，都有勾结共产党的可能，是准备投降共产党的，中央决不宽恕。”

夏琫瑛冷笑着说：“这帽子可不小，不过，我就是不去呢。”

这特务看硬的不行，又改了口气说：“夏代表，您不去我们可不好交差，飞机票已经准备好，还是请您收拾一下就走吧。”这样僵持了半个小时，夏琫瑛心想这样是无法脱身的，必须改变办法。

“既然你们有难处，我同意走。不过，你们总要让我换换衣服上个卫生间。”夏琫瑛镇静地说。

夏琫瑛趁这个机会从卫生间逃走了。原来这南京城南的居民住宅，都是犬牙交错紧挨着，同时户户相通。夏琫瑛早在事前就和邻居说好，她从卫生间的窗口跳到邻居的天井里，神不知鬼不觉地从这家的后门溜了出去。一小时后，她已在京沪列车上，逃往上海。

逮捕夏琫瑛扑了空，这一路特务又匆匆赶到胡勤业家里。这已经是清晨4时。不料又是扑空！胡勤业刚在五分钟前离开家。这并非是他有先见之明。胡勤业平素里都起得很早。他每天都要到就近的一块空地上去打几套拳，然后就在附近的摊子上喝一碗豆浆。如果特务的警车不在中途抛锚，又如果不是在夏琫瑛家里磨蹭了一段时间，胡勤业也要陷入特务之手。后来得到风声的胡勤业先后在地质部宿舍与中央大学宿舍躲了几天，再后来民革的一位女成员把胡勤业藏在她家阁楼上。直到南京解放，胡勤业都安然无恙。胡勤业的妻子郭欣如被特务押解到卫戍总部后，还大吵大闹，罗春波看问不出所以然，由河北同乡立法委员曲直生、秦荣甲作保，把她释放了。

就这样，到2月9日，罗春波向卫戍副司令覃异之报功。逮捕京沪暴动案有关人员有：吴士文、马骏名、王虎臣、肖俭魁、马广运、赵容予、张荣久等二十余人。在逃的有：胡勤业、夏琫瑛两人。主犯孟士衡已去上海，正严密监视中。

三、斗争与营救

北区警察局局长兼首都卫戍司令部北区指挥部少将指挥官刘海亭，并没有参加2月5日召开的南京民革的紧急会议。1948年9月，刘海亭由朋友田竺僧（公开身份是南京中央商场总经理）介绍参加了“民联”（即三民主义同志联合会）。民联的中央总部设在上海，领导人是陈铭枢和郭春涛。

1949年2月初，刘海亭把暴动的计划告诉了田竺僧，田立即到上海请示民联中央，陈铭枢和郭春涛认为事关重大，要求刘海亭亲自来沪汇报。

由于身为警察局长，刘海亭的行动并不自由。去上海前，刘海亭向首都警察厅厅长黄珍吾请假。

“你为什么要去上海？现在防务这样紧急。”黄珍吾问。

“我的妻子现在上海，经医院检查，可能是难产，也可能要小产。她一个人很害怕，要我到上海去料理一下。”刘海亭说。

这样的理由是冠冕堂皇、合情合理的，黄珍吾没有理由不准。其实刘海亭的妻子当时还在南京，后来才去上海。

和刘海亭同行的是田竺僧。两个人扮作并不相识的样子，坐在不同的车厢，为的是防止特务的跟踪，到上海时也先后下车，分头行动。

事前他们约定，会合地点是上海复兴公园内的第五张靠背椅旁。第二天，他们准时见了面。接着，两人一前一后进了环龙路(今南昌路)喜庆坊10号一家普通的民居内。这是民联的秘密接头地点。

不到一支烟的工夫，陈铭枢与郭春涛来了。陈、郭两位民联的领导听了刘海亭对南京暴动的详细汇报。

陈铭枢想了一下，说：“这问题由田竺僧与地下党商量着办吧。”事关重大，刘海亭和田竺僧随即告辞。

怎样找地下党呢？刘海亭想起了南京河北同乡会常务理事田绥祥(公开身份是国大代表兼国史馆庶务科科长)，他可能是地下党。说来也巧，他这时就在上海。刘海亭在长春路336号找到田绥祥的亲戚张恒源。这位张先生也许事先知道田绥祥和刘海亭的关系，坦率地告诉了刘海亭田的住处——司高塔路3号。刘海亭按图索骥，费了好多时间才找到，敲响了田宅的门。

“是谁呀?”田绥祥的夫人沈赛珍问。她也是一个从事地下工作的同志，有很高的警惕性，她在门缝里张望。

“是我，刘海亭。”他轻声说。

她开了门，把他迎进去，在低矮的楼房里他与田绥祥见了面。

“你来上海找我，一定有重要的事。”田绥祥见到刘海亭劈头就说。

刘海亭就把准备在南京举行暴动的设想，详细地说了一遍。

田绥祥没有立即回答，连抽了两支烟，他才说：“你先回南京去，我再派人与你直接联系，来人拿着我的亲笔信。我可以帮助你们和江北的解放军联系。还有，孟士衡与胡勤业这些民革的人积极性很高，但不够注意保密。做地下工作，应该经常保持高度的警惕性。”

田绥祥又把今后联系的暗号告诉了他。

谁知刘海亭还没有离开上海，计划中的暴动就失败了。

3月3日，上海的《中央日报》《申报》和《新闻日报》都在本市新闻的头条位置刊载了“京沪阴谋暴动案主犯王葆真在沪就逮”的消息。

田竺僧当时就说：“孟士衡这些人，工作太粗心，案情已经暴露。你看怎么办?”

刘海亭说：“回南京看看再做商量吧！由于地下工作是单线联系，我们与王葆真、孟士衡等人并不认识，他们抓不到我们什么把柄。”

刘海亭和他的妻子还有田竺僧登上了西去的沪宁列车。刘海亭一路上忐忑不安，南京的情况不知怎样了，他最信任的江任副局长也没有来车站接他。

刘海亭刚到家，江任的妻子就来了。

“局长呀，你要给我做主啊！江任到上海和舞女乱搞，准备弄个小老婆回来，叫我怎么活下去呀!”这女人大吵大嚷。

刘海亭有些纳闷，他知道江任夫妻感情很好，现在怎么大吵起来了呢?

她吵了一阵后，凑了个机会轻声说：“你怎么先回来了？江任是到上海给你送信去的。”原来江任看到马广运被捕，感到情况不妙，决定赶去上海给刘海亭报信，但又怕就此露出马脚，所以才故意演了一场夫妻吵架的闹剧。江任临走时还对他妻子恨恨地说：“到上海去弄个小老婆气死你。”这是遮人耳目，江妻在刘府吵闹同样是给别人看的。

第二天，江任从上海回来，他妻子又跟他大吵一场，还把家里的东西砸得一塌糊涂。刘海亭与田竺僧到江家来劝架，这是特意的安排。田竺僧是江任的邻居，刘海亭回来后就被特务监视着，两人一先一后来劝架，外人看不出有什么破绽。这样他们有了碰头的机会。

“你还是走吧。地下工作的同志多宝贵，保存一个是一个。”田竺僧对刘海亭说。

刘海亭的意见与他不同，他说：“现在的情况的确危险，我随时有被捕的可能，不过我现在一走就等于自我暴露，而且要牵连到马广运。你们可以放心继续活动，我在任何情况下决不会出卖组织。马广运也是个有骨气的人，我了解他的，他也不会出卖组织。如果我被捕了，只希望组织照顾我的家属，我别无他求。”

随即，刘海亭利用各种关系，组织营救委员会，营救马广运。

又过了一天，厅长黄珍吾召开全市警官会议，宣布马广运的“罪状”。警官学校的一些同窗听了非常气愤，认为这是警察系统内部故意打击转业军官，因为马广运为人憨直，平时好“放炮”，得罪了警察厅长黄珍吾、稽查处副处长龚世故。

刘海亭径直来见首都警察厅长黄珍吾，给马广运说情。他如此这般说了一通，还提到马广运与胡勤业相识，起因就是河北同乡会的房屋纠纷。马广运仅仅是为河北同乡做好事却反受其害，对张部长也不好交代。

他说的张部长就是内政部长张厉生，都是河北同乡，是黄珍吾的顶头上司。

这样一件牵动葫芦带动藤的事，把黄珍吾搞糊涂了。他觉得不插手为妙。他对刘海亭说：“你们这些事我也搞不清。况且这案子是卫戍总部管的，我也管不了，你还是去和副司令覃异之说吧。”

刘海亭又出现在覃异之的办公室，覃异之吃了一惊。

“刘局长，你的胆子可不小，还敢回来！”覃异之劈头就说。

“为什么我不回来？事情和我没有关系。”刘海亭解释道。

“你和胡勤业有什么关系？老老实实讲。他已经被捕，你不讲，他也会讲的。”覃异之板着脸说。

刘海亭又把河北同乡会的房屋纠纷讲了一遍。

“这可是真的？现在胡勤业已被捕，你不讲他会讲，到时和你对质，看你还有什么说的。”胡勤业明明已经逃掉，哪会来对质，覃异之只不过讲硬话来吓唬刘海亭而已。

第二天，刘海亭接到覃异之的电话：“马上开紧急会议，你快来！”

“什么紧急会议，要副司令亲自打电话？这是要逮捕我了。”刘海亭对妻子说。

“如果我真的被捕，你给我做两件事：一是把关我的地点告诉江任；二是送些佛经之类的线装书及日用品给我。”他抱着单刀赴会的决心去了卫戍总部，刚走进覃异之的办公室，立即感到气氛不对头。

一落座，两个特务上来缴了他身上的枪。

覃异之厉声说道:“刘局长,对你客气是不行了。你今天交出胡勤业来就放你回去,不然你别想走。”

“覃副司令,这可叫我怎么说。难道胡勤业有两个,既然胡勤业已被捕了,还能再交一个?”这可把覃异之问倒了,他大怒,说:“你胡扯什么! 你不讲清楚,休想回去。”

“副司令要把我怎样,我也没有办法。”刘海亭无可奈何地说。

覃异之问来问去还是问不出名堂,他一声喊:“把他带到胡勤业家里去。”覃异之是想从刘海亭与胡勤业的妻子郭欣如的接触中找出线索。

胡勤业的妻子郭欣如因丈夫的案子曾被关押了一夜,后来交保释放,本来就有一肚子怨气。看到特务又把刘海亭带来,她就大吵大闹。

“你们把我的丈夫弄走了,他犯了什么罪? 他们把他交出来,否则我一个妇道人家怎么活下去啊!”

刘海亭假装劝道:“大嫂,你不要怕,胡勤业没有什么事,一定就会出来的。我多管闲事,为了解决同乡会的房屋纠纷,把他介绍给马广运局长,以致惹出了这场大祸。”

郭欣如明白刘海亭的意思,又对着两个特务哭着骂着,说:“这也怪不得你,这是他们不讲理。抓了胡勤业,又抓他的朋友。我去找张厉生部长评理。”

在胡勤业家里又没有找到线索,覃异之把刘海亭交给政工处长罗春波。一见刘海亭,罗春波显得异乎寻常地亲热。

“今天可把你折腾了,老兄,还没有吃饭吧。我们是了解你的,你只是交友不慎,代人受过而已。你只要把胡勤业交出来,一点事也没有。”罗春波叫人送来酒饭。

“罗处长说的是。不过,覃副司令说,胡勤业不是抓到了吗?”

“那是诈你的,胡勤业跑掉了。”

“处长大人! 他跑掉了,你们找不到,我到哪里去找呢?”

不管罗春波怎么说,他都顶回去。随后刘海亭被送到稽查处。

一到稽查处,他就被上了手铐。稽查处副处长龚世故是特务头子,他恶狠狠地说:“刘局长,你该清楚这是什么地方。你要是再不老实说,我们就不客气了!”

龚世故刚说完，刘海亭就大喊："我是警察局长，你们这样对我，我抗议，我要找覃副司令！"龚世故见状，只好打个电话给覃异之："刘海亭没有口供，还大吵大闹，要与你通话。""不行，我不和他通话。你们看着办吧。"覃异之在电话里说。

刘海亭被送进稽查处刑讯室。

"刘局长，这可是你自讨的，怨不得我。"龚世故发出阴阴的笑声。他马上叫人给刘海亭"压杠子"，压杠后又是上"老虎凳"，接着上电刑。刘海亭几次昏死过去。被冷水喷醒后，刘海亭依然说："我没有说的。"第二天，刘海亭被押送到羊皮巷保密局(即军统)看守所。在囚车上，他见到了夏琫瑛。

国民党军统没有在这些被捕的人中得到任何有价值的口供。而外面的营救工作也在积极进行。民革主要领导李济深和朱蕴山都给代总统李宗仁写了信，要他亲自过问"京沪暴动案"。

在舆论的压力和各方面的催促下，国民党当局终于在 3 月 20 日左右秘密开庭。这也是夏琫瑛、马广运受审的一天。

军事法庭由京沪警备总司令部、首都卫戍司令部、宪兵司令部、首都警察厅、中统局、保密局、总统府等七个方面组成，以京沪警察总司令部为主。

夏琫瑛与马广运受审回来已经是半夜，外面雪下得正紧。忽然看守的特务喊："刘海亭、许志远提审。"两人从各自的牢房出来，铐在一起。

开审的地点不在卫戍总部，在首都警察厅。这时已经深夜，特务们连续审问后正在吃宵夜，吃饱后，又开始审讯。

主审的是一个大胖子，是从上海赶来的京沪警备总司令部军法处处长。

陪审的有罗春波、龚世故、郑法明(刑察总队长)。

对许志远的审问是快速度的，只有十五分钟，他说："我的问题很简单。"接着，刘海亭被提去。

胖子法官咳嗽了一声，坐正，开始说："刘海亭，今天是正式开庭，你要严肃对待。"又咳一声后，接着说："你们的阴谋暴动案已经调查清楚。你要老老实实讲，讲清楚了可以放你回去；讲不清楚，我们想容情，但法律不能容情。你先把与胡勤业、孟士衡的关系讲讲吧。"

"要问我和胡勤业的关系，我和他是因河北同乡会的同事关系而认识的。他是同乡会的常务理事兼秘书，我是常务理事。至于孟士衡我根本不认识。"刘海亭回答。

胖子大喝一声道："你真顽固不化，到现在还不讲实话，别想过关。"一旁的罗春波插嘴："我问你，你平时生活俭朴，不喝酒，不抽烟，可最近常常打牌，是不是借打牌开秘密会议？"

"是的，过去我是不喜欢打牌，当了局长难免要应酬。和我打牌的都是同学、同事。你罗处长不是和我一起打过牌吗？"这样一答使罗春波哑口无言。

"我问你，你生活向来俭朴，为什么又借了许多债？"又一个陪审的问。

"现在物价狂涨，这一点薪俸与局长办公费怎么够用？你们各位难道够？"这些无关紧要的问题，刘海亭自然轻易回答。

胖子又问："你到上海去，说是照料你太太生孩子，但你妻子并非在上海，你是不是到上海开秘密会议？"

"有没有开秘密会可以调查嘛！她先是准备在上海生的，我岳母要她来南京生，为着有个照应，她才回南京的。"

接着这些法官又提出许多问题，都不涉及要害，刘海亭更为镇静。这时，墙上的挂钟敲了八下。黑夜过去了，黎明到来。这些审讯官个个哈欠连天，已很困倦。

胖子连抽几根烟后，提足精神问："你不要嘴硬，敢与孟士衡对质吗？"

"这有什么不敢？我确实不认识他。"

"把孟士衡带上来！"孟士衡一上庭，胖子指着刘海亭问："这人是谁？你说！"

"我不认识他！"孟士衡毫不迟疑地回答。

胖子把桌子一拍，说："你先前不是这样说的！"

"这是你们要我这样说的。我不认识他，怎么硬说我认识呢？"对质又告失败，刘海亭被送回保密局看守所。

3月28日，刘海亭被交保释放，同时释放的还有马广运。巧妙的斗争与外面的营救，使刘、马两人恢复自由。

四、儿女岂短英雄气？

1949年2月24日深夜，王葆真在上海山海关路安顺里被捕。特务给他铐上手铐，推上囚车。四支枪对着这位手无寸铁的老人，让他蹲在车里。

因京沪暴动案而在上海和南京被捕的同志，在狱中都表现得异常坚强，包括70岁高龄的王葆真。他在淞沪警备司令部第一大队受审时，经过两次严刑拷打，被军统特务打得遍体鳞伤，而他对京沪暴动案承担了一切责任，并斩钉截铁地说："关于军事问题，只有我一个人知道，与其他人无关。"

军统见来硬的不行，就来了一手软的，以诱供王葆真。3月3日下午，王葆真又被带到审讯室。

一个矮胖的中年人笑容可掬地说："卓老，我姓杨，天津卫人，奉德邻公之命，来看望您。"这人自我介绍，又说明来意。王葆真字卓山，因而一般人都尊称他"卓老"。

王葆真并不轻信，只是点点头。

那人又走近前，轻声说："不瞒卓老说，我去过延安，是抗大毕业的，目前在法院供职。"王葆真抬起头来看了看他，没有说话。

"我知道您信不过我。说实话吧。李代总统准备重开国共和谈，拟派人去游说北平当局，需要一些中共党员，故请您提供名单。上海的负责人是谁？还有些什么人？"这人终于露出了狐狸尾巴。

王葆真摇摇头，表示不知道。

"卓老，您是革命元老，一向关心国事，现在国家危急到这种地步，只有和谈可补时艰。您老如果不关心，岂不有违初衷吗？"这人自以为能言善辩，企图说服王葆真。

王葆真抬起头，慢慢说道："我不知道的事，叫我怎么说？我信奉三民主义与三大政策，与中共的交往是友谊，抗战中曾和他们合作抗日。这次我从香港到上海，只一旬有余，与外人没有什么交际。所来往的几个人，都被你们关在这里。其他我就没有什么好说的了。"

"这样看来，你是不肯说的了？那我就无法帮你的忙。"

"那随你的便。"王葆真轻蔑地回答。

这个杨姓特务纠缠了两个小时，看没有结果，说："我们再找时间谈。"第二天，姓杨的又来了。这一次一反昨天的姿态，劈头就恶狠狠地说："王葆真你别执迷不悟。我们完全掌握了你的情况。你是中共派来的。"

“你完全掌握了我的情况，那还有什么必要问我呢?”王葆真冷冷地回答。

不管动用什么办法，他们都没有从王葆真那里得到什么有价值的名单。

这时《中央日报》刊出了京沪暴动案的消息：

（本报讯）京沪阴谋暴动案主犯王葆真在沪就逮　由京沪治安机关破获之阴谋暴动案，该案中重要指挥者，系一年已70余岁之老革命党员，现任某机关驻上海军事特派员之王葆真。王早年东渡留学，入日本早稻田大学攻读，并于此时加入同盟会，抗战时任战地党政委员，曾为“新政协”代表之一，与李济深相交甚密，上周中渠与该集团秘书吴荣两人在沪友人住宅被逮捕，王系去年6月间由港秘密来沪，在本市无一定住址，经常来去港沪间，行踪不明，对该集团各项工作，渠为京沪最高决策者，前次在京被捕之许志远、马广运、夏琫瑛等均为王之部属……

在南京，立法委员李峰向美联社记者透露了孟士衡被逮捕、妻子秦秀卿被软禁的消息。美联社记者采访了秦秀卿(她是国大代表)，并发表事实真相。

自李宗仁任代总统以后，正策划着国共和平谈判，这一消息的透露，显然对和谈带来不利的影响。3月4日上海的《华美晚报》就这样登载：“此案已引起和谈代表之注意，临行时向何院长表示以和谈之际，亟应早日实行释放政治犯！以昭诚信。”

王葆真被捕的消息传到香港，李济深气愤异常，立即奔走营救。他3月6日写了一封信请陈劭先带给黄启汉转李宗仁。信中这样写道：

启汉兄：王葆真先生（卓山）在沪被捕，当德邻兄力主和平解决国事并释放政治犯以取信于国人之时，尚有此违反人民意志之行动，闻之不胜愤慨，望即电知德邻兄，即饬上海军警机关迅予释放为荷。余由劭先兄面详，顺候旅祺。

黄启汉一接到信就按原件全文用急电转给李宗仁，还说明这一事件的重要性，如不设法补救将对和谈前途发生严重影响。李宗仁接到电报，当天晚上用长途电话答复黄启汉，已派人到上海调查了解。

这时，中共中央副主席周恩来也致电南京国民党政府，提出抗议，要求立即释放这位革命元老。同时在南京的一些国民党元老与王葆真的至亲好友都参加了营救工作。

王葆真有个女儿叫王振琳，当时在南京金陵大学任助教，惊闻父亲在上海被捕，立刻动身去上海探监。这时王葆真经几次毒刑后已生命垂危。王振琳的探监要求被狱卒拒绝，她当场昏倒在地。

王葆真闻听此事，便写下一首诗：

往来奔走京沪间，屡到监门来探亲。
不获接见黯然归，思亲独泣形憔悴。

王振琳含泪写了一封情文并茂的上李宗仁书，并于3月9日在上海各报发表。信中写道：

家父王葆真先生，早年参加同盟会，献身三民主义。辛亥起义后，历任第一届国会议员……是时即从事促进国共合作，协力抗战御侮。民国二十九年曾亲请朱德先生同至西安，共商抗敌计划。

最近政府诚意谋和，家父襄赞和平，于2月中旬抵沪，函示振琳随侍。不意振琳抵沪后，家父已被逮！指为主谋暴动，阅读之下，不胜骇异。

窃以当局业已恢复李济深先生之国民党籍，代总统且曾电邀其来京共谋国是，是则家父代表李济深先生来沪，岂触法纪？代总统与家父交谊素厚。台儿庄会战时，家父在长官司令部参赞军机，随同突围，其所以膺选参政员，亦蒙提名推荐。近来家父谈话，对李代总统亦推崇备至，何能有不利于代总统之事？伏恳代总统明察秋毫，贯彻释放政治犯之命令，停止迫害民主人士，则全国和平可期，万民感戴。

家父本患严重肾病，近在狱中，闻已岌岌可危。如代总统认为家父仍有扣押的必要，振琳愿代父入狱，以便家父外出就医，区区孝忱，伏祈鉴准为祷。王振琳谨呈。

信一发表，果然报纸竞相转载，香港与南洋许多报纸也都登载。上海《飞报》转载时加了一条按语："全书情文并茂，不知李代总统将如何发落。"

王葆真在《大公报》上读到女儿要求代父入狱的上书，不禁老泪纵横，在3月12日写诗一首。诗云：

木兰从军代父征，缇萦上书代父死。
尔今书请代入狱，父闻心悦转悲泣。
我视死生无重轻，被捕入狱无惊异。
胡为阅报独伤情，儿女岂短英雄气？

由于各方面的声援与营救，再加上舆论的压力，且当时又处在和平谈判期间，国民党政府不能不做出一些和平的姿态。李宗仁和何应钦先后电令上海把王葆真送到南京。王葆真落在上海公安局长、军统特务头子毛森手里，他拒不执行李、何的命令。毛森对外宣称已把王葆真等人解送南京。

孟士衡在南京受审后又被押至上海。吴士文和肖俭魁也因为与上海的王葆真案有关联，也被押送至上海审讯。

5月9日，国民党淞沪警备总司令部军法处开庭审理此案，经汤恩伯批准，判处孟士衡、吴士文和肖俭魁三人死刑，剥夺政治权利终身。下午3时，他们即被押赴闸北公园执行枪决。他们沿途大呼口号，高唱《国际歌》，听者无不动容。

到达闸北公园后，孟士衡从容执笔，给妻子写下了最后一封信。

秦秀卿贤妻鉴：我为革命而成仁，死无遗憾。结婚七载，诸多负汝，尚请鉴谅。汝可改嫁，善自珍重。

写完后即把笔掷了出去，慷慨就义。其时，孟士衡 44 岁，吴士文 36 岁，肖俭魁只有 25 岁。

王葆真也于 5 月 9 日同时被判死刑，但因各方营救，暂缓执行，得以在上海提篮桥监狱的警察医院中迎来了上海的解放。5 月 27 日，民革的领袖陈铭枢接他出狱。

战斗在京沪杭警备总司令部

一、吉兆营 24 号的叩门声

1949 年春节后的一天夜晚，南京市珠江路西口，吉兆营 24 号，一座老式平房的门环被“笃笃”地轻轻叩响。

女主人丁明俊走到大门口，又听到门环有节奏地响了两下。这时，她才把大门打开，在昏暗中，迎面站着一位身材高大、目光敏锐的陌生人。

丁明俊小声地问他：“先生，有什么事吗？”

对方答道：“来找房子的。”

丁明俊会意地笑了，随即把这位陌生人请进了房间。这家的男主人出现了。这位不速之客迅速地从口袋里拿出一封信，交给男主人，信上说介绍“家兄”到此小住。

看完信后，男主人紧握住来客的双手说：“你好，同志，我们终于等到你了！”

来客不好意思地说：“以后要请你们多关照了，少不了给你们添麻烦。”

这座小院是中共南京地下党员沈世猷的家，而那位不速之客是中共地下党南京市委专门从事情报工作的负责人卢伯明。

同时，这座小院也是中共南京地下党的一个重要的联络点。该院东面百米之遥就是戒备森严的国民党国防部，小院对面住着保甲长。因为地理位置特殊，所以经常有军宪警在夜间突袭检查户口，或者进行重点搜查。在敌人眼皮底下设地下交通联络点是极其危险的，但又相对安全，关键是要时时刻刻提高警惕、采取必要的安全防范措施。

在那种残酷的环境中进行情报工作，中共地下党南京市委制定了严格的纪律。每个人都要隐姓埋名，一般用化名，比如地下市委书记陈修良对外就称“张太太”；

平时工作中的联系、情报传递都是单线的；不该知道的情况绝对禁止知道，禁止随便打听，连当事人的妻子儿女也不例外；无论多么亲近之人、感情多深之人，见了面不能不择场合地流露感情，更不能正常迎来送往，通常用点头和会意的目光表示，大家就心照不宣，达成某种默契。

这个地下联络点是在1948年秋建立起来的，当时主要由华东野战军情报策反干部吴明义（化名郞一声）和来自上海的华东局地下党员王月英（化名李敏）领导，主要工作人员除了地下党员沈世猷、其妻子丁明俊，还有他们的内侄丁良典。沈世猷的社会身份是国民党国防部第一厅的中校参谋，有关国防部的一些情报主要是靠他在工作中收集侦取而来的；丁明俊负责与地下党进行联络；而丁良典当时是国民党CC系控制下的建国法商学院的大学生，他主要负责联络点的安全保卫工作。情报到手后，他们即迅速转交吴明义和王月英，由他们设法转送到解放军华东野战军司令部。

由于工作需要，特工干部吴明义和王月英调走了，中共地下党南京市委也专门成立情报工作组，卢伯明任组长，由陈修良直接领导、单线联系。

这座小院是朝南的三开间三进老式平房，同西边的邻居是同一山墙，东侧是一条偏僻的小巷，第三进的后面不到一米就是一堵与北边邻居相隔的围墙。

沈世猷、丁明俊夫妇和丁良典商量如何安排这位"家兄"。二进居的中间，原来是主房。中进的西间不临街巷，前后窗下都有一个不大的花坛，这间房的位置相对偏僻安静，原来是沈世猷、丁明俊夫妇的结婚用房。于是丁良典就说："我看这里相对偏僻，从安全的角度考虑，我建议把这间房给新来的房客居住。关键这间房还有一个方便之处，前后有两个角门，后角门直通后院，可以直接从侧巷后门进出。"

沈世猷接过话头说："那我跟你姑姑和孩子就搬到后院后进居住。后进是正房两间，上面还有个阁楼。我们住到西边那间，也可以和中进西间有个相望，互相照应。"

丁良典说："这样也好，你们那个里间还分内外两小间，你们住在内间，外小间可以作为联络点的同志们秘密议事之处。我一直住在小阁楼上，我看可以在东间再放一张床。这样，我的活动范围就大多了，既可以在楼上观察左邻右舍的动静，也可以在楼下随时照看后院和后大门。"

初步做了这样的安排后，地下联络点实际上就使用了中进西间、后进和整个后院。那么，中进东间和临街的第一进要安排什么人住和采取什么相应措施，对于地下联络点的保密和安全，就显得事关重大了。

根据丁良典的安排，中进东间继续出租给一位原籍安徽的中学女教师居住。而前进呢，正好是沈世猷在外地的同族亲戚一家人，因避战乱而来到南京。这样一来，房客的底细都很清楚，又是投宿而来，也不会引起别人怀疑。平时即使有什么风吹草动，他们也不会对沈世猷一家妄加伤害，更不会出卖他家。

为了确保绝对安全，以防万一，丁良典对进出小院、迎来送往等这类很细微的问题，也都提出了具体要求，要所有人切实遵守。丁良典是一位非常有头脑的年轻人，他要求地下党派来的人一律从后院后门进出；要求沈世猷、丁明俊夫妇迎送地下党来往人员只到后门为止，不出后门一步；他要他姑姑丁明俊平时上街买菜，进进出出，都要怀抱婴儿，给外人以标准的家庭妇女的印象。

丁良典还对沈世猷说："姑夫，你可以身着戎装，大模大样地从临街正大门进出，你的那些同僚，国防部或者部队的军官，就一律由你迎来送往；我也可以佩戴建国法商学院的校徽从大门正常进出。"

除了做这样常规的安排，还必须有一套面对突发事件的应急预案。丁良典和沈世猷夫妇做了如下安排："万一出现敌情，大家都不要惊慌，要沉着应战。如果敌情到了前后大门，地下党的同志可以从卧室的角门，通过你们俩的卧室，登上三进上面的阁楼，站到侧巷的角门听听动静；如果敌情继续发展，到后院或者三进楼下，我们的同志就可以轻轻打开阁楼的角门，一步跨到围墙上，背阁楼后墙而立，再听听动静；如果敌情发展到屋内，或者要上阁楼搜人，他就可以从后围墙跳到后邻矮房，可连续跃过几间矮房，乘机逃离虎口。"

总之，通过他们精心的布置和安排，这个甚是平常的"国民党军官公馆"变成了一个名副其实的"共产党地下之家"。沈世猷从国民党国防部获得的大量情报也源源不断地通过这里送往了中共上海局和解放军野战军司令部。

二、一张江防图

1949年4月中旬的一天晚上，卢伯明又匆匆地来到了吉兆营24号。在三进的小房间里刚一坐定，卢伯明就对沈世猷说："沈参谋，组织上交给你一个紧急任务。"

沈世猷回答说："我尽自己最大的力量不辱使命。"

卢伯明严肃地说："现在我军已准备渡江作战。望你迅速侦取到安庆到芜湖间国民党江防兵力配备情况，越快越好，越详细越好，重点是荻港一带的部署。我知道，这个任务既艰巨又光荣。你能完成吗？"

沈世猷沉默了一会儿说："我尽力而为。我想只要有机会我一定能完成任务。"

这个任务对于沈世猷而言，确实是困难重重。因为要了解某一具体地段的兵力部署，已经属于具体战术范畴了，而且京沪杭警备总司令部（又称江防司令部）是最高军事指挥机构，这里很难搞到这类情报。如果要到绥靖区或者部队机关去实地猎取，其困难也是可想而知的。

同时，由于大战临近，京沪杭警备总司令部也对内部人员加强了监控，安插了很多军统的耳目，如果他稍有不慎，就有暴露的危险。

沈世猷在司令部上班之时，整天转来转去，时不时地到同僚那里串门、打探消息。功夫不负有心人，这时有一位姓古的参谋，他主管安庆到芜湖的防务，要外出视察江防。沈世猷就利用他平日里积累的人际关系，利用老同学、老同事的良好关系，跟主管的上司毛遂自荐暂时代理古参谋的业务。

在他代理古参谋的工作期间，沈世猷敏锐地寻找和分析各种资料来源，任何可能的蛛丝马迹也不放过。有一天，国民党军第七绥靖区新报上来一张军事图，而这张军事地图正是他"众里寻她千百度"的荻港地段的兵力部署详图。这张图细致而复杂，不是看一眼两眼就能详细记清楚的。如果要重绘一张，需要花费好几个小时，在办公室绘制，肯定是不行的。而且，当时他也没有照相机。怎么办？机会稍纵即逝。沈世猷当机立断，把这张江防图带回家复制一份。而那位古参谋今天晚上也不会来办公室的，只要明天上班时再放回原处就可以了。

在傍晚下班时，沈世猷把这张江防图装进平时上下班随身夹带的公文包中，心里颇为紧张，但又装着若无其事的样子大摇大摆地通过岗哨，走出了戒备森严的江防总部。这天晚间，夜深人静之时，由丁良典负责望风放哨，沈世猷、丁明俊夫妇俩迅速把江防图铺在桌子上，把这一江防军事图上的所有兵力配备详情一一誊写了下来，连荻港一带江心洲上一个排一个班的兵力配备都没有落下。沈世猷夫妇彻夜未眠，直到东方发白才誊写完毕。天亮后，沈世猷带着那张江防图的原件回到了江防总部，放在原来的档案夹中，继续他的参谋工作。

而丁明俊则把誊写的江防图交给中共地下市委情报负责人卢伯明。卢伯明通过地下交通线，立即送到了解放军二野司令员刘伯承的手中。在漫长的千里战线上，解放军选择在荻港作为一个最早渡江作战的突破口，并在4月20日首先强渡成功。这张复制的江防图可谓立了大功。

1949年4月19日，卢伯明来吉兆营24号与沈世猷接头，又交给他一个新的任务：当时情形十万火急，需要迅速侦取国民党军在长江南岸全部炮兵的火力情况，而且当时渡江作战在即，必须要在一天内获取此重要情报。

4月20日，沈世猷照常到位于东郊的江防司令部上班，在上班期间，又获取了相关的重要情报。但就在此重要时刻，江防总部突然宣布，规定机关内部人员一律不准外出，晚上也不准回家居住，一律住在机关内保持紧急战备状态。在这种情况下，沈世猷虽有情报，但怎么才能送出来呢？如果他偷偷溜回家，极容易暴露身份；如果让卢伯明到江防总部来拿，风险更大。

面对这种情况，卢伯明心生一计，对丁明俊说："只有麻烦嫂子和小红去中山陵郊游一趟了！"丁明俊会意地点了点头，说："是啊，我好长时间没去中山陵玩了，正好去呼吸一下新鲜空气。"其实，小红不过是他们尚在襁褓中的女儿。于是丁明俊便怀抱婴儿，从吉兆营来到丈夫工作的地点孝陵卫，将情报悄悄地放在婴儿的襁褓之中，神不知鬼不觉地带了出来。当天晚上，卢伯明就来到沈世猷家中，把那份紧急的重要情报带走，即刻送往解放军野战军司令部。

三、打入江防总部

4月25日，白崇禧所派的一架专机，由上海起飞，在北平徐徐降落。这架专机是前来接回国民党和谈代表团的。因为人民解放军既已过了长江，又占领了南京，已没有什么可"和谈"的了，代表团也该返回了。然而，令人惊讶的是，从飞机上走下来的，却是张治中的夫人洪希厚、张治中弟媳郑淑华等家属九人！

这几位家属，是中共上海地下党组织送上飞机的。沈世猷又在其中扮演了重要的角色。

原来，在国共和谈告吹之后，周恩来力劝张治中、邵力子等国民党代表留下。张治中显得犹豫，因为他的家属尚在上海，生怕会牵连家属。于是，周恩来急命中共上海地下组织，把张治中的家属送上飞机。这么一来，原本是接张治中等人回去的专机，却成了送他们家属去北平的专机！承办这一秘密使命的，正是沈世猷和中共华东局的王月英。

4 月 25 日，奉周恩来之命，在沈世猷以及张治中老部下、当时任上海机场基地指挥官的中共地下党员邓士章和夫人的帮助下，躲开国民党特务的跟踪，两位夫人和其子女终于全部登上了专机……

沈世猷在 1937 年考入桂林军校，1941 年进入国民党 85 军 23 师。该师师长叫张文心，是张治中的胞弟。

1944 年夏，张文心调往重庆受训，沈世猷随他同往受训，一起住在桂园张治中的公馆中。因而，沈世猷与张治中一家上下都很熟。

所以，周恩来才把转移张治中、张文心家属的任务交给沈世猷。

1949 年 1 月 5 日，淮海战役即将结束，汤恩伯在常州筹建京沪杭警备总司令部，先驻防在南京孝陵卫。沈世猷原计划是去湖北策反国民党倪祖耀军，而且国防部的人事部门也下发了他调往湖北的命令。但在这时，沈世猷又接到了中共地下组织的命令，要他改变计划，打入汤恩伯的京沪杭警备总司令部，侦取跟江防有关的情报，这样对于中共和解放军的贡献将会更大。

接到这个命令后，沈世猷即向人事处长张光宇表示要去京沪杭警备总司令部工作，但张光宇明确表示不同意他去。沈世猷有一个特别强的能力，就是他的公关交际能力。多年来，他总是能与老同学、老上司、老同事保持比较和谐亲密的关系。于是他就想方设法，利用各种关系以及国民党机关中的派系斗争，最后得到国防部参谋长周自强的支持。这其中，关键的一点是沈世猷曾与周自强同在国民党 31 集团军供职，交情颇为深厚。这样，就由周自强亲自下令，调沈世猷到江防总部第三处任中校参谋，主管作战。

由于沈世猷长期在汤恩伯的嫡系部队中工作，又是军校毕业生，军阶较高，所以结交了一大批同学、老乡，这客观上为他做好情报工作打下了基础。同时，由于意识到人际关系对于地下工作的帮助很大，沈世猷平时处处用心于人际关系，经常请这些熟人吃饭，与这些人打成一片，相处甚欢。这样一来，为他侦取情报带来了极大的便利。沈世猷名义上是江防总部第三处的参谋，实际上他成了“不管部”的参谋，经常跟随长官到处活动，参加各种军事会议，侦取了大量极其重要的情报。

当他得知江防总部的高级将领作战指挥密室里挂有一张大幅江防军事用图时，沈世猷又开始积极行动起来了。这个作战室是由一个专职参谋来管理的，他负责标记全部江防阵地的兵力配备的位置和数量，如果阵地的兵力部署有了最新的变动，他需要逐日逐时更换标记。沈世猷有意识地接近这位参谋，主动地联络感情，在经济上慷慨解囊，在生活中处处表现出讲义气、善解人意。不久，沈世猷便取得了这位主管参谋的信任，当上了他的助手。沈世猷可根据实际的工作需要自由进出这个作战室，随时了解江防阵地兵力部署的情况。然后在他下班回家后，再通过设在他家中的地下交通站把情报送出去。

1949 年 4 月 24 日，南京解放，吉兆营 24 号迎来了两拨客人，但男主人沈世猷并不在家，他已跟随汤恩伯的江防总部转移到上海了。先来的客人是原来在此居住过一段时间的中共地下党员卢伯明，他对沈世猷的爱人丁明俊说：“这次我军西路渡江大军从荻港江面突破，世猷同志搞的情报发挥了巨大的作用。”随后，在中共地下党员的带领下，又来了一位身着便衣的解放军参谋，他对丁明俊说：“刘伯承司令员派我来，向你们一家表示亲切的慰问。刘司令再三说，沈世猷同志在敌高级指挥机关里的工作非常有成效，作用很大，要继续坚持斗争，我们党组织一定会采取一切措施保证他的安全的。另外，丁明俊同志，请你不要暴露身份，以防意外。”丁明俊心情激动地点了点头。

沈世猷侦取的国民党军淞沪地区的工事构筑防御配备及作战计划要点、江南主阵地兵力配备、江北桥头堡阵地兵力配备、国民党军总预备队兵力控制地点、荻港兵力配备详图等，通过地下联络网都送到了二野司令员刘伯承手中，所以解放军首先突破荻港。有人甚至评论说，沈世猷在渡江战役中所发挥的作用相当于整整一个兵团。

链接:

张文心

张文心(1904—1995),原名本汤,安徽巢县人,张治中之弟。日本陆军士官学校第十九期步科、陆军大学第十四期毕业。1931 年任中央军校教导总队附兼 2 营营长,1932 年 1 月参加淞沪抗战,后任中央军校第十期学生第 2 总队总队附,抗战爆发后任第 9 集团军总部参谋,参加淞沪会战,1938 年任中央军校长沙分校军事教育科长兼教导团长,1939 年任第 85 军 23 师副师长,1943 年 2 月任第 85 军 23 师少将师长,1944 年 4 月参加豫中会战,7 月任第 85 军副军长。抗战胜利后参加内战,1948 年 12 月 15 日在淮海战役中被俘。后任江苏省政协委员,民革中央委员兼祖国统一工作委员会副主任,南京市政协副主席。1995 年 7 月 27 日在南京病逝。

特殊战线下的红色人生

一、“纨绔子弟”陆久之

他既是蒋介石的女婿，又是共产党的联络员；他不是共产党员，却舍生忘死地为共产党工作；他曾以“纨绔子弟”的身份周旋于上海十里洋场，以灰色身份办公司、开舞场，出没于舞榭歌台，以此作掩护营救了许多中共要员；他巧妙利用日本人的钱，打着“中日亲善”的旗帜，办报宣传抗日，为根据地运送紧急物资；他因父亲是汤恩伯的恩人，而受中共之命冒死策反汤恩伯。

他叫陆久之。他的身份很特殊，“背景”连他自己都觉得“太复杂”——父亲是大军阀孙传芳的军法处长、汤恩伯的恩人，自己则在抗战胜利后官至国民党的少将参议。陆久之的夫人陈瑶光是蒋介石和陈洁如的养女，因而他是蒋介石的女婿。

陆久之原籍江苏常州，清末全家随父迁往湖南。父亲陆翰曾任清王朝的辰州知府，辛亥革命后，先后任湖南省财政厅长、全国烟酒专卖局局长。袁世凯死后，陆翰又成了五省联军总司令孙传芳的高参，后来又位居五省联军军法处处长之尊，掌握着生杀大权。

1902年陆久之就出生在这样的大官僚家庭中。陆久之是长子，父亲希望他继承父业，光宗耀祖。陆久之在中学读书时就喜欢看马列主义书籍以及《新青年》等进步书刊，慢慢地思想上就憧憬起革命来。陆久之不愿意在家做一名锦衣玉食的少爷，18岁那年从报上看到上海宝承纱厂的招聘广告，就瞒着家人跑到上海投考宝承纱厂当了一名练习生。

1926年，陆久之经好友徐梅坤介绍，认识了中共地下党员蔡叔厚。不久他和蔡叔厚一起，在上海新闸路迁善里和有恒路1号创办了绍敦电气公司。公司老板是蔡叔厚，陆久之是文书，负责刻蜡纸等事务。公司里除了他们俩之外，另外有一位负责生活的老师傅和三名工人，专门负责修马达、装电灯等业务。一般人都以为这只不过是上海千千万万公司中的一个，在人来人往的上海马路弄堂里，毫不引人注意，事实上它却是中共地下党的一个重要秘密联络站。经常出入这里的有周恩来、夏衍、杨贤江、叶剑英、吴克坚、刘晓等，当时他们曾悄悄开玩笑，说这里是“谈笑有‘红’儒，往来无白丁”。后来，大约在 1926 年 9 月，陆久之在徐梅坤的介绍下，来到了由周恩来领导的上海市地下总工会秘书处工作，当上了周恩来地下信使的联络人。

1927 年 4 月初，此时国共合作还没有破裂，蒋介石到上海总工会送旌旗，以表示国共合作的诚意。这一天的场面甚为热烈，陆久之作为工会代表，上前去从蒋介石手里接过旗子，蒋介石还对陆久之夸奖了一番，说了些鼓励的话。可是过了没有几天，蒋介石就发动了震惊中外的“四一二”反革命政变，大肆捕杀共产党员，还成立了“工会统一委员会”，到处搜捕革命志士，制造恐怖活动。鉴于当时的形势，中共地下党组织安排陆久之以“工会调查员”的身份为掩护，巧妙进入敌阵，进行反跟踪和反侦察活动，负责刺探敌方的动向。

有一次，陆久之发现一名密探来报告：“陈赓经常在爱多亚路成都路口的牛惠霖医生诊所出现。”国民党特务们大动干戈，连忙守候伏击，企图抓个共产党的大官好去请功领赏。可是守了好几天，却不见陈赓的影子，特务们百思不得其解，只得悻悻撤回。还有一次，另一名特务发现了向忠发的地址，但等到追捕人员紧急赶到时，向忠发早已不知去向。他们哪里知道，是陆久之在得到特务们的行动情报后，立即通过周恩来的秘密信使，以最快的速度向自己的同志发出警报。

这样几次扑空后，敌人恼羞成怒，意识到是自己内部出了问题，排摸下来，他们怀疑到了陆久之的头上，但苦于一时没有证据，就利用调查部改组之机，把陆久之解雇了。

组织上了解情况后，为了陆久之的安全，马上让陆久之离开上海去广州大埔叶剑英家避难。叶剑英则认为陆久之有官僚家庭的背景，又是孙中山挚友陈国权的至亲，只要不暴露真实身份，在上海继续从事地下工作应该没有问题，于是就托好友连声海（曾任孙中山秘书）出面，将陆久之介绍给上海招商局总办的赵铁桥。在这样的情况下，陆久之就重新回到了上海，担任招商局的秘书，并兼任《航业半月刊》的主编。

这之后,陆久之就以招商局秘书的公开身份,为中共地下组织继续工作。在和敌人周旋斗争的过程中,陆久之满怀信心地向周恩来提出要求加入中国共产党,陆久之以为自己的这一要求肯定会得到批准,因为陆久之是真心实意为党工作的。没有想到周恩来却对陆久之说:“你要求入党,我和赵世炎都可以做你的介绍人。可你不入党比入党更重要,可以发挥更大的作用。我们可以单线联系嘛。”

1929年的一天,周恩来派陈寿昌与陆久之联系,交给陆久之一项秘密任务:掩护和保卫日本共产党总书记佐野学的生命安全。接受任务后,陆久之考虑再三,为了确保安全,只有让这位日共领袖住在自己家里。佐野学的公开身份是早稻田大学教授,陆久之就和他以师生相称,没有引起外人的怀疑,这样,这位日本共产党总书记就在陆久之家安然度过了三十五天。此事后来被人泄露,佐野学被押解回日本。陆久之受此事牵连,也不得不出走日本。

陆久之在日本留学七年,拿到了日本铁道学院和早稻田大学的文凭。

陆久之在日本早稻田大学求学期间,被上海《申报》聘为驻东京特派记者。于是,陆久之以《申报》和东北文化社驻日特派记者的身份广泛参加各种社会活动,结交军政界人士,为中共收集情报,从东京连连发回采写的有关日本帝国主义侵略动向的稿件。说起东北文化社,还有一则故事。那是1930年暑假期间,陆久之以《申报》驻日记者的身份飞到沈阳,希望能够面见张学良少帅。进入少帅府,他发现已经有好多人等着求见了,便以为自己希望不大了,想不到名片送进去不久,副官就出来招呼陆久之了。陆久之进入花厅,只见张学良离座相迎。陆久之以自己的所见所闻,申述日本早有侵略中国领土野心的见解。张学良听后表示,一定不忘国难家仇,随时准备迎战来犯之敌。张学良少帅当场聘请陆久之为东北文化社驻日特派记者,希望陆久之将有关情况随时向他报告。

这期间,因为蔡叔厚已经由中共中央特科转入共产国际远东情报局,在他的推荐下,中共党组织安排陆久之参加第三国际东方情报站的工作,担任远东情报局东京站的负责人。陈修良和沙文汉在逃避国民党的迫害流亡日本时,也曾参与了情报工作。

1936年,许世英出任驻日大使。由于他与陆久之父亲是旧交,所以对陆久之很照顾，任命陆久之为大使馆专员，这一身份，使陆久之得以继续为中共搜集情报。陆久之抱着“不入虎穴焉得虎子”的决心，利用和日本军政人员的旧关系，以实现自己以身报国的夙愿。

1940年，汪伪政府粉墨登场。有一天，陆久之在南京路华懋饭店门口，邂逅日本海军武官冲野亦男大佐。

彼此寒暄一番后，冲野问陆久之：“现在正是你们留日学生可以飞黄腾达之时，阁下为什么不到南京去做官呢？”

陆久之淡淡地答道：“我无意做官，却有心办报，想为中日亲善方面做些东亚共荣工作。”其实，陆久之当时说这些话是“别有用心”的。

“此话怎讲？”冲野亦男大佐很想听听陆久之的真实想法。

陆久之察言观色，觉得机会来了，于是侃侃而谈：“中日开战，其因在于相互不认识，不认识难成朋友，就会兵戎相见。贵国提倡‘中日亲善’，那就应化干戈为玉帛，这不是靠枪杆子所能达到的，而应靠笔杆子，我愿为此竭尽绵力。”

陆久之的一席话，正中冲野的心思。后来几经洽谈，这位日本朋友对陆久之说：“你设法招聘办报人员，经费我们筹集。”

陆久之立即向与他有联系的中共地下党负责人刘少文、沙文汉汇报，在中共地下党组织的支持下，陆久之买下了上海租界的《华美晨报》发行权并自任社长，聘请恽逸群任总编辑。于是，上海滩上出现了一张打着洋商招牌，利用日本人的钱，实际上是在中共地下党的支持下，以“中日亲善”为幌子，专门宣传抗日，收集敌伪情报的奇特的报纸。

在创办《华美晨报》过程中，陆久之还利用和日本军界的特殊关系，打入与日本海军有密切关系的“海安公司”任经理。时值苏北、山东新四军所在地急需大量的蜡烛、火油、纸张、布匹和军用物资，上海虽然有，但是要把这些物品在敌人的严密监视下从吴淞口运出，必须持有日本海军经理部的准许证。为了切断通往根据地的运输线，敌人把关甚严。陆久之凭着“海安公司”与日海军的特殊关系，千方百计搞到准许证，采用瞒天过海的手段，把新四军所需的各种物资，源源不断地送到抗日根据地。但智者千虑，必有一失，这事最终被日本宪兵司令部发现，陆久之被投入监狱严刑逼供，但他始终不承认和共产党有任何联系，只讲这是自己生意上的疏忽。后来日本宪兵司令部实在查不到陆久之与共产党来往的证据，再加上有日本朋友的疏通，陆久之才得以重获自由。

1949年初，全国大部分地区都已经解放。对于上海这个当时远东第一大城市，是和平解放还是武力攻占，尚未最终确定。中共中央首先考虑的是和平接管，而和平接管的关键人物则是汤恩伯。汤恩伯其时是京沪杭警备总司令，坐镇上海，手握重兵，如能策动他起义，解放军便能顺利渡江，京沪杭地区可不费一枪一弹和平解放。所以，能否策动汤恩伯，成了上海是和是战的关键。

1949年4月，中共中央华东局和华东军政委员会决定策反汤恩伯，并将此重任交给了陆久之。

汤恩伯和陆久之在日本留学时是同班同学，但他一心想进士官学校读书，又苦于无门路，便拜托陆久之的父亲介绍有背景的人做担保，陆久之父亲鼎力相助，使其如愿以偿，并且以后一直平步青云，成为蒋介石嫡系。所以汤恩伯对陆久之也是感恩戴德，把陆久之视为挚友、兄弟。

陆久之接受任务后，深感此行风险甚大。因为有两件事使陆久之对汤恩伯并无多大信心：一件是汤恩伯的“军师”周天谬因规劝汤率部队起义，不仅未成功反遭暗杀；另一件则是时任浙江省政府主席的陈仪，劝汤恩伯起义以顺民心，汤恩伯不仅不听，反而立即向蒋介石密报，使得陈仪被蒋介石软禁于衢州。这两件事足以看出汤是死心塌地跟随蒋介石的人，去策反汤，是有生命危险的。

凭借与汤恩伯兄弟一般的特殊关系，陆久之去找汤，但几次上门都没有见到他的人影。得到汤恩伯夫人黄竞白的同意后，陆久之住进了蒲石路的汤公馆。

一天深夜，汤恩伯匆匆回家，见陆久之还在客厅等他，忙把陆久之让进书房问有何事。陆久之见机会难得，就单刀直入地说：“我对时局很担心，如果国共和谈破裂，共军就会立即渡江，不知道总司令如何应变！”汤恩伯闻之连忙为自己壮胆：“共军一无飞机，二无军舰，要突破长江天险，谈何容易？即便共军过了江，上海的防御工事固若金汤，足以和共军周旋一番。”陆久之看出他的色厉内荏，提醒道：“目前人心厌战，军心涣散，大势已去，若不顺从民心，继续作战，徒苦人民，岂仁者作为！依总司令之高见，傅作义将军这着棋走对了否？”

闻听此言，汤恩伯不禁紧锁眉头在房间里踱起了步。过了半天，他停下来盯着陆久之问:“据说傅宜生目前已下落不明?”傅宜生即傅作义。

陆久之见他心思有所动,抓住时机,赶紧解释说:“上海谣言满天飞,不可轻信,据我所知,傅将军受到共产党极好的待遇,深得民心。”在这个问题上,看来汤恩伯是顾虑重重,想法很多,但在陆久之单刀直入的攻势下,他的脸色变得严峻起来,说:“此事非同小可,改日从长计议吧。”

第二天早晨,汤恩伯邀陆久之共进早餐。陆久之觉得这是个好兆头,自然紧追不放,要汤恩伯赶快拿定主意,做一名识时务的俊杰。汤恩伯听了不置可否,只说了一句很有意思的话:“上海是我从日本人手里接收过来的,我不忍心毁了它,做一个民族的罪人,我会将上海完整地交给上海民众的。”

在陆久之的劝说下,汤恩伯的思想开始有所松动。4 月 23 日,南京解放,国民党政权已经到了分崩离析的最后边缘。人民解放军横渡长江直扑上海,陆久之见情势紧迫,便向汤恩伯作了最后的“摊牌”,督促他尽快起义,做傅作义第二。

正当策反汤恩伯的工作大有进展时,不料情势突变。4 月 27 日,蒋介石父子抵达上海,亲自督战。也许蒋介石嗅出了汤恩伯周围的异味,便让蒋纬国住进了汤公馆。陆久之觉得不能再拖延下去了,便找了个机会直截了当地向汤恩伯献计:“现在委员长父子三人的性命都掌握在你的手里,机不可失,希望你当机立断,那你就一举成名天下知了。”

闻听此言,在战场上甚为果敢的汤恩伯大惊失色,连连向陆久之摆手,不知道该作何应答。正茫然无措间,猛听得门外响起警卫的报告声,话音未落,忽见蒋纬国满面含笑走了进来:“怎么,不欢迎啊?”面对这位不速之客,陆久之和汤恩伯面面相觑,忙说些“天气真好”之类的话应付着。后来,蒋介石父子把汤恩伯叫到停泊在长兴岛附近的军舰上,陆久之再无机会见到汤恩伯,对他的策反工作也被迫中断。

没有完成中共领导层交给的任务,陆久之心里非常难过。时任中共华东军政委员会宣传部长的沙文汉劝慰他说:“尽管策反汤恩伯的工作没有完成,然而你对上海的解放尽了全力,做出了贡献。你敢于劝汤恩伯做傅作义第二,就可见你对党的忠诚了。”

二、"最大的共谍"郭汝瑰

国民党国防部中将作战厅长郭汝瑰，这位常在蒋介石身边参与指挥作战的高级将领，在国共两党的大决战中，为中共提供了许多重要的军事情报。最后在中共地下组织的指引下，以国民党军22兵团司令兼72军军长的身份，率部在四川起义，被退居台湾的国民党称为"最大的共谍"。

郭汝瑰1907年出生于四川省铜梁县一个家道中落的书香之家。郭汝瑰原名汝桂，因为生于农历八月初九，恰是清朝考举人入场应试的日子，仍然醉心于"蟾宫折桂"的父亲就给长子取名"汝桂"。

郭汝瑰

1919年，郭汝瑰随父亲前往成都，先后进入成都高等师范附小和成都联合中学读书。1925年底，郭汝瑰从成都联合中学高中结业，进入黄埔军校第五期学习。从此，他就开始了职业军人的生涯。随后，郭汝瑰暂时安身于杨森的部队中。他秘密参加了共产党，暗中筹划组织"兵暴"。暴动失败，郭汝瑰逃往日本，他的组织关系也由此中断。回国后，郭汝瑰进了陈诚的18军，因战功卓著受到陈诚青睐。此后一帆风顺，仅几年就当到了军参谋长，由上尉升到少将。

1945年5月，刚从英国考察回来不久的郭汝瑰，被任命为少将军务署长兼国防研究院副院长。一天，郭汝瑰在军务署瞥见一个身穿校官军服的来客，仔细端详，正是黄埔军校五期的同班同学，以后又一同到郭汝栋部工作的任逊猷。那时任逊猷已是共产党员，郭汝瑰在1928年加入共产党后，他们也是彼此都了解的党内同志。20世纪30年代初，任逊猷被刘湘抓进反省院时，郭汝瑰曾鼎力相救。任逊猷出狱后还找到郭汝瑰家，但此后便杳无音信了。

郭汝瑰一见是老友任逊猷，忙将他拉上车开到一个冷僻之地，问他如今还有"关系"没有。任逊猷战战兢兢地回答："哪还有什么关系，莫非你还嫌我坐牢还没坐够?"

郭汝瑰以为他是怕暴露身份，一再说明绝不会加害于他，只是自己看透国民党了。任逖猷赌咒发誓，说自己确实说的是实话。郭汝瑰满心失望。但任逖猷临别时还是丢下了一句话："我的堂弟任廉儒，你当年是认识的，原来也是CP（'共产党'英文首字母缩写），不知他是不是还有关系，我可以去打听一下。"

几天之后的一个夜晚，郭汝瑰的寓所响起了敲门声。郭汝瑰一向对前来送礼的来客不予理睬，可勤务兵前来通报说，来客是他想见的一位老乡。郭汝瑰只好下阶迎接，原来进来的正是任逖猷之弟，当年涪陵的进步学生任廉儒。他连忙将这个风度翩翩的青年人请进书房，拉上窗帘，双方促膝恳谈起来。郭汝瑰敞开心扉，叙述了自己的曲折经历，表示自己早已对国民党的高官厚禄视如粪土，一心想到延安去，参加抗日杀敌。可任廉儒却是闪烁其词，只是说："山那边的情况，小弟从朋友处，也只略知一二。我兄之愿，定当转达，相信必当报国有门。"

原来此时已与中共组织失去联系的任逖猷，已将他和郭汝瑰那番对话，原原本本地告诉了任廉儒。任廉儒矢口否认自己与共产党有任何联系，并且警告任逖猷"不可多事"。事后，任廉儒即将这一重要信息向中共中央南方局负责人董必武作了汇报，并奉命同郭汝瑰进行联系。

任廉儒几次来到郭家，对郭汝瑰进行考察，逐步弄清了他的立场、观点，并从这里获得了一些重要的军事情报，就不再避讳他了。又过了几天，任廉儒安排郭和董必武会面。郭汝瑰如约前往，同仰慕已久的董必武秉烛夜谈。郭汝瑰谈了他一生的经历和对国共两党的认识过程。不久，郭汝瑰又一次应约去任家与董必武见面。

老年郭汝瑰

在这次谈话中，郭汝瑰要求恢复自己的党籍，董必武未正面作出答复，而是问："国民党最近要你干什么？"郭汝瑰如实相告："何应钦约我去美国任中国军事代表团团员，我不想去，我要求去延安。"

董必武说："你可以去美国，多多调查了解美国，继续与我们保持联系，革命要看远些嘛！"

这次谈话后两天，任廉儒前来告诉郭汝瑰："董老说，你要求恢复党籍，原则上可以，但要经过一番考验。你去延安作用不大，希望你留在这边能为党提供一些有价值的情报。由我和你单线联系。”

郭汝瑰在与董必武秘密会见、成为中共方面的高级情报工作人员之后，就作为张治中的助手，参加了有美国五星上将马歇尔参加调停的国共谈判。蒋介石在赢得了由内地向沿海运兵的时间后，自以为胜券在握，便撕去了和谈的面具，开始了规模空前的反共内战。

掌握国防部实权的参谋总长陈诚，先是任命郭汝瑰为总长办公厅少将副厅长，不几天，又突然任命郭汝瑰为掌握军务的国防部第五厅中将厅长。不久，陈诚因战绩不佳，又向蒋介石保荐郭汝瑰为主管作战的国防部第三厅（即作战厅）中将厅长，并一度将他派赴徐州，任顾祝同为总司令的陆军总部的参谋长。由于人事安排实际就是国民党各派系之间的权力争夺，一些反对陈诚的人，就骂郭汝瑰是陈诚手下的“十三太保”之一，嫉妒他官运亨通，红得发紫。

由于国防部作战厅长直接参与指挥作战，并经常向蒋介石提供作战方案，定期到蒋介石官邸汇报战况，听取指令，有时还要随蒋介石到各战区视察，郭汝瑰对于担任此职还有顾虑。这时，为保持与郭汝瑰的经常联系，已转到上海任川盐银行上海办事处主任的任廉儒，向他传达中共的意见说：“你应该去就任作战厅长，为党提供更重要的情报。”

整个解放战争期间，郭汝瑰冒着生命危险，通过来往于宁沪之间的任廉儒，为中共和解放军提供了许多核心的军事情报，为解放战争的胜利做出了一份特殊的贡献。

1947 年 5 月 12 日下午，郭汝瑰接到蒋介石侍从室主任俞济时的电话：“今晚 8 时 30 分，请到总裁官邸出席晚宴并汇报战况。”他与主管情报的二厅厅长侯腾同时到达，参谋总长陈诚与参谋次长刘斐也相继到来。这时，山东军情紧急，解放军一度攻克泰安，并进入下桥、梁邱一带。郭汝瑰汇报了战场态势和作战方案，经过讨论，蒋介石当场决定了汤恩伯兵团、欧震兵团、王敬久兵团的进攻方向和目标，“对共军实施合围”。郭汝瑰一回到家，就将作战部署抄录了一份，交给前来联系的任廉儒，并且特别叮嘱说：“这一次的战斗序列中，有整编 74 师，全部美式装备，要解放军特别小心。”

果然，在这次重要战役中，解放军因为知己知彼，在孟良崮战役中全歼国民党王牌部队整编 74 师，击毙其师长张灵甫。

1948 年 10 月，淮海战役前夕，何应钦在国防部召开作战会议，提出“守江必守淮”的主张，决定集中优势兵力于徐州、蚌埠之间的津浦铁路两侧，寻机与共军决战，并责成郭汝瑰制定作战方案，送蒋介石审批。此方案尚未下达到有关国民党军队，就被郭汝瑰报送到解放军的指挥机关。以后，徐州“剿总”决定坚守蚌埠，郭汝瑰又诱使蒋介石改在徐州外围作战，增加了国民党军在移动中被解放军分割围歼的机会。以致日后徐州“剿总”副司令长官杜聿明在《淮海战役始末》一文中说：“这里，我心忐忑不安，觉得上了蒋介石的当，并认为蒋介石、顾祝同是完全听信郭汝瑰这个小鬼（因他是军校五期毕业生，人又矮小，所以我称他小鬼）的摆布，才造成这种糟糕局面。我想责问郭汝瑰为什么不照原定计划主力撤到蚌埠附近，正在犹豫不决之际，见顾祝同等人同意郭汝瑰报告这一方案，觉得争也无益，一个人孤掌难鸣，争吵起来，反而会失了蒋介石的宠信。”

郭汝瑰如此频繁地为中共提供绝密的军事情报，也差一点儿被国民党特务破获。淮海战役结束后，解放军准备大举渡江，直捣南京。蒋介石集团一面玩弄假和平的阴谋，一面调兵遣将，制定了庞大的江防计划和江南作战计划。郭汝瑰在把这些作战方案报送蒋介石的同时，也将这份绝密文件交给了中共的联络员任廉儒。不巧的是，任廉儒的直接联系人陈家康因事离开了上海。无奈之下，任廉儒只好请时任上海民革主委的中共地下党员王葆真设法将其迅速转交给中共。这时，适逢民革地下组织遭受破坏，因“京沪暴动案”，王葆真在这些机密情报尚未送出去时就突然被捕。所幸这些情报已被王葆真紧急焚毁。王葆真这个年届古稀的老人，被捕后受尽酷刑，直至被判处死刑也没有供出任廉儒和郭汝瑰，切断了特务继续追查的线索，使郭汝瑰得以转危为安。

辽沈、淮海、平津三大战役以后，蒋介石的几百万精锐部队已丧失殆尽。郭汝瑰担心蒋介石将作战失败归咎于他人，决定主动引咎辞职，但中共地下党指示他继续工作。郭汝瑰决心再冒险带兵去西南。他去找顾祝同，要求下部队出任军长。经过顾祝同的保荐，蒋介石任命郭汝瑰为 72 军军长，要他重建这支已经在淮海战役中被解放军围歼的部队，并立即开往四川。

直到这时，蒋介石还被蒙在鼓里。当解放军进入湘西，准备向四川进军时，蒋介石飞抵重庆，召开守卫大西南的作战会议。会后，蒋亲自召见了郭汝瑰，询问部队的作战情况。当得悉解放军由贵入川时，蒋介石又电令郭汝瑰为 22 兵团司令，直接指挥第 21 军、44 军、72 军和三个独立师，作为防堵解放军进入四川的前哨兵团。想不到郭汝瑰已经剪除了 72 军中的特务和反动分子，做好官兵的思想工作，按照与任廉儒商定的计划，于解放军入川之际，在宜宾地区通电起义，破坏了蒋介石固守大西南的计划。

郭汝瑰参与主编的《中国抗日战争正面战场作战记》

郭汝瑰所著的《郭汝瑰回忆录》

新中国成立之初，四川分为四个行政区，郭汝瑰被任命为川南行署交通厅长。1950 年，中央军委决定成立南京军事学院，他欣然辞去川南交通厅长的职务到南京军事学院报到。在军事学院工作了十八年，郭汝瑰先后任合同战术教授会教员、司令部工作教授会教学组长、军史史料研究处副处长，并当选江苏省政协委员，第四届全国政协委员。

郭汝瑰离休之后还主编了《中国军事史》和厚厚两大本的《中国抗日战争正面战场作战记》，填补了中国军事科学研究的空白；并在耄耋之年，完成了近四十万字的《郭汝瑰回忆录》，给后人留下了一笔宝贵的精神财富。

三、红色速写员沈安娜

1946 年沈安娜在国民党中央机关

沈安娜是中国共产党安插在国民政府内的一名谍报人员，隐蔽时间从 1935 年到 1949 年，长达十五年之久，其中有十一年时间是在国民党中央核心机关里进行地下谍报活动。沈安娜出生于 1915 年，1935 年参加革命。这一年她刚 20 岁，从上海来到杭州参加了共产党中央特科领导下的秘密情报工作。中央特科，是中共中央社会部和情报部的前身，是在 1927 年大革命失败后，由周恩来同志亲手创建的一支特殊的警卫部队，任务是保卫中央领导机关的安全，了解和掌握敌人动向，向苏区提供情报，直属中央军委领导，陈赓、李克农、潘汉年等人都曾经是中央特科的领导。

在到杭州之前，沈安娜曾专修速记，很快就在国民党浙江省政府里面找到了一份机要速记员的工作。

没有录音笔的年代，会议记录全靠纸笔。在淹没于文山会海之中的政府机关里，反应敏捷、技巧娴熟的速记员是人见人爱的宠儿。凭着每分钟两百字的记录速度和一手好字，沈安娜很快就在浙江省政府机关站稳了脚跟，得到了当时国民党浙江省政府主席朱家骅的信任。

没过几个月，一个叫华明之的小伙子也依照中共地下党组织的指示，来到了杭州，在浙赣铁路局谋了份差事，就近协助和指导沈安娜的工作。1935 年秋，他们结为夫妻。

1937 年，日本侵华战争爆发，战火不久就扩展到沪、杭一带，沈安娜和华明之随浙江省政府机关辗转西撤，与上海的党组织失去了联系。进入 1938 年后，时局更加动荡。下一步该向何处去？经商量，华明之暂留浙赣铁路局，拿工资维持两人生活，沈安娜辞去浙江省政府的工作，去武汉找组织。

武汉城那么大，组织在哪里？几天徒劳之后，沈安娜在街头偶遇华明之的入党介绍人鲁自诚，在他的引见下，沈安娜走进八路军驻武汉办事处，见到了周恩来、董必武。

周恩来、董必武分析当时的形势说："我党坚持抗日民族统一战线，但蒋介石抗日是被迫的，为了防止国民党消极抗日、积极反共，党有必要搜集国民党的情报，及时了解其反共意图和活动，进行针对性的斗争。"朱家骅已任国民党中央党部秘书长，沈安娜要利用曾是朱家骅"老部下"的关系，要求进入国民党中央党部，继续为党做情报工作。

见过周恩来、董必武的第二天，沈安娜就到当时在武汉的国民党中央党部找到了朱家骅，依旧按习惯称朱家骅为"主席"。

朱家骅不仅答应安排工作，还为了解决沈安娜的国民党员身份，当即嘱咐秘书为沈安娜办理"特别入党"（即由三个国民党中央委员作介绍人，手续比走正常途径快很多），并亲任沈安娜的入党介绍人之一。

1938 年 8 月，武汉已是风雨飘摇，国民党机关开始陆续撤往重庆。遵照董必武的指示，沈安娜、华明之两人也离开武汉，来到重庆，并到八路军办事处报到。

到重庆不久，国民党中央党部就通知沈安娜，"特别入党"的党证已经批下，安排她在国民党中央党部秘书处的机要处当机要速记。

由于是经朱家骅安排进中央党部工作，又是朱家骅的"老部下"，沈安娜深得机要处上上下下的信任和器重，并立即担任了国民党中央常务委员会等重要会议的速记。

从此以后，沈安娜在国民党中央党、政、军、特的高层会议上担任速记，凡是蒋介石主持的会议，沈安娜都是速记的不二人选。

沈安娜获得的重要情报源源不断，再由丈夫华明之送出，直抵周恩来等南方局领导的手中。

沈安娜、华明之夫妇（1946 年）

由于小心谨慎，沈安娜的地下情报工作从未出现差错，但是，意外事件还是发生了。1942 年，沈安娜和华明之的直接领导徐仲航被捕，和组织的联系断了。失去了组织的指引，有重要情报送不出去，沈安娜和华明之如坐针毡。

直到 1945 年 10 月的一天，吴克坚代表南方局来重庆与他们接关系，和组织失散三年的沈安娜与华明之才找到组织。国共内战时期，沈安娜在国民党中央党部搜集了大量的军事战略情报，从未暴露。直至 1949 年 5 月上海解放，沈安娜的地下情报工作才宣告结束。新中国建立后，沈安娜和丈夫进入国家安全部工作直至离休。

由于保密的需要，关于沈安娜的更多资料尚未解密，上述内容是笔者所能发现的关于她的主要事迹。有心的读者，可以在以后留意这个“红色女特工”的传奇经历。

第五部分

海峡两岸

密使

一、曹聚仁：穿梭于国共之间的文化人

国民党退守台湾以后的六十多年中，台海关系风云变幻，但国共第三次合作的尝试和努力一直就没有停止过。

著名作家、报人曹聚仁是在两岸最早穿梭斡旋的人物。

曹聚仁

1956 年 7 月 11 日，周恩来出席中共中央书记处扩大会议。会上商讨了周恩来接见原国民党中央通讯社记者、现《南洋商报》特派记者曹聚仁的有关事宜。这是 1998 年周恩来诞辰一百周年时由中央文献研究室编的《周恩来年谱》中所记载的史实。尤为值得注意的是，周恩来在中共中央书记处扩大会议上讨论接见曹聚仁之事，可见重视程度非同一般。

事实上，周恩来在开会商讨之时，曹聚仁已经到了北京。1950 年，曹聚仁从上海到达香港工作，大约在 1956 年夏天，他写了一封信给他妻子，让她转交给邵力子先生。后来可能是邵力子做了汇报，让他不妨来接触一下。

1956 年 7 月 13 日、16 日、19 日，周恩来先后由邵力子、张治中、屈武、陈毅等陪同，三次接见曹聚仁。周恩来办公室主任童小鹏后来也在回忆里提及，周恩来于 16 日在颐和园会见并宴请曹聚仁时，进一步阐明了国共第三次合作的思想。“曹试探地问周恩来关于和平解放台湾的谈话究竟有多少实际价值。周恩来说：‘和平解放的实际价值和票面价值完全相符。国民党和共产党合作过两次，第一次合作有国民革命军北伐的成功，第二次合作有抗日战争的胜利，这都是事实。为什么不可以第三次合作呢？’”

1956 年 8 月 14 日，曹聚仁在他供职的《南洋商报》上将这次会面做了报道，向

外传递了中共方面认为“国共可以第三次合作”的重要信息。

10月7日，由邵力子、张治中等人陪同，周恩来与再次来京的曹聚仁会面。这次周恩来回答了曹聚仁询问的如果台湾回归，将如何安排蒋介石等问题，周恩来说：“蒋介石当然不要做地方长官，将来总要归中央安排。台湾还是他们管。”关于陈诚和蒋经国也都有提及，周恩来表示，陈诚如愿到中央，职位不在傅作义之下。

1958年10月13日，毛泽东接见了曹聚仁。作陪的有周恩来、李济深、张治中、程潜、章士钊。

毛泽东告诉曹聚仁：“只要蒋氏父子能抵制美国，我们可以同他合作。我们赞成蒋介石保住金、马的方针，如蒋撤退金、马，大势已去，人心动摇，很可能垮。只要不同美国搞在一起，台、澎、金、马都可由蒋管，可管多少年，但要让通航，不要来大陆搞特务活动。台、澎、金、马要一起回来。”

毛泽东还说：“台湾抗美就是立功。希望台湾的小三角(指蒋介石、陈诚与蒋经国)团结起来，最好一个当总统，一个当行政院长，一个将来当副院长。我们的方针是孤立美国。他只有一条路走，不走只有被动。要告诉台湾，我们在华沙根本不谈台湾问题，只谈要美国人走路。蒋不要怕我们同美国人一起整他。”“他们同美国的连理枝解散，同大陆连起来，枝连起来，根还是你的，可以活下去，可以搞你的一套。”

章士钊插话说：“这样，美援会断绝。”

毛泽东说：“我们全部供应。他的军队可以保存，我不压迫他裁兵，不要他简政，让他搞三民主义，反共在他那里反，但不要派飞机、派特务来捣乱。他不来白色特务，我也不去红色特务。”

曹聚仁问：“台湾有人问生活方式怎样。”

毛泽东说：“照他们自己的生活方式。”

其实这次谈话，毛泽东是将中共金门炮战的目的主要是对美不对台的底细，转告蒋氏父子，曹聚仁后来在报纸上以“郭宗羲”之名发表了独家文章，透露了中共炮轰金门的“醉翁之意”。

提及这段历史，原中央调查部部长罗青长回忆说：“毛主席十分重视曹聚仁，当时毛主席讲政治性‘试探气球’。”“总理和我们也等着曹先生把消息传递给台湾。

当时曹聚仁可能没有与蒋经国直接联系上，或者出于别的什么原因，但他为了执行毛主席交给他的特殊任务，在迫不得已的情况下，后来在新加坡《南洋商报》以记者‘郭宗羲’的名义发表。”

毛泽东对台湾的政策后被周恩来概括为“一纲四目”，毛泽东的这个想法在1963年初通过张治中致陈诚的信转达给台湾当局。据金冲及《毛泽东传》中表述：

“一纲”是：“只要台湾回归祖国，其他一切问题悉尊重总裁（指蒋介石）与兄（指陈诚）意见妥善处理。”

“四目”包括：

（1）台湾回归祖国后，除外交必须统一于中央外，所有军政大事安排等悉由总裁与兄全权处理。

（2）所有军政及建设费用，不足之数，悉由中央拨付。

（3）台湾之社会改革，可以从缓，必俟条件成熟，并尊重总裁与兄意见协商决定，然后进行。

（4）双方互约不派人进行破坏对方团结之事。

曹聚仁为什么会被历史选中成为“密使”呢？

1900年出生的曹聚仁21岁时到了上海，后在上海艺术大学、暨南、复旦、中国公学等大学任教，并为《申报》《立报》等刊物撰写评论和杂文。1937年，淞沪会战的爆发改变了曹聚仁的人生方向，他以新闻记者身份出入上海闸北战场，为《申报》《立报》《社会日报》和中央通讯社采访战地新闻，发回了大量报道。1947年，这些战地报道被整理成《中国抗战画史》结集出版，为后人留下一笔珍贵资料，曹聚仁也成为闻名全国的报人。

1940年，为了女儿曹雷的出世，同为战地记者的曹聚仁夫妇决定在相对安宁的赣州安家。没多久，蒋经国找上门来，以“老师”相称，邀曹帮助自己主持赣南的《正气日报》。当时，在曹聚仁女儿出生后，蒋经国和夫人蒋方良还曾专门找了一个士兵挑了鸡蛋到他家来看望。

曹聚仁与蒋经国的关系可以说是亦师亦友的关系。蒋经国从苏联回来后找到了曹聚仁，但曹不是他的幕僚，只是帮助他办过报纸。这样的关系相对而言还是比较简单的，因而曹聚仁和蒋经国的联系一直保持到1949年。

另一方面，由于早期做记者、文人的经历，曹聚仁交了很多朋友，国共双方都有，民主人士邵力子又是曹聚仁的老师，这一点与章士钊颇为类似，这或许是他们充当中间人最大的优势。

1956年的北京之行应该是曹聚仁近十年为国共牵线的起点。

在曹聚仁北京之行前的一期美国《时代周刊》上提到，“在香港，传闻集中在一个叫曹聚仁的中国记者身上”。文章说，“曹相信，对所有中国人来说，最好的事就是能否与共产党谈判解决问题”。因而，在收到北京方面支持他的消息之后，曹就写了一封信给旧识蒋经国，告之：“在这危急时刻，我有重要的事要告诉你。”

不久，台湾方面传来指令，让曹聚仁再去大陆一趟，主要任务是到浙江奉化，看看蒋氏祖坟是否完好。

1957年5月，正是万木葱茏的初夏，曹聚仁第二次返回大陆。这次，他仅在北京待了短短几天便匆匆赶往浙江。在奉化溪口镇，他住进了当年蒋介石回溪口时常住的妙高台，游览了武岭、雪窦寺，并在蒋介石出生的丰镐房和蒋经国住过的文昌阁仔细看了很久。同时，还代表蒋氏父子到蒋母的墓园扫墓，进香烧纸，行民族传统的孝仪。所到之处，曹聚仁都一一拍摄了照片。

回到香港后，曹聚仁立即向蒋经国和台湾方面通报了他大陆之行的情况，并寄去了他在溪口拍摄的照片。在另一封信中，他还谈了自己对国共两党重开谈判，再次合作的看法。

台湾方面对国共再次谈判采取了一种既不让曹聚仁撤手，又不具体表态的态度，这样一拖就是几年。

1965年夏，当国民党二号人物李宗仁回到大陆受到北京方面热烈欢迎的时候，蒋介石父子也展开了行动。

经常来往于香港和台北负责联络工作的王君通知曹聚仁，蒋经国在近期将亲临香港，接他到台湾商量要事。

曹聚仁听到消息喜出望外，急忙飞往北京，与中共领导人商讨了谈判的大纲要目，然后匆匆返回香港，等候蒋经国的到来。

一天，曹聚仁正在寓所午睡，突然听到门铃急响。他急忙开门，只见王君气喘吁吁地进来说:“经国来了,不方便上岸,在海上等你。”曹聚仁急忙随王君出来,一辆小车将他们送到码头,然后登上小快艇,一直驶到一艘大轮船边。

曹聚仁登上轮船,立即被引进一间豪华客舱,一个西装笔挺、商人打扮的人连忙迎上来和他握手,这就是蒋经国。

蒋经国和曹聚仁寒暄叙旧后,便斥退左右随从,关起舱门密谈。蒋经国告诉曹聚仁,台湾想和北京方面谈判,但不知北京的具体意向,希望曹聚仁多介绍些北京的情况。曹聚仁详细谈了中共关于谈判的条件,蒋经国仔细听后,也谈了蒋介石关于国共谈判的一些想法。他希望曹聚仁将双方情况吃透,以便曹与蒋介石见面谈话时做到时间短,效率高,也可使曹聚仁秘密赴台不走漏消息,不被外界察觉。

轮船秘密地在台湾一个偏僻小港停泊。曹聚仁和蒋经国立即上岸登机,飞往台中蒋介石官邸。第三天,蒋介石在自己的官邸,由蒋经国陪同,接见了曹聚仁,并在极秘密的状态下开始了谈话。

整个谈话自始至终只有他们三个人。开始由曹聚仁介绍中共方面的条件,然后逐条讨论,商谈,蒋氏父子也不断提出自己的意见。经过几次讨论,很快达成六项条件,其主要内容为:

(1) 蒋介石携旧部回到大陆,可以定居在浙江省以外的任何一个省区,仍任国民党总裁。北京建议拨出江西庐山地区为蒋介石居住与办公的汤沐邑。

(2) 蒋经国任台湾省长。台湾除交出外交与军事外,北京只坚持农业方面必须耕者有其田,其他政务,完全由台湾省政府全权处理,以二十年为期,期满再行洽商。

(3) 台湾不得接受美国任何军事与经济援助。财政上有困难,由北京按美国支援数额照拨补助。

(4) 台湾海空军并入北京控制。陆军缩编为四个师,其中一个师驻厦门和金门地区,三个师驻台湾。

(5) 厦门和金门合并为一个自由市,作为北京与台北之间的缓冲与联络地区。该市市长由驻军师长兼任。此师长由台北征求北京同意后任命,其资格应为陆军中将,政治上为北京所接受。

(6) 台湾现任文武百官官阶和待遇照旧不变。人民生活保证只可提高,不准降低。

曹聚仁与蒋氏父子在日月潭谈妥了这六项条件后，立即返回香港，将谈判情况及六项条件报告给了中共。

然而，当此事正在进行之际，1966年，大陆发生了“文化大革命”，这一运动的风浪也波及台湾，蒋介石对国共重开谈判产生了疑虑，从而改变了主意。这样，国共两党重开谈判之事又一次搁浅了。

二、张治中：台海传书

1949年后十多年的两岸关系，其实还是一种内战思维的延续，不过表现形式是冷战，是全世界冷战局势的一部分。但在此情况下，也呈现出一些缓和与接触的迹象。在这种环境下，国共双方或派出密使，或托人传话。中共方面最先受命作谋和试探的，是由毛泽东亲自点将、与国共两党都有很深渊源的著名将领张治中。

1950年3月，中国人民革命军事委员会委员兼国防研究小组组长、西北军政委员会副主席张治中，经中共中央和毛泽东主席批准，开始为争取和平解决台湾问题进行工作。1950年3月11日，毛泽东起草了《关于争取和平解决台湾问题给张治中的电报》。电文称张“现在从事之工作极为重要，尚希刻意经营，借收成效”。同年3月20日，毛泽东再次致电张治中，“同意”张“来京面叙”这方面的工作。

从这一年开始，张治中努力推进两岸和平统一。从1950年开始一直到他去世，张治中多次给台湾当局写信，晓之以理，动之以情。这位终其一生倡导国共合作的老人在1969年4月所立的遗嘱中，还将祖国统一当作他的遗愿。

张治中在国民党军队中曾位至行营主任、集团军总司令、侍从室主任、政治部长，陆军二级上将军衔，还担任过湖南、新疆两省主席，与蒋介石过从甚密。同时，他又与周恩来、毛泽东等中共领导人有长期交往，曾为国共两党两度合作出过力。在抗日战争和解放战争时期，他曾代表国民党与中共进行过多次和谈，有“三到延安”之举，有“和平将军”之美称。1945年抗战胜利后，一些主战派将领敦促蒋介石通过内战，剿灭中共，唯独张治中提出不能战，因为“无论从政治、经济、民心三方面来说都不能有内战”。邓颖超评价张治中时说，张将军“始终不渝地坚持孙中山先生的三大政策"，"是一位没有同共产党打过仗的国民党军人"，"是国民党方面始终坚持国共合作的代表人物"。

因此，在 1950 年，中共中央选择张治中作为和平解决台湾问题这一重要工作的人选，无疑非常恰当。张的工作开始后，毛泽东与他在半个月内互通了四封电报。在张由南方赴京汇报时，毛泽东曾亲电时任中共中央华南分局第一书记、广东省人民政府主席的叶剑英，为其布置沿途护卫，可见张治中肩负的使命之重要，以及中共中央对此举之重视。

1954 年，张治中发表名为《告逃在台湾的人们》的广播，在历述国民党反动统治给人民带来的深重灾难并介绍新中国欣欣向荣的景象后，号召逃往台湾的故旧："只要你们能弃暗投明，就必然得到立功赎罪、既往不咎的宽大待遇。""全国人民已经伸出手来，希望你们勇敢地走上这条生路，主动地尽自己一切可能靠拢祖国和祖国人民，使台湾早日得到解放。"这篇广播稿播出后，英国著名的《经济学家》杂志曾评论"是那么合情合理，那么有说服力，那么令人安心"。

1956 年夏天，周恩来总理在全国人民代表大会上宣布争取用和平方式解放台湾的方针，并希望台湾当局适时派出代表到北京或其他合适的地点进行商谈。

张治中在回答《团结报》记者提问时，明确表示："周总理的讲话充分表达了中国共产党和全国人民最诚恳的态度，我相信台湾的绝大多数人是会接受和同意的。""周总理一再表示，中国共产党人和国民党人曾两次并肩作战，反对帝国主义，这等于暗示我们不妨再来第三次合作。"

时隔不久，在 1957 年 3 月的一次民革会议上，他又专门就和平解放台湾的可能性阐发了自己见解，认为这种可能性主要表现在："第一，新中国的强大所产生的吸引力很大，在台湾的军政人员，自命是孙中山先生的革命信徒，眼见祖国几年来的飞快发展，日益强大，他们在今昔对比之下，自然发生倾向祖国的心情。第二，目前世界总的情势是缓和与进步，台湾在国际上的地位不容乐观。第三是台湾内部的情况，台湾军队一天天变老，经济一天天败坏，美援也不能久持，因此人心涣散，前途无望。第四，美蒋矛盾日益尖锐，美国已发动倒蒋运动，利用以胡适为首的自由主义分子，主张毁党救国。他们在香港出版反蒋的小册子，提出反共必先倒蒋论，这对蒋介石的刺激很大。"

1958年10月，张治中写了一篇《台湾应主动抛弃美帝》的短文，号召在台湾的故旧毅然抛弃美帝，回到祖国怀抱。在这篇短文中，他充满感情地写道："你们离开祖国九年了，人生几何，经得起几回沧桑巨变？鸟倦尚且知还，人情谁不思乡？每当春风桃李花开日，秋雨梧桐叶落时，翘首北望，宁不神伤？你们回来吧，家人亲友在盼望你们，祖国人民在召唤你们！"

1960年5月24日，周恩来请张治中致信蒋介石，"台湾的社会改革可以从缓，必俟条件成熟并征得蒋之同意后进行"。次年6月，毛泽东再次表示："我们容许台湾保持原来的社会制度，等台湾人民自己来解决这个问题。"1962年，周恩来邀请张治中、傅作义、屈武等在钓鱼台吃饭，席间谈到台湾问题。周恩来希望他们写信给台湾当局，告诉他们不要轻举妄动，后来，张治中给蒋经国写了一封信，转达了周恩来的意思。1963年初，周恩来加紧了争取台湾的工作，他请张治中写信给刚赴美访问的陈诚，阐明台湾的处境和前途，说明反台者并非中共实为美国，而支持台湾者并非美国实为中共，中共这样做是为了维护国家主权和领土完整。

为了促进祖国和平统一，张治中亲自主持民革中央促进祖国统一的工作，为使台湾回归祖国，他尽心尽力，特别是向战犯战俘做了许多有益的工作。1956年5月，他分批会见宋希濂、杜聿明、范汉杰等二十六名战俘战犯，向他们宣传党的政策。1959年国庆节，上述战俘多数被释放，后来做了很多对台宣传工作。

三、章士钊的遗愿

1973年5月中旬的一天，一架来自北京的中国民航专机降落在香港启德机场，为了这架专机，香港方面专门封锁了整个跑道，那天的启德机场显得空空荡荡的。

章士钊先生

从这架飞机上，抬下一位93岁的老人。他就是著名的民主人士章士钊先生。他在家属及医护人员的陪同下，坐轮椅被抬下飞机舷梯。

虽然年逾九旬的章士钊对外宣称是到香港探望第三夫人，但境外媒体毫不费力地猜出这位老人此行的真实目的只有一个——台湾问题。

章士钊的养女、著名的女外交家章含之后来说:“一个 80 岁的人(指毛泽东)派了一个 93 岁的人来,其实就是想明确地向外传递两岸和解沟通的意图。”

章士钊的香港之旅出乎许多人意料,包括章含之本人。章含之详细回忆了章士钊此行的前前后后。1969 年,奚夫人因肺炎去世,“父亲的生活变得很枯燥”,章家人希望将在香港的殷夫人接回来,但殷夫人不愿回大陆定居。章士钊于是提出去香港,理由是“孤独”。但考虑到老父亲年事已高,已在外交部工作的章含之和家人都持反对意见,主张继续争取殷夫人回来,去香港一事于是耽搁下来。

“后来这个事情不知怎么被主席知道了,有一次他跟我开玩笑说:‘你们很不人道,人家要团聚你们却阻挠,我觉得行老(指章士钊)应该去,现在跟台湾的联系也应该建立起来。’”章含之回忆说,“主席一发话,我们都不好再说什么了。主席后来关照总理,一定要好好准备,我们派个专机送去,造一点声势!”

章含之就问章士钊:“你还去得了吗?”

章士钊坚定地说:“我一定要去,这个事情(台湾问题)一直在我心上。”

章士钊最终成行,章含之却忧心忡忡。她后来在一篇回忆文章中这样写道:“我到香港后的心情却是复杂的……香港五六月的气候十分闷热,父亲住在香港闹市区一幢楼的底层,并不太宽敞,也没有花园可以透点新鲜空气。特别是室内的冷气空调,我真怕老人受不了。”

章士钊到达香港后情绪并不热烈和兴奋,反而出奇地冷静。“他似乎意识到他是在履行他在人世间的最后一次伟大使命”,章含之说,到香港的第二天,他就急匆匆安排会见各方面的旧友,“殷夫人和我都劝他休息些日子,然而父亲急不可待”。

一周后,章含之带女儿洪晃回北京。“我很少见他动感情,他是个极深邃的人”,但这一次告别,章士钊却显得格外柔情,“他特别舍不得妞妞,临别前再三抚摸她的手和脸,要她三个月后来接爷爷。”

回北京没多久,6 月 30 日夜,章含之接到电话,被告知章士钊得了肺炎。得到消息的周总理立即下令组成医疗队连夜办签证赶赴香港。但医疗队还没动身,又传来章士钊已去世的消息。

在章士钊到达香港之前,国民党的要人张群和二陈(陈立夫、陈果夫)的代表已经到了。在章含之返回北京前，章士钊对她说："你告诉总理，我已和台湾来的人接上头、开始工作了，工作进行得很顺利。告诉周总理我很想北京，事情办好我就回去，叫周总理不要忘记派飞机来接我。"不想这竟是他留给章含之的最后遗言。

章士钊生前有两个心愿：一是《柳文指要》能出版；二是能帮助解决台湾问题。他的第一个心愿后来实现了，第二个心愿当然只能作为他的遗愿了。

关于章士钊为两岸关系斡旋的一些"秘闻"如今已相对公开，这让我们得以窥见在两岸关系初期，既有硝烟又有接触与沟通的那段特殊历史。

亦官亦士、亦主亦客的"无党派人士"章士钊一生交游甚广，这使得他在1949年后的中国大陆成为一个很特别的人物。

章士钊早年就读于武昌两湖书院，与当时求学的黄兴成为莫逆之交，后又与黄兴一同进入南京江南陆师学堂。1903年，全国发生拒俄运动，江南陆师学堂学生积极响应，章士钊为该校学生运动的领袖。不久，章士钊又因《苏报》案而一举扬名。一个月后，章士钊又创办《国民日报》，继承《苏报》传统，继续宣扬民主自由思想。与孙中山等人一同讨袁失败后，他逃亡日本，创办《甲寅》杂志，倡导革新，反对专制，追随孙中山。

在1920年的赴法勤工俭学运动中，毛泽东、蔡和森手持杨昌济(杨为毛泽东夫人杨开慧之父)先生的手书求见当时在上海的章士钊先生，希望他在资金上予以资助。杨昌济把女婿毛润之介绍给章士钊时说，"润之有雄心壮志"，期望章若有机会能帮助毛。

章士钊先生当即在上海积极募捐，将募集的两万银圆巨款赠予毛泽东，毛泽东将其中的一万元用于资助湖南的赴法勤工俭学的学生，另一万元用于湖南的革命活动。1961年，在国民经济极为困难的时期，毛泽东每年从自己的稿费中以"还钱"的名义解决章士钊先生生活上的困难，每年支付两千元给章士钊先生，连续支付了十年。

"九一八事变"发生后，章士钊到上海，为杜月笙宾客，不久正式挂牌当律师。1932年10月，陈独秀在上海被捕，押解到南京。次年4月，章士钊以老朋友身份未经陈同意为陈辩护，请求法庭宣布陈无罪。其"辩论状"着力阐述政府应当容忍不同政党之理论，文气逼人，震动法庭，中外报纸竞相登载。1934年，杜月笙请章任上海政法学院院长。

“卢沟桥事变”发生后，章士钊避居上海。次年3月，南京“维新”伪政府成立，汉奸梁鸿志诱章入伙，被章拒绝。不久杜月笙派人迎护，章由香港转赴重庆，国民政府给以“参政员”名义。

1945年，抗战胜利后，毛泽东赴重庆与蒋介石谈判，章士钊先生非常担心毛泽东等中共一行人的安全，两人相见时，毛泽东咨询章士钊先生对形势的看法，章士钊先生认为蒋介石无和谈诚意，重庆之地不可久留。在众人面前章士钊又不好对毛泽东直言，于是章士钊在手心上写了一“走”字，示意毛泽东，然后凑到毛泽东耳边小声说：“三十六计，走为上计。”

1949年1月蒋介石下野，李宗仁代总统欲试探与中共和谈之可能性，乃请章士钊及江庸、颜惠庆三人。章士钊返上海后，曾专程至南京，会晤长沙绥靖公署主任兼湖南省政府主席程潜，向程介绍了与毛泽东晤谈的情况，转达了毛对和平寄予的期望，对消除程“惩办战犯”的疑虑起了一定作用。3月25日，李宗仁决定正式成立代表团，派邵力子、张治中及章士钊等五人为和谈代表，于4月1日到北平，与中共举行和平谈判。4月20日和谈破裂，章士钊与邵、张等留居北平，嗣后去香港。同年6月，程潜派程星龄赴港，会晤了章士钊。章托程星龄带信给程潜，转达了毛泽东对程和平起义的期待和中共对陈明仁将军的热诚态度，劝说程、陈起义。

1949年9月，章士钊被推选出席了中国人民政治协商会议第一届全体会议。中华人民共和国成立后，章士钊相继被推选为第一届全国政协委员，二届、三届全国政协常委，历任政务院法制委员会委员、全国人民代表大会常务委员会委员、中央文史研究馆馆长等职。

章士钊先生才华横溢，学贯中西。他曾因留学与考察到过日、法、英、德等国，对西方的哲学、政治学、法学及逻辑学均有很深的研究，对康德、弗洛伊德及马克思的著作和文章均有翻译。章士钊先生一生著述丰富，其著作有《中等国文典》《逻辑指要》《柳文指要》及《章士钊全集》等，近五百万字。

章士钊先生一生先后有三位夫人。第一位夫人叫吴弱男，吴氏原籍安徽庐江，出身名门，13岁时就曾留学日本，攻读英语。1905年，吴弱男参加同盟会，任孙中山先生的英文秘书，在日本与章士钊相识。吴弱男回国后，在天津女子师范学校任英文教员，随后吴弱男留学英国，进入爱丁堡大学，攻读法政和逻辑。1909 年 4 月，正在英国留学的章士钊先生与吴弱男在伦敦结婚，婚后生有三子，长子章可，自幼生长在北京，其后随母亲在欧洲生活了近十年。希特勒、墨索里尼上台的前后，他正在德国和意大利学习油画。

章士钊先生的第二位夫人叫奚翠珍，苏州人，婚后收养一女。这个养女就是后来的外交部长乔冠华的夫人章含之女士。章士钊先生的第三位夫人殷德珍，原名雪明珠，江苏无锡人。雪明珠曾当过演员，演过《三娘教子》。据说雪明珠还是四大名旦之一的程砚秋先生的入室弟子。他与雪氏婚后无子。

章士钊与许多国民党元老，如于右任、张群，关系很好。“斡旋人”的角色，章士钊再适合不过。1956 年 8 月 7 日，带着毛泽东与周恩来的嘱托，章士钊曾从北京乘火车经广州赴香港。章士钊与上海闻人杜月笙的关系也非同寻常，当时中共中央还有一任务，要章士钊动员杜月笙回国，但对大陆心存疑惧的杜月笙最终还是未能成行。

从 1956 年开始，章士钊每两年去一次香港，因为在香港有个夫人，所以他有个很好的借口去探亲，当然家人知道他执行的是中央的和台湾建立渠道的使命。每次出行前，周恩来总理都会和章士钊商谈很长时间。

1958 年 8 月，金门炮战后，毛泽东曾让章士钊给蒋介石写了一封信，其中有这样几句：“台澎金马，唇齿相依，遥望南天，希诸珍重。”毛泽东看了很欣赏，但认为把台湾看作“南天”不恰当，后来改为“南云”。

从 1956 年到 1964 年，每两年，章士钊都会到香港“探亲”，一住半年。这实际上也为两岸的交流建立了一个稳定而畅通的渠道。但此后到了又该启程时，因为种种原因，固定的行程被打断。

“九二共识”和汪辜会谈

一、“度尽劫波兄弟在”

1982年7月25日，《人民日报》发表了廖承志致蒋经国的一封公开信，文采斐然，温润感人。全文征引如下：

经国吾弟：

咫尺之隔，竟成海天之遥。南京匆匆一晤，瞬逾三十六载。幼时同袍，苏京把晤，往事历历在目。唯长年未通音问，此诚憾事。近闻政躬违和，深为悬念。人过七旬，多有病痛，至盼善自珍摄。

三年以来，我党一再倡议贵我两党举行两党谈判，同捐前嫌，共竟祖国统一大业。唯弟一再声言“不接触，不谈判，不妥协”，余期期以为不可。世交深情，于公于私，理当进言，敬希诠察。

祖国和平统一，乃千秋功业。台湾终必回归祖国，早解决对各方有利。台湾同胞可安居乐业，两岸各族人民可解骨肉分离之痛，在台诸前辈及大陆去台人员亦可各得其所，且有利于亚太地区局势稳定和世界和平。吾弟尝以“计利当计天下利，求名应求万世名”自勉。倘能于吾弟手中成此伟业，必为举国尊敬，世人推崇，功在国家，名留青史。所谓“罪人”之说实相悖谬，局促东隅，终非久计。明若吾弟，自当了然。如迁延不决，或委之异日，不仅徒生困扰，吾弟亦将难辞其咎。再者，和平统一纯属内政。外人巧言令色，意在图我台湾，此世人所共知者。当断不断，必受其乱。愿弟慎思。

孙先生手创之中国国民党，历尽艰辛，无数先烈前仆后继，终于推翻帝制，光辉业绩已成定论。国共两度合作，均对国家民族作出巨大贡献。首次合作，孙先生领导，吾辈虽幼，亦知一二。再次合作，老先生主其事，吾辈身在其中，应知梗概。事虽经纬万端，但纵观全局，合则对国家有利，分则必伤民族元气。今日吾弟在台主政，三次合作，大责难谢。双方领导，同窗挚友，彼此相知，谈之更易，所谓"投降""屈事""吃亏""上当"之说，实难苟同，评价历史，展望未来，应天下为公，以国家民族利益为最高准则，何发党私之论！至于"以三民主义统一中国"云云，识者皆以为太不现实，未免自欺欺人。三民主义之真谛，吾辈深知，毋须争辩。所谓台湾"经济繁荣，社会民主，民生乐利"等等，在台诸公，心中有数，亦毋庸赘言。试为贵党计，如能依时顺势，负起历史重任，毅然和谈，达成国家统一，则两党长期共存，互相监督，共图振兴中华之大业。否则，偏安之局，焉能自保。有识之士，虑已及此。事关国民党兴亡绝续，望弟再思。

近读大作，"切望父灵能回到家园与夫人同在"之语，不胜感慨系之，今老先生仍厝于慈湖，统一之后，即当迁安故土，或奉化，或南京，或庐山，以了吾弟孝心。吾弟近曾有言："要把孝顺的心，扩大为民族感情，去敬爱民族，奉献于国家。"旨哉斯言，盍不实践于统一大业！就国家民族而论，蒋氏两代对历史有交代；就吾弟个人而言，可谓忠孝两全。否则，吾弟身后事言何以自了，尚望三思。

吾弟一生坎坷，决非命运安排，一切操之在己。千秋功罪，系于一念之间。当今国际风云变幻莫测。台湾上下众议纷纭，岁月不居，来日苦短，夜长梦多，时不我与。盼弟善为抉择，未雨绸缪。"寥廓海天，不归何待？"

1938 年保卫中国同盟中央委员会部分成员在香港
(左四为宋庆龄，右一为廖承志)

人到高年，愈加怀旧，如弟方便，余当束装就道，前往台北探望，并面聆诸长辈教益。“度尽劫波兄弟在，相逢一笑泯恩仇。”遥望南天，不禁神驰，书不尽言，诸希珍重，伫候复音。

老夫人前请代为问安。方良，纬国及诸侄不一。

顺祝

近祺！

廖承志

1982年7月24日

1982年，蒋介石已去世七周年，7月，蒋经国在台湾发表了一篇悼念父亲的文章，其中提到：“切望父灵能回到家园与先人同在。”蒋经国还在文中充满深情地说，“要把孝顺的心，扩大为民族感情，去敬爱民族，奉献于国家”。

蒋经国流露的故乡之情，立即被邓颖超捕捉到了。当时担任对台工作领导小组组长的邓颖超召集对台小组开会研究，建议由副组长廖承志给蒋经国写一封公开信，因为廖承志与蒋经国既是儿时好友，又是莫斯科中山大学的同学。

“这封信怎么写，真是颇费心思。廖公为此绞尽脑汁，并亲自写了信的开头一段，为整个信的内容、文风、文白兼容的语言风格定了调。”参与“廖公信”写作的时任中央台办研究组组长耿文卿回忆说。不难理解的是，这封以廖承志个人名义发表的公开信背后是大陆高层的一番良苦用心。耿文卿说，这封信的内容，可以用“晓以大义、陈以利害、动以感情、批驳其谬论和不切实际幻想”四个渐次递进的主题来概括。

耿文卿说，“寥廓海天，不归何待？”是引用了周恩来的话。20世纪60年代，民主人士为祖国统一做了许多工作，他们纷纷给对岸的老朋友写信、搭桥。当时，张治中给蒋氏父子写了信，周恩来在审阅时就加了这样四句：“局促东隅，三位一体。寥廓海天，不归何待？”

20世纪80年代初，邓小平给来访的美籍科学家陈树柏（陈济棠的儿子）亲笔题词，用了鲁迅先生的诗句“度尽劫波兄弟在，相逢一笑泯恩仇”，此时，这句话再度被引用，明确地传递了良好的愿望。“很多人不知道，写这封信是邓小平的意思，而且信的主旨也是他和廖承志商定的，并由他亲自批示发表。”国台办工作人员李立在其《目击台海风云》一书中提及，邓小平对此事的诸多细节也十分关心，比如他叮嘱下属“研究以何种方式发表效果最好”。为了更能动之以情，廖承志在信中也数次引用蒋经国的原话，后据台办工作人员透露，这是中央台办通过中国社会科学院台湾研究所从大量的台湾报刊中找出来的。

廖承志在信尾提到，“如弟方便，余当束装就道，前往台北探望”。在最后审阅时，邓颖超又别有深意地加了一句“伫候复音”——但彼岸的蒋经国仍沉默不语。当时与蒋经国关系密切的国民党要员钱复在其回忆录中说，1982 年 7 月 25 日，蒋经国曾指示他到其官邸，“告以廖承志有电报给他，内容尽是威胁利诱”。

廖承志的公开信，等到的却是宋美龄的回应。8 月 17 日，宋美龄也以公开信形式回了廖承志，“经国主政，负有对我中华民国赓续之职责，故其一再声言‘不接触，不谈判，不妥协’，乃是表达我中华民国、中华民族及中国国民党浩然正气使之然也”。虽然对廖承志以“世侄”相称，但宋美龄的回信语气依然强硬甚至暗含讥讽，反劝廖承志“幡然来归，以承父志”。

其实早在这封公开信之前，廖承志已做过与宋美龄联络的尝试，担任这个特殊使命的便是在中国历史上有传奇色彩的“飞虎将军”陈纳德的夫人陈香梅。

陈香梅的外祖父与廖仲恺是亲兄弟，因此，对廖承志她以舅舅相称。1980 年除夕，她作为美国总统里根的特使应邀访问中国，“舅舅告诉我，宋庆龄女士最近身体不好，她们姐妹分开多年，宋庆龄希望最后能在上海与美龄见上一面”。当时由病危中的宋庆龄口述、廖承志代笔写了一封信，由宋庆龄签了字，交给陈香梅。回到台湾后，陈香梅立即亲自交给了张群先生，但据说宋美龄过了许久只有一句话：“信收到了。”不久，宋庆龄在北京逝世。事实上，自 1945 年 5 月最后的书信往来以后，直至宋庆龄去世，姐妹两人再未联络。

“邓大姐后来又给宋美龄写了一封信，是我起草的，宋美龄也回了信，口气有所缓和。”原中央台办主任杨斯理后来回忆说。跟随邓颖超多年的秘书赵炜回忆，1984 年，在邓颖超 80 大寿时，宋美龄还托人送了一只做工精美的玻璃兔，因为邓颖超生肖为兔。这只“友谊兔”至今仍被保存。

陈香梅在 1980 年首次回国受到邓小平接见，并一起吃了年夜饭。正是在这次宴会上，邓小平建议陈香梅向台湾方面提出允许退役军人到大陆探亲。陈香梅到台湾将此意转达给蒋经国，蒋经国在去世前几个月开放了台湾民众赴大陆探亲，这是蒋经国晚年最大的历史功绩之一。

二、破冰接触

20 世纪 80 年代,台湾当局开放民众赴大陆探亲,但同时又坚守“不接触、不谈判、不妥协”的所谓“三不政策”底线,并宣称“只有中共彻底放弃马列主义,认同三民主义后,两岸官方才有接触的可能”。

然而,随着两岸民间交流的日益增加,两岸接触势所难免。

自 1949 年国民党当局去台后,海峡两岸真正意义上的第一次接触谈判是在 1986 年 5 月。这是一起因偶发事件引发的两岸谈判。

1986 年 5 月 3 日下午 3 时 10 分,一架编号“B－198”的台湾“中华航空公司”波音 747 货机,在飞越原定降落的香港启德机场后,突然偏离航线,朝北飞行,稍后降落在广州白云机场,机长王锡爵要求在祖国大陆定居,同行的另两名机械师要求回台,机上共有货物二十二万磅。事件发生当天,中国民航致电台湾“华航”,请其尽速派人到北京商谈有关飞机、货物和机组其他成员的处理问题。

面对这一突发的事件,台湾当局立即陷入进退两难的境地。按照“三不政策”,就不能与中共谈判,但不谈判又解决不了问题。经过权衡利弊,为避免给外界造成国共两党在进行谈判的印象,蒋经国最后决定在坚持“三不政策”的前提下,委托第三者“香港国泰航空公司”全权代表“华航”与中国民航协商解决人机交接事宜。蒋经国还指示“华航”依国际惯例解决善后工作。

但这多此一举的决定遭到大陆方面的反对。大陆方面认为,这纯属两个航空公司之间的业务性商谈,并不涉及政治问题。既然是交接,就应当由当事双方直接地、负责地办妥交接事宜,以确保飞机和愿回台湾的另两名机组人员安全返回台湾。中国民航再次致电“华航”,催其尽快做出答复,并提出如果台湾方面认为到北京不方便的话,也可到他们认为方便的地方协商。

在经过两个星期的交涉后,1986 年 5 月 17 日至 20 日,“中华航空公司”和中国航空公司各派出三名代表,在香港进行了为期四天的历史性商谈,就交接货机、机组人员和货物事宜达成协议,签署了《两航会谈纪要》。

这次商谈是两岸在隔绝三十七年后由官方在背后主导下的第一次公开接触谈判，它的成功举行，打破了台湾当局长期营造的“恐共”心理，也使台湾民众认识到，共产党并不像当局宣传的那样可怕，两岸是可以通过谈判解决问题的。

同时这次谈判成功也为两岸解决纠纷创造了一种“华航模式”，其原则是：地位平等，友好协商；就事论事，合情合理；互相尊重，彼此谅解；多从对方考量，不作题外文章。

“两航谈判”的成功在海内外引起巨大反响，美国舆论称之为国共两党的“首次正式接触”、“首次直接会谈”，日本《东京新闻》发表评论称此次事件是海峡两岸关系“一举向前发展的划时代事件”。香港报纸则称，“两航谈判就其影响而言，显然具有高度的政治含义，说它是历史性的重大事件决不为过”，“它标志着国共两党及两岸关系的一个新起点”。

台湾当局奉行单向的开放政策，限制大陆民众与台湾的正常交往，在沿海地区出现了大陆居民私渡去台的现象。台湾军警对大陆私渡入台人员采取不人道的强制“并船遣返”的做法，致使台湾海峡连续发生数起大陆同胞在遣返过程中遭受人身伤亡的事件。1990 年七八月间，发生了因“并船遣返”导致二十五人集体在船舱内窒息死亡，以及二十一人因遣返船被台军舰撞击落水身亡等两起惨剧。

1990 年 8 月，为避免再次出现死伤悲剧，切实解决私渡人员的遣返问题，中国红十字总会向台湾红十字组织建议，双方签订遣返作业协议，将私渡人员遣返纳入规范程序，使遣返作业在两岸红十字会组织的见证下进行。对于中国红十字总会的建议，台湾方面很快作出了积极的回应。考虑到签署协议需要实地考察遣返路线，同时也为了照顾台湾方面希望保密的要求，双方决定协商地点定在当时尚未解除戒严的金门岛。

1990 年 9 月 11 日上午，中国红十字总会秘书长韩长林等四人乘坐一艘悬挂白底红十字旗的铁壳船，从厦门东渡码头出发，径直朝金门方向航行。在下榻的仁爱新庄，韩长林等与台湾红十字组织秘书长陈长文等就两岸红十字组织参与见证主管部门执行海上遣返事宜进行了协商，并于 12 日签署了协议。双方本着切实解决问题、回避目前尚难以解决的两岸政治分歧的务实精神，就见证遣返的原则、对象和遣返程序等方面作了明确的规定。

《金门协议》虽然是以两岸红十字组织名义签署的协议，但却得到两岸官方的认可和授权。1990 年 10 月 8 日，双方根据《金门协议》，第一次顺利进行了海上遣返工作，首批五十五名私自渡海去台的大陆居民从马祖回到了福州马尾港。此后，共有一百二十多批近两万名违反有关规定进入对方地区的两岸居民和刑事嫌疑犯、刑事犯遵循《金门协议》的模式完成遣返。

《金门协议》的签署，不仅保证了两岸遣返作业的顺利进行和两岸同胞的生命安全，也为其后两岸授权民间机构商谈打下了良好的基础。

三、九二共识

“九二共识”并不是偶然出现的，而是由于台海两岸均认识到实际交流的必然性和国家统一的历史趋势所致。

1991 年 2 月 23 日，台湾的“国统会”第三次会议通过了台湾“国家统一纲领”，该纲领强调：“中国的统一，在谋求国家的富强与民族长远的发展，也是海内外中国人共同的愿望。海峡两岸应在理性、和平、对等、互惠的前提下，经过适当时期的坦诚交流、合作、协商，建立民主、自由、均富的共识，共同重建一个统一的中国。”就其制定的具体原则而言，它明确地宣称：“大陆与台湾均是中国的领土，促成国家的统一，应是中国人共同的责任。”在具体实施过程中，“中国的统一，其时机与方式，首应尊重台湾地区人民的权益并维护其安全与福祉，在理性、和平、对等、互惠的原则下，分阶段逐步达成”。

鉴于僵化的“三不政策”，台湾当局无法与祖国大陆进行正式的接触与谈判。1990 年 11 月 21 日，为应付两岸关系发展的需要以及推行有限的大陆政策，台湾当局成立了“财团法人海峡交流基金会”（简称海基会），并于 1991 年 3 月 9 日正式挂牌工作。这是以民间团体身份出现的半官方机构，直属于台行政院大陆委员会，任务是接受“陆委会”的委托，办理台湾当局“不便与不能出面的两岸事务”，被人戏称为“陆委会”手套。海基会的首任董事长为国民党中常委、台水泥业巨富辜振甫，副董事长兼秘书长为陈长文，副秘书长为陈荣杰。

海基会成立时的定位是“协调处理台湾地区与大陆地区人民往来有关事务，以保障两地人民权益为宗旨,不以营利为目的”。该会的主要工作有如下七项业务:(1) 两岸人民入出境收件、核转及有关证件签发补发。(2) 大陆地区文书验证、身份关系证明、协助诉讼文书送达及两地人犯遣返。(3) 大陆地区经贸资讯的收集发布,间接贸易、投资及其争议的协调处理。(4) 两岸人民有关文化交流事宜。(5) 协助保障台湾地区人民在祖国大陆地区停留期间的合法权益。(6) 两岸人民往来有关咨询服务。(7) “政府”委托办理的其他事项。

该会成立后立即承担先前由红十字会负责的有关两岸事务性的接触和交往的职能,并派遣该会人士访问祖国大陆各相关部门,建立沟通管道。

1991 年 12 月 16 日,大陆社会团体法人性质的民间团体“海峡两岸关系协会”(简称海协会)在北京成立,它以促进海峡两岸交往,发展两岸关系,实现祖国和平统一为宗旨。汪道涵被选举为海协会首任会长,唐树备为常务副会长,秘书长为邹哲开。海协会成立后的工作重点主要有四项:(1) 逐步建立和发展与台湾岛内外民间团体、人士的联系与相互合作,发挥民间力量,共同促进两岸的直接“三通”和双向交流。根据国台办的授权,协会将负责与台湾海峡交流基金会有关团体进行联系,处理相关问题。(2) 就合作打击台湾海峡海上走私、抢劫等问题与台湾授权团体海基会具体商谈。(3) 协会如受到委托,也将协同有关方面与台湾授权团体或人士就处理台湾海峡海上渔事纠纷和违反有关规定进入对方地区之居民及相关问题进行商谈。(4) 协会将积极为台湾岛内外各团体、各界人士提供有关祖国大陆投资、贸易和其他交流活动的政策、法规等咨询和服务,同时也积极向祖国大陆有关方面和地方提供对台文化、学术、体育、科技交流等咨询。

两会成立后,充分发挥了沟通化解的桥梁作用。一年内,合作处理了各类突发事件二十四起,包括渔事纠纷六起、台军驱逐大陆渔民伤亡事件十起、刑事案件八起,建立起了相当良好的协调关系。从 1992 年 3 月到 1995 年 6 月,两会进行了包括第一次“汪辜会谈”在内的各种层级的商谈总共十七次。

两会就两岸交流中出现的问题进行接触与商谈后发现,虽然双方商谈的是事务性问题,但要顺利地解决问题,一个重要的事实必须首先明确:两岸间的事务性问题是一个国家内的事情。这就涉及一个中国原则的问题。

1991 年 4 月 8 日,陈长文首次访问大陆时,国务院台湾事务办公室副主任唐树备授权提出了处理海峡两岸交往中所遇到的具体问题应遵循的五条原则，其中第二条就是“在处理两岸交往事务中，应坚持一个中国原则，反对任何形式的‘两个中国’‘一中一台’，也反对‘一国两府’以及其他类似的主张和行为”。1992 年 3 月 22 日，两会在北京就“海峡两岸公证文书使用”和“海峡两岸开办挂号函件的查询、补偿”两项议题进行了首次事务性商谈，双方出现若干分歧，并没有达成协议，而分歧的症结就是一个中国原则的问题。大陆方面坚持一个中国原则，坚持两会商谈的事务性问题为一个国家内部的事情。台湾方面虽然表示坚持一个中国政策，但为谋求所谓“对等政治实体”的地位，强调双方在一个中国涵义上的分歧，提出用“各说各话”的方式说明一个中国的涵义。

1992 年 3 月 30 日，唐树备在记者会上指出，“由于现在两岸没有统一，所以首先应明确我们商谈的或要解决的是一个国家内的事情。众所周知，国共两党都认为只有‘一个中国’，台湾方面通过的有关统一的文件也承认只有‘一个中国’。‘一个中国’既然是双方的共识，为何双方不能本着这个原则来处理两岸事务性问题呢？两岸没有统一，但我们是一个国家，这个原则是坚定不移的，至于用什么形式来表达这么一个原则，我们愿意讨论。”

8 月 1 日，台“国家统一委员会”通过了“关于一个中国”的涵义的政策文件，该文件关于一个中国涵义的叙述是：“海峡两岸均坚持一个中国之原则，但双方所赋予之涵义有所不同，中共当局认为一个中国即为中华人民共和国，将来统一后，台湾将成为其管辖下的一个特别行政区。我方则认为一个中国应指 1912 年成立迄今之中华民国，其主权及于整个中国，但目前之治权，则仅及于台澎金马。台湾固为中国之一部分，但大陆亦为中国之一部分。”海协会负责人随即对“国统会”的决议做出回应，指出“它表明在两岸事务性商谈中应坚持一个中国原则已成为海峡两岸的共识，对海峡两岸事务性商谈具有十分重要的意义，当然我们不同意台湾有关方面对一个中国涵义的理解”。该负责人也重申，“在事务性商谈中，只要表明坚持一个中国原则的基本态度，可以不讨论一个中国的涵义”。

1992 年 10 月 28 至 30 日，两会在香港举行商谈，集中讨论两岸事务性商谈中如何表述坚持一个中国原则的问题。在商谈中，海协会提出了五种文字表述，海基会先后提出五种文字表述方案和三种口头表述方案，其中最后一种口头表述方案的内容为："在海峡两岸共同努力谋求国家统一的过程中，双方虽均坚持一个中国的原则，但对于一个中国的涵义，认知各有不同……"双方表述文字都包含坚持一个中国原则的内容，但因文字表述有歧义，以致会谈结束后两会仍没有达成协议。

11月3日，海基会正式致函海协会，建议"以口头声明方式表述一个中国原则"。海协会16日正式回函通知海基会，海协会的口头表述要点是："海峡两岸都坚持一个中国的原则，努力谋求国家的统一。但在海峡两岸事务性商谈中，不涉及'一个中国'的政治涵义。"该函还附上海基会增列的第三项口头表述文字。12月3日，海基会函复海协会，对达成共识未表示异议。从以上两会来往的信函中可以看出，双方的共识是"海峡两岸均坚持一个中国原则，努力谋求国家的统一"。这就是著名的"九二共识"。

"海峡两岸均坚持一个中国原则"的"九二共识"确立后，从原则上排除了事务商谈中的主要障碍，使双方很快就"海峡两岸公证书使用"和"海峡两岸挂号函件遗失查询及补偿"问题达成协议，并为1993年的第一次"汪辜会谈"铺平了道路。

四、第一次"汪辜会谈"

1993年4月27日至30日，在"九二共识"的基础上，在祖国大陆一年多来的积极推动下，海协会会长汪道涵与海基会董事长辜振甫，在新加坡正式举行第一次"汪辜会谈"。这是海峡两岸高层人士在长期隔绝之后的首度正式接触，是两岸走向和解的历史性突破，是两岸关系发展的"重要里程碑"。在两天的会谈中，双方就两会会务、两岸经济交流、科技文化交流等三项议题进行了广泛讨论。会谈达成了四项协议，包括《汪辜会谈共同协议》《两会联系与会谈制度协议》《两岸公证书使用查证协议》和《两岸挂号函件查询、补偿事宜协议》。

汪辜会谈

"汪辜会谈"对发展两岸关系，扩大两岸经贸、科技合作和人员往来，促进各项交流产生了积极的作用。一是为两岸的良性互动奠定了良好的基础，也为两岸今后协调和处理有关事务“树立了一个可资依循的模式”，它表明两岸完全可以在政治原则、立场、目标取向差异甚大的情况下，通过坦诚、务实的接触与协商，本着“求同存异、平等协商”的原则坐下来谈，找到双方的共同利益，增进互信。二是会谈的具体成果直接推动了两岸经贸、文化交流的进一步发展。当年台对大陆转口贸易额从 1992 年的 74 亿美元跃升到 170 亿美元的新纪录；台湾跃居大陆吸收外部投资的第二位；间接投资金额较上年增约一倍，且台湾大企业大财团开始成为投资大陆的主要角色。两岸文化、科技方面的交往则呈现“层次高、范围规模扩大、内容深化、方式多样化”的新特点。

“汪辜会谈”获得成功，得到两岸同胞的高度评价。中共中央总书记江泽民指出：“汪辜会谈是成功的，是有成果的，它标志着海峡两岸关系发展迈出了历史性的重要一步。”

1998 年 10 月 14 日，受海协会邀请的海基会董事长辜振甫先生赴上海、北京的“参访”活动终于成行。辜先生是近五十年来第一位涉足祖国大陆的由台湾当局正式授权的代表，祖国大陆对此次参访十分重视，并给予很高的礼遇。江泽民总书记、钱其琛副总理分别会见辜先生一行，这是海峡两岸自 1949 年以来最高级别的公开接触。

10 月 15 日，辜振甫与海协会会长汪道涵会面，这是两岸两会自 1995 年 6 月中断商谈以来的首次高层对话，是汪道涵先生和辜振甫先生 1993 年新加坡会谈之后的第二次握手。双方在会谈中达成了四项共识：

一、两会决定进行包括政治、经济等各方面的对话，由两会负责人具体协商作出安排。

二、进一步加强两会间的交流，包括两会负责人等多层次的互访。

三、涉及两岸同胞生命财产安全的事件，两会将加强个案协助，相互委托。

四、辜振甫先生邀请汪道涵会长访问台湾。汪道涵对此表示感谢，愿意在适当的时候到台湾访问，加深了解。

汪辜会谈所达成的四点共识，有助于改善两岸关系和两会交流的气氛，加深双方的了解，化解分歧，增进互信，从而为今后两岸两会的进一步交流乃至政治谈判的程序性商谈的举行创造了积极的条件。但是，由于台湾当局刻意回避一个中国原则，不愿意展开政治谈判并进行预备性磋商，只是含糊表示展开议题广泛的对话，使四项共识缺乏实质性的内容，双方根本分歧如故。

辜振甫“参访”大陆后，祖国大陆方面继续推动两岸关系的良性发展。1999 年 6 月 27 日至 29 日，两会在北京商谈，就落实四项共识交换了意见，并就汪道涵 9 月中旬或 10 月初访台达成初步共识。可是，十天后的 7 月 9 日，李登辉在接受“德国之声”专访时公然抛出“两国论”，使一度缓和的两岸关系又一次跌入低谷。面对李登辉之流猖狂的“台独”活动，海峡两岸和全世界的炎黄子孙同仇敌忾，一致声讨，国际社会也纷纷谴责李登辉的“台独”行径。15 日，国台办主任陈云林指出，由于李登辉“两国论”的倒行逆施，使两会在一个中国原则下接触、交流、对话的基础不复存在。20 日，海协会鉴于海基会当天的来函及所附的《辜振甫谈话稿》严重违背了两会 1992 年达成的“海峡两岸均坚持一个中国原则”的共识，对该函不予接收并正式退回，两会联系遂告中断，汪道涵访台之行亦告搁浅。

附录 1：

京沪杭战役人民解放军战斗序列

总前委　委员　刘伯承　陈　毅　邓小平　粟　裕　谭震林

常委　刘伯承　陈　毅　邓小平

书记　邓小平

第二野战军　司令员　刘伯承

政治委员　邓小平

副政治委员兼政治部主任　张际春

参谋长　李　达

第 3 兵团　司令员　陈锡联　政治委员　谢富治

副司令员　王近山　杜义德

政治部主任　阎红彦

第 10 军　军长　杜义德(兼)　政治委员　王维纲

第 11 军　军长　曾绍山　政治委员　鲍先志

第 12 军　军长　王近山(兼)　政治委员　王近山(兼)

第 4 兵团　司令员兼政治委员　陈　赓

副司令员兼参谋长　郭天民

副政治委员兼政治部主任　刘志坚

第 13 军　军长　周希汉　政治委员　刘有光

第 14 军　军长　李成芳　政治委员　雷荣天

第 15 军　军长　秦基伟　政治委员　谷景生

第 5 兵团　司令员　杨　勇　政治委员　苏振华

副政治委员　张霖之　政治部主任　甘渭汉

第 16 军　军长　尹先炳　政治委员　王辉球

第 17 军　军长　王秉璋　政治委员　赵健民

第 18 军　军长　张国华　政治委员　谭冠三

特种兵纵队　司令员兼政治委员　李　达(兼)

第三野战军　司令员兼政治委员　陈　毅

副司令员兼第二副政委　粟　裕

第一副政委　谭震林

参谋长　张　震

政治部主任　唐　亮　政治部副主任　钟期光

第 7 兵团　司令员　王建安　政治委员　谭启龙

副政治委员兼政治部主任　吉　洛(姬鹏飞)

参谋长　李迎希

第 21 军　军长　滕海清　政治委员　康志强

第 22 军　军长　孙继先　政治委员　丁秋生

第 24 军　军长　王必成　政治委员　廖海光

第 8 兵团　司令员　陈士榘　政治委员　袁仲贤

副政治委员兼政治部主任　江渭清

参谋长　何以祥

第 20 军　军长　刘　飞　政治委员　陈时夫

第 26 军　军长　张仁初　政治委员　王一平

第 34 军　军长　何基沣　政治委员　赵启民

第 35 军　军长　吴化文　政治委员　何克希

第 9 兵团　司令员　宋时轮　政治委员　郭化若

参谋长　覃　健　政治部主任　谢有法

第 25 军　军长　成　钧　政治委员　黄火星

第 27 军　军长　聂凤智　政治委员　刘浩天

第 30 军　军长　谢振华　政治委员　李干辉

第 33 军　军长　张克侠　政治委员　韩念龙

第 10 兵团　司令员　叶　飞　政治委员　韦国清

参谋长　陈庆先　政治部主任　刘培善

第 23 军　军长　陶　勇　政治委员　卢　胜

第 28 军　军长　朱绍清　政治委员　陈美藻

第 29 军　军长　胡炳云　政治委员　张　藩

第 31 军　军长　周志坚　政治委员　陈华堂

特种兵纵队　司令员　陈锐霆　政治委员　张　凯

第四野战军

第 12 兵团　司令员兼政治委员　萧劲光

第一副司令员　陈伯钧

第二副司令员　韩先楚

副政治委员兼政治部主任　唐天际

参谋长　解　方

第 40 军　军长　罗舜初　政治委员　卓　雄

第 43 军　军长　李作鹏　政治委员　张池明

附录 2:

京沪杭战役国民党军战斗序列

京沪杭警备司令部

第 8 兵团

第 55 军　第 68 军　第 96 军

第 7 绥靖区

第 20 军　第 66 军　第 88 军

第 6 兵团

第 99 军

首都卫戍总司令部

第 28 军　第 45 军　江宁要塞

淞沪防卫司令部　淞沪警备司令部

第 37 军　第 52 军　第 75 军　吴淞要塞

第 1 绥靖区

第 4 军　第 21 军　第 51 军　第 54 军　第 123 军

江阴要塞

第 17 兵团

第 87 军　第 106 军

第 9 编练司令部

第 73 军　第 74 军　第 85 军　第 12 军　第 18 军　第 67 军

海军第 2 舰队　空军驻南京、上海的部队

浙江警备司令部

华中军政长官公署

第1兵团

第29军　第71军　第79军

第3兵团

第7军　第48军

第19兵团

第127军　第128军

第6绥靖区

第56军

第8绥靖区

第46军

第16绥靖区

第97军　第103军　第58军　第126军

湘鄂边区绥靖司令部

第14兵团

第2军　第15军　第124军

海军江防部队

空军驻武汉部队

武汉警备司令部

征引文献

1.《毛泽东选集》,第四卷,毛泽东著,人民出版社,1991。

2.《邓小平文选(1938—1965)》,邓小平著,人民出版社,1989。

3. 中国人民解放军历史资料丛书《渡江战役》,中国人民解放军历史资料丛书审编委员会编著,解放军出版社,1995。

4. 中国人民解放军历史资料丛书《国民党军起义投诚(空军)》,中国人民解放军历史资料丛书编审委员会编著,解放军出版社,1995。

5. 中国人民解放军历史资料丛书《国民党军起义投诚(海军)》,中国人民解放军历史资料丛书编审委员会编著,解放军出版社,1995。

6. 中国人民解放军历史资料丛书《国民党军起义投诚(沪苏皖浙赣闽地区)》,中国人民解放军历史资料丛书编审委员会编著,解放军出版社,1995。

7.《渡江战役》,江苏省档案馆、安徽省档案馆编,档案出版社,1989。

8.《百万雄师下江南》,江苏人民出版社编,江苏人民出版社,1959。

9.《百万雄师下江南》,江苏人民出版社编,江苏人民出版社,1979。

10.《京沪杭战役》,缪国亮主编,安徽人民出版社,1993。

11.《渡江战役大写真》,李玉著,中共中央党校出版社,1995。

12.《渡江一日》,《渡江一日》编委会编辑,华东军区·第三野战军政治部印行,1951。

13.《百万雄师过大江》,张秦洞编,广西科学技术出版社,2004。

14.《渡江战役期间总前委在瑶岗》,中共肥东县委党史工作委员会编,安徽人民出版社,1989。

15.《上海战役》,中国人民解放军上海警备区、中共上海市委党史资料征集委员会编,学林出版社,1988。

16.《宝山激战》,中共上海市宝山区党史研究室、上海市宝山区档案局编,中共党史出版社，2006。

17.《中国的1948年——两种命运的决战》，刘统著，生活·读书·新知三联书店，2006。

18.《金陵春梦·大江东去》，唐人著，北京出版社，1983。

19.《李宗仁回忆录》，李宗仁口述，广西人民出版社，1988。

20.《张治中回忆录》，张治中著，文史资料出版社，1985。

21.《在华五十年——司徒雷登回忆录》，[美]司徒雷登著，程宗家译，北京出版社，1982。

22.《亲历与见闻——黄华回忆录》，黄华著，世界知识出版社，2007。

23.《我这三十年——沈醉回忆录》，沈醉著，湖南人民出版社，1983。

24.《郭汝瑰回忆录》，郭汝瑰著，四川人民出版社，1987。

25.《蒋介石日记揭秘》，张秀章著，团结出版社，2007。

26.《晚年蒋介石》，李松林著，九州出版社，2006。

27.《毛泽东传》，[美]R.特里尔著，刘路新等译，河北人民出版社，1989。

28.《粟裕文选》，第2卷，粟裕文选编辑组，军事科学出版社，2004。

29.《粟裕战争回忆录》，粟裕著，解放军出版社，1988。

30.《陈毅军事文选》，陈毅著，解放军出版社，1994。

31.《张震军事文选》，张震著，解放军出版社，2005。

32.《战场——将军的摇篮》，聂凤智著，解放军出版社，1989。

33.《血色年华——聂凤智将军传》，松植著，上海文艺出版社，1994。

34.《血火人生——张轸将军传》，史霄著，团结出版社，2002。

35.《战地日记》，秦叔瑾著，江苏教育出版社，2006。

36.《红书简》，中共中央文献研究室、中央档案馆编，山西人民出版社，2001。

37.《中苏关系重大事件述实》，何明、罗锋编著，人民出版社，2007。

38.《聚焦主席台：问鼎天下（1921—1949）》，张文雄等主编，湖南人民出版社，2004。

39.《金陵破晓》，中国人民政治协商会议南京市委员会文史资料委员会编，南京出版社，1989。

40.《崩溃的前夜》(江苏文史资料第三十辑)，中国人民政治协商会议江苏省委员会文史资料委员会编，江苏文史资料编辑部，1989。

41.《江阴文史资料》，第八辑，中国人民政治协商会议江苏省江阴市委员会文史资料研究委员会编，内部发行，1987。

42.《解放战争时期的南京学生运动》，罗柄权、王慧君主编，南京大学出版社，2002。

43.《剑啸石城》，洪沛霖主编，群众出版社，1991。

44.《沙文汉与陈修良》，泰栋、亚平著，宁波出版社，1999。

45.《南京解放》，南京市档案馆编，江苏古籍出版社，1990。

46.《鲁迅全集》，鲁迅著，人民文学出版社，2005。

47.《"九二共识"历史存证》，海峡两岸关系协会编，九州出版社，2006。

48.《中央日报》，南京，1949。

49.《申报》，上海，1949。

50.《新华日报》，1949。

51.《大公报》，1949。